Hateful and Loveable Creatures Teil 1

von Jessica Thiem

©2020 Jessica Thiem

1. Auflage, Mai 2020

Mitwirkende: BooMKeithY

Verlag und Druck: tredition GmbH, Halenreie 40-44, 22359 Hamburg

Umschlaggestaltung/Cover: tredition GmbH

ISBN: Taschenbuch: 978-3-347-06021-0

ISBN: Hardcover 978-3-347-06022-7

ISBN: e-book 978-3-347-06023-4

Bibliografische Information der Deutschen Nationalbibliothek:

Die Deutsche Nationalbibliothek verzeichnet diese Publikation in der Deutschen Nationalbibliografie;

detaillierte bibliografische Daten sind im Internet über http://dnb.d- nb.de abrufbar.

Hateful and Loveable Creatures Teil 1

von Jessica Thiem

Prolog

Der Wind pfiff durch das Schilf aus dem mein Dach bestand und die Holzbalken, die mein Haus zusammenhielten knarzten wahnsinnig in dieser stürmischen Nacht.

Ich selbst saß auf meinen Holzstuhl in der Küche und versank in Panik.

Warum?

Ganz einfach: Noch immer war sie nicht aufgetaucht und das obwohl wir uns gegen Sonnenuntergang an der Stadtmauer treffen wollten. Mittlerweile war es schon kurz vor Mitternacht und der Mond stand hell am Himmel.

Genaugenommen war es Vollmond was die Sache nicht besser machte.

Dieses Mädel brachte mich noch um den Verstand.

Wenn ich nicht umgebracht werde, dann würde ich letztendlich an Sorgen sterben. So weit war es schon gekommen, dass ich eine Halbgöttin einer Frau so sehr verfallen war, dass ich mich aufführte wie der letzte Vollidiot.

Passend zum einschlagenden Donner klopfte es an meiner Tür und ich sprang wie besessen auf.

Ich nehme das von eben zurück wahrscheinlich sterbe ich von dem Schock, wenn man mich aus meinen tiefsten Gedanken holte.

Ja ich war ein ziemlicher Angsthase, na und?

Zögernd öffnete ich die Tür und eine zierliche Frau stürzte direkt in meine Arme. Ihre klitschnasse Kleidung klebte an mir und doch gab es für mich kein schöneres Gefühl als sie einfach in meinen Armen halten zu können.

„Sag nicht, dass du dir wieder Sorgen um mich gemacht hast", stichelte die brünette Frau vor mir wobei ihre Augen leicht aufleuchten.

Ach ja wie ich mich nicht immer wieder in dieses dunkelbraune Paar verlor, das zur Pupille hin immer dunkler wurde wodurch ihre Augen fast schon schwarz wirkten.

„Natürlich nicht", gab ich schmollend von mir und verzog das

Gesicht.

Was dachte sie sich eigentlich dabei mich die ganze Zeit hier warten zu lassen?

„Lügner du hast dir Sorgen gemacht, dass sehe ich dir an. Außerdem zitterst du immer, wenn du Angst hast, so wie jetzt gerade. "

Warum nochmal hatte ich mir Sorgen gemacht? Ihr ging es offensichtlich gut.

„Schmoll nicht du weißt doch, dass ich nie pünktlich bin."

„Verdammt es ist fast Mitternacht wir waren viel früher verabredet. Es hätte sonst was passieren können-."

„Ist es aber nicht ", wurde ich unterbrochen und die wunderschöne Frau vor mir nahm zaghaft mein Gesicht in ihren Händen, bevor sie mir einen sanften Kuss auf die Lippen hauchte.

Natürlich mussten dabei in mir kleine Feuerwerkskörper explodieren und alles was eben war, war vergessen.

„Ich liebe dich", flüsterte sie mir mit ihrer sanften aber auch rauchigen Stimme in mein Ohr und sorgte dabei für sämtliche Nervenausfälle in mir.

Ja man könnte es so sagen: Diese freche, durchtriebene Frau vor mir hatte mich komplett in ihrer Hand.

Wie ich es hasste und trotzdem bekam ich einfach nicht genug von ihr.

„Wo warst du?", versuchte ich aus ihr herauszubekommen aber mein Gegenüber hatte nicht vor mir zu antworten. Stattdessen ging sie zum Kamin und begann sich auszuziehen.

„Verdammt nochmal schau da nicht so hin!", ermahnte ich mich selbst, konnte aber meinen Blick nicht von ihr nehmen.

Sie stand mit ihrem Rücken zu mir und begann zu kichern.

„Gefällt dir was du da siehst?"

Knallrot lief ich an und drehte mich kopfschüttelnd um.

„Sicher?"

Vorsichtig tapste sie zu mir und begann meinen Hals entlang zu Küssen.

Ich riss mich arg zusammen.

„Jetzt bloß nicht aufstöhnen."

Zu spät, denn ich stieß einen kleinen verzweifelten Seufzer aus.

Wie stellte sie das bloß an mir allein mit ihrer Anwesenheit jeglichen klaren Verstand zu rauben?

Ich war ihr von dem ersten Moment an in dem wir uns trafen hilflos ausgeliefert.

Aber um unsere Geschichte zu erzählen muss ich euch erst meine erzählen.

Diese begann vor ein paar Jahren.

Mein Name war Yasminan und ich war das einzige Kind meiner Mutter Samira. Meinen Vater kannte ich nicht aber damit hatte ich mich abgefunden.

Naja genaugenommen hatte meine Mutter kein Wort über ihn verloren und wenn ich sie nach ihm fragte endete es immer nur im Streit. Trotzdem konnte ich aber sagen, dass ich eine schöne Kindheit hatte.

Ich hatte viele Freunde und war im Dorf sehr beliebt, weil ich immer für meine Mitmenschen da war und half wo ich nur konnte.

Aber natürlich wie mein bester Freund, dass Schicksal so war blieb natürlich nichts wie zuvor. Mit vierzehn veränderte sich mein Leben schlagartig.

Ich war sauer auf meine Mutter, weil sie mich nicht zu meinen Freunden ließ und machte zum ersten Mal in meinem Leben Gebrauch von meinen noch ungeahnten Fähigkeiten.

Eigentlich wollte ich nur mit meiner Hand auf den Tisch unseres Hauses schlagen, als sich in meiner Hand wie aus dem nichts eine kleine Wasserkugel formte, die nun in meiner Hand schwebte.

Was zur Hölle?

Fragend blickte ich zu meiner Mutter und zurück zu meiner Handinnenfläche. Die kleine Kugel platschte zu Boden und ließ mich völlig verwirrt zurück.

„Yasminan wir müssen reden", flüsterte Samira und schob mir einen Holzstuhl entgegen auf den ich mich völlig überfordert fallen ließ.

„Was zum Teufel war das!? Ist das eine Krankheit? Bin ich besessen?"

Jeder im Dorf glaubte daran, dass wenn es Dinge gab die man nicht erklären konnte böse Mächte im Spiel sein mussten und ich war in der Hinsicht nicht anders.

„Nein du bist nicht besessen", meinte meine Mutter und schwieg eine ganze Weile. Ihr Blick war panisch auf den Boden gerichtet, bevor sie ihren Blick anhob und mir direkt in die Augen blickte.

Ich erkannte etwas darin, was ich noch nie zuvor in ihnen gesehen hatte: Angst.

„Du solltest endlich die Wahrheit über dich erfahren", murmelte sie ohne den Blick von meinen Augen zu lösen und schwerfällig aus zu atmen.

„Das was du gerade gesehen hast, hat nichts damit zu tun das du krank oder besessen bist. Du hast es deinen Idioten von Vater zu verdanken."

Meinen Vater?

Jetzt wurde ich hellhörig und bekam die Geschichte meines Lebens zu hören.

„Mom du willst mir nicht allen ernst erzählen, dass ich deine Tochter gleichzeitig die Tochter von Triton, einen der Söhne von Poseidon dem Gott des Meeres bin!? Die Geschichte kauf ich dir nicht ab!"

Aufgebracht stand ich auf und warf meiner Mutter einen wütenden Blick zu.

„Dachtest du ich habe anders reagiert, als dein Vater mir sagte er wäre ein griechischer Meeresgott? Ich habe ihm das nicht geglaubt und plötzlich war er weg und ich mit dir schwanger."

Toll jetzt waren wir beide sauer und ich überfordert.

„Ich bin also demnach eine Halbgöttin?", flüsterte ich kaum hörbar doch Samira hatte mich anscheinend verstanden, denn sie nickte still.

So ganz kurz und bündig.

Dummerweise hatte ich zu jenem Zeitpunkt damals meine Fähigkeiten noch nicht unter Kontrolle, was dazu führte, dass ich sie aus Versehen in der Öffentlichkeit anwendete.

Natürlich endete das wiederrum in eine Hetzjagd gegen mich.

Und was machte man wenn einen das Dorf nur tot sehen wollte?

Richtig: man flüchtete, ließ alles hinter sich und zog solange durch die Gegend bis man einen Ort fand an denen einen niemand kannte, führte ein ganz entspanntes und vor allem normales Leben bis man plötzlich auf Shayan traf.

Ja die Frau, welche mich tagtäglich in den Wahnsinn trieb hatte wie ich ein kleines Geheimnis.

Auch sie war vor einiger Zeit, wie ich, auf der Flucht und hatte dieses kleine idyllische Dörfchen im alten England gefunden. Bei unserer ersten Begegnung hatten wir uns beinahe gegenseitig zu Tode erschreckt.

Wie heute war es eine nasse und verregnete Nacht in der sich die normalen Menschen gar nicht erst hinaus trauten.

Ich hingegen schon, denn ich wollte testen wie weit meine Fähigkeiten schon ausgereift waren, indem ich eine größere Wasserkugel in meiner Hand formte und zusah wie sie die Regentropfen vom Himmel förmlich verschlang wobei hinter mir plötzlich ein Wolfsgeheule erklang.

Panisch drehte ich mich um und meine Wasserkugel landete mitten im Gesicht eines schneeweißen Wolfes mit braunen, fast schon schwarzen Augen.

Der Wolf schüttelte sich und verwandelte sich vor meinen Augen in eine junge Frau, welche mich frech von oben bis unten musterte.

Wie auch immer ich mich in diesen Wirbelwind verlieben konnte aber bei einer Sache war ich mir zu hundert Prozent sicher: Mein Geheimnis war bei ihr genauso sicher wie ihres bei mir.

Ein Leben ohne Shayan war für mich nicht mehr möglich, denn ich hatte ihr mein Herz geschenkt und das für die Ewigkeit.

Gerade hatte sie sich zu mir gedreht.

Fürs Protokoll sie war immer noch nackt, was mir eine rote Farbe ins Gesicht trieb bei der selbst eine Tomate neidisch geworden wäre.

„Kannst du dir bitte was anziehen?", bettelte ich aber Shayan lachte nur.

„Gib doch einfach zu, dass es dir gefällt."

Natürlich tat ich es nicht, woraufhin sie ihre Augen verdrehte und sich an meinen Klamotten bediente.

„Wir leben im 14. Jahrhundert, da kannst du ruhig aufhören dich wie eine spießige Oma zu benehmen."

„Ich will einfach nicht, dass du denkst, dass ich dich nur wegen deines Körpers liebe", rutschte mir heraus und Shayan blickte mich überrascht an.

„Das ich von dir auch mal das L Wort höre ist ja ganz was Neues."

Als sie sich umgezogen hatte trat ich einen Schritt auf ihr zu, nahm ihre Hand und lächelte sie einfach nur an.

Oh Gott, wenn man uns so sehen könnte, würden alle Menschen um uns herum Regenbögen kotzen.

Gerade als sie mich zu einem zärtlichen Kuss zu sich heranzog flog plötzlich meine Tür aus ihren Angeln und das halbe Dorf hatte sich um meine kleine Hütte versammelt.

Was für eine verdammte Scheiße!?

Schnell fuhren wir auseinander und warfen uns verzweifelte Blicke zu, als das Oberhaupt unseres Dorfes mit vier muskulösen Männern an seiner Seite auf uns zu trat, von denen jeweils zwei uns packten und uns zu Boden drückten.

„Shayan und Yasminan ihr werdet angeklagt wegen Ketzerei und Gleichgeschlechtigem Verkehres. Das Dorf und ich haben über eure Strafe abgestimmt."

Ich drehte mein auf den Boden gedrücktes Gesicht zu Shayan und flüsterte: „Soll ich?"

Wieder meines Erwartens antwortete sie mit: „Nein, wenn wir das tun müssten wir alle töten."

Hatte ich sie richtig verstanden? Wir sollten gar nichts tun und hoffen, dass uns dieser Bastard nichts antat? „Ihr Beide werdet noch heute auf den Scheiterhaufen verbrannt."

„Es regnet", erwiderte ich spöttisch.

Bloß nicht zeigen wie viel Angst ich eigentlich hatte. Die Situation gerade war einfach beschissen.

„Um den Regen musst du dir keine Sorge machen Kleines, der hat nämlich aufgehört und trockenes Holz haben wir zu tausend."

Ach ja da war er wieder mein bester Freund das Schicksal.

Alles was mir blieb war der Blick in Shayans Augen, die trotz der aussichtslosen Situation ruhig wirkten.

Ja fast schon so als hätte sie damit gerechnet.

Stunden später befanden Shayan und ich uns zusammengeknotet an einem Holzpfahl und durften die anderen Dorfbewohner beobachten, wie diese um uns herum das Holz für den Scheiterhaufen aufrichteten.

Da wir Rücken an Rücken saßen, konnten sich unsere Finger berühren, was mir immerhin ein kleiner Trost war, nach dieser Entscheidung, die Shayan offensichtlich getroffen hatte: Mit mir gemeinsam drauf zu gehen.

„Ich weiß du verstehst meine Entscheidung nicht aber wir werden niemals glücklich werden, wenn wir so leben müssen. Ausnahmsweise sehe ich den Tod als Chance darauf, dass wir uns wiedersehen oder zumindest nicht getrennt werden."

Na toll wir standen hier vor unserer Hinrichtung und sie schaffte es allen Ernstes noch, dass ich sie für ihre süße Art zu Tode knuddeln könnte.

Was für ein Wortspiel in dieser Situation.

„Sei froh, dass ich dir mein Herz geschenkt habe und nicht irgendeinen daher gelaufenen Volltrottel, sonst würdest du hier alleine sitzen."

„Mein Honey ist Charmant wie eh und je", witzelte Shayan, als unser Dorfoberhaupt und sein Sohn mit Fackeln auf uns zukamen.

Natürlich, wir saßen ja auch nicht hier um zu reden, sondern zu sterben, hätte ich fast vergessen.

Aber für Panik war es nun eh zu spät, denn sie warfen zeitgleich die Fackeln direkt auf uns zu, und die Strohhälfte auf der wir saßen fing Feuer, welches sich sofort im Kreis ausbreitete.

Die Flammen umschlossen uns und breiteten sich auf unsere Körper aus.

Es war unerträglich und doch war ich auf einer Art und Weise glücklich, denn ich war hier bei ihr und konnte in diesem Moment bei Shayan sein, bis unsere Körper und Schreie nachgaben und wir bei lebendigem Leib verbrannten.

Kapitel 1

Sechs Wochen Sommerferien waren vergangen und ich stand mit meiner besten Freundin Ellisa wieder hier.

An dem gleichen Ort, den wir vor sechs Wochen den Rücken gekehrt hatten.

Noch ein letzter Zug von meiner Zigarette und dann hieß es auf, in das neue Jahr unserer Berliner Schule.

Ein neues Jahr in dem ich noch so viel vorhatte.

Gleichzeitig schnipsten wir unsere Zigaretten weg und grinsten uns gegenseitig an: Auf in den Kampf.

Ellisa war in der achten Klasse zu uns gestoßen und wir hatten uns relativ schnell angefreundet, da sie irgendwie wie ich war.

Total durchgeknallt.

Vom Aussehen war sie etwas mollig aber nicht dick und trug sehr figurbetonte Sachen, mit denen sie alle männlichen Blicke auf sich zog.

Ach ja die Kerle.

Wie oft hatte sie sich schon irgendwen angelacht und sich dann bei mir ausgeheult, wenn es nicht geklappt hatte?

Genau jedes Mal.

Ein Blick in ihre kristallblauen Augen sagte mir eins: Sie hatte wie ich keine Lust wieder hier zu sein.

Gähnend richtete ich mein schwarz rotes Cap mit der Aufschrift meines Lieblings Comic Charakters: Harley Quinn und blickte mich um.

Es hatte sich in den sechs Wochen nichts verändert aber hey, wir waren wieder da um die Schule aufzumischen.

„Hast du Bruce gesehen? ", riss mich Ellisa aus meinen Gedanken und ich blickte mich auf den vollen Schulhof um.

„Der Typ aus unserer Klasse, der in deinen Mathe E-Kurs geht? "

Ellisa nickte eifrig und ein leichtes Lächeln huschte über ihre Lippen, bevor sie meinte: „Ich schwöre dieses Jahr wird mein Jahr. "

Bei ihrem entschlossenen Blick konnte ich nicht anders als automatisch loszulachen.

„Du weißt schon, dass er der beliebteste Typ der ganzen Schule ist? Jeder will ihn haben "

Ja Bruce Mashall war der begehrteste Kerl.

Sixpack, Sonnenbrille, die er außer im Unterricht nie abnahm, Designer Lederjacken und kurze braune Wuschelhaare.

Kurz um: Mädchenschwarm und Badboy in einer Person.

Wenn er nicht gerade mit seiner Zwillingsschwester Francis zusehen war, hatte er einen halben Harem an Frauen um sich.

Francis hingegen war das komplette Gegenteil von ihm.

Im Prinzip sahen sie sich nicht einmal ähnlich, was aber auch daran liegen konnte, dass sie ein Gothic war mit Leib und Seele.

Der schöne Badboy und der stille Grufti.

Irgendwie musste ich über diesen Gedanken schmunzeln.

„Yas? ", Ellisa schnipste mit ihren Fingern vor meiner Nase.

„Erde an Yasmin Copper unserer Quotenlesbe. "

Sofort wendete ich mich zu ihr und nahm sie spaßeshalber in den Schwitzkasten.

„Hör auf mich so zu nennen. "

„Ok, Ok, aber du kaufst mir nachher einen Schoko Muffin aus der Cafeteria. " Lachend ließ ich sie los.

„Deal, aber nenn mich nicht so. "

Ich wusste zwar wie sie es meinte aber mir ging es immer auf den Sack, wenn man auf Grund meiner Homosexualität so etwas zu mir sagte.

Es war genauso nervig, wie wenn man irgendwo von Freunden vorgestellt wurde mit dem Satz: „Das ist Yas und sie ist lesbisch."

Ich war immer noch ein Mensch und kein Alien.

Aber um mich aufzuregen hatte ich keine Zeit, denn mittlerweile waren wir schon etwas spät dran und ich wusste noch nicht in welchen Raum wir mussten.

„Chill mal. Wir haben in unseren alten Klassenraum. Bevor du fragst, im Gegensatz zu dir habe ich noch eine Internetflat und der Plan stand im Netz. "

Manchmal könnte ich sie knuddeln. Oh wartet, dass tat ich auch.

„Mal sehen was Karamell so getrieben hat ", meinte ich

schließlich, als wir uns voneinander lösten.

Die Schule war recht groß aber übersichtlich, modern eingerichtet und hatte ganz individuelle Räume.

Damit meine ich, dass die Mathe, Chemie, Kunst etc. Räume jeweils dem Fach entsprechend dekoriert waren.

Anscheinend war die Tür unseres Klassenzimmers schon offen, denn man hörte eine laute Klasse aus dem Raum. Das konnte nur unser Haufen sein! Eins, zwei, drei: Auf in den Schulalltag!

Ellisa öffnete die angelehnte Tür und wir schlüpften in den Raum.

„Da sind ja unsere Chaosprinces ", kam von ganz hinten hervor und ich erkannte Karamell.

Eigentlich hieß sie Klara, aber durch ihren karamellfarbenen, lockigen Haaren und ihrer Sucht nach Karamellbonbons hatte sie sich schnell diesen Spitznamen eingefangen.

Gerade als wir uns auf den Weg zu ihr machten warf uns Nadine einen gehässigen Blick zu und warf ein: „Da ist ja die Lesbe und ihr Betthäschen " in den Raum.

Wir hatten, wie ihr eben gemerkt habt nicht nur Freunde, sondern auch ein paar Tussen und Machos die uns nicht mochten.

In mir spielte gerade Teufel und Engel.

Engel sagte: „Geh zu Karamell und lass dich nicht auf eine Diskussion ein. "

Aber der Teufel gefiel mir besser, denn ich lehnte mich zu Nadine auf den Tisch und sagte ihr lautstark, sodass es auch ja jeder mitbekam: „Ist da jemand neidisch oder doch sauer das DU nicht mein Betthäschen bist? "

Grinsend lief ich weiter wobei mir ein: „Wer will schon mit so was Hässliches wie dir vögeln? " hinterhergerufen wurde.

Darauf ging ich dann lieber doch nicht ein, weil mir die Liste im Kopf mit den ganzen Namen zu lang wurde.

Und bevor es so ausgelegt werden konnte, dass ich eine Schlampe war, beließ ich es dabei.

Vielleicht waren es ein paar Frauen zu viel aber was sollte ich denn machen, wenn die Richtige nicht dabei war?

Eine Beziehung mit jemand eingehen für den ich absolut nichts empfand?

Ich stand weder darauf mich selbst zu belügen noch die Menschen aus meinem Umfeld.

Somit stand es 1:1 gegen meiner Lieblingsrivalin Nadine und mir.

Der erste Schultag ging schon mal gut los.

Das Jahr konnte noch heiter werden aber es standen noch alle Türen offen.

Die Bank vor Karamell war noch frei, was schon mal perfekt schien: Die Gruppe konnte zusammenbleiben.

„Endlich sind wir wieder in der Schule ", stöhnte Karamell auf und Ellisa und ich warfen uns fragende Blicke zu.

„Wie schlimm? ", fragte Elli, so wie ich Ellisa manchmal

liebevoll nannte.

„5 Wochen auf den Bauernhof meiner Oma in Bayern und in der letzten Woche hier in Berlin hat sich ernsthaft mein Freund getrennt und das nur, weil wir nichts unternehmen konnten."

Autsch.

Da war selbst mein Urlaub angenehmer und das obwohl ich größtenteils nur zuhause rumgehangen hatte.

Ich hatte eindeutig zu wenig Hobbies.

„Wenn er sich deshalb von dir getrennt hat, war er es einfach nicht Wert ", sprach ich Karamell zu, die mich ermutigt ansah.

„Du hast Recht. "

Wir redeten noch ein wenig bis wir von unserem Klassenlehrer Herrn Ricke gestört wurden.

„Yas, Elli kommt schon das machen wir jedes Jahr. "

Den ersten Schultag hatten wir mittlerweile hinter uns gebracht und Elli, Karamell und ich befanden uns bei Elli zu Hause.

Ihre Eltern kannten uns schon eine Weile, schließlich waren wir ihre besten Freundinnen und so gut wie regelmäßig hier.

Man könnte auch sagen, dass wir ihre zusätzlichen Töchter waren, da Elli, Einzelkind war.

Ihr Zimmer war riesig und wirkte durch die großen Fenster wahnsinnig hell.

Die Wände waren voller Poster von Miley Cyrus.

Auch wenn sie es nicht zugab war sie wahrscheinlich ihr größter Fan.

„Bitte, bitte…"

Genervt ergriff ich den Stift, den mir Karamell entgegenhielt und schrieb den ersten Satz auf das weiße Papier.

Es war unser Ritual, dass wir jedes Jahr aufschrieben, was wir uns vornahmen.

So eine Art Jahresvorsatz bloß auf das Schuljahr bezogen und wesentlich lustiger.

Oben auf dem Blatt stand in Karamells schönster Schrift: „Ich wünsche mir für dieses Jahr: "

Und darunter mein Satz: „dass, wir wie jedes Jahr alles Gute wie auch schlechte miteinander teilen und uns gegenseitig nicht aus den Augen verlieren. "

„Oh das hast du süß geschrieben ", lächelnd wurde ich von Karamell geknufft und schon bald wurde ich von beiden gleichzeitig durchgeknuddelt.

Oh Mann, hatte ich diesen verrückten Haufen vermisst.

Ich reichte den Stift an Karamell weiter die unter meinem Stichpunkt ein: „dass wir alle einen guten Abschluss bekommen ", schrieb.

„Apropos Abschluss was macht ihr eigentlich nach der Schule? ", warf Elli in die Runde.

„Abitur, wenn es klappt ", kam es prompt aus Karamell

während ich auf den Boden der Tatsachen zurückgeholt wurde.

Ich hatte absolut keinen Plan von meiner Zukunft oder wie ich sie gestalten wollte.

Ich war schon froh, wenn ich einen Plan für die nächsten zehn Minuten hatte, wie sollte ich da noch meine Zukunft planen?

„Yas? ", fragte Elli vorsichtig, weil ich anscheinend mal wieder zu weit abgedriftet war mit meinen Gedanken. Das hatte ich öfters.

Einen Moment nicht aufgepasst und schon war man wie in einer anderen Welt.

„Alles gut es ist nur so, dass ich mir noch gar keine Gedanken gemacht habe ", flüsterte ich etwas verlegen in den Raum hinein.

„Ist doch egal wir packen das alle gemeinsam oder gar nicht. "

„Genau", sprach Elli Karamell zu und legte ihre Hand auf meiner Schulter.

„Ok. "

Ich wünschte mir, dass sich nichts zwischen uns verändert und, dass wir alle für immer zusammenbleiben könnten.

Aber leider wusste ich genau so gut wie die anderen, dass das nicht möglich war und doch würde ich gerade solche Momente wie diesen hier festhalten wollen.

Jetzt wurde ich aber sentimental.

Eine meiner Eigenschaften die ich absolut nicht ausstehen konnte.

Ich war lieber die Person, die das Chaos hinter sich herzog und mit meiner durchgeknallten Art und Weise für Aufsehen sorgte.

„Lasst uns aus diesem Jahr etwas Unvergessliches machen. Ein Jahr an das wir uns noch erinnern werden, wenn wir alt und verschrumpelt sind. ", warf Elli in die Runde und ich nickte heftig.

„Oh ja. Lasst uns darauf anstoßen! "

„Hast du ein Glück, dass meine Eltern mir zum Geburtstag eine Minibar geschenkt haben. "

Grinsend hüpfte Elli zu dem kleinen Minikühlschrank in ihrem Zimmer und zog eine Flasche Rotkäppchen Mango hervor.

Unser Lieblingssekt.

„Bin gleich wieder da ", flötete sie und verließ das Zimmer während Karamell sich auf Ellis Computerstuhl fallen ließ und ich es mir auf ihrem Bett bequem machte.

Mein gegenüber spielte mit ihren langen lockigen Haaren und ich nahm kurz mein Cap ab um durch meine schulterlangen schwarzen Haare zu fahren.

Dann betrachtete ich mein Cap und erinnerte mich an den Moment in dem ich es zum ersten Mal in der Hand hatte.

Genervt stand ich neben Elli im Saturn, während sie durch die CD Abteilung schlenderte. Am Morgen hatte sich meine Freundin von mir getrennt und ich war nicht wirklich in der Stimmung etwas zu unternehmen, da mir die Sache doch mehr zugesetzt hatte als gedacht.

Ich hatte mir so ziemlich den Arsch für die Beziehung aufgerissen aber sie hatte anscheinend schon seit längerem eine Affäre mit ihrem besten Freund.

„Komm schon Yas. Es gibt so viele Mädels da draußen die auf dich warten. Trauer nicht so was wie Alice hinterher.“

Den Namen hatte sie förmlich ausgespuckt, was mich kurz auflachen ließ.

Na gut die Beziehung war nicht gerade die beste aber die einzige die ich jemals geführt hatte. Oh Gott ich war vierzehn.

„Sie hat dich total um verändert. Tu dies, mach das, dass warst doch nicht du. Die Yas sie ich kenne macht nur, dass was sie will und wozu sie gerade Lust hat.“

„Du hast ja recht “, brummte ich während wir durch die Heavy- Metal Abteilung liefen und ich nach CDs von Disturbed suchte.

Ich liebte diese Band.

Eigentlich hatte ich alle Alben und schaute nur so nach bis mir auffiel, dass Elli nicht mehr neben mir stand.

Ich lief weiter und fand sie schließlich vor einem Regal mit Game-Caps.

„Ich weiß du zockst nicht aber fucking shit das passt perfekt.

Warte", murmelte sie und setzte mir das Ding auf.

Erst gerade, dann nach hinten aber irgendwie schien es ihr noch nicht zu gefallen.

„Hm ", gab sie von sich und setzte es nochmals nach hinten auf allerdings schob sie es nun etwas schief und betrachtete ihr Werk.

„Perfekt."

Ich war noch völlig überrumpelt, als sie ihr Handy hervorzog und ein Foto von mir schoss.

„Boa du wirkst voll gefährlich damit ", grinsend zeigte sie mir das Bild und fügte ein: „So verarscht dich ganz sicher keine mehr " hinzu.

Sofort riss ich ihr das Handy aus der Hand.

Etwas entgeistert sah sie mich an, weil sie dachte, dass ich das Bild löschen wollte allerdings nahm ich Elli, kuschelte mich kurzerhand an ihr und schoss davon ein Bild.

„Das ist für meine dumme Ex ", meinte ich und zeigte

meiner besten Freundin das Bild.

„Das sieht aus als hättest du was am Laufen ", meinte sie lachend und sendete mir das Foto, welches natürlich sofort verschickt wurde.

Was für eine Aktion.

„Da bin Ich wieder!!! ", kündigte sich Ellisa mit 3 Sektgläsern in der Hand an. Natürlich drückte sie Karamell und mir eins in die Hand und öffnete die Flasche.

Überschwänglich goss sie die Gläser voll, wodurch wir mehr oder weniger Probleme mit der Kohlensäure hatten aber zum Glück hatte Elli keinen Teppich in ihrem Zimmer.

Nun standen wir da mit unseren bis zum Rand gefüllten Sektgläsern und sahen uns an.

„Da ich kein Fan von langen Reden bin: Auf uns und darauf, dass wir es das neue einsame Jahr so richtig krachen lassen. Cheers."

„Cheers ", kamen von Karamell und mir gleichzeitig und schon wenige Sekunden später hatten wir alle die Gläser geleert. Na gut, dass war gar nichts im Vergleich dazu was wir sonst alles weggesoffen hatten, wenn wir mal zusammen feiern waren. Plötzlich vibrierte mein Handy.

Es war mein Vater.

„Komm bitte nach Hause wir fahren bald weg und wollten, dass du auf deinen kleinen Bruder aufpasst", stand dort in der Nachricht die ich geöffnet hatte.

Na toll Mom und Dad machten sich einen schönen Abend und ich musste nach Hause, dabei hätte das hier noch nicht enden sollen.

„Leute ich muss los", meinte ich leicht traurig und nahm meine schwarze Umhängetasche.

„Ach nö ", erklang es in einem Chor und die Beiden brachten mich zur Tür vor der ich erst einmal meine Boots anzog.

„Wir sehen uns morgen in der Schule ", flüsterte Elli während sie mich umarmte.

Karamell tat es ihr nach und ich ging hinaus.

Weit hatte ich es nicht.

Ich wank ihnen zum Abschied von der Straße hoch, da die Beiden aus dem Fenster sahen und machte mich auf dem Heimweg.

Die Straße war plötzlich wie leergefegt und das obwohl es gerade mal spät am Nachmittag war, was mich ein wenig wunderte sowie die kalte Luft die mich plötzlich umgab.

Immerhin war es Hochsommer.

Leicht fröstelnd lief ich weiter als ich ein lautes Zischen hinter mir hörte.

Ich fuhr herum, doch da war nichts.

Etwas schneller lief ich weiter, als ich plötzlich einen festen Schlag auf den Hinterkopf bekam und zu Boden fiel.

Kapitel 2

Als ich meine von dem Schock geweiteten Augen aufriss befand ich mich durch einen Würgegriff an einer Hauswand gepresst.

Ich suchte nach den Augen von meinem Gegenüber doch da waren keine.

Keine Pupillen, keine Iris, nur eine schwarze leere Hülle.

Was auch immer gerade vor mir stand war kein Mensch, was in mir eine nie dagewesene Panik auslöste.

Das Ding vor mir sah so aus, als wenn es nur aus einem schwarzen Schatten geformt wurde aber dafür war es eindeutig zu stark.

Der Griff von dem Wesen vor mir wurde kräftiger und meine Luft weniger.

Ich versuchte mich zu wehren und aus den eisernen Klauen zu befreien aber langsam blieb mir der Sauerstoff komplett aus und ich war kurz davor bewusstlos zu werden.

Die schwarze rauchige Hand meines Gegenübers legte sich auf meinen Kopf und sein Atem schien etwas aus mir herauszuziehen.

Etwas, dass mehr Schmerz verursachte als tausende von Messerstichen.

Ich schrie auf.

Wenn man das was ich von mir gab Schreien nennen konnte, denn es klang mehr wie ein gequältes Gurgeln.

Fucking Shit, dass müsste mein Ende sein.

Ich wollte doch nur nach Hause um auf meinen kleinen Bruder aufzupassen.

Als ich langsam begann mich mit der Situation abzufinden und meine kleine Wenigkeit mehr tot als lebendig da hing, vernahm ich ein lautes Zischen vor mir und einen Pfeil, der den Rauch in zwei Hälften spaltete.

Ich fiel hinab und rollte mich über den staubigen Boden.

Hustend röchelte ich mir dabei die Seele aus dem Leib und schnappte verzweifelt nach Luft.

Erschrocken fuhr ich auf, als die Gestalt, welche mich eben angegriffen hatte sich auflöste und verschwand.

Verschwand als hätte sie niemals existiert und doch spürte ich ganz klar den Griff um meinen Hals und meine bebende Lunge, die sich gar nicht mehr beruhigen wollte.

„What the Hell!? " brachte ich mit einer krächzenden Stimme hervor, als ich verschwommen die Gesichter von Bruce und Francis ausmachen konnte.

Allerdings sahen sie nicht so aus wie in der Schule, sondern hatten eine Ausstrahlung, die im wahrsten Sinne des Wortes die Luft um sie herum zum Aufleuchten brachte.

Francis stand mir mit Pfeil und Bogen gegenüber, was mich noch mehr verunsicherte, als das Ding welches mich gerade angegriffen hatte.

„Apollon das mit den Erinnerungen löschen überlass ich dir", meinte Francis gelassen und klopfte Bruce auf die Schulter.

„Wie jetzt? Apollon Erinnerungen? ", wiederholte ich ihre Worte.

Ich war mit der Situation dezent überfordert!

Bruce trat auf mich zu und nahm meinen Kopf zwischen den Händen.

„Pscht. Du wirst dich gleich an nichts mehr erinnern ", sprach er mir beruhigend zu und nahm seine Sonnenbrille ab.

Waren seine Augen schon immer so rot? Ich glaubte nicht.

Nun schloss er seine Augen und schien sich zu konzentrieren, während ich einfach nur dastand und absolut keine Ahnung hatte was er da gerade tat.

Nach einer gefühlten Ewigkeit hörte er auf mich anzustarren und wirkte nun etwas entspannter an, als zuvor.

„Was hast du da versucht? ", fragte ich vorsichtig und Bruce blickte mich geschockt an, bevor er seine wieder Sonnenbrille aufsetzte.

„Artemis komm mal her! ", rief Bruce überfordert und Francis tauchte neben seiner rechten Seite auf.

„Was zum Teufel bist du!? "

Ich konnte Verwirrung in Francis Stimme heraushören.

Dabei musste ich doch die Person sein, die völlig verwirrt war!

„Was seid ihr? ", stellte ich also die Gegenfrage und Francis knabberte an ihre Unterlippe, wobei sie Bruce etwas ins Ohr flüsterte. Still nickte er und Francis reichte mir ihre Hand.

„Bruce, so wie du ihn kennengelernt hast und ich sind Götter, die vor langer Zeit auf diese Welt gekommen sind um uns den Schutz der Erde zu widmen. "

Heilige scheiße.

„Danke das ihr mich gerettet habt ", kam es halb dankbar, halb verwirrt aus mir heraus.

„Das was dich gerade angegriffen hat, war ein Seelendieb. Die Viecher tauchen zurzeit häufiger auf und versuchen die Seelen der Menschen zu fressen ", erklärte mir Bruce seelenruhig und ich taumelte zurück.

Ganz klasse ich wollte nur nach Hause und bin beinahe als Abendessen für theoretisch nicht existentes Wesen geendet.

„Und was bist du jetzt? ", wiederholte Francis ihre Frage und sah mich nachdenklich an.

„Wie wär's mit einem ganz normalen Menschen, der mit der Situation überfordert ist?", antwortete ich wahrheitsgemäß. Irgendwo musste doch eine Versteckte Kamera sein. Nur wo? Und warum ich?

Kurz lachte Bruce auf, wurde dann aber wieder ernst.

„Normal und Mensch kannst du schon mal vergessen. Nur ein nichtmenschliches Wesen kann meinen Fähigkeiten umgehen, also sag: Wie hast du das grade gemacht? "

„Ich habe keine Ahnung! ", schrie ich aufgebracht und Bruce knickte ein.

„So kommen wir nicht weiter. Ich würde sagen du gehst erst einmal nach Hause und lässt das ganze Sacken. Ganz wichtig: Rede mit niemand darüber und wir erklären dir Morgen in der Mittagspause ein paar Dinge. Vielleicht finden wir dann heraus was das gerade war ", warf Francis ruhig ein und zog Bruce zu sich.

„Bis Morgen ", flüsterte ich benommen und nahm meine Beine in die Hand um so schnell wie ich konnte von meinen seltsamen Klassenkameraden wegzukommen.

Gerade noch rechtzeitig kam ich zuhause an und lief direkt in die Arme von meiner Mom. Anscheinend waren sie und Dad gerade dabei sich zu Recht zu machen.

„Na ihr ", begrüßte ich die Beiden mit einer noch etwas zittrigen Stimme.

Den gesamten restlichen Weg war ich gerannt und sah alle paar Sekunden hinter mir. Wahrscheinlich sah ich aus als hätte ich mir irgendwelche Drogen eingeworfen.

„Ist alles in Ordnung bei dir? Du siehst so blass aus ", meinte meine Mom besorgt und sah mich prüfend an.

„Es ist alles gut ", murmelte ich.

Was hätte ich auch großartig sagen sollen?

'Ein Seelendieb war hinter mir her und wollte meine Seele vernaschen ' oder noch besser: 'Zwei meiner Schulkameraden haben mir das Leben gerettet und sich als die zwei griechischen Götter Artemis und Apollon herausgestellt'

Wer würde mir diese krasse Geschichte abkaufen?

Richtig: Kein einziger, halbwegs normal denkender Mensch mit logischem Verstand! Oder war in Wahrheit ich es, die langsam durchdrehte?

Dad trat neben Mom und sah mich mit einem ähnlichen Blick an.

„Es ist wirklich alles gut ", ich zwang mich zu einem Lächeln, welches Wirkung zeigte, denn mein Vater lächelte zurück.

Nur Mom blickte noch etwas skeptisch zu mir aber Dad nahm ihre Hand und meinte: „Langsam müssen wir wirklich. "

„Du hast recht ", erwiderte sie und beide umarmten mich herzlich zum Abschied.

Als die Tür endlich ins Schloss gefallen war atmete ich erleichtert auf und streifte meine Schuhe von den Füßen.

Nun tapste ich über das dunkle Laminat unseres weiß gestrichenen Flures, vorbei an den an der Wand hängenden Familienbildern und öffnete eine der drei aneinander gereihten Türen.

Sofort wurde ich von einem fünfjährigen Kind an die Hand genommen und in das Zimmer gezogen.

„Wo warst du so lange? ", maulte er herum und ich begann zu lachen.

Schuld daran war das Gesicht das er dazu zog.

Er war es wirklich nicht mehr gewohnt, dass ich länger weg war.

Kein Wunder eigentlich, da ich die Sommerferien quasi nur zu Hause verbracht hatte.

Wenn Mom und Dad weggegangen waren, so wie heute, hatten wir uns jedes Mal Pizza bestellt und uns irgendwelche Disney Filme angeschaut.

„Ich war noch bei meinen Freunden ", beantwortete ich schließlich seine Frage und wuschelte den Kleinen durch seine kurzen blonden Haare.

„Wie war dein allererster Schultag? ", fragte ich Paul

schließlich und seine hellbraunen Kulleraugen leuchteten auf. Jetzt gab es bestimmt einiges was er zu erzählen hatte.

Heute war nämlich der erste Schultag seines jungen Lebens.

Der erste Tag, der ihn bald an die Realität heranführte.

„Ich habe heute ganz viele neue Leute kennengelernt und meine Lehrerin ist total nett. Schule ist doch nicht so schlimm wie ich dachte ", sprudelte es aus ihm heraus und er erzählte was er heute so erlebt hatte.

Irgendwie beneidete ich ihn.

Am Anfang der Grundschule war auch ich jeden Tag Feuer und Flamme gewesen in die Schule zu gehen.

Das war zumindest so lange so bis ich in der dritten Klasse stark gemobbt wurde.

Erst fehlte ich für längere Zeit, weil ich mir vor Mom und Dad immer neue Ausreden einfallen lassen hatte um nicht hinzugehen und wenn ich dann wieder in der Schule war, schrieb ich nur schlechte Noten, bis ich nicht mal mehr in die vierte Klasse versetzt wurde.

Erst dann hatte ich unseren Eltern erzählt was mit mir los war.

Zwar zu spät aber sie suchten mir eine neue Schule, in der ich mich wohler fühlte und Anschluss fand.

Da ich die Klasse wiederholen musste war ich irgendwie immer die Älteste.

Auch auf dieser Schule war es so.

Während alle anderen bald 16 wurden war ich schon 17 und im Februar würde ich 18 werden.

„Lass uns Mario Kart spielen ", wurde ich von Paul aus meinen Gedanken gerissen und grinste.

„Diesmal lass ich dich aber nicht gewinnen. "

„Gut dann habe ich endlich mal einen ebenbürtigen Gegner ", lachend stolperten wir ins Wohnzimmer und schmissen unsere Konsole an.

Die ersten Runden verliefen ziemlich gut für mich und schon fast glaubte ich das Spiel zu gewinnen, doch mein kleiner Bruder hatte anscheinend heimlich geübt, denn schon ein paar Minuten später lag ich hinter ihm.

Zum Ende hin wurde es ein ziemliches Kopf Rennen, welches ich verlor.

Geschlagen legte ich den Controller zur Seite und grinste Paul an. Er grinste zurück, weil er wusste was nun kam.

„Diesmal musst du nicht dein Taschengeld ausgeben wir haben noch eine im Kühlschrank. "

Nach einem leichten Handschlag stürzten wir auch schon in die Küche und Paul nahm den Pizzakarton aus dem Tiefkühler, während ich den Backofen einstellte.

Gemeinsam setzten wir uns nun an den Küchentisch und fieberten mit bis der Backofen endlich die richtige Temperatur erreicht hatte.

Nachdem Essen putzte ich mir mit meinem kleinen Bruder die Zähne und alberte noch ein wenig mit ihm herum, bis ich ihn ein wenig später ins Bett brachte und noch eine kleine Gutenachtgeschichte vorlas.

Als Pauls neugierigen Augen endlich zufielen machte ich mich auf den Weg in mein Zimmer, welches genau neben seines lag.

Es war zwar nicht ganz so groß aber ich hatte alles was ich brauchte.

Wenn man hineinkam war links mein Kleiderschrank und mein Bett während auf der rechten Seite neben dem Fenster mein Schreibtisch stand.

Wenn ich meine Hausaufgaben erledigte saß ich allerdings meistens auf meinem Fensterbrett und sah nebenbei hinaus.

Wir wohnten in dem vierten Stock eines Wohnblockes, also konnte ich sagen, dass sich die Aussicht zumindest lohnte.

Zum besagten Fensterbrett lief ich nun zu und schwang mich hinauf.

Mit angewinkelten Beinen sah ich hinaus und dachte über das nach was mir vorhin passiert war.

Konnte das wirklich passiert sein oder war ich in den letzten paar Stunden vielleicht komplett wahnsinnig geworden?

Allerdings sagten mir die Schürfwunden an meinem Arm und das Gefühl an meinem Hals eindeutig, dass das auf dem Heimweg wirklich geschehen war.

Somit kam mir auch wieder Francis, also Artemis, wie ihr eigentlicher Name zu sein schien, in den Sinn.

Ja das war eine sehr gute Frage die sie mir gestellt hatte, denn ich hatte keine Ahnung was ich war.

Zugegeben wenn ich ganz allein und zurückgezogen nachdachte, hatte ich schon öfters das Gefühl gehabt, dass ich irgendwie anderes war. Nur war ich nie darauf gekommen was das sein könnte.

Vielleicht würde ich endlich herausfinden woher diese abgefahrenen Träume kamen, die ich manchmal hatte und die ich mir nie erklären konnte.

Träume aus einer anderen Zeit.

Kapitel 3

Am nächsten Morgen wurde ich von dem Song *Schrei nach Liebe* von den Ärzten geweckt, welchen ich als mein Handyweckton eingestellt hatte.

Zwar war dieses Lied nicht gerade eines der Lieder auf meinem Handy, die mich sanft weckten aber ich brauchte das Laute am Morgen.

Gequält stellte ich meinen Wecker aus und warf meinen Kopf auf mein weiches Kissen.

Mein Bedarf aufzustehen und dieses flauschige Bett aufzugeben hielt sich in Grenzen, darum kuschelte ich mich noch kurz in meine Bettdecke ein und genoss die letzten Momente hier.

Hauptsächlich dachte ich dabei über einen neuen fragwürdigen Traum nach.

Ich stand auf einen Felsen und blickte hinab auf das grenzenlose Meer.

Die Sonne neigte sich zum Untergang und ich betrachtete gedankenverloren diesen Werdegang.

Es war einfach zu schön.

Die Wellen, die an den unteren Felsen brachen und die Sonne, welche das Meer in einer rötlichen Farbe tauchte.

Nicht einmal Vincent Van Gogh hätte diese Farben trotz seiner Liebe zur Natur besser treffen können.

Meine Gedanken waren da draußen auf dem Meer.

Nur zu gern wäre ich jetzt dort gewesen. Vielleicht mit einem Schiff.

Einfach ein Teil dieses Schauspiels sein.

Völlig in Gedanken verloren bemerkte ich nicht, wie sich jemand hinter mir anschlich und vorsichtig, die neben meinen Körper hängende Hand ergriff.

Leicht zuckte ich zusammen doch viel mehr begann mein Inneres zu kribbeln.

Die weichen Hände umschlossen meine und wir standen Hand in Hand dort auf den Felsen und genossen die Aussicht.

Kein Wort fiel und doch hätte ich ein ganzes Buch über meine Gefühle schreiben können.

Allein über dieses warme, geborgene Gefühl, welches ich gerade hatte und welches mich mit einem seligen Gemüt umhüllte.

Weder hatte ich ihr Gesicht gesehen noch konnte ich mir erklären was dieser Traum zu bedeuten hatte.

Alles was ich wusste war, dass: Wer auch immer diese Person war hatte mir ein vertrautes Gefühl gegeben.

Ein Gefühl, dass ich bis jetzt bei niemand hatte.

Es war nicht das erste Mal das diese ominöse Frau in meinen Träumen auftauchte.

Aber diese Person, die ich dort sah existierte nicht und damit musste ich mich abfinden.

„Yas komm es gibt Frühstück! ", rief mein Vater Franklin von der Küche aus.

„Bin gleich da! ", brummte ich noch etwas verschlafen, bevor ich mich aufrappelte und in den Klamotten, in den ich geschlafen hatte, den Geruch von fischen Kaffee folgte.

Meine Eltern saßen schon mit meinem kleinen Bruder am Tisch und hatten anscheinend auf mich gewartet.

Wir frühstückten jeden Morgen gemeinsam in Familie, da mein Vater als Hausmeister einer Grundschule arbeitete und Mom als Bürokauffrau für Versicherungen.

Kurz und knapp wir mussten so zu sagen alle zur selben Zeit los.

„Morgen ", warf ich in die Runde und ließ mich neben meinen Vater auf den Stuhl plumpsen. Er war schon in seiner Arbeitskleidung und sah somit komplett anderes aus als gestern.

Wenn er mit Mama ausging hatte er immer einen schwarzen eleganten Anzug an und machte einen seriösen Eindruck.

Völlig elanlos griff ich nach der Kaffeekanne und goss den Inhalt in meine Tasse.

Mit dem Löffel rührte ich Milch und Zucker unter und fragte mich wie mein kleiner Bruder um diese Uhrzeit schon so munter sein konnte, denn er erzählte ganz aufgeregt, dass er heute in der Schule das Schreiben lernt.

Zumindest ein paar Buchstaben.

Meine Mom und mein Dad hörten ihn zwar interessiert zu aber ihre Gesichter sahen genauso fröhlich aus wie The Walking Dead.

Anscheinend hatten sie gestern doch noch eine sehr lange Nacht gehabt.

Eine halbe Stunde später im Bus zeigte ich dem Busfahrer meinen Fahrschein und eine muntere Elli winkte mir schon vom Weiten zu.

„Morgen ", murmelte ich in die Umarmung hinein und bekam einen leichten Schlag auf die Schulter.

„Immer noch derselbe Morgenmuffel? ", grinste Elli und ich nahm mit einem: „Hör bloß auf " neben ihr Platz.

„Hier ", meinte Elli und reichte mir ihren linken Kopfhörer, während sie den rechten in ihrem Ohr hatte.

Sie wusste einfach, dass ich morgens etwas Musik brauchte um wirklich wach zu werden.

Und da sie auch wusste, dass ich laute Musik brauchte um wach zu werden, stellte sie die Musik bis zum Anschlag und Skillet schrie mir den Song: *Monster* ins Ohr.

„The secret Side of me, I will never let you see but I can`t control it"

Ich hatte nicht mal Ansatzweise eine Ahnung davon wie sehr dieser Satz einmal zu mir passen würde.

Kurz spielte ich mit dem Gedanken Elli von dem Vorfall von gestern zu erzählen, erinnerte mich aber an Franics Worte: Erzähl bitte keinen davon.

Auf der anderen Seite: Elli war meine beste Freundin.

Aber ich wusste nicht wie sie darauf reagieren würde, wenn sie früh am Morgen so eine Geschichte zu hören bekam oder ob sie mir überhaupt Glauben schenkte.

Darum behielt ich es für mich und hoffte, dass Bruce und Francis mir in der großen Pause sagen konnten was mit mir los war.

Nur stellte sich bei mir die Frage ob mir das, was sie mir zu sagen hatten gefiel sowie die Frage ob ich ihnen vertrauen konnte.

Sie hatten mich zwar gerettet, was dafürsprach, dass ich ihnen zumindest ein wenig Vertrauen entgegenbringen sollte.

Schließlich hätten sie mich auch einfach sterben lassen können.

Nachdem Elli und ich ausgestiegen waren und uns zum Schultor bewegten, reichte mir meine Beste eine Zigarette.

Dankbar ergriff ich diese und steckte sie mir an.

Es gehörte zu unseren morgendlichen Ritualen vor und nach der Schulzeit eine zu rauchen.

Meine Eltern würden mich eigenhändig umbringen, wenn sie das herausfinden würden aber zum Glück war ich gut darin den Geruch zu überdecken.

Bei Elli war es anders, da ihre Mutter ihr die Zigaretten holte. Während wir so da standen trudelte auch Karamell ein.

Sie wohnte keine zehn Minuten von der Schule entfernt, deshalb fuhr sie nie mit dem meist überfüllten Bus, wie Elli und ich.

„Morgen Bitches ", begrüßte sie uns und streckte frech ihre Zunge aus.

„Ich gebe dir gleich Bitch ", kam gespielt aufgebracht von Elli bevor wir alle zur selben Zeit loslachten.

Aus dem Augenwinkel bemerkte ich wie Bruce uns beobachtete und warf ihm einen kurzen Blick zu.

Durch seine Sonnenbrille sah ich nicht seine Augen und doch wusste ich, dass er mich ansah. Naja ehr anstarrte.

„Was ist denn mit dem? ", raunte Karamell, die nun auch zu Bruce sah.

Er ignorierte sie allerdings völlig und nickte mir zu, bevor er sich umdrehte und in einer Menge von Schülern verschwand.

„Ok, das war beängstigend ", murmelte Elli und Karamell knuffte mir in die Seite mit einem quietschend fröhlichen:

„Du hast einen Verehrer. "

„Garantiert nicht ", flüsterte ich trocken.

„Nicht mal für Bruce steigst du auf Kerle um? OMG du bist wirklich lesbisch ", witzelte Karamell und ich zwang mich zu einem gefälschten Lachen.

Verdammt ich hatte keine Ahnung warum er mich so angesehen hatte, als ob er einer von diesen unheimlichen Stalkern wäre, die man aus Filmen kennt, wo junge Frauen in einem dunklen, schlecht beleuchteten Park umherliefen.

Meistens nahmen diese Filme für die Frauen kein gutes Ende also hoffte ich inständig, dass er nicht noch komischer wurde.

Obwohl fast vergessen: Natürlich würde es noch komischer werden, schließlich war er kein Mensch!

Aber das konnte ich Elli und Karamell nicht erzählen.

Vielleicht irgendwann oder vielleicht auch nie aber auf gar keinen Fall jetzt.

„Langsam müssen wir aber ", holte Elli mich in die Realität zurück und hakte sich spielerisch bei mir ein.

„Bevor du mir Bruce wegschnappst ", meinte sie grinsend und ich sah sie irritiert an.

„Stehst du jetzt wirklich auf ihn? ", fragte ich überrascht und Elli wurde rot.

Scheiße...

„Sieh ihn dir an. Er kann jede haben, da wird er sich garantiert nicht in mich verlieben ", flüsterte sie mir leicht deprimiert zu.

Ich hasste diesen traurigen Gesichtsausdruck, denn sie immer bekam, wenn sie sich meist hoffnungslos verknallt hatte.

Bis zur großen Pause hatte ich meine Nervosität vor das, was nun kommen würde sehr gut verdrängt.

Karamell und Elli hatte ich gesagt, dass ich eine Verabredung mit einer Schülerin aus einer anderen Klasse hatte und deshalb die Pause nicht mit ihnen verbringen würde.

Zwar waren sie etwas skeptisch doch ich glaubte, dass sie es mir abkauften.

Noch dazu kam aber, dass mir niemand gesagt hatte wo wir uns nun trafen darum irrte ich etwas verloren in den Schulgängen umher, bis ich schließlich mit jemand zusammenstieß.

Das schlanke Mädchen vor mir mit ihren schulterlangen, knallroten Haaren und schwarzen enganliegenden Kleid, musterte mich aus ihren undurchdringlichen dunkelgrünen Augen und seufzte schließlich.

„Du bist Yasmin oder? ", kam schließlich von meinem Gegenüber und ich nickte.

„Ich bin Lizzy aus der achten."

Formell reichte sie mir ihre Hand und ich ergriff sie zögernd.

Das zierlich wirkende Mädchen hatte einen verdammt festen Händedruck.

Ich glaubte beinahe, dass sie meine ehr zerquetschen wollte statt zu schütteln.

„Du willst bestimmt zu Bruce und Francis?"

Wieder nickte ich, denn mein gegenüber machte mich irgendwie nervös.

Aber nicht dieses schwärmerische nervös, sondern ehr ein angst nervös.

„Komm mit ich bring dich zu ihnen. "

Das Mädchen, welches sich mir als Lizzy vorgestellt hatte deutete an mir an ihr zu folgen. Wir hielten abrupt vor der Schulbibliothek, welche so gut wie nie besucht wurde. Zweimal klopfte sie in kurzen Abständen an die Tür, bis diese geöffnet wurde.

Francis begrüßte mich und deutete an mich auf einen der bequemen Lesesessel zu setzten.

„Gut Lizzy hast du ja schon kennenglernt. Bruce und mich kennst du auch schon, fehlt nur noch George. "

Francis deutete hinter sich und ein Junge mit einem braunen Lockenkopf und Nerdbrille winkte mir schüchtern zu.

Er hing an dem einzigen Computer der hier stand und hatte sich nach dem Winken sofort wieder dem Bildschirm zugewendet.

„Keine Sorge der ist nur schüchtern ", meinte Bruce lachend und reichte mir seine Hand.

Irgendwie ein komischer Haufen, bestehend aus einem Nerd, einer angsteinflößenden Schönheit und Zwillingen die unterschiedlicher gar nicht aussehen konnten.

„Gehört ihr alle zusammen? ", fragte ich unsicher und blickte in die Runde.

Bruce nickte. „Also seid ihr alle Götter?", fragte ich weiter und Francis begann zu lachen.

„Nein, Bruce und ich sind die einzigen, keine Sorge ", versuchte sie beruhigend zu sagen doch nun hatte ich nur noch mehr bedenken.

In Sekundenschnelle war Lizzy bei mir und setzte sich auf meine Sessellehne.

„Eigentlich riecht sie ganz gut, ich könnte sie als Snack benutzen.

„Lizzy lass das, nimm deine verdammten Konserven ", wies Francis an und seufzte genervt. Bruce richtete sich auf und deutete auf Lizzy.

„Die Nervensäge ist ein Vampir also schön vorsichtig sonst endest du als Nachtisch. Der Nerd da hinten mit dem Lockenkopf ist auch nicht so harmlos wie er aussieht. Er ist ein Werwolf. "

Na Klasse.

Zwei Götter ein Werwolf und ein Vampir?

In was zum Henker war ich da nur reingeraten?

Verstört saß ich da und bekam keinen Laut aus meinen Mund.

„Ganz toll Lizzy, jetzt sagt sie gar nichts mehr. "

Sauer sah Francis sie an und schüttelte mit dem Kopf bevor sie sich auf die andere Lehne des Sessels setzte und mich ruhig ansah.

Wie auch immer sie das machte aber ich fühlte mich nur noch halb so auf den Arm genommen.

„Wir haben dich herbestellt, weil wir mit dir über die Sache von gestern reden wollten. Du hast bestimmt einige Fragen, die du uns natürlich stellen kannst, wenn du magst. "

Gutmütig sah sie mich weiter an.

„Was bin ich? ", flüsterte ich kaum hörbar aber alle im Raum hatten mich verstanden, denn selbst George drehte sich zu uns um und beobachtete das Ganze.

Ich hatte Angst vor der Antwort und doch bohrte die Neugierde in meinem Schädel.

„Ich habe wirklich alles recherchiert. Es gibt kaum Fotos und auch sonst keinen Anhaltspunkt darauf was du bist ", kam plötzlich von hinten.

Alle Blicke lagen auf George, der aus seiner Schultasche etwas hervorholte und mir zögernd überreichte.

In der Hand hielt ich gut fünf verschiedene ausgedruckte Bilder in einer ziemlich beschissenen Auflösung, die allesamt eine ältere oder jüngere Ausgabe von jemandem zeigten, der mir recht Ähnlich sah, nur in verschiedenen Zeiten.

„Auf der Rückseite habe ich das Datum geschrieben."

„Ok ", entwich mir und hastig drehte ich die Bilder um.

Auf ihnen standen Daten vom 12.06.1880 bis hin zum 20.01.1985.

Geschockt sah ich auf die Bilder.

Jedoch setzte mein logischer Verstand ein und ich sprang auf.

„Ihr verarscht mich doch oder? "

Sauer lief ich zur Tür als Lizzy ebenfalls aufsprang und mich an die Wand drückte. Gefährlich blinzelten ihre Augen auf aber mein Blick lag auf ihren spitzen Eckzähnen. „Muss ich wirklich erst zubeißen bis du uns glaubst?"

Ängstlich schüttelte ich mit dem Kopf und Bruce zog Lizzy vorsichtig von mir weg.

„Du sollst ihr nicht noch mehr Angst machen. Sie zittert schon. "

„Außerdem zitterst du immer, wenn du Angst hast, so wie jetzt gerade."

Dieser Satz schoss mir plötzlich durch den Kopf.

Ich wusste nicht wo er herkam, denn es gab niemanden der ihn mir jemals gesagt hatte. Verwirrt stand ich da und blickte ins Leere.

„Willst du wirklich wissen was du bist oder ist dir Unwissenheit lieber? ", stellte mir Bruce eine Frage und ich sah ihn an.

Ich dachte nach.

Wollte ich überhaupt, dass sich mein Leben von jetzt auf gleich veränderte? Wollte ich wissen woher diese abgefuckten Träume kamen?

„Denk gut darüber -..." setzte Francis an aber wurde von einem entschlossenen: „Ja " unterbrochen. Ich konnte nicht sagen wer erschrockener war.

Ich über mich selbst oder die anderen über mich.

„Was muss ich tun? ", fragte ich und versuchte meine Entschlossenheit aufrecht zu erhalten obwohl ich das Gefühl hatte mich selbst Kilometer tief in die Scheiße geritten zu haben.

„Schließ dich uns an ", meinte Bruce trocken.

„Aber ich habe keine Fähigkeiten. "

Kurz dachte Bruce nach, dann lief er zu einem Schrank und schob ihn einfach zur Seite. Dahinter befand sich ein Loch in der weißen Wand, aus der er etwas hervorholte.

„Fang! ", rief er und plötzlich hielt ich etwas Metallisches in meinen Händen.

„Eine Knarre!? ", panisch blickte ich ihn an und alle im

Raum begannen zu lachen.

Ich verstand gar nichts mehr.

Wieso hielt ich eine Pistole in der Hand und warum zu Geier lachten die anderen über mich?

„Yasmin, ziel einmal auf das Loch in der Wand und drück ab ", meinte Bruce und trat ein paar Schritte zu Seite. Das konnte nicht sein Ernst sein.

Mir erst eine Waffe in die Hand drücken und dann sollte ich sie auch noch benutzen!?

Was wenn es schief ging oder ich irgendwen verletzte, weil ich überhaupt nicht zielen konnte? Oder noch schlimmer was wenn uns jemand hörte?

„Vertrau uns einfach ", sprach mir Francis zu und ich nahm all meinen Mut zusammen, zielte auf das Loch in der Wand und drückte ab.

Zu meinem Erstaunen war da nichts.

Kein Rückstoß, kein Knall und auch keine Munition. Offensichtlich wollten die mich doch verarschen.

Bruce trat an mir heran und nahm mir die Pistole aus der Hand.

„Dreimal kannst du raten warum du plötzlich allein warst auf den Heimweg. Leichter kalter Wind im Hochsommer? Keiner der außer dir da war? "

„Ja aber wieso? ", flüsterte ich, weil ich nicht verstand was Bruce mir sagen wollte.

„Sobald jemand von uns angegriffen wird öffnet sich eine Parallelwelt, die unserer Identisch ist, mit der einzigen Ausnahme, dass kein Mensch hineingelangt. Du hast es nicht bemerkt, weil dein logischer Verstand es so wollte, bis dich der Seelendieb angegriffen hat. Die Pistole hier ist im Kampf deine Lebensversicherung. "

Verwirrt sah ich Bruce an, der mir die Pistole zurückgab.

„Solange du und wir nicht wissen was du bist müssen wir auf dich aufpassen und mit der Knarre kannst du dich wenigstens minimal selbst verteidigen ", flüsterte mir Lizzy spielerisch ins Ohr und leckte mit der Zunge über ihre tiefroten Lippen.

Hätte sie nicht so eine gefährliche Ausstrahlung würde ich sie wahrscheinlich ziemlich heiß finden.

Aber ich hatte Twillight noch nie besonders gemocht und wollte nicht, dass mein Leben plötzlich einem Film ähnelte.

Ich blickte in die Runde und dann auf die Pistole in meiner Hand, legte sie leicht auf meiner Schulter und sah noch mal zu den anderen.

Auf gute Zusammenarbeit ", kam grinsend aus mir und plötzlich

sprang George auf und gab mit ein High-Five.

„Willkommen im Team. "

Was auch immer auf mich zukam, ich wusste es nicht.

Nicht mal ansatzweise und doch hatte ich das Gefühl das richtige zu tun. Klang das ironisch wenn ich sagte: Das richtige zu tun?

Ich meine ich schloss mich einer Gruppe von Vampiren, Werwölfen und Göttern an aber hey, was hatte ich denn schon zu verlieren?

Außer vielleicht meinen Verstand.

Zumal ich bis gestern nicht einmal wusste, dass diese Wesen in unserer Welt existierten und plötzlich war ich der einzige Mensch in einer Gruppe voller menschlich aussehenden Wesen.

„Haben wir einen Namen? ", warf ich in die Runde und alle Blicke lagen auf mir.

„Wie Namen? Sehen wir aus wie eine Rockband? ", meinte Bruce streng und Francis stieß ihn in die Seite.

„So was wie Fantastic Five oder wie?", lachend drehte sich Bruce zu Lizzy.

Etwas beleidigt blickte ich zu Boden.

„Was war deine Idee? ", wollte George von mir wissen und drehte sich zu uns. Nun dachte ich nach.

Es musste etwas sein das alle beschrieb und etwas das irgendwie außergewöhnlich klang.

„Hateful and Loveable Creautures", sprach ich mehr zu mir als zu den anderen aber sofort war Lizzy wieder bei mir und fauchte:

„Willst du damit sagen, dass ich aussehe wie ein Monster? "

„Nein ", stammelte ich unsicher und blickte zu den anderen, weil Lizzy mir nach wie vor Angst machte.

„Ich fand den Namen gut ", mischten sich die beiden Zwillinge ein.

„Wenn auch etwas gewöhnungsbedürftig", fand George.

„Ach kommt etwas Humor tut uns auch mal gut nach den letzten Ereignissen", Francis stand auf und klopfte mir leicht auf die Schulter.

Da waren wir nun die Hateful and Loveable Creatures.

Kapitel 4

Mit einem vollen Kopf saß ich wieder im Unterricht.

Karamell und Elli redeten ununterbrochen und doch konnte ich mich nicht auf das Gespräch mit ihnen konzentrieren.

Meine Gedanken hingen an der großen Pause.

Nie hätte ich gedacht, dass mir so etwas passieren würde.

Oder besser gesagt, dass ich mich spontan entschied dieser abgefahrenen Gruppe beizutreten.

Ich fragte mich seit gut zwanzig Minuten inwiefern sich mein Leben verändern würde und auch ob ich nicht dich etwas vorschnell gehandelt hatte.

Was würde auf mich zu kommen? Und was, wenn ich nie wieder ein normales Leben führen würde?

Zu viele Fragen, die ich mir sicher mit der Zeit beantworten konnte aber wollte ich darauf wirklich eine Antwort haben?

„Yas, was ist mit dir los?", erschrocken blickte ich in Ellis besorgte Augen.

„Es ist nichts ", flüsterte ich ihr zu aber das kaufte mir meine Beste natürlich nicht so einfach ab.

„Ist dein Date so schlecht verlaufen?", harkte sie weiter nach.

Dachte sie wirklich ich hatte ein Date?

Musste ich als Lesbe wirklich was von jedem Mädchen wollen, mit dem ich mich traf?

Aber an sich klang das besser als die Wahrheit.

„Es ist kompliziert", gab ich schnell als Antwort und wendete meinen Blick zu meinen Deutsch Aufgabenblatt.

Es waren alles Wiederholungsaufgaben vom letzten Jahr und trotzdem hatte ich absolut nichts davon verstanden.

Unbemerkt schob mir Elli ihr Blatt entgegen und zwinkerte mir zu.

Ich verstand und schrieb dankbar die Ergebnisse auf mein Blatt ab.

Außer Deutsch hatten wir nicht viele Kurse gemeinsam, weil sie in Mathe und Physik den Leistungskurs besuchte und ich nur den Grundkurs.

Da die Stunden ebenfalls unterschiedlich ausfielen konnte es auch passieren, dass wir uns manchmal nur für eine Stunde am Tag sahen.

Dabei fiel mir auf, dass ich mit Francis im gleichen Englisch Kurs war.

Vielleicht konnte man das ja ein wenig ausnutzen, wenn man in der gleichen paranormalen Scheiße steckte.

Als ich fertig war legte ich meinen Kugelschreiber zu Seite und wendete mich zu Elli.

„So schlecht war das Date gar nicht aber sie hat Angst, wie die Öffentlichkeit darüber denkt, dass sie auf Frauen steht", log ich und Elli schüttelte sich.

„Deine Eltern hast du bis heute noch nichts gesagt, dabei weiß es die ganze Schule." Stimmt das Outing vor meinen Eltern stand noch aus.

Aber was sollte ich schon sagen?

Ich war nicht Fähig eine Beziehung zu führen, weil ich die richtige noch nicht gefunden hatte? Nein danke.

„Also wer ist es? Kenne ich sie? Du musst sie mir auf jeden Fall vorstellen", fragte mich Elli eifrig aus und ich verschluckte mich an meiner eigenen Spucke.

Fuck was hatte ich bloß getan!?

Elli glaubte mir wirklich, dass ich jemand kennenglernt hatte.

„Demnächst stell ich sie dir mal vor.", meinte ich knapp.

Jetzt brauchte ich nur noch ein Mädel das sich freiwillig als meine Freundin ausgab, damit ich nicht komplett in der Scheiße steckte.

Aber das tat ich!

Also bloß nicht durchdrehen nur, weil mein Leben gerade dem blanken Chaos glich.

Nach der Schule fing mich Lizzy am Schultor ab, als ich gerade mit Elli meine Feierabendzigarette rauchte.

„Ist sie das? ", flüsterte mir Elli ins Ohr und natürlich nickte ich spontan, weil mir sonst keine Erklärung einfiel warum ich sie kannte.

„Kommst du mit zu mir?", fragte mich Lizzy zögernd und ich schluckte.

War das ihr ernst?

Ich allein mit einem Vampir?

Wahrscheinlich würde ich als ihr verspätetes Mittagessen enden.

„Das ist schon ok. Geh schon", meinte Elli und schubste mich leicht in ihre Richtung.

Sie wollte ja nur mein bestes aber ich wollte mich am liebsten in irgendeinem Loch verkriechen und nie wieder hervorkommen.

Allerdings war für kindisches Verhalten jetzt keine Zeit, darum umarmte ich Elli zum Abschied und lief mit einem gefälschten Lächeln zu Lizzy.

Kaum waren wir ein paar Schritte gelaufen, zog sie mich auch schon in eine leere Gasse und presste mich an die Wand.

„Was hast du deiner Freundin erzählt? Sag schon", gefährlich leuchteten ihre Augen auf.

„Ich wusste nicht was ich meinen Freunden sagen sollte, weil ich die Pause nicht mit ihnen verbracht habe...Sie denken ich hatte ein Date."

Ihr Griff lockerte sich und Lizzy begann laut loszulachen.

„Ich darf raten ich bin dein Date?"

Unschuldig sah ich sie an und bekam einen eiskalten Blick zurück.

„Ja. Naja ich hatte ihnen gesagt, dass ich mit jemand ein Date hatte und dann bist du aufgetaucht."

Verzweifelt sah ich sie an.

„Gut mein Fehler."

Jetzt war ich irritiert.

Nahm sie es wirklich einfach so hin, dass ich vor den anderen gesagt hatte, dass sie mein Date war?

Oder schmiedete sie in ihren Kopf schon irgendwelche Pläne um mich loszuwerden? Ich wurde einfach nicht schlau aus ihr.

Wahrscheinlich war das auch der Grund warum sie mir solche Angst machte.

Aus dem einfachen Grund, dass sie für mich einfach unberechenbar erschien. Aber vielleicht war das auch nur eine Art Selbstschutz?

„Warum hast du mich gefragt ob ich mit zu dir will? ",
stellte ich ihr nun die Frage, die ich mir als nächstes durch
den Kopf ging.

„Ganz sicher nicht, weil ich ein Date mit dir will", bekam
ich prompt an den Kopf geworfen, als mich plötzlich
etwas umrannte.

Auf den Boden liegend erhaschte ich noch kurz einen
Umriss von einem ziemlich großen weißen Hund.

„Echt nicht mein Tag heute " brummte ich und stand auf.

Lizzy hingegen blickte dem Hund hinterher. In ihren
Augen lag etwas Ängstliches.

„Komm schon sag nicht du hast Angst vor Hunden hast",
meinte ich grinsend und erntete mal wieder einen bösen
Blick.

Jackpot sie hatte Angst. „Komm jetzt wir gehen zu mir,
da sind auch die anderen."

Sofort bekam sie ihre kühle Ausstrahlung wieder.

Ihr Verhalten mir gegenüber war echt schräg aber
vielleicht konnte ich mich ja doch noch mit ihr
anfreunden.

Schließlich spielten wir doch im selben Team.

Eine viertel Stunde später saß ich auch schon mit Lizzy,
George, Bruce und Francis in ihrem Zimmer, das wie sie
selbst recht düster war.

Nur vereinzelt schafften es die hellen Strahlen der Sonne durch die Jalousie zu kriechen.

Die Wände waren komplett schwarz gestrichen und strahlten etwas wahnsinnig Pessimistisches aus.

Anderes war jedoch die Stimmung der anderen, die dem Raum einen gewissen Glanz verliehen.

Ich hatte mich neben George auf die braune Ledercouch gezwängt und sah etwas betreten in die Runde.

Ich fühlte mich etwas fehl am Platz, da ich die anderen kaum kannte.

Innerlich sehnte ich mich gerade zu Karamell und Elli aber nun war ich eben hier und musste das Beste aus der Situation machen.

Einzig der Nerd neben mir schien zu bemerken wie es mir ging, denn er wendete sich zu mir und lächelte aufbauend.

„Am Anfang fühlt man sich immer etwas fehl am Platz, wenn man irgendwo neu ist. Mir ging es genauso."

Sollte mir das jetzt irgendwie helfen? Ich fühlte mich nach wie vor unwohl. Auch wenn Bruce und Francis ganz nett waren gab es noch Lizzy.

Und warum warf sie mir hin und wieder diesen tödlichen Blick zu?

„Wie lange kennst du die anderen schon? ", schlug ich ein Thema an, damit ich ein Gespräch mit George aufbauen konnte.

„Seit letztes Jahr im Winter. Ich wurde wie du irgendwie in diese Parallelwelt gezogen und hatte mich dabei in einen Werwolf verwandelt. "

Interessiert hörte ich ihm zu.

Es musste ein ziemlicher Schock für ihn gewesen sein als er diese Seite an sich kennengelernt hatte.

„Ja das war es auch", brummte George.

Auf mein irritiertes Gesicht hin meinte er nur lachend: „Komm schon auch ohne mich auf deine Gedanken zu konzentrieren hätte ich gewusst was in dir vorgeht."

Na ganz klasse Gedankenlesen konnte er also auch noch.

Ich war geliefert.

Zumal ich pro Sekunde gefühlte hunderte von Gedanken hatte, die mir unsortiert quer durch meinen Kopf schossen.

Wahrscheinlich würde ich ihm zu den Kopfschmerzen seines Lebens verhelfen.

„Gibt es noch jemand der Gedanken lesen kann?", warf ich in die Runde damit ich wenigstens darauf vorbereitet war, falls sich jemand in meinem Kopf einnistete.

„Nö aber ich kann die Gedanken von normalen Menschen beeinflussen. Wie zum Beispiel Erinnerungen auslöschen", meldete sich Bruce zu Wort.

„Oh Bruce Wayne hat noch weitere Fähigkeiten als sich zu verkleiden und einen auf Superheld zu machen", rutschte mir heraus und ich biss mir auf die Zunge, weil ich nicht wusste wie die anderen auf meinen Humor reagierten. Tatsächlich war alles still. Totenstill.

Bis ich ein ziemlich dreckiges Lachen aus der anderen Ecke des Zimmers vernahm. Natürlich war es Lizzy, wer sonst.

„Die Kleine hat echt Pfeffer oder sie ist Lebensmüde", zischte sie halb ernst halb lachend.

Keine Sekunde später war sie auch schon wieder bei mir und quetschte sich zwischen George und mir.

„Was heißt hier Kleine? ", murmelte ich sauer doch Lizzy rollte nur mit den Augen.

„Ich kann es mir leisten dich so zu nennen oder bist du ohne deine Wiedergeburten mitzuzählen 1000 Jahre alt?"
Diese verdammte Arroganz war zum kotzen!

Was auch immer ich sagte wurde von ihr so wie so wieder vernichtet.

„Zurück zum Thema bevor ihr euch einen Kleinkrieg liefert. Ja ich kann auch noch andere Sachen als den Rest der Welt, dir inklusive, den Arsch zu retten ", kam von

Bruce, dessen leicht genervter Blick von Lizzy zu mir wanderte und an mir hängen blieb.

Auch in diesem dunklen Raum hatte er seine Sonnenbrille auf und doch wusste ich, dass er mich eindringlich ansah.

Bevor ich weiter denken konnte verzog sich sein Mundwinkel zu einem komplett ernsten Gesichtsausdruck.

„Eigentlich bist du emotional aufgewühlt und versuchst das hinter deiner lockeren Art, die wie eine Schutzmauer um dich herum liegt zu verstecken."

Verwirrt sah ich zu Bruce, der triumphierend grinste.

„Du bist ziemlich leicht durchschaubar, Lizzy ist da schon etwas schwieriger für mich, was wohl heißt- du bist einfach zu leicht gestrickt."

Ok ich ändere ab jetzt meine Meinung: Ich mochte George und Francis.

Bruce war genauso gemein wie Lizzy.

Apropos Lizzy, die war plötzlich weg! Kurz nicht hingeschaut und schon wie vom Erdboden verschluckt.

Beziehungsweise bis die Tür aufflog und sie mit einem Glas wieder hereinkam.

Die tiefrote Flüssigkeit ließ mich vermuten, dass es Kirschsaft war.

Haha ja der war gut.

Schon allein der metallische Gestank sorgte dafür, dass ich angeekelt mein Gesicht verzog.

„Auch ein Schluck, Sweety?" Grinsend hielt mir Lizzy das Getränk entgegen und ich musste leicht würgen.

Wenn sie so weiter machte kotzte ich der Bit***ch das Zimmer voll!

Nun mischte sich Francis ein und riss Lizzy das blutige Getränk aus der Hand.

„Lass das", wies sie Lizzy an, die eingeschnappt, nach ihrem Glas griff und sich weit weg von mir an einen setzte.

Ich warf Francis einen dankbaren Blick zu der mit einem: „Schon ok, die Zicke ist eigentlich ganz handzahm", erwidert wurde.

„Das habe ich auch ohne meine Vampirohren gehört", kam aus der Ecke sowie ein leises schlürfen. Langsam hatte ich das Gefühl wirklich die einzige normale Person hier zu sein.

Die einzige die keine Ahnung hatte, was sie war und somit auch die einzige ohne irgendwelche übernatürlichen Fähigkeiten. Nur stelle sich bei mir die Frage: Sollte ich froh darüber sein?

Ich fühlte mich wie in einer Freakshow.

George Blick ruhte auf mir, dass spürte ich deutlich.

„Kannst du aufhören meine Gedanken zu lesen?", knurrte ich unfreundlich. Schüchtern blickte er zur Seite.

„Ich kann ja nichts dafür, dass sie so frei im Raum herumliegen."

Ganz toll.

Er konnte es nicht verhindern, dass er sie mehr oder weniger unfreiwillig hörte.

Aber was noch schlimmer war: Wie sollte ich bitteschön Elli weiterhin in den Glauben lassen, dass Lizzy und ich heute ein Date hatten, wenn mir schon bei den bloßen Gedanken an ihr das Kotzen kam?

Geschockt wanderte George Blick zu meinen Augen und ich zuckte mit den Schultern. Mir war klar, dass er gehört hatte was ich gerade dachte.

„Yasmin bist du dir eigentlich hundert Prozent sicher, dass du wissen willst was du bist?" Ich drehte meinen Kopf zu Francis, die mir diese Frage gestellt hatte.

„Warum fragst du mich das?", stellte ich wieder einmal eine Gegenfrage.

„Weil sobald du weißt was du bist nie wieder ein normales Leben führen wirst. Du wirst alles und jeden belügen müssen und schwebst rund um die Uhr in Lebensgefahr."

Kurz dachte ich nach aber eigentlich lag mir meine Antwort schon auf der Zunge.

„Ich habe seit Jahren seltsame Träume und möchte herausfinden was es damit auf sich hat. Selbst wenn mir die Antwort darauf nicht gefallen wird, will ich für mich selbst wissen wer ich war und vor allem was ich bin. Ein Leben zu führen ohne über sich selbst Bescheid zu wissen ist nicht wirklich Lebenswert."

„Sehr Philosophisch", kam von Bruce der zwar immer noch einen ernsten Gesichtsausdruck an den Tag legte aber trotzdem interessiert zuhörte.

„Darüber sprechen wir nochmal wenn es so weit ist und sich herausstellt, dass du nicht der Loveable sondern der Hateful Teil der Gruppe bist", zischte Lizzy und so langsam platzte mir bei ihr wirklich der Kragen.

„Was habe ich dir eigentlich getan!? Du gibst mir in einer Tour das Gefühl unerwünscht zu sein dabei kennst du mich doch gar nicht."

Ich war wütend und das war noch sehr milde ausgedrückt, denn am liebsten würde ich ihr den Kopf abreißen.

„Du platzt einfach hier rein und stellst alles auf den Kopf! Wir waren gut dran ohne dich und jetzt haben wir irgendein Wesen mit in der Gruppe auf das wir alle aufpassen müssen, weil es unfähig ist sich alleine zu verteidigen! Als hätten wir nicht schon genug Probleme zurzeit, haben wir nun ein neues und zwar dich-...", weiter kam Lizzy nicht, denn ich stand auf und griff meine Tasche.

„Schon gut ich habe verstanden, dass ich für euch nur ein Klotz am Bein bin", warf ich in die Runde bevor ich aus der Wohnung verschwand und einfach weglief.

In mir kamen unterschiedliche Dinge hoch.

Wut, Hass aber auch Enttäuschung.

Ich hatte wirklich geglaubt, dass sie mir helfen konnten etwas über mich herauszufinden aber nein: Ich war nur ein unnötiger Ballast, denn man loswerden wollte.

Noch während ich mich aufregte spürte ich es wieder.

Diesen kalten Windzug im Sommer und plötzlich waren die Straßen wie leergefegt. Alles war still und doch spürte ich einen ekelhaften Atem im Rücken.

Ich befand mich wieder in der Parallelwelt und meine Waffe befand sich ganz unten auf den Boden meiner Tasche.

„Verdammte scheiße aber auch! ", fluchte ich laut und drehte mich um.

Es war das gleiche seltsame Wesen, wie letztes Mal. Mit dem Unterschied, dass dieses Wesen etwas zögerte, als ich meine Tasche nahm und ausschüttete.

Tja damit hatte das Ding wohl nicht gerechnet.

Ich blickte auf den Boden und da glänzte sie neben meinen Schulsachen.

Yes.

Ich griff nach ihr und die düstere Rauchgestalt vor mir zischte auf mich zu.

Fast schon so schnell wie Lizzy vor der Schule befand ich mich auch schon wieder im Würgegriff und versuchte dabei die Waffe zu entsichern.

Irgendwie gelang es mir, doch das Wesen riss sie mir mit seiner rauchigen Hand aus den Händen, sodass sie meterweit wegflog.

Na toll meine Lebensversicherung war gerade dahin, wodurch ich nun mal wieder ziemlich tief in der Scheiße steckte.

Ich sah mit an, wie das Wesen mir etwas aus mir heraussaugte, mit dem Unterschied zum letzten Mal, dass ich diesen verdammten Schmerz schon kannte.

Und trotzdem, diesmal würde niemand kommen um mir zu helfen, dass wusste ich.

Ich wäre für niemanden eine Hilfe gewesen und jetzt konnte ich mir nicht einmal selbst helfen.

Mit letzter Kraft versuchte ich mich irgendwie aus diesen brutalen Griff zu lösen, doch ich war wie auch schon beim ersten Mal zu schwach.

Meine Luft blieb aus und die Schmerzen wurden so unerträglich, dass mir kurzzeitig schwarz vor Augen wurde und ich zu Boden glitt. Wartet Moment.

Zu Boden glitt?

Meine Augen waren zu schwer um sie zu öffnen und doch konnte ich sagen, dass mir bewusst war, dass ich mal wieder auf den Boden lag.

Ich schaffte es zu blinzeln und erblickte einen schneeweißen großen Hund, welcher mit dem Seelendieb kämpfte.

Der große Hund blickte kurz zu mir und ich blickte in zwei fast schon schwarze Augen. Nur waren es keine Hundeaugen, sondern Wolfsaugen.

Für einen winzigen Augenblick glaubte ich, dass es George war, doch diese Idee verwarf ich wieder, denn ansonsten wären die anderen auch hier.

Nein der Wolf vor mir war auf gar keinen Fall von der Gruppe.

Ein leichtes Aufheulen brachte mich wieder zurück ins Geschehen.

Der Wolf war verletzt!

Verdammt irgendwas musste ich doch tun...

Da fiel mein Blick auf meine Waffe, die etwas entfernt von mir auf dem Boden lag und ich robbte zu ihr.

Wenn ich Zeit hätte zu überlegen wie das gerade aussehen musste, würde ich mich wahrscheinlich darüber schlapp lachen aber wie gesagt: Keine Zeit.

Ich griff die Waffe, entsicherte sie und zielte auf den Seelendieb.

Zwar war ich mir nicht sicher ob ich richtig zielte, doch ich drückte ab.

Nun war der Rückstoß da, denn ich schlitterte etwas zurück, während sich eine riesige blaue Lichtkugel durch den Kopf des Wesens bohrte.

Sofort löste sich das Ding in Rauch auf und verschwand brüllend.

Wow, das war ziemlich knapp und doch hatten wir es geschafft.

Ich und...ich blickte mich um.

Weg war der Wolf.

Ich lag hier allein herum und rappelte mich langsam auf, während sich die Welt um mich herum mit Leben füllte und ich, die aus meiner Tasche geschütteten Schulsachen vom Gehweg sammeln durfte.

Kapitel 5

Wenn man bedachte, dass ich mal wieder um ein Haar draufgegangen wäre, konnte ich zumindest über mich selbst sagen, dass ich langsam ein Rekord im bewusstlos werden und danach so tun als wäre nichts gewesen aufgestellt hatte.

Wie auch immer.

Shit happens, wie es so schön hieß und langsam zum Statement meines Lebens wurde.

Mittlerweile saß ich mal wieder auf dem Fensterbrett meines Zimmers und hing meinen Gedanken nach.

Oder zumindest einen Gedanken: Wer verdammt noch mal war dieser komische Wolf der plötzlich aufgetaucht war?

Mein Leben war ja nicht schon komisch genug seitdem ich in ein kleines Mysterium dieser Welt eingetaucht war.

Nein da musste noch ein weiteres Mysterium auftauchen.

Noch dazu hatte ich keine Gruppe mehr zu der ich gehörte, und war somit auf mich allein gestellt.

Lizzys Ansage hallte in meinen Gedanken nach und ich stutzte deprimiert meinen Kopf auf meinen Knien ab.

Ich versuchte optimistisch zu denken.

Aber wie?

Ich hatte keine Gruppe, keine Kampferfahrung und absolut keine Peilung mit was für einer Scheiße ich es hier zu tun hatte.

Das einzige positive: ich hatte eine Waffe mit der ich mich verteidigen konnte, wenn sie nicht gerade auf den verdammten Boden meiner Tasche lag.

Aber wer verdammt nochmal hatte mich gerettet?

Und vor allem warum?

Ich sprang vom Fensterbrett um mein Cappy aufs Bett zu werfen und die Haare raufend durch mein Zimmer auf und ab zu laufen.

Natürlich brachte es mir nichts, weshalb ich mein Handy ergriff und eine Playlist suchte.

„Es ist die Angst in dir, die dich so beherrscht, dass du dich selber nicht mehr kennst ", sang mir Campino, der Frontsänger der Toten Hosen in mein Ohr und hatte recht damit.

Ich erkannte mich selbst kaum wieder.

„Und sie quält dich immer weiter als ob, wenn bloßer Regen auf dich fällt. Ein pausenloser Wegbegleiter, der dich nirgendwo in Ruhe lässt. "

Ich fühlte mich genauso.

„Atemlos in Panik vor dem nächsten, neuen Schub, vor den ruhelosen Geistern, die man selber schuf. "

Obwohl Panik? Ich stand kurz vor einem Nervenzusammenbruch um es auf den Punkt zu bringen und das schlimmste: Ich konnte mit niemanden reden.

Elli und Karamell konnte ich schlecht einweihen, ohne ihre Weltansicht zu zerstören.

Die paranormale Gruppe konnte ich auch vergessen.

Alles was blieb war ein Wolf der mich gerettet hatte und danach wie vom Erdboden verschluckt war.

Konnte man mir verübeln, dass ich gerade durchdrehte?

Kurz öffnete ich Whatsapp und tippte auf den Chatverlauf von Elli, da sie mir schon die zehnte Nachricht gesendet hatte.

Als sie sah, dass ich Online war, kam sofort ein: „Wie war dein Date? "

Schon mal schöne scheiße gedacht und dabei ein Jokergrinsen aufgesetzt, während du spürtest wie einzelne Tränen über deine Wange liefen?

Nein?

Gut ich auch noch nicht, bis jetzt.

„Lief ziemlich bescheiden ", schrieb ich, was wenigstens halb der Wahrheit entsprach.

Wenn ich ihr schon nicht die komplette Wahrheit sagen konnte, so wollte ich wenigstens klarstellen, dass ich NICHT mit Lizzy zusammen war.

Was auch immer ich mir dabei gedacht hatte Elli überhaupt zu sagen, dass ich mit ihr ein Date hatte.

Ich hasste sie, sie hasste mich.

Keine zehn Minuten später klingelte es an der Wohnungstür.

„Yas ist in ihrem Zimmer ", hörte ich meine Mom sagen und wischte mir schnell die letzten Tränen aus dem Gesicht, als Elli und Karamell auch schon in mein Zimmer stürzten.

„Was ist passiert? ", platzte es aus Elli, als sie in mein Gesicht sah.

Sie bemerkte natürlich sofort, dass ich geheult hatte.

Kein Wunder bei meinen verquollenen Augen.

Und ich Idiot musste natürlich total überfordert mit allem nochmals anfangen loszuheulen.

„Süße es wird alles wieder gut ", sprach mir Karamell zu und beide drückten mich an sich bis ich mich zumindest ein wenig beruhigt hatte.

Schniefend und nach einer verbrauchten Taschentuchpackung saß ich mit meinen Freundinnen auf meinem Bett und begann zu erzählen.

Natürlich nicht die Wahrheit, was mir grade extrem schwerfiel.

Ich konnte auf die Beiden neben mir immer zählen und wir erzählten uns sonst auch immer alles untereinander. Nur dieses Mal ging es einfach nicht und das zerriss mich innerlich.

„Sie hat nur mit mir gespielt dabei wollte sie gar nichts von mir ", sagte ich Karamell und Elli, die sich untereinander musterten.

„Das bekommt sie zurück. Niemand spielt mit den Gefühlen unserer besten Freundin. "

Siegessicher streckte Elli die Hand nach oben jedoch schüttelte ich heftig mit dem Kopf.

„Ich will nur noch meine Ruhe vor ihr ", flüsterte ich mitgenommen.

Zumindest war der Satz nicht gelogen, denn ich wollte wirklich meine Ruhe vor diesen kleinen Blutsaugenen Biest.

Verständnisvoll legten die Beiden ihre Hand auf meine und sahen mich aufbauend an.

„Du weißt doch, dass wir immer für dich da sind. "

Der Kloß in meinem Hals kam zurück.

Natürlich wusste ich, dass die Beiden immer für mich da waren, was auch immer passieren würde.

Und somit war ich die erste die den Jahresvorsatz für dieses neue Schuljahr brach: „Ich wünsche mir, dass wir alles Gute und auch schlechte miteinander teilen und uns nicht aus den Augen verlieren. "

Ironischerweise kam dieser Satz auch noch von mir, was die ganze Sache nur noch beschissener machte.

Soweit war es schon gekommen, dass ich nicht einmal mit Elli und Karamell über alles reden konnte.

Ich wollte mir einreden, dass es zu ihrem Schutz war oder weil sie es mir höchstwahrscheinlich nicht abkauften doch in Wahrheit hatte ich einfach nur Angst.

Angst als Freak abgestempelt zu werden und die wichtigsten Personen in meinem Leben zu verlieren.

„Wusstet ihr eigentlich, dass wir Morgen eine Neue bekommen? ", warf Karamell in die Runde.

Ich wusste, dass sie versuchen wollte mich auf andere Gedanken zu bringen aber es interessierte mich nicht ob jemand neues in unsere Klasse kommen würden.

Ich war so oder so nicht die sozialste hier und hatte auch keine Lust darauf neue Menschen kennenzulernen.

„Ich habe gehört sie soll hübsch sein ", meinte Elli und stieß mir in die Seite.

Natürlich Lesbisch: Musste jede Frau heiß finden, einfach aus Prinzip.

Ich rollte mit den Augen und sagte zu dem Ganzen einfach nur:

„Wer wechselt bitteschön am Anfang der zehnten Klasse die Schule?"

„Was weiß ich. Ich weiß nur, dass sie heiß aussehen soll und gute Noten hat. Den Rest werden wir Morgen herausfinden."

Der nächste Morgen

„Mein Name ist Shay Gordon, ich bin die Neue. Schön euch kennenzulernen. " Leicht verunsichert blickte ich mich am nächsten Morgen in der Klasse um. Nein ich war nicht die einzige die den Blick nicht von der Neuen nehmen konnte.

Selbst Elli und Karamell saßen mit offenen Mund da und das obwohl sie zu hundert Prozent Hetero waren.

Es hieß, dass sie hübsch war aber nicht, dass sie die Definition von Sexy verkörperte!

Da stand einfach ein Mädel mitten im Raum mit feinen, glatten hellbraunen Haaren, die ihr bis zum Rücken gingen und einer hohen Stirn, die perfekt zu ihrem ovalen Gesicht passte.

Sie war etwas größer als ich und trug einen lässigen Boyfriend-Blazer, darunter ein Feinstrickpollover und Jeans im Destroyed-Look.

Fuck und da sagte mir nochmal einer das Blazer spießig aussahen. Bei ihr war das schon mal nicht der Fall.

Passender Look zum Wetterumschwung zumindest, denn heute war es ekelhaft kühl draußen, was auch an den plötzlichen Gewittern liegen könnten, die seit gestern über die Stadt wanderten.

What Ever.

„Wie kann man so gut aussehen? ", hörte ich Karamell hinter uns.

„Keine Ahnung...Yas bitte sag mir, dass sie Homo ist sonst haben wir bald gar keine Chance mehr bei den Kerlen ", stöhnte meine Beste neben mir gequält auf.

Ich musste lachen.

Natürlich war das mal wieder das einzige woran Elli denken konnte.

„Ich muss dich enttäuschen mein Gaydar sagt mir sie ist Hetero." Verblüfft sahen mich Karamell und Elli gleichzeitig an.

„Seit wann funktioniert dein Homoradar? Sonst muss ich dir immer sagen, dass du dich an jemanden ranmachen kannst ohne Gefahr zu laufen an eine Hete zu enden. "

Natürlich musste meine Beste mich wieder auf den Boden der Tatsachen bringen: Mein Lesbenradar war was für den Arsch.

Taubstumm und Blind noch dazu, wenn man es ganz genau nehmen wollte.

Aber dieses Mal hatte ich es einfach im Gefühl.

„Naja schaut sie euch Mal genau an. Das Mädel da vorne schreit schon nach: Ich bin Hetero. "

„Yasmin, Klara und Ellisa habt ihr uns irgendetwas mitzuteilen? ", störte unser Klassenlehrer das Gespräch.

Gleichzeitig schüttelten wir alle mit dem Kopf und Herr Ricke widmete sich wieder der Neuen.

„Hinten bei Klara ist noch Platz oder neben Nadine. " Er deutete auf meine verhasste Klassenkameradin, die ihr falschestes Lächeln aufsetzte.

Verdammt wie ich diese Bitch hasste.

„Ich geh zu Nadine, die anderen reden mir zu viel ", meinte die Neue lässig und schlürfte zu Nadins Platz.

Kurz kreuzten sich dabei die Blicke von mir und der Neuen aber alles was ich in diesen dunkelbraunen Augen lesen konnte, war die pure Arroganz.

„Scheiße ich glaube wir bekommen neue Feinde ", flüsterte mir Elli ins Ohr und ich nickte stumm.

In Nadine ihrer Gruppe waren nur eingebildete Schüler.

Aber wahrscheinlich passte Shay dort gut rein.

So war es dann auch, denn als ich mich nach der Pause ohne Elli und Karamell auf den Weg zu meinem Physik-G Kurs machte lief ich genau in Nadine ihre Gruppe hinein, die aus Nadine selbst, Sandy ihrer besten Freundin, dem gutaussehenden aber geistig zurückgebliebenen Muskelprotz Tommy und nun auch Shay bestand.

Ganz Klasse.

„Oh Mal ohne deinen Kindergarten unterwegs?"

Ich ignorierte Nadine und lief weiter, spürte aber auch wie ich zurückgezogen wurde.

„Warum so stumm? Sonst hast du doch auch eine große Klappe."

„Was ist eigentlich dein Problem? Hast du nicht noch irgendwen in den Arsch zu kriechen? ", schnaubte ich genervt.

Nadine ließ meinen Arm los, doch bevor ich weiter laufen konnte stellte mir Tommy auch schon ein Bein.

Ganz großes Kino für alle wie ich fast durch den halben Flur flog und direkt in zwei Armen landete, die mich auffingen.

„Lizzy? "

Ungläubig sah ich, in die nach wie vor finsteren Augen.

Allerdings war sie ausnahmsweise nicht sauer auf mich, denn ihr Blick galt der Gruppe.

„Wenn ihr schon jemanden durch den Flur stolpern lasst, dann bitte nicht in meine Richtung, klar!?", schrie Lizzy wütend.

Da war jemand aber verdammt schlecht drauf.

Noch bevor ich irgendetwas sagen konnte befand ich mich plötzlich auf der Mädchentoilette.

„Wie hast du das gemacht? "

Das waren keine zwei Sekunden gewesen!

„Ich bin halt schnell ", kurz brach sie ab bevor Lizzy etwas nervös wurde.

„Es tut mir leid was ich gestern zu dir gesagt habe. Zurzeit ist alles ziemlich schwierig bei uns und wir haben eigentlich keine Zeit uns auch noch um dich zu kümmern ", sprach Lizzy weiter.

„Das hast du mir gestern schon gesagt. Nur nicht in einen ganz so ruhigen, sachlichen Ton wie jetzt ", gab ich zurück.

„Ich weiß und es tut mir leid. Du bist eine von uns und das wichtigste für uns alle ist es dich zu beschützen. Es war falsch dich wegen dem ganzen so blöd anzumachen, schließlich kannst du ja nichts dafür. Weder für unsere Situation noch dafür, dass du nicht weißt was du bist. "

Nun war ich aber überrascht.

Positiv überrascht, denn es war das erste Mal, dass Lizzy und ich reden konnten ohne uns gegenseitig fast zu zerfleischen.

Nur wo war der Haken?

Es musste einen geben, schließlich gab es immer irgendwo einen.

Aber er kam nicht.

Also jubelte ich innerlich auf und begann Lizzy in der Kurzfassung zu erzählen was mir gestern noch passiert war nachdem ich die Wohnung verlassen hatte. „Wow. Schön, dass du noch lebst." Langsam wurde es mir echt unheimlich Nicht die Tatsache, dass ich mit einem Vampir auf dem Klo war, sondern die freundliche Art mit der wir redeten. Ich hatte einfach nach den ganzen Streitereien und bissigen Kommentaren ein wenig Misstrauen ihr gegenüber.

„Ich bin zwar mal wieder fast krepiert aber wie meinst du das schön, dass du noch lebst? " Unsicher blickte Lizzy sich um und wendete ihren Blick schließlich wieder zu mir.

„Du meintest ein Wolf ist aufgetaucht und hat dir mal spontan das Leben gerettet...es hätte auch anderes ausgehen können ", letzteres flüsterte sie beinahe was mich irgendwie verwirrte.

„Außer uns gibt es noch weitere Gruppen. Manche bestehen so wie wir aus ein paar Wesen und Göttern, manche nur aus Göttern oder Wesen und dann gibt es noch ein paar Gruppen die gefährlich sind. Bei weiten sogar gefährlicher als die Seelendiebe, die wir hauptsächlich bekämpfen ", fuhr Lizzy leise fort.

„Warum sind sie so gefährlich?"

Gott ich klang wie ein Kleinkind, dass immer alles hinterfragen musste. Aber Lizzy nahm es anscheinend gelassen und beantwortete auch diese Frage.

„Wenn du nachher kurz Zeit hast, kann ich dir etwas Geschichtsunterricht in Sachen Mythologien und so ein Scheiß geben. Sonst verlierst du irgendwann den Überblick über unser ganzes System ", nun war Lizzy wieder etwas frecher, denn sie schaffte es zumindest mir die Zunge herauszustecken.

„Meine besten Freunde waren gestern bei mir und ich wusste nicht was ich sagen sollte außer, dass zwischen uns nichts lief, weil du 'nur mit mir gespielt hast'. So langsam gehen mir die Ideen aus."

Kurz dachte Lizzy nach.

„Sie sind dir wirklich wichtig oder?"

Was für eine Frage war das denn jetzt?

Dass meine besten Freundinnen mir wichtig waren stand ja wohl außer Frage.

„Vergiss was Francis dir gesagt hat. Wenn sie dir wichtig sind, dann solltest du ihnen reinen Wein einschenken und nicht ständig belügen. Auf die Dauer kann so was verdammt schiefgehen."

Gedanken verloren sah Lizzy zu mir.

Sie sah so aus, als wenn sie kurz in eine Situation zurück versetzt worden wäre aber fing sich auch demensprechend schnell und schüttelte genervt mit dem Kopf.

„Wie auch immer. Diese Entscheidung liegt bei dir und bei niemand sonst. "

Wahrscheinlich hätte ich etwas entgegnet, wenn ich nicht bemerkt hätte, dass vor fünf Minuten der Unterricht begonnen hatte.

Dabei musste ich zu der blöden Neugebauer.

Sie hasste Unpünktlichkeit genauso sehr wie ich Nadine und das war kaum zu toppen.

„Wir sehen uns nachher ", rief ich noch bevor ich losrannte und Lizzy stehen ließ.

Anscheinend hatte auch meine Lehrerin Verspätung, denn wir standen zeitgleich vor der Tür, des Klassenraumes.

„Ach haben sie es auch schon hergeschafft? ", meinte die Neugebauer sarkastisch und ich entschuldigte mich fürs zu spät kommen.

Mit einem: „Sie sind aber auch recht spät ", lief ich so schnell ich konnte in die Klasse und setzte mich neben Milan.

Milan war der einzige halbwegs akzeptable Typ aus meiner Klasse und dieses Jahr hatten wir noch kein Physik was hieß, dass ich durch die verdammten fünf Minuten mir keinen eigenen Sitzplatz suchen konnte.

„Na wen haben wir denn da? ", hörte ich eine bekannte, verhasste Stimme vor mir.

Natürlich musste auch noch Nadine vor mir sitzen.

Eines stand fest: Dieses Jahr würde ich sterben. Vor allem in Physik.

Aber nicht wegen Nadine oh nein.

Von ihr ließ ich mich nicht aus der Fassung bringen aber neben ihr saß Shay, diese neue...mein Blick klebte an ihren Haaren und lief über ihren Rückenwirbel der leicht herausstach hinab bis zur Stuhllehne, die mir die Sicht auf ihren Hintern verwehrte.

Ich verstand mich gerade selbst nicht.

Versuchte ich gerade im Unterricht der neuen auf den Arsch zu sehen?

Aber noch während ich richtig darüber nachdenken konnte, fuhr sie plötzlich zu mir herum mit einem: „Ich spüre deine Blicke bis hier du hormongesteuerte Lesbe. "

Kapitel 6

Ich gebe ja zu, dass ich sie selbst für meine Verhältnisse recht lange angesehen hatte aber fucking shit, was war das für eine eingebildete Tusse?

Nadine grinste arrogant und blickte zwischen mir und Shay hin und her.

„So hübsch bist du jetzt auch nicht", kam trocken von mir, auch wenn es nicht ganz der Wahrheit entsprach.

Warum mussten die hübschesten eigentlich immer den beschissensten Charakter haben?

„Dafür siehst du mich aber ziemlich lange an", meinte Shay grinsend. Diese Augen. So dunkelbraun, dass sie fast schon schwarz wirkten. Sofort erinnerte ich mich an diesen komischen Wolf.

Aber die Neue und ein Wolf?

Dieses eingebildete Mädchen vor mir, hätte mich eiskalt draufgehen lassen und keinen Finger gerührt um mich zu retten.

„Kein Konter mehr? ", kam enttäuscht von Shay, die mich angrinste, ihren Blick endlich von mir nahm und sich wieder umdrehte.

Irgendetwas tuschelten sie und Nadine, bevor ein dreckiges Lachen erklang.

Ich hatte es nicht verstanden aber es war offensichtlich, dass es um mich ging.

Leicht an genervt tippte Milan mit seinem Kugelschreiber auf den Tisch und ich sah ihm an, dass er genauso ein Problem damit hatte, dass diese beiden Mädels vor uns saßen.

„Wie kann man so einen scheiß Charakter haben?", flüsterte er mir zu.

Meine Antwort war ein schulterzucken.

Wenn ich das wüsste, dann wäre ich um einiges schlauer.

Aber immerhin hatte ich gerade einen Verbündeten gefunden.

Vielleicht würde der Sitzplatz doch nicht ganz so übel, wie ich zuerst dachte.

Kaum war die Stunde vorbei wollte ich auch schon aus dem Raum stürzen, doch Milan hielt mich fest.

„Wir haben die nächste Stunde doch auch zusammen oder willst du wieder als gefundenes Fressen für die Bitches enden? ", sein Blick lag auf den Mädels vor uns und ich nickte etwas irritiert aber dennoch dankbar.

„Ich pass auf dich auf und wenn noch ein dummer Spruch kommt gibt es Regenbogenkotze in deren Gesicht."

So trocken wie er das sagte konnte ich nicht anders als loszulachen. Die Vorstellung wie er einen Regenbogen kotzte war zu komisch.

Aber Regenbogen?

„Bist du schwul? ", kam es plötzlich aus mir und Milan sah sich erschrocken um.

Niemand hatte uns gehört und somit zwinkerte er mir als Antwort zu.

„Bleibt aber unser kleines Geheimnis ok? "

Meine innere Stimme sang mir gerade sanft und schrill You are not alone. vor, während ich schmunzelnd darauf wartete, dass Milan seine Sachen eingepackt hatte.

Englisch war nun auf unseren Stundenplan vorgesehen.

Eine der wenigen Kurse, die ich mit Francis hatte.

Eigentlich war ja mein Plan gewesen, mich in dieser Stunde neben sie zu setzen aber da sie schon neben Bruce saß und Milan und ich uns anscheinend gut verstanden, kam eins zum anderen.

Glücklicherweise saßen wir nicht schon wieder hinter Shay und Nadine sondern hatten uns einen Sitzplatz in der hintersten Wandreihe ergattert.

Der Traum eines jeden Schülers, der nicht gerade Lehrerliebling war.

„Danke für das alles ", flüsterte ich zu Milan, der mich ruhig ansah.

„Ist doch kein Thema. Wenn etwas nervt, dann ist das Nadine und ihre homophobe Gruppe. "

Wie hatte Morgan Freeman so schön gesagt?

Ach ja: *I hate the word homophobia.*

It´s not a phobia. You are not scared. You are an asshole.

Wahre Worte.

Auch wenn ich bis heute keine Ahnung hatte was Nadine eigentlich für ein Problem mit mir hatte.

Es war ja nicht so als wenn ich sie irgendwie attraktiv fand oder freiwillig das Gespräch mit ihr suchte.

Genaugenommen löste sie mit ihrer übertriebenen barbiehaften Erscheinung lediglich einen Brechreiz in mir aus.

Zusätzlich noch ihr Charakter und ich war tagtäglich drauf und dran ihr vor die Füße zu kotzen.

Nur ob es ein niedlicher Regenbogen wäre oder mein Frühstück hatte ich noch nicht herausgefunden.

„Ich glaube die Neue ist sauer auf dich ", riss mich Milan aus meinen Gedanken.

„Was, wieso? "

Ich folgte Milans Blick und sah zur Fensterreihe, direkt in ihr Gesicht.

Doch diesmal war es keine Arroganz, die ich in ihrem Blick sah, sondern ein Aufblitzen.

Was war nur los mit ihr?

Schließlich hatte sie doch angefangen damit mich zu provozieren und nicht umgekehrt.

Außerdem hatte ich ihr lediglich gesagt, dass ich sie nicht für so hübsch hielt, wie sie sich selbst anscheinend fand.

Zugegeben war es gelogen aber was hätte ich ihr sagen sollen?

Zu mir oder zu dir?

Vielleicht hob ich mir das für das nächste Mal auf.

Passen würde es ja, wenn sie mich für eine hormongesteuerte Lesbe hielt.

Ich riss meinen Blick von ihr los und versuchte an Hundewelpen zu denken.

Klappte aber nicht.

Hm. Katzenbabys?

Tatsächlich musste ich leicht grinsen und versank in meiner ausgeprägten Fantasie.

Irgendwann war die Schule vorbei und ich machte mich auf dem Weg zum Schultor, wo Karamell und Elli schon auf mich warteten.

Gerade als ich auf die Beiden zu lief wurde ich von einer Schulter angerempelt und sah wie Shay an mir vorbeilief.

„Steh nicht im Weg rum ", wurde mir über die Schulter zugeworfen und mein Inneres kochte bald über bei dieser nervigen Arroganz.

„Ein Sorry wäre jetzt angebracht! ", schrie ich ihr hinterher und rieb an meiner Schulter.

So kräftig sah Shay gar nicht aus und doch schmerzte die Stelle.

Plötzlich blieb sie stehen und ich stolperte gegen sie.

„Jetzt sind wir quitt ", brummte sie und lief weiter während ich etwas verwirrt vor meinen Freundinnen stand.

„Die Neue war ja heute Morgen schon komisch aber das eben ", kam von Elli aber ich war wie paralysiert.

„Nicht auf den Hintern sehen", ermahnte mich meine innere Stimme aber mein Blick verharrte einen Moment zu lange dort.

„Yas? ", holte mich Karamell zurück ins hier und jetzt und ich begann von den letzten Ereignissen zu berichten.

„Scheint so als wenn sie irgendwie ein Problem mit dir hat", sagte Elli und zog an ihrer Zigarette.

Etwas nachdenklich griff ich in ihre Jackentasche und fingerte eine Kippe aus ihrer Schachtel hervor.

„Aber ich kenn sie nicht und soweit ich weiß kennt sie mich auch nicht. "

„Vielleicht hast du sie ja mal abserviert ", witzelte Karamell und sah Shay hinterher, die mittlerweile die Straßenseite gewechselt hatte.

Sie lief allein und zog wie auch schon am Vormittag alle Blicke auf sich, welche sie genervt quittierte.

Vielleicht hatte sie ja gar kein Problem mit mir, sondern mit der Wirkung die sie offensichtlich auf andere hatte, einschließlich mir.

Die Theorie gefiel mir persönlich irgendwie besser als, dass die Neue mich grundlos hasste.

Einen kleinen Zeitsprung weiter saß ich bei Lizzy, auf dem Bett.

Sie hatte mir sogar eine Cola hingestellt, was wahrscheinlich das einzige nicht blutige Getränk in ihrem Haushalt war.

Die anderen hatten zu tun und konnten nicht herkommen, darum hatte sie genug Zeit mich aufzuklären.

Ich fasse mal kurz zusammen wie schlau ich schon war durch den Kurzcrash:

Neben den Seelendieben und den anderen Gruppen gab es noch Diego, ein wahnsinnigen feuerspuckenden Drachenmensch der es auf unsere Gruppe abgesehen hatte, Phlegyas, der vor Jahren Apollons Tempel in Brand setzte (Apollon glaubte ihn getötet zu haben aber er kam wieder) und Tantalos einen durchgeknallten Psychopathen, der von anderen Göttern zunächst als Freund behandelt wurde bis er schließlich scheiße baute.

Also kurzum: Wir konnten uns auf niemanden außer auf unserer eigenen Gruppe verlassen, wenn wir nicht unbedingt vor die Hunde gehen wollten.

Ich hatte mir den ganzen Kram im Übrigen notiert, denn sonst hätte ich mir die Namen gar nicht erst behalten.

Manchmal konnte ich Namen schon vergessen, noch während man sich mir vorstellte: Es könnte natürlich auch sein, dass das meine Fähigkeit war.

Nur, dass ich mit dieser, der Gruppe nicht helfen könnte. Jetzt hatte ich schon wieder die Gruppe gesagt, langsam fühlte ich mich als wäre ich eine Rocker-Bande beigetreten, mit der Ausnahme, dass alle paranormale Fähigkeiten hatten.

„Du siehst echt fertig aus ", raunte Lizzy und musterte mich.

„Schlimm wenn ich heute nicht noch auf die anderen warte, sondern nachhause gehe? Ich fühl mich nicht besonders ", kam aus mir.

Mir ging es zwar soweit ganz in Ordnung aber ich hatte irgendwie keinen nerv für das Ganze.

„Kein Problem. "

Lizzy brachte mich noch zu Tür, von da an war ich wieder auf mich allein gestellt und machte mich auf den Weg nach Hause.

Ich hatte mir Musik in die Ohren gestöpselt und versank in dem Song Zeit von Kollegahs Album.

Die meisten hielten meinen Musikgeschmack für ziemlich seltsam aber sie mussten es ja auch nicht hören.

Wie schon heute Morgen prasselte der Regen auf die Stadt nieder.

Zwar nicht in Strömen aber es regnete. Ich mochte den Regen.

In ihm lag etwas Beruhigendes.

Meine Gedanken schweiften ab bis ich mal wieder leicht brutal in die Realität zurückgeholt wurde, denn ich wurde von einer rothaarigen unbekannten Frau umgerannt.

Heute war einfach absolut nicht mein Tag, denn ich lag mal wieder auf den Boden und meine Klamotten waren hinüber.

Das einzige beruhigende: Ich war nicht die einzige, die auf den Boden lag, denn mich leuchteten zwei Paar grüngraue Augen an.

Einen Moment zulange sahen wir uns einfach nur an bis ich mich räusperte: „Kannst du bitte von mir runtergehen? "

Sofort sprang die junge Frau auf und half mir hoch.

„Entschuldigung, das war keine Absicht ", kam aus ihr und ich betrachtete ihr leicht gerötetes Gesicht.

Ich schätzte sie auf ein bis zwei Jahre älter als mich und rang plötzlich nach Luft.

Scheiße roch sie gut.

So nach Rosen und ihre Hände…

Erst jetzt fiel mir auf, dass ich noch immer ihre Hand hielt. War sie vielleicht deshalb so rot?

„Ich bin Yasmin ", stellte ich mich vor und entzog ihr meine Hand.

Ein leichtes Lächeln huschte über die Lippen der rothaarigen Schönheit und sie sah mir intensiv in die Augen.

„Ich bin Denise und eigentlich nicht so ein Tollpatsch."

Zugegeben war sie mir echt sympathisch: Etwas kleiner als ich, schlank, zierliche Figur wie schon erwähnt rote Haare, wunderschöne Augen...

Schwärmte ich gerade wirklich von einer Frau, die mich gerade gecrusht hatte?

„Ähm ich wohne gleich um die Ecke...vielleicht magst du ja noch einen Kaffee trinken...mit mir? ", stotterte Denise leicht verlegen und ich sah sie baff an.

War das gerade eine Einladung?

Es gab sie also doch noch: Diese unschuldigen Mädels mit einem engelsgleichen Gesicht.

„Sehr, sehr gern ", antwortete ich Denise und zeitgleich huschte uns Beiden ein schüchternes Lächeln über die Lippen.

Der Tag hatte eine unerwartet schöne Wendung genommen und ich folgte der schönen Unbekannten nach Hause.

Bei ihr angekommen schloss Denise vorsichtig die Tür hinter sich und sah mich wieder mit diesen faszinierenden Augen an.

Leicht funkelten diese auf, als sie mich plötzlich vorsichtig gegen die Wand ihres Flures drückte und küsste.

Ihre Lippen schmeckten so gut und Achtung Klischee: nach Erdbeere.

Überwältigt erwiderte ich den Kuss und merkte wie sie in den Kuss hineinlächelte. Aber ging das Ganze nicht etwas zu schnell?

Bevor ich darüber nachdenken konnte spürte ich unsere Zungen aufeinandertreffen und meine Sinne gaben nach.

Was auch immer das gerade war, fühlte sich zu gut an um darüber nachzudenken.

Kurz hörte Denise auf mich zu küssen und grinste mich frech an, bevor sie weitere federleichte Küsse auf meinen Hals verteilte und leicht an ihm saugte.

Ich schmolz dahin, bis sie mit der Zungenspitze an mein Ohr leckte.

„Weißt du was jetzt perfekt wäre? ", hauchte sie mit ihrer süßlichen

Stimme an mein Ohr.

„Was denn? ", brachte ich mit leicht zitternder Stimme hervor.

„Dich zu töten ", hauchte Denise in mein Ohr."

Kapitel 7

Schockiert stieß ich sie von mir weg.

Das konnte doch nicht ihr ernst sein!

Doch plötzlich veränderte sich ihr Gesicht und wurde zu einer verzerrten, schaurigen Grimasse.

Das Schöne verschwand und zurück blieb ein zerfallenes Gesicht, das zur Hälfte verbrannt war.

Komplett überrumpelt versuchte ich die Flucht zu ergreifen, doch wurde an den Haaren zurückgezogen.

„Gefalle ich dir nicht? ", grinste mich Denise mit ihren nun verfaulten Zähnen an und schlug meinen Kopf gegen die Wand.

Trotz des Schmerzes versuchte ich meine Gehirnzellen dazu zu überreden mir einen Fluchtplan zurechtzulegen.

Nochmals schlug sie meinen Kopf gegen die Wand, doch ich schaffte es sie festzuhalten.

„Was bist du? ", zischte ich und drehte nun den Spieß um indem ich sie gegen die Wand drückte.

Denise begann dreckig zu lachen und löste sich in Luft auf, wodurch ich kurz nach vorne stolperte.

„Leg dich nicht mit mir an ", vernahm ich eine Stimme hinter mir und schon landete mein Kopf wieder gegen die Wand.

„Ich will das dein Gesicht genauso hässlich wird wie meins. Ich will das du das gleiche erlebst wie du mir angetan hast du dreckige Halbgöttin", zischte mir Denise in mein Ohr und schlug meinen Kopf wieder gegen die Wand.

Wieder und wieder.

Blut lief mir über die Stirn und rann mir langsam übers Gesicht, bis hin zu meinen Lippen.

„Ich weiß nicht wovon du redest ", brachte ich unter Tränen hervor und wurde herumgewirbelt.

Ich konnte dieser Bekloppten nicht in die Augen blicken und sah zu Boden.

„Schau mich gefälligst an! ", schrie mich Denise an und ich blickte in vor Wut lodernde Augen.

Kein einziger Funke von dem was ich zuvor gesehen hatte war noch vorhanden.

Alles was in ihnen lag war Hass.

„Ich weiß nicht wovon du redest ", wiederholte ich und sah ihr fest in die Augen.

Sie musste mich verwechseln. Niemals hätte ich jemanden etwas angetan.

„Dann helfe ich dir mal auf die Sprünge: Wer hat den damals versucht einen dreckigen Wolf zu retten? Ich habe mein Leben damit verbracht sie zu jagen und dann tauchst du auf und verbrennst mir mit deinen Kräften mein schönes Gesicht."

„Ich habe keine Erinnerungen! ", schrie ich verzweifelt und versuchte meine Tränen wegzuwischen.

„Falsche Antwort. Aber wie ich bemerkt habe hast du deine Fähigkeiten blockiert, also kann ich dir das antun ", Denise deutete auf ihr Gesicht und wieder rastete mein Kopf in der Wand ein.

Nur dieses Mal härter als die Male zuvor.

Wieder und wieder knallte mein Kopf mit voller Wucht gegen die Wand und bedeckte die weiße Farbe mit Blut.

Solange bis mir schwarz vor Augen wurde und mein Körper immer kraftloser.

Im Sekunden Zeitraffer zogen die Bilder dieses Lebens an mir vorbei bis zu dem jetzigen Zeitpunkt.

Es war schön und traurig zugleich.

So viele Emotionen kamen in mir hoch, dass ich hätte Schreien können.

Die Bilder verschwanden und plötzlich befand ich mich in einem komplett schwarzen Raum.

Ich empfand keinen Schmerz mehr und hatte mein Zeitgefühl verloren.

„Hallo!? ", rief ich ins Dunkle hinein doch da war niemand außer ich. Ich allein.

Panisch lief ich durch die Gegend.

Wie weit ich schon gelaufen war konnte ich nicht sagen, denn es war immer noch alles schwarz. Bin ich tot?

Nein verdammt das durfte nicht wahr sein.

Hatte mich diese wahnsinnige Alte gerade wirklich umgebracht?

Atemlos sackte ich in mich zusammen und mein Weinen hallte durch die Dunkelheit.

Ob Sekunden oder Stunden ich wusste nicht wie lange ich nun schon hier saß aber ich hob meinen Kopf.

Ich musste hier weg.

Durch meinen Tränenschleier erblickte ich ein kleines hellblau funkelndes Licht in der Ferne und meine wackligen Beine trugen mich zu ihm.

Aber umso näher ich glaubte das Licht zu kommen, umso weiter schien es wieder entfernt zu sein.

Es war zum Ausrasten.

Wütend setzte ich mich wieder auf den ebenfalls schwarzen Boden und überlegte angestrengt wie ich zu dem Licht kommen konnte.

„Das Licht sind deine Fähigkeiten. Du hast sie selbst versiegelt um ein normales Leben führen zu können ", vernahm ich eine Stimme und drehte meinen Kopf nach allen Richtungen doch da war nichts!

Wurde ich wahnsinnig?

„Wo bist du!??? ", rief ich ins nichts.

„Ich bin dein verborgenes Unterbewusstsein. Deine Erinnerungen deine Vergangenheit, deine Gegenwart, deine Seele. "

Das war mir dann doch zu hoch und ich blickte mich verängstigt um. Doch mein Blick galt immer noch mehr dem in der Ferne funkelnden Licht. Ich wollte es.

Nein ich MUSSTE es bekommen.

Mein gesamter Verstand war wie besessen von dem Licht und ich lief nochmals auf es zu. Es war als würde es mir förmlich rufen.

„Benutz nicht deinen logischen Verstand zum Laufen, sondern deinen Geist ", sprach wieder die Stimme zu mir und Ausnahmsweise hörte ich auf sie.

Umso mehr ich mich auf das Licht konzentrierte umso näher kam ich es.

Oder kam es auf mich zu?

Ehe ich mich versah wurde ich von diesem hellblauen Licht umhüllt.

Erst umschloss es mich, bis es sich in Einzelteile zerlegte und polarisierte.

Es kroch durch meine Haut, durch meine Nerven, ich möchte sagen auch durch meine Organe.

Da stand ich nun komplett leuchtend in einem schwarzen Nichts und flüsterte ein leises: „Danke", bevor ich meine Augen aufschlug und etwas benommen den Boden des Flures betrachtete auf dem ich lag.

Mein Körper schmerzte wieder und ich hatte das Gefühl mich gleich übergeben zu müssen, doch ich stand auf.

Fragt mich nicht wie aber ich stand.

„Noch nicht tot? ", fragte Denise spöttisch und ich spürte wie die innere Wut in mir überkochte. Noch nie in meinem Leben war ich so wütend.

Mein Blick allerdings ging nun nicht zu Denise sondern zu meinen Händen in denen kleine Wasserkugeln schwebten.

„Oh hast du deine Fähigkeiten wieder? ", säuselte Denise und steigerte meine Wut ins unermessliche.

Mein ganzer Körper leuchtete in den unterschiedlichsten Wasserfarben und die Wasserkugeln in meiner Hand kochten.

„Was hast du vor, mich ertränken? ", lachte Denise und ich warf eine der Kugeln auf sie.

Das kochende Wasser verbrannte ihr so oder so schon verbranntes Gesicht und Denise schrie vor Schmerz auf.

„Leg dich nie wieder mit mir an ", zischte ich kühl und warf die nächste Wasserkugel auf sie. Ich überließ sie einfach ihren Schmerzen und lief hinaus.

Mein Blick ging durch das Treppenhaus der Wohnung aber es war niemand zu sehen.

Also konzentrierte ich mich darauf die ganze Wut hinunterzuschlucken, bevor ich weiter als Glühwürmchen durch die Gegend lief.

Eines stand fest: Ich musste sofort zurück zu Lizzy. Die anderen mussten mich irgendwie beruhigen und mir erklären was das gerade war!

Also nahm ich die Beine in die Hand und machte mich auf dem Weg zurück.

Ein Glück hatte meine Lederjacke eine Kapuze, denn mein Gesicht sah ziemlich mitgenommen aus.

Krass mitgenommen und ich hatte keine Ahnung wie ich das ganze Blut meinen Eltern erklären sollte.

Sie würden mir nicht abkaufen, dass ich gegen eine Wand gelaufen bin.

Scheiße, Scheiße, Scheiße, nochmal!

Nervös zitternd lief ich durch die Straßen und war kurz davor durch zu drehen.

Gut ich hatte zwar meine Fähigkeiten wieder aber meine Erinnerungen an den Rest fehlten nach wie vor.

Hatte ich noch mehr solcher Feinde in meinen Leben gesammelt?

Und in welcher Verbindung stand ich mit dem Wolf den Denise erwähnt hatte?

War der Wolf, gleichzeitig auch der Wolf, der mich gerettet hatte?

Genervt drückte ich auf Lizzys Klingel und ihre Stimme erklang in der Freisprechanlage.

„Hier Yas. Kleiner Notfall ", meldete ich mich an und die untere Tür wurde geöffnet.

Ich lief zu ihrer Wohnungstür, welche sofort aufgerissen wurde.

„Ich habe das Blut schon gerochen, als du noch unten warst: Was ist passiert!?", Lizzy schleifte mich durch die Wohnung und ich setzte mich dieses Mal auf den freien Stuhl in ihrem Zimmer.

Auch die anderen waren da und sahen besorgt in mein Gesicht, als ich die Kapuze zurückzog.

„Mein Gesicht ist erst mal unwichtig. Aber was bin ich? "

„Das hatten wir doch schon, wir wissen nicht was du bist", stöhnte Bruce auf. Wieder wurde ich wütend und mein Körper begann zu leuchten.

Mit heruntergeklappter Kinnlade sahen alle auf mich.

„Was? ", fragte ich irritiert und die anderen tauschten sich wissende Blicke aus.

„Halbgöttin ", flüsterte Francis und musterte mich von oben bis unten.

„Heilige Scheiße, wie hast das gemacht?", fragte mich Lizzy.

Nur George sah mich besorgt an.

„Erzähl uns lieber was passiert ist. "

Und so begann ich mal wieder eine krasse Geschichte zu erzählen.

Das Leuchten um mich herum verschwand langsam und ich begann zu schluchzen.

„Hey wir sind da ", sprach mir Francis zu und nahm mich vorsichtig in den Arm.

„Wir sind alle für dich da. Und wir werden dich trainieren, sodass dir so was nie wieder passiert ", auch Bruce stand auf und legte seinen Arm um meine Schulter.

Alle standen vor mir und schenkten mir ein aufbauendes Lächeln.

Selbst Lizzy, die die Geschichte zunächst ziemlich skeptisch verfolgt hatte.

„Denise lebt aber noch oder? ", setzte Bruce an und ich nickte benommen.

„Ich wollte nur noch raus aus ihrer Wohnung. "

„Sie wird nicht lockerlassen aber beim nächsten Mal wirst du um einiges stärker sein als sie ", kam von George.

Bruce der immer noch neben mir stand hob vorsichtig mein Kinn an, sodass ich zu ihm hochblicken musste.

„Das haben wir gleich ", flüsterte er mir entgegen und fuhr mit einer golden leuchtenden Hand über meine Wunden.

Ich wusste nicht wie er das machte aber ich konnte spüren, wie die Wärme die von ihm ausging meine Verletzungen heilten.

Dankbar sah ich ihn an und hatte zumindest ein Problem weniger.

„Du meintest du hättest Wasserkugeln mit deiner Hand

geformt", vernahm ich George seine nachdenkliche Stimme.

Alle Blicke waren auf den Nerd gerichtet und warteten darauf, was er zu sagen hatte.

„Ich kann mich irren aber ich denke du bist eine Meeresgöttin. Als du das aller erste Mal geboren wurdest muss einer deiner Elternteile demnach kein Mensch gewesen sein"

Ungläubig sah ich ihn an.

Konnte der Tag noch seltsamer werden?

Das war alles einfach zu viel auf einmal, auch wenn ich jetzt zumindest wusste was ich war, war der Tag im Großen und Ganzen zu krass für mich.

Mein Magen zog sich zusammen und ich fragte Lizzy ob sie mir kurz zeigen konnte wo die Toilette wäre.

„Um die Ecke links ", deutete sie an und schon war ich aufgesprungen und eilte dorthin. Kaum angekommen musste ich mich auch schon übergeben.

Wie schon gesagt, es war einfach zu viel auf einmal.

„Ja dieses Leben ist echt zum kotzen ich weiß ", hörte ich plötzlich Lizzy hinter mir und hob mein Kopf.

Irgendwie schaffte sie es mich ein wenig zum Lachen zu bringen, was in meiner Situation gerade nicht das Beste war, denn ich musste sofort wieder hochwürgen.

Nur das Lizzy mir dieses Mal die Haare hielt und mich versuchte zu beruhigen.

Stunden später lag ich wach in meinem Bett und starrte an die Zimmerdecke. Mein Kopf ließ nicht zu, dass ich einschlief.

Ich stellte mir zu viele auf die ich noch keine Antwort hatte. Warum hatte ich keine Erinnerungen? Warum hatte ich meine Fähigkeiten blockieren lassen?

Wie viele Feinde hatte ich mir in den ganzen Jahren zusammengesammelt und waren sie noch gefährlicher als Denise?

Irgendwann fielen mir bei den ganzen Fragen in meinem Kopf doch die Augen zu und ich bewegte mich langsam in das Land der Träume.

Kapitel 8

„Yasmin musst du nicht in die Schule!? ", vernahm ich eine Stimme von ganz weit weg. So weit weg, dass ich mich glatt noch einmal umdrehte und einfach weiterschlief.

„Yasmin Copper!!! "

Verdammt die Stimme gehörte meiner Mutter, die gerade meine Zimmertür aufriss und mir die Decke wegzog.

„Wie spät ist es denn?", fragte ich noch im Halbschlaf und blickte

zu Mom hoch.

„Du hast in einer halben Stunde Schulbeginn ", meinte sie zwinkernd und ich sprang aus meinem Bett.

Hatte ich ernsthaft vergessen mir meinen Wecker zu stellen?

„Wenn du rausgehst kann ich mich sogar noch umziehen."

Sanft schob ich meine Mutter aus dem Zimmer und griff mir ein paar Klamotten aus dem Kleiderschrank.

Ich war nicht besonders wählerisch heute, denn es musste schnell gehen. Also entschied ich mich spontan für eine weiße Skinny Jeans und ein hellblaues Shirt.

In Windeseile kleidete ich mich an, warf mir mein Cap auf den Kopf und schwang mir meine Schultasche über die Schulter.

Ein Glück hatte ich zumindest die Angewohnheit diese am Vortag zu packen.

Als ich gerade losrennen wollte blieb ich vor meinem Spiegelbild an meinem Wandspiegel hängen.

Ich hatte die Schminke vergessen und natürlich musste ich genau heute aussehen als hätte ich nächtelang durchgemacht.

Viel Zeit hatte ich nicht mehr darum legte ich mir nur eine Fondation auf und bearbeitete meine Augen mit Mascara.

Es war nicht perfekt aber akzeptabel.

Das passende Makeup für jemanden der verschlafen hatte: Also genau richtig.

Ohne Frühstück rannte ich auch schon zum Bus und musste natürlich mal wieder in jemanden hineinlaufen.

„Kannst du Depp nicht aufpassen!? ", wurde ich von einer rauchigen Stimme angeschrien und erkannte das Gesicht unserer neuen Klassenkameradin.

„Ach du bist es ", murmelte sie feindselig, als sie bemerkte das ich es war.

Im Augenwinkel sah ich den Bus an uns vorbeifahren. Scheiße.

„Wenn du dich jetzt nicht so aufgeregt hättest, hätten wir den noch bekommen ", schoss genervt aus mir heraus, während mein Finger auf dem davonfahrenden Bus zeigte. Was für ein Morgen.

Erst verschlief ich und jetzt musste ich mit dieser impulsiven Nervensäge auch noch warten.

Gemeinsam trotteten wir zu Haltestelle.

Immerhin der nächste kam schon in fünf Minuten.

Tja immerhin hätte ich wohl nicht denken sollen, denn es waren die schlimmsten fünf Minuten meines Lebens.

Noch ein dummer Spruch von ihrer Seite und ich wäre wahrscheinlich auf sie losgegangen.

Allerdings musste ich meine Aggression zügeln solange ich meine Fähigkeiten noch nicht unter Kontrolle hatte.

Shay sollte schließlich auf gar keinen Fall die erste sein, die ich in mein Leben einweihen wollte.

Wenigstens während der Fahrt ließ sie mich in Ruhe, was aber wahrscheinlich mehr daran lag, dass ich mich ganz weit von ihr wegsetzte.

Es hatte sich schon fast nach Flucht angefühlt.

Aber so war es ja auch irgendwie: Ich war auf der Flucht vor einem zugegeben wunderschönen Mädchen, mit einem miesen Charakter.

Endlich in der Schule kamen wir zumindest nur 10 Minuten zu spät.

Shay lief neben mir her und Ausnahmsweise war kein einziges Wort gefallen.

So schweigsam war sie fast schon erträglich, wenn ich nicht wüsste, dass das nicht so bleiben würde.

„Klopf endlich oder willst du ewig vor der Tür stehen! "

„Falls du es noch nicht bemerkt hast, habe ich schon zweimal geklopft aber unsere Klasse ist einfach zu laut! "

Wir standen bestimmt schon weitere zusätzliche zehn Minuten seit unserer Ankunft vor der Tür unseres Klassenraumes und warteten auf Einlass oder in meinem Falle: auf Erlösung.

„Dann Klopf nochmal ", genervt verdrehte Shay die Augen und warf ihre langen hellbraunen Haare zur Seite.

Diese verdammte....

Niemals denken und klopfen gleichzeitig, denn ich stolperte geradewegs meiner Lehrerin entgegen.

Alle lachten.

Auch Karamell und Elli blickten amüsiert zu mir.

Es hieß ja eigentlich nicht mein Tag, bei mir war es dann wohl ehr nicht meine Woche /Monat/Jahr.

Ich fühlte mich hiermit offiziell 24/7 von meinem Leben verarscht.

„Schön das ihr auch die Schule gefunden habt ", zwinkerte uns Frau Ruth zu, die anscheinend bessere Laune hatte als Shay und ich.

„Ich höre mir zwar sonst gerne die Ausreden der Schüler an aber heute würde ich Sie bitten, sich einfach hinzusetzten. Wie ich den anderen schon mitgeteilt habe, haben wir diese Woche in meinem Geschichtsunterricht Gruppenarbeit. Ich teile die Gruppen ein, das heißt es wird jeweils ein guter Schüler mit einem mittelmäßigen bis schlechten Schüler arbeiten. Sinn der Sache ist lediglich, dass auch die, die in meinem Fach bisher nicht so gut waren auch eine gute Note bekommen ", trug Frau Ruth uns vor und wir liefen schweigend zu unseren Plätzen.

Shay zu Nadine, die sie überschwänglich in den Arm nahm und ich zu Elli und Karamell, die mich mitleidig ansahen.

„Du hast aber auch ein Pech ", flüsterte mir Karamell hinter mir und Elli stimmte ihr zu.

„Schlimmer kann es heute eigentlich nicht mehr werden ", flüsterte ich und blickte dann zu unserer Lehrerin, die ein Blatt Papier anstarrte und die Namen der Gruppen vorlas.

„Gruppe 1: Ellisa, Tommy, Matthias und Lucy, Thema: Das Deutsche Kaiserreich und die Zeit des Imperialismus bis zum ersten Weltkrieg ", begann Frau Ruth und ich zuckte zusammen.

Nicht mal mit meiner besten Freundin war ich in einer Gruppe. Wie sollte ich das heute ohne sie überleben?

Als auch Karamell in eine andere Gruppe eingeteilt wurde verließ mich meine Motivation vollständig.

„Gruppe 4: Nadine, Milan..."

Der ärmste. Dachte ich mir, bevor Frau Ruth weiter vorlas: „Yasmin und Shay. "

„Was!?" Ich hatte gar nicht gemerkt, dass ich aufgesprungen war und das gedachte laut durch die Klasse schrie.

Alle schauten mich überrascht an. Manche tuschelten und ich? Ich war einfach fassungslos. Wenn ich in diese Gruppe gesteckt wurde, dann würden wir uns alle gegenseitig zerfleischen!

Na gut Milan stand auf meiner Seite aber Nadine und Shay?

„Yasmin ich bemerke ja dein Enthusiasmus für meinen Unterricht aber würdest du dich bitte wieder setzten?"

Frau Ruth konnte sich ihr freundliches Lächeln gerade sonst wo hinstecken. Doch ich tat was sie sagte und ließ mich kraftlos auf meinen Stuhl zurückfallen.

„Ihr habt im Übrigen das Thema: Die Zeit des Nationalsozialismus. Jetzt könnt ihr euch zu euren Gruppen setzten." Das jetzt betonte sie besonders und Elli und Karamell standen neben mir auf.

„Wir glauben an dich. " Ich spürte eine aufbauende Hand auf meiner Schulter und erhob mich von meinem Stuhl.

Schweren Herzens bewegte ich mich in die Höhle des Löwes bzw. zu Nadine ihren Sitzplatz. Meinen Stuhl hatte ich direkt mitgenommen.

Milan und ich setzten uns mit dem gleichen verlorenen Gesichtsausdruck zu den beiden und warfen uns kurze aber vielsagende Blicke zu.

„Schön das ihr euch so schnell zusammengefunden habt. Ich möchte, dass ihr alle zusammen ein Plakat anfertigt und am Ende der Woche euer Thema vortragt. Jeder soll etwas dazu beitragen. Natürlich gibt es neben der Note für das Vorgetragene auch eine Note für die Zusammenarbeit. "

Hatte ich vorhin ernsthaft gesagt der Tag konnte nicht mehr schlimmer werden?

Der Tag war gerade noch schlimmer geworden aber ich durfte mir das nicht so ansehen lassen. Ich musste wenigstens so tun als ob mich das Ganze nicht ankotzte.

Nadine und Shay durften einfach nicht gewinnen.

„Ich hol das Plakat, wollt ihr eine bestimmte Farbe? ", brach letztendlich Milan das Schweigen und erhob sich.

Anscheinend hatte er den gleichen Gedanken wie ich: Wir mussten einfach das Beste aus unserer Situation machen.

„Blau ", meinte Nadine während Shay uns ich gleichzeitig: „Rot" sagten und uns leicht verwundert ansahen.

Das wir uns einig waren überraschte mich.

„Was nun? ", gab Milan von sich.

Die anderen hatten den leicht genervten Unterton in seiner Stimme gekonnt ignoriert.

„Na gut rot ", gab Nadine klein bei und Milan machte sich auf dem Weg.

Ich war so froh, als die Doppelstunde endlich vorbei war.

Zwei Stunden Zickenkrieg wegen jeder Kleinigkeit und Feindseligkeit an jeder Ecke.

Wir brauchten gefühlte Stunden um zu entscheiden was überhaupt auf dem Plakat rauf kommen sollte, geschweige denn wer die schönste Schrift zum Schreiben hatte.

Selbst noch in der großen Mittagspause regte ich mich auf und kam gar nicht mehr runter.

„Hat sie doch ernsthaft zu mir gesagt, dass ich meine Klappe halten soll und...", weiter kam ich nicht, denn Elli verdrehte genervt die Augen.

„Süße das erzählst du uns schon seit heute Morgen. "

„Weil es mich aufregt. Glauben die Beiden wirklich das sie was Besseres sind mit ihren Markenklamotten und dem ganzen...", wieder wurde ich unterbrochen nur dieses Mal nicht von Elli sondern von Karamell, die ein: „Yas, wir mögen die Beiden auch nicht aber warum lässt du dir von denen den Tag versauen? Schließlich wollen sie genau das erreichen. " einwarf.

Sie hatte ja Recht.

Wahrscheinlich war das das was die beiden Tussen wollten. Und trotzdem...

Mein inneres kochte mal wieder über. Jetzt nur nicht zu sehr Aufregen. Zu spät, denn ich stand wieder in meiner ganzen glänzenden Gestalt da.

Die Menschen verschwanden genau rechtzeitig und Bruce und Francis standen mir ebenfalls voll erleuchtet mit Pfeil und Bogen gegenüber.

„Warum sind wir jetzt wieder in der Parallelwelt? "

Überrascht blickte ich mich um. So leer hatte ich den Schulhof noch nie gesehen.

„Du hast deine Fähigkeiten noch nicht unter Kontrolle und bei dem Kraftpegel, dass du gerade ausgestrahlt hast, hättest du locker die ganze Schule fluten können ", sprach Bruce zu mir und schnipste mit seinen Fingern.

„Lizzy, George ihr könnt herkommen."

Sofort tauchten die Beiden neben Bruce und Francis auf.

Nur eben nicht in ihrer normalen Gestalt.

Lizzy wirkte nahezu gefährlich mit ihren glänzenden roten Augen und den spitzen Eckzähnen.

George hatte eine wolfsähnliche Gestalt angenommen, er war pelzig, hatte Klauen und scharfe Reißzähne aber blieb immer noch auf den Beinen wie ein Mensch.

Somit hatte ich zumindest den Beweis, dass es ein Unterschied darstellte ob mein ein Werwolf oder ein Wolf war.

„Was wird das jetzt? Gibt es ein Seelendieb? ", wollte ich wissen und sah zu meiner Gruppe.

Sie sahen schon alle irgendwie cool aus aber ich hatte keine Zeit darüber nachzudenken, denn ein Pfeil flog geradewegs auf mich zu.

Ich spürte wie er um Haaresbreite an meinen Kopf vorbeizischte und blickte irritiert auf meine Gruppe. „Du brauchst Training. Jetzt. Dringend ", war alles was Bruce sagte, bevor auch er einen Pfeil auf mich abfeuerte.

„Kämpfe nur mit deinen Fähigkeiten! ", war das letzte, was mir Bruce entgegenrief, als sich auch schon alle auf mich stürzten.

Ich nutzte die angestaute Wut von vorhin und erzeugte wieder kleine Wasserkugeln in meiner Hand, die ich jeweils auf die anderen warf.

„Süß ", zischte Lizzy in mein Ohr und warf mich einfach um.

Ich hob leicht gequält mein Kopf von dem Boden, als ich auch schon den nächsten Pfeil zischen hörte und mich gekonnt zur Seite rollte.

Ich schloss die Augen und versuchte mich zu konzentrieren, bis dieses kleine flackernde hellblaue Licht vor meinen geistigen Augen umhertanzte.

Ich ergriff es in Gedanken und stand auf.

Gerade rechtzeitig, denn George kam auf mich zuggerannt.

Auf gutes Glück streckte ich beide Hände aus und schloss wieder die Augen, weil ich Angst hatte, dass er mich umrannte.

„Krasse scheiße ", raunte Francis und ich blinzelte.

Aus meinen Fingerspitzen hatte ich eine riesige runde Wasserkugel geformt, die George komplett umschloss.

Aber schon kurze Zeit später ließ meine Konzentration nach und die Wasserkugel klatschte, wie auch George zu Boden.

Hustend sah er zu mir hoch und brummte: „Sag doch einfach, dass du mich ertränken willst. "

„Leute ich glaube das reicht auch schon wieder. Hier wird zwar die Zeit der normalen Welt gestoppt aber ich habe noch was zu erledigen ", meinte Bruce gelangweilt und schnipste wieder mit seinen Fingern.

Die Welt nahm wieder Farbe an und ich stand an Ort und Stelle neben Elli und Karamell, an der ich auch vorher stand.

Krass.

Ich war noch völlig durch den Wind und spürte, dass meine Gesichtsmuskeln irgendwie entgleisten.

Wo waren wir stehen geblieben?

Ach ja: „Ich habe absolut keine Ahnung warum ich mir so den Tag versauen lasse ", warf ich tiefenentspannt in die Runde.

Das viel zu kurze Training hatte echt was bewirkt. Ich war nicht mehr wütend, es war mehr so als hätte ich meine Aggression gepackt und in diese Wasserkugel gesteckt.

Überrascht blickten mich Elli und Karamell an.

„Deine Stimmungswechsel sind ja echt heftig. "

„Erst bist du total sauer und jetzt strahlst du die Ruhe selbst aus."

Mist, war ja klar, dass den Beiden das auffallen musste, schließlich kannten wir uns lange genug.

„So ist das halt wenn man seine Periode hat ", neckte mich Elli und ich stieß ihr spaßeshalber in die Seite.

Der Schultag wurde doch noch erträglich.

Die letzte Stunde Sport war überstanden und befand mich in der Umkleidekabine.

„Wir warten am Schultor!", meinte Elli, weil ich noch aufs Klo musste. Ich war ziemlich spät dran.

Wahrscheinlich auch die Letzte. Oder doch nicht?

Hörte ich da gerade Wasser aus dem eigentlich unbenutzten Duschen? Ich wusste nicht einmal, dass die funktionieren!

Nachdem ich meine Hände gewaschen hatte, lief ich zu meinen Sachen.

Keiner war mehr da, also packte ich zusammen und wollte hinausgehen, doch die Tür war abgeschlossen!

„Hallo?", ich rief laut doch ich hörte niemanden. Keine Schüler oder Lehrer.

Hatte mich unser Vollpfosten von Sportlehrer ernsthaft eingeschlossen!

Hektisch griff ich zu meinem Handy. Ich wollte Elli anrufen um ihr Bescheid zu geben, dass sie jemanden suchen soll aber mein bester Freund das Schicksal wollte es so das mein Akku genau in dieser Sekunde den Geist aufgab.

„Wo sind die anderen?" Diese rauchige Stimme.

Hinter mir stand Shay.

Frisch geduscht und oh mein Gott... In Unterwäsche.

Ich schluckte schwer und versuchte ihr fest in die Augen zu sehen und meinen Blick nicht an ihren Körper herabgleiten zu lassen.

Aber ein einzelner Wassertropfen, der von ihrem Hals zu ihren Brüsten wanderte machte es mir unmöglich.

„Also...unser Lehrer hat uns eingeschlossen ", stotterte ich. Warum stotterte ich plötzlich?

„Also sitze ich mit dir fest, ganz toll. " Shay verzog ihr Gesicht und da war es wieder: Das Verlangen auf sie loszugehen.

„Was hast du eigentlich gegen mich?", brachte ich relativ ruhig über die Lippen. Nur nicht aufregen, das war mir Shay nicht wert.

„Die Art wie du mich ansiehst geht mir auf den Sack", kam prompt aus ihr heraus.

„Ich finde dich nicht mal attraktiv!"

„Bullshit", quittierte sie zwinkernd und kam einen Schritt auf mich zu.

„Aussehen ist nicht alles ", gab ich zurück.

„Gib es doch einfach zu. "

„Ich hasse deine verdammte Arroganz!", schrie ich sie an.

„Und ich deine große Klappe!!! "

Wow wartet, war sie mir auch vorher schon so nahe?

Ich dachte erst, dass sie mir eine Ohrfeige verpassen wollte, als sie ihre Hand anhob, doch stattdessen griff sie zu meinem Kinn und zog damit mein Gesicht fast schon sanft zu sich.

Ich spürte zwei weiche und doch kräftige Lippen auf meine und mein Atem setzte aus.

Verwirrt steckte ich meine ganze Wut ihr gegenüber in den Kuss und vertiefte ihn.

Schließlich traf meine Zunge auf ihre und sie lieferten sich eine kleine Schlacht, die ich schließlich gewann.

Niemand von uns beiden schien wirklich aufhören zu wollen und so vergrub ich meine Hand in ihren Nacken um sie noch näher an mich zu spüren.

Sie knabberte an meiner Unterlippe und ich verlor mich in ihren Küssen, als wir plötzlich einen Schlüssel hörten, auseinandersprangen und die Tür aufging.

Überrascht blickte der Lehrer zu der halbnackten Shay und zu mir und verschwand kurz wieder.

„Was war das grade? ", fragte ich Shay unsicher und diese zuckte mit den Schultern.

„So bringe ich Leute dazu ihre Klappe zu halten. "

Kapitel 9

Das konnte jetzt nicht ihr ernst sein!

Mich erst so zu küssen und dann diesen Satz als Begründung zu nehmen. Aber was hatte ich erwartet?

Ich wusste ja nicht einmal warum wir uns überhaupt geküsst hatten, schließlich hasste ich sie.

Aber zugegeben: Sie konnte verdammt gut küssen.

Ohne weiter nachzudenken oder ein letztes Wort an Shay zu verschwenden, stützte ich auch schon zur Tür hinaus.

Elli und Karamell warteten dort und sahen belustigt zu mir.

„Du hast aber auch ein Talent. Erst landest du mit Shay in einer Gruppe, dann wirst du mir ihr zusammen eingesperrt. Was will dir das Universum wohl damit sagen?", fragte mich meine Beste grinsend.

„No comment", murmelte ich noch etwas verwirrt und nahm die Zigarette, die mir Elli entgegen streckte dankbar an.

„Was ist los mit dir?", kam besorgt von Karamell, die anscheinend bemerkt hatte, dass ich völlig durch den Wind war.

„Nicht hier", brummte ich und wir machten uns auf den Weg zur Haltestelle.

„Wie sie hat dich einfach geküsst!?", kam gleichzeitig von Karamell und Elli.

Wir waren gemeinsam direkt zu Elli nach Hause gefahren und hatten es uns auf ihrem Bett bequem gemacht.

„Wir haben uns ein kleines Wortgefecht geliefert und plötzlich steckt sie mir einfach ihre Zunge in den Hals!", erzählte ich ihnen was mir zuvor in der Umkleide wiederfahren war.

„Wie war es?", hakte Elli grinsend nach und ich spürte wie ich rot wurde, als ich an den Kuss zurückdachte.

Er war so verdammt intensiv.

„Wirst du rot?", Karamell hielt sich ihre Hand vor dem Mund und unterdrückte so ihr Lachen.

„Küssen kann sie", brummte ich.

„Du bist VERKNALLT!", schrie Elli immer noch grinsend und ich schüttelte heftig mit dem Kopf.

„Ich hasse sie immer noch. Außerdem meinte sie, dass sie mich geküsst hat damit ich meine Klappe halte."

„Wenn ich mich in jemanden verliebe, dann sollte sie nicht nur gut aussehen, sondern auch einen, angenehmen Charakter haben", versuchte ich zu erklären doch Elli nahm mich nicht für Ernst.

„Bullshit. Ich wünschte du könntest sehen wie du sie im Unterricht angesehen hast."

Verdammt, das war mir gar nicht aufgefallen! War ich wirklich so schlimm? Ja sie war sexy aber nicht mehr und nicht weniger.

Oder?

Je mehr ich über Shay nachdachte umso wahnsinniger machte und das nicht im positiven Sinne.

„Ich werde sie morgen am besten nochmal darauf ansprechen", setzte ich einen Entschluss und Karamell und Elli blickten mich mit dem gleichen irritierten Blick an.

„Und dann was? Sie wird dir das gleiche sagen wie heute. Noch dazu kommt, dass du sie ohne Nadine erwischen musst." Gut ok, Karamell hatte Recht.

„Was schlagt ihr vor?", fragte ich zögernd, weil ich nicht wusste ob mir die Antwort gefallen könnte.

„Wir könnten dir helfen. Wir schnappen uns Nadine, lenken sie ab und du greifst dir Shay und küsst sie einfach. Wenn sie den Kuss erwidert steht sie auf dich", antwortete Elli und ich begann zu lachen.

„Als ob."

Am nächsten Tag sollte die Mission starten nur fehlte eine Person.

Shay.

Diese hatte sich heute noch nicht blicken lassen. Ob es wohl an gestern lag?

Wohl kaum.

Ich glaubte nicht daran, dass Shay auch nur einen Gedanken an den Kuss verschwendete.

Unseren Kuss.

Die ersten vier Stunden waren überstanden und die große Pause begann.

Ich wollte gerade mit Karamell und Elli auf den Schulhof, als sich uns Francis in den Weg stellte.

„Kann ich Yas kurz entführen es dauert auch nicht lange", empfing sie uns und ich drehte mich zu den anderen mit einem: „Bin gleich wieder da."

Kurz darauf befanden wir uns in der Schulbibliothek.

„Wo sind die anderen?"

Ich blickte durch den leeren Raum, bis mein Blick wieder zu Francis gelang.

„Lizzy hat zu tun, Apollon, also Bruce ist mit ein paar Mädels beschäftig und George ist offiziell beim Arzt. Inoffiziell sucht er den Wolf, der plötzlich mit einem Seelendieb aus dem Nichts aufgetaucht ist."

Sofort wurde ich hellhörig.

„Den habe ich auch schon gesehen", kam sofort aus mir heraus.

„Du hast was!? Warum weiß ich nichts davon?", jammerte Francis und ich schluckte. War das denn wirklich so wichtig?

„Ich hatte Lizzy davon erzählt nachdem mich ein weißer Wolf im Kampf beschützt hat.", erwiderte ich und blickte auf meine Hände. Ohne ihn wäre ich in dem Moment verloren gewesen.

Mit großen Augen sah mein Gegenüber zu mir.

Ich sah förmlich wie Francis Kopf ratterte.

Schließlich wurde ihr Blick wieder um einiges sanfter.

„Ein Glück ist dir nichts passiert. Eigentlich habe ich dich jetzt nur von deinen Leuten getrennt um dich zu fragen ob ich deine Handynummer bekomme. So könnten wir besser mit einander kommunizieren, wenn es Probleme gibt", kurz beendete sie den Satz und holte einmal tief Luft.

Sie schien wieder nachzudenken und legte ihren Kopf zurück.

„Was hast du?"

„Ich überlege warum dich dieser Wolf beschützt hat. Bei uns war er so schnell verschwunden wie er aufgetaucht war."

„Das war bei mir auch so. Also er hat sich in den Kampf eingemischt und ehe ich mich bedanken konnte war er auch schon verschwunden", fiel ich Francis ins Wort.

„Außerdem meinte diese Bekloppte die mich von früher zu kennen schien, also Denise, dass ich einen Wolf beschützt haben soll und deshalb ihr Gesicht verbrannt hatte", plapperte ich weiter und Francis legte ihre Stirn in Falten.

„Du scheinst eine Verbindung mit ihr zu haben."

„Ihr?", flüsterte ich vorsichtig und sah verwirrt in Francis ihre dunkelblauen Augen.

„Der Wolf ist eine Sie. Beziehungsweise meinte Apollon das. Herrgott. Ich meine Bruce...und auf seine Aussagen kann man sich verlassen", gab mir mein Gegenüber als Antwort.

Ich musste mich erinnern was früher geschehen war. Irgendwie. Nur wie?

„Yas?", Francis Stimme holte mich zurück und ich blickte zu Boden.

„Ich kann mich einfach nicht mehr daran erinnern was geschehen ist." Vorsichtig hob Francis mein Kinn an und schenkte mir ein vorsichtiges Lächeln.

„Mach dir keine Sorgen. Irgendwie bekommen wir das schon hin, dass du deine Erinnerungen irgendwann wiederbekommst. Für jetzt würde es mir erst einmal reichen, wenn du mir deine Handynummer gibst."

Immer noch in Gedanken stellte ich meine Schultasche auf den Boden und riss ein kleines Stück Papier aus meinem Schreibblock ab.

Dann fischte ich noch einen Kugelschreiber aus meiner Tasche und schrieb ordentlich meine Nummer auf das Papier bevor ich es Francis entgegenstreckte.

„Nun gut du bist entlassen", nach diesem Satz zwinkerte sie mir zu und ich machte mich daran die Türklinke herunterzudrücken, als ich erneut ihre Stimme hinter mir hörte.

„Ach Yas? Bitte setzt dich nicht so unter Druck mit den Erinnerungen. Und vor allem pass auf dich auf."

Ich nickte schlicht und lief zurück zu meinen Freundinnen.

Ich erwischte mich den Rest des Tages immer wieder dabei nachzudenken.

Allerdings dachte ich nicht nur über den Wolf nach sondern nerviger Weise auch über Shay.

Sie sagte gestern, dass sie mich geküsst hatte, damit ich meine Klappe hielt.

Trotzdem musste ich ständig an diese groteske Situation denken.

Vor allem aber an dem prickelnden Gefühl während wir uns küssten.

War das wirklich nur bei mir so gewesen?

Nachdenklich lehnte ich den Kopf gegen die Fensterscheibe meines Zimmers.

Es war schon recht dunkel und ich blickte hinaus.

Tausende von Sterne zierten den Himmel und der Mond erleuchtete meinen kleinen Raum. Anders als sonst schenkte mir dieser Ausblick aber keine Beruhigung.

„Verdammt nochmal Yas!", fuhr mich meine innere Stimme an und ich sprang vom Fensterbrett. Mein Körper hatte zu Leuchten begonnen und ich erhellte mein Zimmer mit mir selbst.

Meine Haut schimmerte so hellblau wie das Licht aus dem finsteren Raum. So wunderschön und doch hatte ich ein wenig Angst davor.

Schließlich durfte niemand aussehstehendes davon erfahren.

Kurz brummte mein Handy auf und ich kramte es verwundert hervor. Hatte Francis mir geschrieben?

„Bist du noch wach?", stand dort und ich erkannte die Nummer nicht, also ging ich auf das Profilbild und mir stockte kurzzeitig der Atem.

Es zeigte ein gutgekleidetes, hellbraunhaariges Mädchen, welches frech in die Kamera grinste. Shay.

„Woher hast du meine Nummer?", tippte ich überrascht und es dauerte nicht lange bis sie Online kam und mir zurückschrieb.

„Zwar hast du meine Frage nicht beantwortet aber ich schätze mal, das du wach bist und nicht Schlafwandelst. Zu deiner Frage: Wir hatten uns bei der Gruppenarbeit alle untereinander die Nummern ausgetauscht. Wenn du nicht immer in deiner Fantasiewelt wärst wüsstest du das noch."

Ich schluckte. Aber warum hatte sie mir nun geschrieben?

Kurz tippte ich diese in meinem Kopf schwebende Frage in mein Handy und wartete wieder.

„Ich wollte dir nur sagen, dass du dir keine falschen Hoffnungen machen sollst wegen dem Kuss."

Das war mir eigentlich schon klar gewesen.

„Warum sollte ich mir Hoffnungen machen? Ich habe dich definitiv nicht zurück geküsst, weil ich etwas von dir will. Aber wo wir schon beim Thema sind: Warum hast du mich wirklich geküsst und sag jetzt nicht wieder: 'Weil ich meine Klappe halten sollte."

Ich wartete doch Shay ließ sich Zeit, bis nach zehn Minuten endlich eine Antwort kam.

„Du hattest einfach etwas an dir in dem Moment."

Jetzt war ich baff.

„Soso ich hatte also etwas an mir", schrieb ich mit einem zwinkernden Smiley dahinter.

„Flirten ist echt nicht deine Stärke, Honey."

„Hast du ernsthaft Honey geschrieben?", fuhr ich sie per Sprachnachricht an.

„Sag doch einfach das du meine Stimme hören willst Honeeey.", vernahm ich Shays amüsierte Stimme.

Das Honey hatte sie absichtlich langezogen und ich verstand gar nichts mehr. Was war das gerade?

Dieses sichtlich gespielte Flirten war echt komisch, wenn man bedachte, dass sie hetero war.

Sie war doch hetero oder?

„Du flirtest ziemlich viel mit einem Mädchen für eine Hete.", schrieb ich ihr, weil mir das per Sprachnachricht wahrscheinlich nicht über die Lippen gekommen wäre.

„Vielleicht macht es mir auch einfach nur Spaß dich zu ärgern. Außerdem ist das kein flirten. Flirten würde ich, wenn ich...", ihre Stimme wurde ernst bevor sie mir verführerisch, mit ihrer rauchigen Stimme ins Handy flüsterte: „'Was auch immer Drogen bewirken können kann ich auch mit meiner Zunge tun', sagen würde."

Vor Schreck rutschte mir mein Handy aus der Hand und fiel zu Boden. Ich selbst war rot wie eine Tomate.

Meine Hände griffen nach meinem Handy und ich hörte mir die Sprachnachricht nochmals an, in der Hoffnung mich verhört zu haben.

Aber nein: Sie hatte es wirklich gesagt.

„War das gerade nicht etwas übertrieben?", schrieb ich ihr weil, ich nicht mehr fähig war zu sprechen.

„Oh keine Sprachnachricht zurück in der du mir sagst, dass du nur darauf gewartet hast, dass ich das sage? Oder hat es dir die Sprache verschlagen?"

Diese verdammte!!!

„Warum sollte ich so was von dir erwarten? Schließlich stehst du nicht auf Frauen.", feuerte ich zurück und erhielt ein:

„Nein ich stehe nicht auf Frauen und trotzdem bist du gerade rot geworden. Was für mich heißt: Du kannst mir einfach nicht widerstehen, habe ich recht?"

„Hast du nicht! Und wenn ich rot bin, dann nur, weil ich sauer auf dich bin. Du verhältst dich wie ein Kleinkind!"

„Ich habe recht. Also dann bis Morgen."

Ich legte mein Handy zu Seite und ließ mir das Gespräch durch den Kopf gehen.

Was ging in Shays Kopf vor, dass sie mir das schrieb und sagte?

Ich wurde einfach nicht schlau aus dem Mädel.

Wahrscheinlich ärgerte sie wirklich einfach nur gerne andere Leute.

Mehr konnte und wollte ich nicht in dieses fragwürdige Gespräch hineininterpretieren.

Ein letztes Mal öffnete ich ihr Whatsapp Profilbild und sah es mir ganz genau an.

Sie war so wunderschön.

Dieses freche Grinsen.

Diese leuchtenden Augen in denen man sich sofort verlieren könnte. Halt stopp was dachte ich da eigentlich?

Es war immer noch Shay. Die Shay mit dem unausstehlichen Charakter. Die Shay, die mich wahnsinnig machte und deren Namen ich einfach nicht mehr aus dem Kopf bekam.

Kapitel 10

Am Samstag wurde ich von einem vibrierenden Handy geweckt.

Wer auch immer mich um acht Uhr morgens aus dem Bett klingelte sollte einen verdammt guten Grund haben!

„Moin", nuschelte ich verschlafen ins Handy.

„Du kommst heute zu mir! Wir feiern heute Abend!!!", schrie mir Elli gut gelaunt entgegen. Sofort war ich wach.

Feiern mit Elli hieß im Klartext: Aufpassen, dass sie keine Scheiße baute und mit irgendwen wildfremdes mitging.

„Muss das sein?", quengelte ich und erntete ein: „Du kommst mit. Ich lasse nicht zu, dass meine beste Freundin an so einen schönen Tag zu Hause rumlungert!"

Seufzend hielt ich mein Handy an mein Ohr und überlegte ob ich ihr absagen sollte um den Rest des Tages im Bett zu verbringen.

„Ist das ein Ja?", erklang vom anderen Ende der Leitung.

„Wo steigt die Party eigentlich? Und wer kommt alles?"

„Hausparty bei Bruce und Francis. Die beiden wohnen einfach mal einer Villa!!!" Mehr als ein erstaunend klingendes: „Aha", brachte ich allerdings nicht heraus.

Schlimm genug, dass ich mit den Beiden schon mehr zu tun hatte als mir lieb war aber auch noch bei denen feiern?

Außerdem hieß das auch, dass fast die ganze Schule auftauchen würde, was nach allem anderen als ein entspannendes Wochenende klang.

„Yas sprich mit mir! Und wehe du sagst nein."

„Ich habe keine andere Wahl, oder?"

„Nein", brummte Elli trocken und ich grinste leicht.

Sie ließ nie locker und das mochte ich an ihr.

Elli brachte mich immer dazu irgendwo hinzugehen obwohl ich selbst mein Leben auf der Couch verbringen würde.

„Ja ist ok, ich komme mit."

„Ich wusste es", quietschte Elli begeistert und wir verabredeten uns für heute Abend. Wir hatten ausgemacht, dass ich vor der Party noch zu ihr kam.

Aber erst einmal drehte ich mich nach dem Gespräch um und schlief ein paar Stunden, bis ich von meinem Vater geweckt wurde, der laut gegen meine Tür hämmerte.

„Es gibt Frühstück du Schlafmütze!"

Irgendwer gönnte mir heute keinen Schlaf.

„Bin gleich da!", rief ich vom Bett aus und schlug meine Decke zurück. Verdammt nochmal warum war ich nur so ein Morgenmuffel?

Schlaftrunken trapste ich in meinen Schlafsachen zur Küche und setzte mich an den gedeckten Tisch.

Ich blickte in einen Haufen muntere Gesichter und griff zur Kaffeekanne.

„Morgen", warf ich in die Runde und erntete ein: „Wie kann man nur so lange schlafen und immer noch müde sein? Wie willst du das später auf Arbeit machen?", von meinem Dad.

Mom hingegen blickte mich einfach nur belustigt an und nahm einen Schluck aus ihrer Tasse.

„Ich schlaf heute Abend übrigens bei Elli", murmelte ich und Moms Blick wurde sofort strenger.

„Wenn du feierst denk dran: Keine Drogen, kein Alkohol und bitte benutzt Kondo-"

„MOOOM!!!", unterbrach ich sie und blickte peinlich berührt zu meiner Kaffeetasse.

Tja das hatte ich davon, dass ich mich vor meinen Eltern immer noch nicht geoutet hatte.

Wenn sie wüssten, das ich auf Frauen stand müssten sie sich wenigstens beim Thema Verhütung keine Gedanken mehr machen.

Aber würden sie mich so akzeptieren wie ich war?

Mom und Dad schwärmten so oft davon wie schön es doch wäre irgendwann Großeltern zu werden.

Aber was wenn der Traummann aus ihren Vorstellungen eine Traumfrau wäre?

Ich schob den Gedanken zur Seite und griff nach einer Schrippe, die ich aufschnitt und in Erdbeermarmelade ertränkte.

Neben dem allmorgendlichen Smalltalk half ich den Tisch abzuräumen und verzog mich ins Badezimmer.

Unter der Dusche ließ ich das Wasser auf mich einprasseln und genoss es in vollen Zügen.

Als ich an meinem Körper hinabsah bemerkte ich, dass ich wieder leuchtete aber ich dachte mir nichts dabei.

Nach dem Erlebnis von eben trat ich mit einem Handtuch umwickelt aus dem Bad und schlürfte den Flur entlang zu meinem Zimmer.

Dort kramte ich mir ein normales Outfit hinaus, welches aus einer rot-schwarzen Bluse und einer einfachen schwarzen Leggings bestand.

Schnell schlüpfte ich in meinen Sachen und schnappte mir mein, auf meinem Nachtisch liegendes Cap um es mir gekonnt auf dem Kopf zu werfen.

Kaum war ich angezogen kam auch schon Paul in mein Zimmer gestürmt und zog mich mit sich.

„Spiel mit mir", meinte er und blieb mitten im Flur beleidigt stehen und verschränkte die Arme vor seiner Brust: „Du hast nie Zeit für mich."

Verdutzt hielt ich inne.

Er hatte Recht, denn seit dieser Woche war der kleine völlig auf der Strecke geblieben.

Ja mein Leben hatte sich verändert. Aber nur mein Leben. Das Leben aller anderen in meinem Umfeld lief ganz normal weiter.

Auch wenn ich Trouble hatte durfte ich die Menschen um herum mich nicht wegstoßen. Erst Recht nicht meine Familie.

Ich musste lernen zu jonglieren.

Also ging ich vor Paul in die Hocke und blickte von dort in seine lebendigen Augen.

„Kann ich das wieder gut machen indem wir nicht spielen.-"

„Was hast du dann vor?", fiel mir Paul ungeduldig ins Wort, was mir ein leichtes Schmunzeln entlockte.

„Wie wäre es, wenn wir Beide rausgehen und uns in unseren Lieblingseisladen was aussuchen?" Seine Augen wurden sofort größer und schon rannte er zur Wohnungstür.

„Worauf wartest du noch?", rief er von dort aus und ich erhob mich.

„Ich geh noch schnell Mom und Dad Bescheid sagen, dann können wir los."

Keine zwanzig Minuten später, saßen wir auch schon draußen an einem kleinen Tisch. Pauls Gesicht war hinter einem großen Schokoeisbecher versteckt.

„Sicher dass du das schaffst?", fragte ich grinsend.

„Was glaubst du denn?", vernahm ich eine Stimme hinter dem Becher und prustete los.

Das schaffte er niemals, aber versucht Mal einem kleinen Jungen zu sagen, dass er sich zu viel zumutete.

Dies war schier unmöglich!

Und ja ich hatte es schon ausprobiert.

Ich steckte mir gerade einen Löffel von meinem Erdbeereis in den Mund, als ich plötzlich ein bekanntes Gesicht neben unseren Tisch sah.

Ich winkte Milan zu uns und ein fröhliches Lächeln bereitete sich auf seine Lippen aus.

„Hey Yas", begrüßte er mich und nahm neben meinen Bruder und mir Platz.

„Du arbeitest hier?", fragte ich und musterte seine weiße Arbeitskleidung.

Er war mir hier noch nie aufgefallen.

„Ja aber noch nicht lange. Genaugenommen erst seit dem letzten Wochenende", klärte Milan mich auf und blickte dann zu Paul.

„Was bist du denn für einer?"

„Ich bin Paul und das ist meine Schwester", mein kleiner Bruder deutete auf mich und ich verkniff mir ein Lachen.

Manchmal war der kleine einfach zu süß.

Milan alberte noch ein wenig mit ihm rum, bevor er aufstand und sich mit einem: „Die Arbeit ruft wieder", verabschiedete.

Am späten Nachmittag kamen wir wieder nach Hause. Natürlich hatte Paul sein Eis nicht geschafft.

Aber wir waren danach noch ein wenig umhergelaufen und Paul hatte ein paar Jungs aus seiner Klasse getroffen.

Nun kannte ich seine Freunde und freute mich für ihn, dass er so schnell Anschluss gefunden hatte.

Ein Blick zur Uhr verriet mir, dass ich noch zwei Stunden Ruhe hatte, bevor ich zu Elli musste.

Darum warf ich mich neben meiner Mom auf unsere Wohnzimmercouch und zippte mit ihr durch die Kanäle.

Zufällig blieb sie beim durchschalten an einer Szene hängen, bei denen sich zwei Frauen küssten und ich beobachtete ihre Reaktion.

„Ich kann so was einfach nicht verstehen. Hier laufen doch schon genug Homosexuelle rum, warum muss man das auch noch im TV zeigen?", das Wort Homosexuelle hatte sie fast schonverächtlich ausgesprochen, wobei sich mein Herz gekränkt zusammenzog.

Verdammt tat das weh!

„Es sind doch auch nur Menschen wie du und ich", gab ich Kleinlaut von mir.

„Ich finde es einfach widerlich", stellte sie ihren Standpunkt klar und ich erhob mich vorsichtig, da ich bemerkte, wie Mom mir mit ihren harten Worten die Tränen in die Augen trieb.

„Ich geh wieder in mein Zimmer, muss mich ja noch für heute Abend fertigmachen", nahm ich als Vorwand und verzog mich während sich einzelne Tränen brennend ihren Weg über meine Wangen bahnten.

Schnell wischte ich sie bei Seite und rief Elli an.

„Kann ich jetzt schon vorbeikommen?", krächzte ich in mein Handy, da meine Stimme dabei war ihren Geist aufzugeben.

„Ja klar, dann kannst du mir auch gleich erzählen warum du weinst. Deine Stimme verrät dich Maus."

„Ist gut", flüsterte ich und legte auf.

Eine letzte Träne rollte über meine Wange und ich griff nur noch nach meiner Umhängetasche, bevor ich ein: „Ich geh jetzt schon rüber!", durch die Wohnung rief und mir meine Schuhe anzog.

Schnell noch Jacke und Schlüssel gegriffen und schon war ich draußen.

Die warme Sommerluft umgab mich und ich schluckte meine Emotionen hinunter.

Warum machten mich Moms Worte nur so fertig? Jeder durfte schließlich seine eigene Meinung haben.

„Weil ihre wundervolle Tochter, zu den von ihr verhassten Homosexuellen gehört!", schrie mich meine innere Stimme an und ich lief so schnell ich konnte durch die Straßen, bis ich endlich vor Ellis Haustür stand.

„Bin da!", brüllte ich durch die Freisprechanlage und das altbekannte piepen der Tür ertönte.

Die zwei Treppen rannte ich quasi hoch und fiel Elli und die Arme.

„Süße komm rein und sag mir was los ist!"

Ich stellte meine Schuhe im Flur ab und tapste ihr hinterher.

In ihrem Zimmer setzte ich mich sofort auf meinem Stammplatz: ihrem Bett.

„Vorhin im Fernseher hat man zwei Frauen gesehen, wie sie sich küssen und Mom meinte das sie es widerlich findet...Wie soll ich mich jemals vor meiner Familie outen, wenn ich weiß, dass ich ab da an unten durch bin?", fragte ich aufgelöst und Elli legte ihre Hand auf meine Schulter und zog mich etwas dichter an sie heran.

Meinen Kopf platzierte ich auf ihren Schoß und begann wieder zu weinen.

„Aber es ist dein Leben. Ja es ist scheiße was sie gesagt hat aber du lebst nicht für deine Eltern, sondern für dich. Und ich und all deine anderen Freunde akzeptieren dich so wie du bist. Das ist doch auch schon Mal viel wert oder?", sprach sie mir beruhigend zu und strich mir dabei durch die Haare.

„Weißt du was? Wir werden heute auf der Party ganz viel Spaß haben, soviel, dass du den Scheiß vergisst. Und wer weiß, vielleicht lernst du ja endlich jemanden kennen, dann sehe ich auch mal wieder dieses verliebte Lächeln in deinem Gesicht", fuhr Elli fort.

Ich rollte meinen Kopf so, dass ich zu ihr hinaufsah und grinste.

„Du weißt doch, dass ich mich nie verliebe", tadelte ich sie und bekam ein noch bescheuerteres Grinsen von meiner Besten Freundin zurück.

Dann wurde ich aber wieder etwas ernster.

„Kommt Karamell nicht?"

„Nein sie ist mit ihrer Familie irgendwo im nirgendwo", jammerte Elli.

Es wäre aber auch zu schön gewesen, wenn wir alle zusammengegangen wären.

„Übrigens lass ich dich so ganz sicher nicht gehen", zwinkernd zog mich Elli hoch, sodass ich wieder saß.

„...Und deswegen habe ich dir bei meiner letzten Shoppingtour ein Kleid mitgebracht." Ungläubig sah ich sie an.

Das war doch nicht ihr ernst oder etwa doch?

„Du weißt doch, dass mir keine Kleider stehen", brummte ich, doch Elli war schon voller Euphorie zu ihrem Kleiderschrank gehopst.

Daraus zog sie ein schwarzes, enganliegendes Sommerkleid hervor.

„Das steht mir niemals!" Erschrocken fuhr ich hoch.

„Das wird es", lachte Elli auf und zwinkerte mir zu.

„Jeder wird ein Auge auf dich haben." Und da hatten wir es auch schon. Boden tu dich auf!

Alles was ich auf einer Party wollte war es mich zu betrinken aber ganz bestimmt nicht gesehen werden.

„Komm schon probiere es erst einmal an." Zuversichtlich drückte sie es mir in die Hand und drehte sich weg.

Seufzend zog ich mich aus und brummte: „Darunter zieht man keinen BH an oder?"

„Nöpe.", kicherte meine Beste und ich schluckte. Das konnte ja noch was werden.

Ich zog mich also bis auf den Slip aus und schlüpfte in das Kleid hinein.

„Verdammt ist das nicht viel zu kurz?", fragte ich erschrocken, da ich bemerkte, dass es kurz vor meinen Knien stoppte.

Abrupt drehte sich Elli zu mir um und in ihren Augen lag etwas, was mir überhaupt nicht gefiel: Begeisterung.

„Sexy", raunte sie und half mir den hinteren Reißverschluss hochzuziehen.

„Noch etwas Makeup und du machst selbst Shay Konkurrenz."

„Haha klar", ich zeigte Elli einen Vogel aber da hielt sie mir auch schon ihren Schminkkoffer entgegen.

„Jetzt Mal ohne Scheiß du solltest echt an dein Selbstbewusstsein arbeiten."

Gefühlte Stunden machten wir uns zu Recht, bis wir vor der Villa standen.

Hier wohnten also Bruce und Francis. Ziemlich protzig für Menschen.

Ja was für ein schlechter Witz.

Ich wollte natürlich sagen: So wie es sich für Götter gehörten. Von innen dröhnte lauter Bass und die Türen standen offen.

„Komm schon du siehst Klasse aus", sprach mir Elli zu und ich sah an mir herab.

Schlecht sah ich nicht aus und doch fühlte ich mich nicht so wie sonst.

Mir fehlte mein Cap, welches auf Ellis Bett entspannte sowie meine normalen Klamotten.

Im Prinzip konnte das hier nur schieflaufen, also wo war der Alkohol?

Als hätte Elli meine Gedanken gelesen zog sie mich auch schon hinter sich her. Hinein in die Feier und hinein in eine Masse voller Menschen.

So wie es aussah war wirklich fast die ganze Schule hier.

Hier und da erblickte ich aber auch ein paar unbekannte Gesichter.

„Auch hier!?", hörte ich eine Stimme hinter uns, die versuchte die laute Musik zu übertönen. Ich fuhr herum und blickte in Bruces freundliches Gesicht.

Sein Blick galt allerdings nur ganz kurz mir und wanderte dann zu Elli.

„Ich hol euch mal was zu trinken ", meinte er ihr zuzwinkernd und verschwand.

Was war das denn bitte?

„Wenn zwischen euch heute nix läuft weiß ich auch nicht", meinte ich zu meiner Besten und wir warteten auf die Getränke.

„Habt ihr Bruce gesehen!?"

Außer Atem hielt eine etwas angetrunkene Francis vor uns und musterte mich von oben bis unten.

Verdammt das Outfit war einfach zur kurz, ich wusste es.

„Bruce wollte uns grade Getränke holen", beantwortete Elli Francis Frage und ich blickte mich um.

Da kam er auch schon mit zwei Bechern in der Hand um die Ecke.

Gentleman mäßig überreichte er uns die Getränke.

„Draußen und in der Küche ist eine kleine Bar eingerichtet, da habt ihr Alkohol, der obere Bereich ist für euch Gäste tabu, ach ja habt Spaß", schon war er mit Francis verschwunden.

„Er meinte das wir Spaß haben sollen, also Cheers auf den Abend", stieß Elli mit mir an und ich kippte mir den Inhalt des Bechers in nur wenigen Zügen hinter.

Anscheinend handelte es sich um Wodka O, wobei man fast nur noch den Wodka herausschmeckte und die Orange in dem Getränk nur noch zu erahnen war.

Da hatte es Bruce mit uns aber ziemlich gut gemeint.

„Komm wir holen uns noch was und dann schauen wir uns um", brüllte mir Elli entgegen und wir machten uns auf dem Weg zur Küchenbar.

Dort standen zwei Riesenschüsseln mit Bowle und ich schätzte Mal das was wir gerade getrunken hatten.

Wir füllten also unsere Becher mit der Bowle und liefen der Musik entgegen. Die Tür hinter der die Musik ertönte, war nur angelehnt also öffnete ich sie. Hinter ihr lag ein großer Raum mit einer riesigen Tanzfläche.

Hier und da sah man eng aneinander tanzende Menschen.

Was wahrscheinlich daran lag, dass wir hier die nüchternsten waren. Kein Wunder bei dem Alkohol der hier ausgeschenkt wurde.

„Darf ich mir deine Freundin ausborgen?", flüsterte mir Bruce unerwartet ins Ohr und ich fuhr herum.

„Wehe du behandelst sie nicht gut", tadelte ich ihn und schubste Elli, die von dem ganzen nichts mitbekommen hatte in seine Richtung.

„Wir sehen uns später", trällerte ich und flüsterte ihr ein:

„Schnapp ihn die endlich", ins Ohr. Tja da war ich nun auf einer überfüllten Tanzfläche und bewegte mich alleine zur Musik.

So ging es ein paar Stunden und ein paar viele Getränke weiter, bis ich nach Draußen ging.

Natürlich um mein Alkohol nachzufüllen.

Elli hatte ich noch nicht wiedergesehen aber ich war gut dabei mich maßlos zu betrinken. Neben der kleinen Bar lag ein im Mondlicht schimmernder Pool.

Gedankenverloren füllte ich meinen Becher auf und blickte aufs Wasser.

„Verdammt was bist du denn für eine? Die ganze Zeit tanzt du mit mir aber lässt mich nicht ran? Was glaubst du eigentlich wer du bist?", knurrte eine Stimme hinter mir und ich drehte mich neugierig um.

„Lass mich los! Ich kann ja nichts dafür, dass du in Tanzen was hin ein interpretierst!"

Diese Stimme...

Ich versuchte meine in Alkohol ertränkten Gehirnzellen zu aktivieren.

Shay!

„Nein das tu ich nicht, ich nehme mir jetzt einfach was ich will, Pech gehabt." Der Typ vor ihr grinste süffisant und hielt sie fest.

„Fass sie nicht an!", brüllte ich und der Typ blickte zu mir während ich mich auf die beiden zubewegte.

„Ach nein die Schullesbe", beleidigte er mich und ich rang mit meiner Selbstbeherrschung.

„Ja genau die. Lass sie los", zischte ich und sah besorgt zu Shay.

„Lass Sie Los", wiederholte ich, bevor ich ihn ohne Vorwarnung einen kräftigen Tritt zwischen den Beinen gab.

„Irgendwann fick ich euch Beide", nuschelte er mit einem schmerzverzerrten Gesicht und verzog sich.

„Das hätte ich auch allein hinbekommen", brummte Shay emotionslos, griff sich meinen Becher und trank ihn mit einem Zug aus.

„Bitte, danke, gern geschehen", nach diesen Worten verzog ich mich einfach.

Ich hatte doch nicht wirklich erwartet, dass sie sich bedanken würde.

Nein dafür war Shay zu viel Stolz.

Mein Weg führte mich geradewegs zur Küche. Hauptsache weg von ihr.

Und weg von den ganzen Pärchen die sich nahezu auffraßen.

Doch selbst dort erwarteten mich neue Probleme.

„Na, wen haben wir den da. Ohne dein dämliches Cap hätte ich dich gar nicht Wider erkannt."

„Auch hi Nadine", knurrte ich, als mir auch schon ein neuer Becher unter die Nase gehalten wurde.

„Nimm und zieh Leine.", brummte diese und ich ergriff das Getränk. Nix lieber als das. Dachte ich mir und verschwand.

Doch schon nach ein paar Schlucken von dem Vodka O fühlte ich mich benommen.

Scheiße was war in dem Getränk???!!!

Zeit zum Nachdenken hatte ich nicht, denn ich verlor den Boden unter meinen Füßen.

Kapitel 11

Meine Augenlieder waren zu schwer um sie zu öffnen.

Alles was ich grob wahrnehmen konnte war eine weiche Decke, die über mir lag.

Träumte ich?

Was war geschehen?

„Was machst du bloß für Sachen?", wisperte eine raue, besorgte Stimme über meinen Kopf. Sanft huschte eine Hand durch meine Haare und Lippen berührten meine Stirn.

Dabei kitzelte eine Haarsträhne meine Wange.

Ein kurzer Augenblick verstrich in dem ein unruhiger Atem den meinen streifte. Und noch ein weiterer bis sich das Lippenpaar auf meine legte.

Flüchtig und doch unendlich behutsam.

Ich versuchte mich daran zu erinnern wann ich das letzte Mal solche Lippen berührt hatte aber konnte mich nicht daran erinnern.

Als ich meine Augen aufschlug zog ich mir sofort die Decke übers Gesicht, da die Sonnenstrahlen unendliche Kopfschmerzen auslösten.

Doch Moment: Das war gar nicht meine Decke!

Erschrocken fuhr ich hoch und erkannte, dass ich weder bei Elli noch bei mir war!

Party. Alkohol. Shay.

Etwas im Getränk.

Fasste mein Gehirn für mich zusammen.

Ich hatte sogar noch mein Kleid an.

Aber in welchem Bett lag ich?

Und Fuck!

Wessen Haare gehörten zu der, auf der kleinen Couch eingerollten Frau?

Trotz eines üblen Katers versuchte ich aufzustehen, landete aber wieder auf dem Bett.

Versuch Numero zwei gelang mir schon besser und so schlich ich vorsichtig zur besagten Couch.

Schwarzes Leder. Die Frau hat Stil.

Plötzlich zuckte es unter der Decke und ich erschrak mich beinahe zu Tode. Was zum Geier machte Shay hier!

Sie schlief noch und ihr Haare verdeckten zur Hälfte ihr Gesicht.

„Fuck Yas! Finger weg von ihr!", ermahnte mich meine innere Stimme, doch zu spät, denn ich hatte ihr schon sanft die Haare aus dem Gesicht gestrichen.

Leise atmete Shay ein und aus und hin und wieder lächelte sie.

Ein dämliches Grinsen huschte mir bei diesem Anblick über meine Lippen, bevor ich wieder ernst wurde.

Warum war ich hier? Warum war sie hier?

Und warum in alles in der Welt konnte ich nicht aufhören sie anzusehen?

„Lass mich nicht schon wieder allein", flüsterte Shay fast schon verzweifelt. Ihr Schlaf wurde unruhiger, denn sie begann am ganzen Körper zu zittern.

So verletzlich hatte ich sie noch nie gesehen und es machte mir Sorgen.

„Shay...Shay!", sanft rüttelte ich an ihr und zwei dunkelbraune Augen trafen auf meine.

„Du hast schlecht geträumt", erklärte ich ihr vorsichtig.

Immerhin war es Shay und ich wusste nicht wie sie reagierte, wenn ich das erste war, was sie morgens zu Gesicht bekam.

Wieder meiner Erwartungen wurde ihr Blick entspannter.

Kurz schlich sich sogar ein Lächeln über ihre Lippen, bevor ihre Gesichtszüge wieder genauso emotionslos wie eh und je wirkten.

„Denk jetzt bloß nicht, dass ich dich immer mit nach Hause nehme sobald du bewusstlos im Flur rumliegst", verpasste sie mir auch schon einen Denkzettel.

Ich hätte sie einfach weiterschlafen lassen sollen.

„Warum hast du mich nicht meinem Schicksal überlassen?", fragte ich vorsichtig um einen Streit zu vermeiden.

Dafür war mein Kopf einfach noch nicht fit genug.

Shay setzte sich auf und deutete mir an Platz zu nehmen.

„Ich wollte gestern noch einmal zu dir zurück um mich bei dir zu entschuldigen. Ich habe dich gesucht und schließlich bewusstlos im Flur gefunden und naja...ich konnte dich nicht liegen lassen.", Shays Stimme brach ab und sie blickte schweigend zu ihrer Decke um meinen Blick auszuweichen.

Ich wusste nicht für wen die Situation peinlicher war.

Shay hatte mich im wahrsten Sinne des Wortes im Vollsuff aufgegabelt.

Eine Weile schwiegen wir uns an bis ich mich räusperte.

„Danke, dass du da warst aber warum hast du keinen Krankenwagen gerufen?" Noch immer blickte sie verloren auf ihre Decke.

„Du warst nur kurz bewusstlos aber dafür sturzbesoffen. Als ich mein Handy in der Hand hatte meintest du das du keinen brauchst und hast dich mit Händen und Füßen gewehrt. "

Scheiße das war sowas von peinlich.

Ich war so froh das ich mich mehr daran erinnern konnte.

„Wieso hast du dich gestern eigentlich so abgeschossen?", nun blickte Shay doch zu mir. Fast schon als wollte sie sich vergewissern, dass ich noch neben ihr saß.

„Eigentlich gab es keinen besonderen Grund...Aber der Alkohol war auch nicht der Grund, dafür, dass ich bewusstlos war. Nadine hat mir was ins Getränk getan", beantwortete ich ihre Frage wahrheitsgemäß und Shay runzelte die Stirn.

„Ich weiß ja ihr versteht euch nicht aber Nadine war gestern gar nicht auf der Party."

„Aber ich habe sie doch", setzte ich an.

„Sie war und ist bei ihrem Freund in Potsdam", fiel mir Shay ins Wort und ich erstarrte.

„Denise!", war mein erster Gedanke.

Sie hatte sich schon einmal als jemand andern ausgegeben. Erschrocken wich ich von Shay.

War Shay wirklich Shay oder steckte Denise in ihren Körper?

Das würde immerhin erklären warum sie plötzlich so nett zu mir war.

„Wie auch immer", brummte Shay und stand plötzlich auf.

In ihrem Blick schlich sich eine leichte Traurigkeit, die sie versuchte zu unterdrücken.

Nein das war nicht Denise.

„Wovon hast du vorhin eigentlich geträumt?", entwich mir neugierig und bekam prompt ein:

„Geht dich nichts an!", an den Kopf geworfen.

Ich zuckte zusammen und Shays saures Gesicht wurde sanfter.

„Sry", zähneknirschend verließ sie ihr Zimmer.

Was auch immer in ihr vorging, ich wollte es so unbedingt herausfinden.

Warum war sie in dem einem Moment so und in dem anderen wieder so? Ich verstand sie einfach nicht aber ich wollte sie verstehen.

Sie war wie eine komplizierte Matheaufgabe, zu der ich die passende Formel noch nicht in diesem scheiß Tafelwerk gefunden hatte.

„Du hast sicher noch einen ziemlichen Kater", meinte Shay als die Tür wieder aufging und reichte mir ein Glas Wasser und eine Schmerztablette entgegen.

Dankbar nahm ich sie an und schluckte die Tablette mit dem Wasser hinunter.

„Trinken kannst du aber auch nicht", meinte Shay belustigt und wischte mir mit dem Zeigefinger den Rest von meinem Mundwinkel.

Einen Moment zulange verharrte sie dort und fuhr meine Grübchen entlang.

Ein Kribbeln durchfuhr meinen Körper, als sich unsere Blicke trafen. Es war nicht wie sonst.

Da waren kein Hass und auch nicht die Wut die ich sonst immer von ihr abbekam.

Im Gegenteil: Ihre tiefen Augen hatten einen leichten Glanz bekommen.

Wenn Shay immer so war, wenn sie gerade aufwachte, dann würde ich am liebsten jeden Morgen bei ihr aufwachen.

Eine Hand legte sich um meine Hüfte, wobei sie mich von oben bis unten musterte und sich zu mir beugte.

Ich schloss die Augen, denn mein Herz schlug mir plötzlich bis zum Hals.

Alles was ich wollte, war ihre Lippen zu spüren und jeder Atemzug von ihr, der an meinen Lippen zerschellte machte mich beinahe wahnsinnig.

„Verdammt, was mach ich hier eigentlich", brummte Shay jedoch und ließ mich einfach los!

Ein paar Schritte wich sie von mir zurück und fuhr sich durch die Haare.

„Das wüsste ich auch gerne", flüsterte ich betreten und wollte nur noch weg von hier.

Klar war ich Shay dankbar, dass sie mich trotz meines Zustandes bei ihr übernachten ließ aber diese Situation war mir einfach zu viel.

Was auch immer ich gerade gefühlt oder erwartet hatte, war nichts was Shay mir jemals geben würde.

Ja sie hatte mich schon einmal geküsst und ja es hatte sich gut angefühlt, verdammt gut sogar.

Aber was auch mit ihr los war: Ich würde bei diesem Spiel nicht mitspielen.

Mein Blick erhaschte mein Haustürschlüssel und mein Handy.

Gut mit mehr war ich gestern auch nicht von Elli losgegangen, also ergriff ich diese Dinge.

„Yasmin, was hast du vor?"

Sofort war Shay bei mir und versuchte mich festzuhalten.

„Danke für alles aber ich werde jetzt gehen", knurrte ich und bahnte mir meinen Weg zur ihrer Zimmertür.

„Wenn es wegen eben-"

„Spar es dir Shay. Es ist ja nicht das erste Mal, dass du mit mir spielst aber ich mach da nicht mit!", keifte ich sie an und riss die Tür auf.

Erschrocken hatte sie mich losgelassen und ich spürte Shays Blick auf mir, während ich mir meine Schuhe anzog.

„Es tut mir leid", versuchte sie zu sagen, doch ihre Worte prallten an mir ab.

Ich flüchtete einfach aus der Wohnung und ließ eine überforderte Shay darin zurück.

Eine Weile lang irrte ich orientierungslos durch die Gegend bis ich einen Überblick hatte wo ich mich überhaupt befand.

Ich schaltete mein Handy ein und sah eine ganze Liste von verpassten Anrufen von Elli.

Wahrscheinlich war es besser, wenn ich vorbeischaute. Zumal ich so oder so noch meine Sachen bei ihr hatte.

Ich konnte es ehrlich gesagt gar nicht erwarten endlich aus dem Kleid rauszukommen, denn mir wurde in den wenigen Minuten, in denen ich lief schon ein paar Mal hinterhergepfiffen.

Ich wählte ihre Nummer und hielt mein Handy an mein Ohr.

„Yas! Na endlich!!! Du warst gestern einfach verschwunden und dein Handy war aus. Kein Lebenszeichen von dir, ich wäre fast gestorben vor Sorge!", überschüttete mich meine beste Freundin sofort.

„Ich bin grade auf den Weg zu dir, wir reden gleich", murmelte ich ruhig und legte auf.

Ein weiterer Blick zu meinem Handy verriet, dass es auf Sonntagabend zuging.

Da war es wieder hin das Wochenende und ich war immer noch verkatert.

Eine kleine Weile später war ich auch schon in Ellis Zimmer und erzählte was geschehen war.

Außer das mir jemand was ins Getränk getan hatte, diese Information beichtete ich ihr nicht, um weitere Sorgen zu verhindern.

Aber anscheinend war Ellis Abend auch noch etwas länger, denn sie sah genauso scheiße aus wie ich mich fühlte.

„Und du bist wirklich bei Shay aufgewacht?", fragte Elli mich mit

einem müden Blick. „Ja, es war irgendwie voll komisch. Erst war sie so wie immer, dann hätte sie mich fast geküsst."

„Sie hat was?", fiel mir Elli ins Wort.

„Mich versucht zu küssen und hat sich dann selbst gefragt was sie da eigentlich macht. Danach habe ich meine Sachen geschnappt und bin abgehauen", brummte ich und meine Beste hörte mir gespannt zu.

„Egal jetzt. Erzähl, was war jetzt bei dir und Bruce? ", lenkte ich das Thema von mir ab.

Ellis Augen begannen zu glänzen und sie sah verträumt auf ihr Handy, als sie eine Nachricht bekam.

„Naja wir haben ziemlich viel getrunken. Zu zweit allein..."

„Ihr hattet Sex oder?", hakte ich nach und Elli wurde knallrot.

Herrje war das niedlich Elli über beide Ohren verknallt auf dem Bett sitzend zu sehen.

„Er schreibt mir schon den ganzen Tag, ich glaube das Gestern war nicht einfach nur so."

Ich stupste Elli kurz an und konnte mir ein: „Da ist jemand verknallt", nicht verkneifen.

„Aber du und Shay oder was?", meinte Elli lachend.

„Ich bin nicht verknallt."

Scheiße nicht einmal ich kaufte mir das ab.

„Und warum bist du einfach abgehauen? Sei doch mal ehrlich du wolltest insgeheim das sie dich küsst."

Unweigerlich erinnerte ich mich an vorhin zurück.

Wie sie mich zu sich herangezogen hatte und wie alles in mir einfach nur danach geschrien hatte die winzige Lücke zwischen uns zu schließen.

„Ja ich wollte es", brachte ich kleinlaut hervor und könnte mich dafür selbst ohrfeigen.

„Es ist kompliziert. Sie ist kompliziert", fügte ich leise hinzu, während meine Gedanken wieder zu Shay gingen. Kompliziert, ja dieses Wort beschrieb sie voll und ganz.

„Aber du stehst auf sie und das nicht nur ein bisschen. Yas ich sehe dir an, dass du völlig durch den Wind bist. Du meintest, dass sie dich fast geküsst hat, was doch schon mal heißt, dass sie dich auch ein bisschen mehr mag als sie sich vielleicht selbst eingestehen will."

„Aber was, wenn nicht? Was wenn sie einfach nur mit mir spielt?" Verzweifelt sah ich zu Elli, die mich überrascht ansah.

„Sie ist nicht Alice. Nicht jede Frau will dich veraschen. Ja, deine Ex hat dir damals wehgetan aber deshalb darfst du nicht immer jeden von dir wegstoßen. Was wenn Shay sich einfach nicht eingestehen will, dass sie etwas für dich empfindet? Schon mal daran gedacht?"

Mist das hatte gesessen.

Danke Elli. Vielen Dank.

Jetzt war mein dummes naives Herz auch noch dabei sich

Hoffnungen zu machen. Danke Elli.

Kapitel 12

Am nächsten Tag saß ich in der Schule und konnte den Unterricht nicht folgen.

Warum?

Ganz einfach, weil meine Gedanken an der Person hing, die heute wieder fehlte.

Wie beim letzten Mal als Shay mich einfach geküsst hatte.

Doch konnte ich ihr fehlen wirklich auf mich beziehen?

„Yas?", holte mich Ellis Stimme zurück in die Realität.

„Ich rede schon die ganze Zeit mit dir, du könntest wenigstens so tun als wenn es dich interessiert", gab sie beleidigt von sich.

„Sry aber", bevor ich meinen Satz beenden konnte verschwand meine Klasse vor meinen Augen und ein bekanntes Gesicht öffnete die Tür meines Klassenraumes.

Dieses verbrannte, verfaulte Gesicht würde ich unter hunderten wiedererkennen!

„Denise", zischte ich und blickte wütend zu ihr.

„Ein wunderschönen guten Morgen", trällerte sie gut gelaunt und ich erhob mich von meinem Sitzplatz.

Allerdings nicht ohne vorher meine Pistole aus der Schultasche zu ziehen und in meine hintere Hosentasche zu stecken.

Bei dem Gedanken an unser letztes Aufeinandertreffen leuchtete mein Körper wieder auf.

„Wie oft muss ich noch dein Gesicht verbrennen, bis du mich in Ruhe lässt?", knurrte ich und Denise erhob unschuldig ihre Hände.

„Tu dir keinen Zwang an aber dann wird" theatralisch beugte sie sich zu mir und flüsterte: „sie sterben."

Ein kurzer Schnips mit ihren Fingern und vor meinen Füßen lag eine, mit blutende Wölfin.

Ich tippte auf die selbe welche mich gerettet hatte.

„Was hast du getan?", zischte ich gefährlich und Denise grinste süffisant.

„Ich bin schon seit einer sehr, sehr langen Zeit auf dieser Welt und jagen gehört immer noch zu meinen Hobbies. Ich habe lediglich das erledigt, was ich schon vor hunderten von Jahren versucht habe. Nur, dass du mir damals dazwischengekommen bist."

Ihr Blick leuchtete auf und sie beugte sich über der verwundeten Wölfin.

„Wusstest du, dass eine Jägerin durch das Blut eines Wolfes um einiges mächtiger wird? », zwinkernd kniete sie sich vor dem weißen Tier und zückte einen Dolch aus ihrer Seitentasche.

„Wehe du fasst sie an!", brüllte ich auch schon und schleuderte Denise mit voller Wucht gegen einen der Schultische.

Ein paar Sekunden war es ruhig bevor sie begann dreckig zu lachen.

„So viel vergangene Zeit und doch so eine starke Verbindung."

Urplötzlich stand sie hinter mir und drückte mich mit dem Kopf auf den Schultisch.

„Vielleicht ändere ich ja auch meinen Plan. Was will ich mit Wolfsblut, wenn ich göttliches Blut haben kann?"

Mein Körper zuckte und meine Fingerspitzen kribbelten gefährlich. Etwas war anders als zuvor.

Es war als hätte mein Hasspegel ein neues Level erreicht. Alles was ich spürte war eine eisige Kälte.

Was auch daran liegen könnte, dass sich über meinem Körper eine Eisschicht zog. Was war das jetzt?

Fragend blickte ich an mich herab und dann durch den Raum.

Der Schulraum war komplett eingefroren!

„Nett aber es bringt dir nichts.", flüsterte Denise in mein Ohr und stieß mir den Dolch in die Seite.

Zumindest versuchte sie es aber mein vereister Körper ließ es nicht zu. Mir war so kalt.

Was auch immer das für eine Fähigkeit war aber sie sorgte für Schüttelfrost.

Ein schwaches Knurren ging durch den Raum und Denise war einen Moment abgelenkt.

Diesen Moment nutzte ich aus und stieß sie zur Seite.

Währenddessen ging mein Blick flüchtig zu der Wölfin, die trotz der schweren Verletzungen versuchte aufzustehen.

„Dummes Vieh!", brüllte Denise sauer und eilte zu ihr.

Ein kräftiger Tritt und ein lautes, gequältes Aufheulen später brannte auch die letzte Sicherung in mir durch und ich stürzte mich auf Denise.

„Ich habe dir eben schon gesagt, dass du sie nicht anfassen sollst", schrie ich und schlug ihr meine Faust ins Gesicht.

Woher kam nur dieser verdammte Beschützerinstinkt?

Sollte ich mich nicht lieber selbst beschützen?

Schließlich war diese Frau vor mir ganz offensichtlich gestört. Natürlich verschwand sie wieder und tauchte hinter mir auf.

„Das Spiel wird langsam langweilig", brummte ich genervt und drehte mich um.

„Das werden wir ja noch sehen", zwinkerte sie und trat so oft gegen mein Knie bis das Eis dort zerbrach und ich zu Boden ging.

Keine Sekunde später flog auch schon die Tür auf und meine Crew stand in ihrer vollen Montur im Raum.

„Wurde aber auch Zeit", meinte ich grinsend und Bruce rollte mit den Augen bevor er einen Pfeil in seinen Bogen spannte und auf Denise zielte.

In Sekundenschnelle flog er auf sie zu, doch da war Denise auch schon wieder verschwunden um in der Mitte des Raumes wiederaufzutauchen.

„Denkt ihr wirklich ihr könntet mich besiegen?"

Ein triumphierendes Lächeln huschte über ihre Lippen und Bruce spannte einen neuen Pfeil ein.

„Denkst du ernsthaft, dass du es mit den Hateful and Loveable Creatures aufnehmen kannst?", meinte er trocken und Denise krümmte sich vor Lachen.

„Wer ist bitte auf so einen scheiß Namen gekommen?" Das war mir zu viel.

Meine Idee schlecht zu machen ging gar nicht.

Eine Mischung aus Aggression und Adrenalin verband sich in mir, als ich mich auf Denise warf und mit meiner bloßen Hand ihren gesamten Körper einfror.

„Irgendwelche letzten Worte?", knurrte ich zu der starren Figur unter mir.

„Nein? Na dann", ich zog meine Pistole hervor, entsicherte sie und hielt sie Denise auf die Brust.

Ohne zu zögern drückte ich ab und blickte emotionslos auf die Eissplitter unter mir.

Bruce sowie auch die anderen standen einfach nur mit offenem Mund da, als ich mich aufrappelte und in deren Gesichter sah.

Ich pustete den Rauch aus dem Lauf der Pistole und richtete mein Cap, welches etwas verrutscht war.

„Problem erledigt.", gab ich von mir aber die anderen hatten ihre Fassung immer noch nicht wiedergefunden.

„Du weißt schon, dass du gerade jemanden umgebracht hast?", flüsterte Francis erschrocken und ich zuckte mit den Schultern.

„Was soll's."

Irritiert blickten sich die anderen untereinander an.

„Was ist los mit dir?", fragte mich Lizzy vorsichtig.

„Es ging mir nie besser", stellte ich klar und betrachtete meine vereisten Hände.

Wann hatte ich eigentlich aufgehört zu frieren?

„Yas, wie fühlst du dich?", vernahm ich Francis Stimme.

Keine Ahnung wie ich mich fühlte.

Gut, gefährlich, unbesiegbar und so als wenn selbst mein Herz aus Eis bestand.

„Verdammt gut", gab ich als Antwort und ein Jokerlächeln breitete sich in meinem Gesicht aus.

„Grr."

Ich fuhr herum und mein Grinsen verschwand.

Ein Blick in die halbgeöffneten Augen des Wolfes und ich sank auf meine Knie.

Das Eis brach von mir ab und landete klirrend auf den Boden.

Meine Haut nahm wieder an Farbe an und ich blickte mich verwirrt zu den anderen um.

„Leute was ist passiert?"

Ich konnte mich nur noch verschwommen an das erinnern was gerade geschehen war.

„Außer, dass du komplett aus Eis warst und Denise gekillt hast nichts weiter", kam lässig von Lizzy und ich riss meine Augen auf.

„Ich habe was!?"

Geschockt blickte ich in die Runde und erkannte das Lizzy mich nicht verarscht hatte.

Doch was jetzt viel wichtiger war als ich, war die Wölfin, die vor mir lag und ich winkte Bruce zu mir.

„Kannst du ihr irgendwie helfen?"

Wortlos schob er mich zur Seite und legte seine Hand auf die Wunden.

Wie auch vor einigen Tagen bei mir schlossen sie sich, doch der Wolf regte sich immer noch nicht.

Meine Hand glitt durch das weiche Fell und ich begann dem Tier hinter den Ohren zu kraulen, woraufhin es doch die Augen aufschlug und mich musterte.

Eine Sekunde blieb sie liegen, bevor sie sich aufrappelte und zu uns heraufsah.

„Wie heißt du?", fragte Bruce ungeduldig und die Wölfin tapste von einer Pfote zu anderen. In ihrem Blick lag etwas Unbehagen und sie schaute hilfesuchend zu mir.

„Kannst du uns wenigstens deine normale Gestalt zeigen?" Der Blick änderte sich von Unbehagen zur Panik.

Vielleicht waren die Fragen auch der Grund warum wir umgerannt wurden und die Wölfin einfach flüchtete.

„Sollen wir hinterher?"

„Nein", meinte Bruce und ich spürte wie mein Körper kribbelte.

Keine Sekunde später saß ich wieder neben Elli an meinem Tisch. Verwirrt blickte ich mich um.

„Was wolltest du sagen?", fragte mich meine Beste.

„Ich muss kurz aufs Klo!", rief ich durch die Klasse und sprang auf.

„Yas!?", rief mir Elli verwirrt hinterher aber da war ich auch schon aus dem Raum gestolpert. Ich zog die Tür hinter mir ran aber nicht zu und atmete schwerfällig aus.

Ein paar Sekunden Ruhe brauchte ich bevor ich wieder zurück in den Unterricht musste.

Gerade als ich einen Schritt nach vorne machen wollte erblickte ich Shay und wünschte mich zurück in die Klasse.

„Yas", entwich ihr überrascht und sie schulterte ihre Tasche.

„Falls du mir jetzt wieder einen dummen Spruch an den Kopf knallen willst, lass stecken", knurrte ich feindselig und wollte mich an sie vorbei zwängen, als sich ihre Hand um mein Handgelenk legte.

Ihre Augen trafen auf meine und ich wurde nervös, als ich an Ellis Worten von gestern zurückdachte.

„Was gestern passiert ist tut mir leid. Ich weiß auch nicht was in mich gefahren ist."

„Aha", gab ich trocken von mir.

Ihre Hand fuhr durch ihre langen Haare.

Scheiße warum musste sie so heiß dabei aussehen?

„Aber ich kann dir versprechen, dass es nicht mehr vorkommt", fügte Shay hinzu und ließ mein Handgelenk los.

Natürlich musste sich bei diesen Worten sofort mein Herz zusammenziehen.

Meine Schultern wurden schlapp und ich hatte das Gefühl mit Worten geohrfeigt geworden zu sein.

„Warum bist du eigentlich so scheiße?"

Überrascht sah mich Shay an und trat einen Schritt zurück.

„Damit ich mich nicht in dich verliebe."

Ohne ein weiteres Wort trat sie an mir vorbei und betrat unseren Klassenraum. Mich ließ sie dabei vollkommen verwirrt zurück.

Ihr letzter Satz hallte in meinen Ohren nach und ich verstand gar nichts mehr.

Hatte sie mir gerade gesagt, dass sie Gefühle für mich hatte?

Ich wartete noch weitere fünf Minuten, die ich ausschließlich damit verbrachte über Shays Worte nachzudenken, bevor auch ich den Raum betrat.

Mein Blick wanderte sofort wieder zu ihr aber ich bekam nur einen leeren Blick zurück.

„Was ist mit ihr los? Shay sah total fertig aus, als sie hier reinkam", quasselte Elli auch schon auf mich ein und ich berichtete ihr kurz und bündig von dem Gespräch von eben.

„Krass", kam von Karamell hinter mir, die das Gespräch natürlich mitverfolgt hatte.

In der Pause erwischte ich Shay gerade ohne Nadine und den anderen. Also nahm ich meinen Mut zusammen und tippte ihr auf die Schulter.

„Was willst du?", brummte sie genervt und mein Mut verschwand sofort wieder.

Ich war nervös. Ziemlich sogar.

„Empfindest du was für mich?", platzte es aus mir heraus und Shays Augen wurden groß.

„Ich habe doch gesagt, dass-"

Ich ließ sie nicht ausreden und legte meine Finger auf ihre Lippen.

„Du hast gesagt, dass du dich nicht in mich verlieben willst. Wie kommst du darauf, dass du dich in mich verlieben könntest?"

Schon umklammerten ihre Finger wieder mein Handgelenk.

Aber nicht um mich festzuhalten, sondern um mich einmal durch die Schule zu schleifen.

Sie zog mich in einen leeren Klassenraum und drückte mich gegen einen schwarzen Klavierflügel.

Anscheinend befanden wir uns in der Aula.

„Du hast keine Ahnung was du angestellt hast", hauchte sie und ihre Lippen legten sich ohne Vorwarnung auf meine.

Sofort beendete ich den Kuss und blickte verwirrt in ihre Augen.

„Was habe ich denn angestellt?"

«Das ich dabei bin mich in dich zu verlieben. Und gleichzeitig weiß ich, dass es falsch ist."

Wieder fuhr sie sich durch die Haare und mein Kopf schaltete sich komplett aus, denn dieses Mal war ich es die sich nach vorne beugte um sich einen weiteren Kuss zu holen. Erst sanft bis wir die Küsse vertieften.

Ihre Hände wanderten zu meiner Hüfte und zogen meinen Körper näher an sie heran.

Kein Millimeter Platz war zwischen uns und doch wünschte ich mir sie noch näher zu spüren. Mein Herz schlug so laut, dass ich Angst hatte, dass Shay es hören konnte.

Und wenn es so wäre?

Würde sie sich lustig machen?

Kurz ließ sie von meinen Lippen ab um federleichte Küsse auf meinen Hals zu verteilen. Verzweifelt seufzte ich auf, was Shay aber nur dazu animierte weiterzumachen.

Leicht saugte sie an meinem Hals und biss ganz leicht hinein, was mich fast wahnsinnig machte.

Ich hielt mich an ihr fest, da ich das Gefühl hatte, dass meine Beine mich nicht länger tragen würden.

Verschmitzt grinste sie mich an, bevor sie ihre Lippen wieder auf meine legte und sich unsere Zungen einen kleinen Kampf lieferten.

Völlig außer Atem ließen wir schließlich voneinander ab und ich blickte in ein Paar glänzender Augen.

Doch schon bald verschwand der Glanz und die Traurigkeit schlich sich zurück in ihren Blick.

„Du kennst den Schmerz in meinen Bauch, die Fäden die sich um mich ziehen sind zu verwirrt, um zu entfliehen doch meine Sehnsucht kennst du auch. Jetzt ist es still, du liegst bei mir ein dunkler Mond zieht seine Bahn, Gedanken scharf wie Krallen fallen mich wie Wölfe an. Du kennst den Schmerz in meinen Bauch, die Fäden die sich um mich ziehen sind zu verwirrt, um zu entfliehen doch meine Sehnsucht kennst du auch.", sang sie leise ein Lied vor sich hin.

„Was willst du mir damit sagen?" Benommen trat ich einen Schritt zurück.

„Es ist besser, wenn ich es dir zeige", antwortete Shay zögernd und ehe ich etwas erwidern konnte zog sie sich vor mir aus.

„Ich glaube nicht das wir schon so weit sind" witzelte ich und wand mein Gesicht von ihrem entblößten Körper.

„Es tut mir leid.", war das letzte was sie von sich gab.

Aus dem Augenwinkel nahm ich eine Veränderung wahr und als ich wieder zu ihr blickte sah eine schneeweiße Wölfin zu mir hinauf.

Kapitel 13

Da stand einfach mal das Mädchen welches mir den Kopf verdreht hatte als Wölfin vor mir!

Ängstlich und nervös blickte sie mich aus ihren unverändert, dunkelbraunen Augen heraus an und tapste wie auch schon heute Morgen von einer Pfote zur anderen.

Nun hatte ich das Geheimnis um die Wölfin gelüftet.

Es war Shay.

Irritiert stolperte ich kurz zurück.

Aber dann entschied sich mein dummes Herz dazu vor ihr auf die Knie zu gehen und ein ein sanftes Lächeln zu zuwerfen.

„Danke, dass du mich gerettet hast", endlich konnte ich mich für den Tag bedanken an dem sie mich vor dem Seelendieb gerettet hatte.

Und doch veränderte das hier alles.

Denise sowie auch Francis meinten, dass wir eine Verbindung zu einander hatten. Nur wann war diese entstanden?

Wie lange kannten wir uns und warum hatte Shay diesen traurigen Blick sobald ich ihr etwas näher kam?

Hatte ich sie vor einiger Zeit verletzt?

So viele Fragen überschlugen sich in meinem Kopf aber alles was ich tat war zögernd meine Hand auszustrecken um ihr zärtlich hinter den Wolfsohren zu kraulen.

Sie war so weich.

Klar lag es am Fell aber trotzdem konnte ich nicht aufhören meine Fingerspitzen durch das samtweiche Wolfshaar du streicheln.

Mit der hinteren Pfote begann sie die Stelle, zu kratzen und ich musste auflachen, weil es einfach zu süß aussah.

Ein beleidigter Blick später wurde ich wieder ernst.

„Was machst du nur mit mir?", flüsterte ich ihr entgegen.

Ich müsste geschockt sein aber stattdessen schlug mein Herz immer noch kräftig gegen meine Brust sobald sich unsere Blicke ineinander verfingen.

Langsam begann sie sich zurück zu verwandeln und saß nackt vor mir, wodurch mir natürlich sofort eine rote Farbe ins Gesicht schoss.

„Du hast dich kein bisschen verändert", so leise wie Shay mir diesen Satz entgegen hauchte hätte ich sie fast nicht verstanden.

Wahrscheinlich sollte ich es auch nicht und doch hatte ich es.

Sollte ich ihn ignorieren?

„Woher kennen wir uns?" Natürlich siegte meine Neugier.

Shay war mittlerweile aufgestanden und hatte sich ihre Klamotten gegriffen um sich wieder einzukleiden.

Doch nach dieser Frage hielt sie kurz inne.

„Du hast wirklich keine Erinnerungen mehr", nuschelte sie mehr zu sich als zu mir. Enttäuschung schlich sich in ihren Blick, bevor sie mir antwortete.

„Wir waren so was wie Freunde und immer füreinander da." So was wie Freunde?

„Freunde?", hauchte ich stirnrunzelnd und eine nun komplett angezogene Shay trat an mich heran.

„Richtig Freunde. Nicht mehr und nicht weniger." Mein Herz zog sich schmerzend zusammen.

„Deshalb möchte ich auch nicht, dass wir uns küssen oder ineinander verlieben...ich könnte es nicht ertragen, wenn wir dieses dünne Band zerstören was zwischen uns ist", letzteren Teil flüsterte sie mit zitternder Stimme und fügte ein: „Ich hoffe du verstehst mich."

„Nein ich verstehe dich nicht.", murmelte ich geistesabwesend und trat an ihr vorbei. Sie hielt mich nicht auf, als ich mal wieder weglief.

Aber ich hätte es wiederrum keine einzelne Sekunde länger in ihrer Nähe ausgehalten.

„So was wie Freunde", hallte in meinen Gedanken nach und ich trat gegen eine leere Dose, welche auf den Boden des Flures lag.

Warum hatte sie mich geküsst, wenn sie und ich nur Freunde waren?

Ich konnte sie nicht als einfache Freundin ansehen.

Erst die ganzen dummen Kommentare damit ich sie nicht ausstehen, dann die Rettungsaktionen, welche wiederrum nicht zu ersteres passten und dann die Tatsache, dass ich mich bis über beide Ohren in sie verknallt hatte.

Ja ihr habt richtig gehört.

Ich Yasmin Cooper hatte mich in dieses große und zugegeben wunderschöne Mysterium verliebt.

Und das nicht nur ein bisschen.

„Yasmin warte!", anscheinend war Shay mir doch hinterhergelaufen und zog mich an den Schultern zurück.

„Was?", brummte ich und mein Gegenüber überreichte mir meine Schultasche.

Scheiße.

Wo war ich eigentlich in meinen Gedanken? Ach ja bei Shay.

„Danke", kam leise aus mir heraus und ich ergriff meine Tasche.

„Schon gut."

Ein unerträgliches Schweigen breitete sich zwischen uns aus, welches schließlich von der Schulklingel unterbrochen wurde.

„Wir haben gemeinsam", berichtete Shay betreten, als ich schon wieder weglaufen wollte.

Natürlich musste ich jetzt auch noch mit ihr Unterricht haben, also war eine weitere Flucht so oder so sinnlos.

„Na wen haben wir denn da?", Nadine legte von hinten überschwänglich ihren Arm um mich und sah argwöhnisch von Shay zu mir hin und her.

Shay versteckte sich prompt hinter ihrer eiskalten, unnahbaren Fassade und ich schüttelte Nadine ihren Arm von mir.

„Komm schon du stehst doch drauf", raunte Nadine mir ins Ohr.

Kurz sah ich ein gefährliches aufblitzen in Shays Augen, welches allerdings sofort wieder verschwand.

Was war nur los mit ihr?

„Du bist doch sonst nicht auf den Mund gefallen. Komm schon kein Konter? Yas du langweilst mich."

„Na hoffentlich dann hat dieser Kindergarten ja endlich ein Ende", zu sagen konnte ich mir dann aber doch nicht verkneifen.

„Na geht doch, dachte schon du redest nicht mehr mit mir", Nadine machte einen übertriebenen Schmollmund und was sah ich da?

Shays Augenrollen.

Wie lange wollte sie vor Nadine eigentlich noch auf Freundin machen, wenn sie ihr offensichtlich auf den Sack ging.

„Ich geh schon mal vor", brummte sie und ließ mich mit Nadine einfach allein. Na danke Shay.

Etliche mir unglaublich lang vorkommenden Stunden später stand ich mit meiner Feierabendzigarette am Schultor.

An Ellis und Karamells Gesprächen nahm ich nur kurz Teil und wanderte mit meinen Gedanken immer wieder weg von ihnen.

Wieso war das alles so kompliziert?

Warum war sie so kompliziert?

„Yasmin?", vernahm ich eine vertraute Stimme hinter mir und drehte mich zögernd um. Wenn man an den Teufel dachte.

„Was willst du?", giftete ich Shay prompt an und Elli und Karamell stoppten ihr Gespräch.

„Sollen wir euch kurz alleine lassen?", fragte uns Elli vorsichtig.

„Nein", murmelte ich trocken.

Ich wusste was passieren würde, wenn sie mich mit ihr alleine ließen: Ich würde mich wieder einmal in ihren Augen verlieren und eine Enttäuschung nach der anderen erleben.

„Dann eben vor deinen Freunden. Das was vorhin passiert ist tut mir leid. Ich weiß du kannst das alles nicht nachvollziehen. Meine Worte sowie auch meine widersprüchlichen Handlungen.

Deshalb möchte ich, dass wir auf Abstand gehen. Du lebst dein Leben und ich meines. Das ist das Beste für dich, glaub mir."

Gespannt hatten ich und meine beiden Freundinnen ihren Worten gefolgt, die mir mal wieder den Boden unter den Füßen wegzogen.

„Du wolltest sagen, dass ist das Beste für dich. Leb weiter in deiner Welt, mit deinen tollen falschen Freunden und deiner Wahrheit, die nur du verstehst", gab ich bissig von mir und Shay schluckte.

Ich wusste, dass diese Worte sie verletzt hatten.

Am liebsten würde ich sie in den Arm nehmen, denn ihre Augen wirkten wieder so unendlich traurig aber ich war schuld daran, dass sie mich nun mit diesem Blick ansah.

Und da war das, was ich am meisten hasste, wenn ich verliebt war.

Ich konnte niemanden verletzten ohne dieselben Schmerzen doppelt und dreifach mit zu empfinden.

Doch da musste ich eben durch, wenn mein dummer Mund mal wieder alles schlimmer machen musste, als es so oder so schon war.

„Bis Morgen", räusperte sich Shay und nickte Elli und Karamell zu. Mir schenkte sie nur einen kühlen Blick und wand sich zum Gehen.

Sie war gerade mal ein, zwei Schritte von uns entfernt, als Elli schon auf mich einredete.

„Hast du den Verstand verloren!? Du kannst ihr doch nicht die ganzen Sachen an den Kopf knallen!"

„Hast du ihren verletzten Blick gesehen?", mischte sich auch Karamell ein. Na toll nicht mal meine besten Freundinnen standen auf meiner Seite.

„Ich brauch heute Zeit für mich", warf ich in die Runde und schulterte meine Tasche.

Ohne ein weiteres Wort lief ich zur Haltestelle. Ganz toll.

Außer weglaufen bekam ich mal wieder nichts auf die Reihe. Erst bei Shay, dann bei Elli und Karamell.

Alle sahen nur das große Ganze aber niemand bekam mit wie ich mich dabei fühlte.

Eine Weile später war ich zuhause angekommen und bemerkte einen Zettel auf dem Esstisch in der Küche.

Während ich mir etwas Wasser ins Glas kippte las ich ihn durch.

Kurz und bündig: Ich hatte bis heute Abend sturmfrei und somit trank ich aus, schlüpfte in mein Zimmer, stellte meine Tasche ab und warf mich aufs Bett um Löcher in meine Zimmerdecke zu starren.

„Ich möchte, dass wir auf Abstand gehen.", hallten Shays Worte in meinem Kopf nach.

„Sei still.", fuhr ich meine innere Stimme an und warf

mein Gesicht ins Kissen. Ich bemerkte erst, dass ich heulte, als mein Bezug nass wurde.

Scheiße nochmal was war ich für ein Weichei.

Mein Handy vibrierte in meiner Hosentasche und ich zog es zögernd hervor.

„Ja?", gab ich mit zitternder Stimme von mir.

Warum war ich eigentlich so blöd und ging auch noch ran wenn Shay anrief?

„Hast du geweint?", kam vom anderen Ende der Leitung. Ihre Stimme klang so beruhigend.

„Nein", log aber zog leider in dem Moment scharf die Luft ein um nicht wieder loszuheulen.

Na toll, dass war jetzt mal wieder sehr glaubwürdig.

„Du bist immer noch genauso sensibel wie früher", witzelte Shay und ich blickte beleidigt durch mein Zimmer.

Natürlich konnte sie das nicht sehen, was mir aber viel zu spät einfiel.

„Du meintest du willst mit mir auf Abstand gehen", flüsterte ich deprimiert und kaute auf meiner Unterlippe herum.

Ich hörte wie Shay einatmete und stellte mir vor, wie sie überlegte, wie sie darauf antworten könnte.

„Ja und ich meine das auch so. Du liebst mich, ich will nur Freundschaft."

„Warum hast du mich geküsst? Warum küssen wir uns verdammt nochmal andauernd? Oder fast. Und VERDAMMT nochmal warum sagst du, dass du dich in mich verlieben könntest!?", letzteren Satz schrie ich fast ins Handy. Kurz war Stille.

Keine Angenehme sondern eine scheiß beängstigende Stille.

„Ich habe nur mit dir gespielt", beantwortete sie kühl meine Frage.

„Du lügst."

Stille.

„DU LÜGST!"

Ein Piepen ertönte und ich bemerkte, dass sie den Anruf beendet hatte.

Wütend flog mein Handy durch mein Zimmer und landete gegen meine Zimmertür. Ich wollte Schreien, denn mein Herz fühlte sich an, als wenn es herausgerissen wurde. Warum tat sie mir so weh?

„Tja Yas was hast du erwartet? Das Shay wirklich auf dich steht?", lachte mich meine innere Stimme aus und ich rollte mit meinen Augen.

Konnten meine Gedanken mich mal aufbauen und nicht immer auf den Boden der Tatsachen zurückholen, dass ich wohl niemals glücklich werden würde?

Kapitel 14

Einige Wochen waren nach dem Telefonat mit Shay vergangen. Sie hatte ihr Wort gehalten und war auf Abstand gegangen.

Wir sahen uns in der Schule und ignorierten uns.

In einer Unterrichtstunde hatte ich sie gefragt ob wir nicht wenigstens nochmal reden wollten, weil ich tief in mir glaubte, dass sie etwas für mich empfand.

Resultat war, dass ich später eine lange abwertende Nachricht bekam die alles veränderte. Die mich veränderte.

Ich hatte zum ersten Mal mein Herz voll und ganz an jemanden verloren und dieses eine erste Mal war es das eine verdammte Mal zu viel.

Sollte sie es behalten, denn ich war zu schwach den Scherbenhaufen, den sie hinterlassen hatte wieder zusammen zu kleben und so zu tun als wäre alles in Ordnung.

Egal was sie sagte, irgendetwas musste zwischen uns gewesen sein.

Vielleicht war ich auch nur dumm und naiv aber ich hatte etwas in den Küssen hineininterpretiert, was ich niemals vergessen würde: Gefühle.

Starke Gefühle. Wie auch immer.

Aber ein weiteres Mal sollte sie mich noch verletzen und das war der Moment als sie aus heiterem Himmel mit Tommy kam.

Der Macho aus Nadines Gruppe.

„Bist du dir wirklich sicher? ", hatte ich Elli gefragt und musste schlucken.

Dass sie nichts von mir wollte hatte Shay mir ja schon ziemlich schmerzhaft klargemacht aber Ellis Beobachtung zog mir ein weiteres Mal den Boden unter den Füßen weg.

Jede verdammte Pause sah ich die Beiden zusammen und es zerriss mich immer wieder aufs Neue.

Ich war sauer.

Sauer auf mich selbst, da etwas in mir glauben wollte, dass ich ihr irgendetwas bedeutet hatte.

Von Woche zu Woche wurde ich immer kälter und emotionsloser.

Den letzten Teil meines Herzens hatte ich im übertragenden Sinne verbrannt.

Für manche scheint das übertrieben klingen aber ich wollte einfach nichts mehr fühlen. Weder für sie noch für sonst wen.

Natürlich waren meine besten Freundinnen für mich da aber ich wollte sie nicht noch länger damit nerven und fraß alles in mich hinein.

Wie gesagt ich hatte mich verändert und das nicht nur vom inneren.

Ich hatte mein Cap abgelegt und meinen Kleidungsstil geändert.

Allerdings strahlte ich mittlerweile auch eine gewisse fuckt mich nicht ab Einstellung aus, wodurch mich viele Menschen mieden.

Aber das war gut so: Ich wollte niemanden mehr in mein Leben lassen.

Am Tag gelang mir es verdammt gut meine Fassade aufrecht zu erhalten aber jede Nacht begann sie wieder zu bröckeln.

Fast jede Nacht wachte ich mit Tränen im Gesicht auf und irgendwann gab ich das Schlafen einfach auf.

Sowie auch diese Nacht.

Wieder einmal plagte mich ein Traum von dem was geschehen war.

Aber das Thema mit Shay war durch.

Zumindest redete ich mir das nun seit drei verdammten Wochen ein.

Es war schon spät und ich wusste, dass ich auch diese Nacht keine Ruhe finden konnte. Darum tapste ich leise von meinem Bett zum Kleiderschrank und zog mich an.

Wenn ich nicht schlafen konnte, dann konnte ich genauso gut rausgehen.

Hin und wieder schlenderte ich im Dunkeln umher und nicht selten endete es damit, dass ich auf einen Seelendieb traf.

Immerhin konnte ich so meine Wut rauslassen und gleichzeitig an meinen Kampffähigkeiten pfeilen.

Draußen schlug mir eine frische Luft entgegen und ich steckte meine Hände in meine Jackentasche.

Ein paar Schritte entfernte ich mich und verschwand in eine Nebenstraße.

„Wann hört das endlich auf?", fragte ich mich aber konnte mir darauf keine Antwort geben.

Ich fühlte mich wie ein lebendes Wrack.

Von außen war es ein milder Spätsommertag doch in mir war der Herbst schon angekommen.

Nicht mit seinen wunderschönen bunten Blättern, sondern mit seinen grauen verregneten Tagen. Genervt von mir selbst atmete ich aus und lief einfach weiter.

„Yarin?"

Aus dem Nichts ertönte eine Stimme und ich drehte mich erschrocken um.

„Genaugenommen Yasmin", brummte ich und drehte mich im Kreis.

„Schön dich mal wieder zu sehen"

Aus einem Schatten trat ein grinsender Asiate, bewaffnet mit einer Flasche Sake.

Ich schätzte den Typen vom Aussehen her auf Anfang dreißig aber seine Klamotten wirkten wie aus einer anderen Zeit.

„Darf ich erfahren wer du bist und was du von mir willst?" Umso näher der Mann auf mich zukam umso mehrere Schritte trat ich zurück.

Plötzlich ging er vor mir auf die Knie und drückte seine Flasche an seine Brust.

„Entschuldigung, wie unhöflich von mir. Mein Name ist Susano und ich war einst der Sohn von Izanagi, dem ersten Gott der japanischen Mythologie. Wir waren vor einer kleinen Ewigkeit zusammen unterwegs"

Na ganz toll.

Da kniete vor mir so ein komischer Kauz, der mich anscheinend von früher kannte und natürlich mal wieder mal kein Mensch war.

„Oh, entschuldige ich kann mich nicht mehr an dich erinnern", entwich mir wahrheitsgemäß.

„Kein Problem. Ich bin auch nur hier, weil ich seit ein paar Jahrhunderte auf Reisen bin um mal etwas von der Welt zu sehen", fuhr er fort und erhob sich vom Boden.

Ein Glück stand er endlich auf, denn langsam wurde die Situation peinlich.

„Also bist du zu Besuch in Deutschland?", hakte ich nach um etwas mehr über ihn herauszufinden.

Es passierte ja nicht alle Tage, dass man bei seinem nächtlichen Sparziergang auf so einen schrägen Vogel traf.

„Ehrlich gesagt habe ich vor hier her zu ziehen. Hier ist eine schöne große Stadt wo ich kaum auffallen würde."

Elegant setzte er nach diesem Satz seine Flasche an seinen Mund und trank einen kräftigen Schluck von dem Alkohol.

Ungläubig sah ich an seinen Kimono hinunter.

„Wenn du hier nicht auffallen willst würde ich an deiner Stelle andere Klamotten anziehen ", sagte ich entgeistert und auch er blickte an seinen Sachen hinunter.

„Ach nein, sind die Sachen schon wieder aus der Mode gekommen?", stöhnte er betreten und ich schlug mir mit der flachen Hand auf die Stirn.

„Die sind sogar in Japan schon Jahrhunderte aus der Mode", gab ich von mir.

„Warum kannst du eigentlich so gut Deutsch?"

„Ich hatte mal vor Jahren eine deutsche Frau aber sie ist gestorben. Die Ewigkeit und sie konnten nicht so gut miteinander."

Ein weiterer Schluck aus seiner Flasche landete in seinem Rachen.

„Mist leer", brummte er zu sich selbst und warf die Flasche über seine Schulter, sodass sie klirrend zu Boden ging.

Ich wusste nicht wirklich ob ich den Typen vor mir als symphytisch oder unheimlich einstufen sollte.

Allerdings strahlten seine dunklen Augen keine Bedrohung aus.

Er wirkte einfach nur etwas verloren.

„Du sagtest du willst hierherziehen aber wo wohnst du jetzt gerade?", fragte ich vorsichtig und wieder blickte er sich um.

„Naja zurzeit wohne ich hier."

„Wo ist hier?", fragte ich weiter.

„Auf der Straße", kam trocken von meinem Gegenüber.

„Das ist nicht dein Ernst!"

Geschockt blickte ich zu ihm hinauf doch Susano wich meinen Blick aus.

Zu mir nach Hause konnte ich den Typen nicht mitnehmen.

Zum einen weil, er aussah als wäre er ein Zeitreisender und zum anderen weil, er ein Mann war und meine Eltern das nur falsch interpretieren würden.

Also zog ich mein Handy hervor und blickte auf meine Uhr.

Es war gegen zwei Uhr morgens und ich öffnete mein Anrufprotokoll.

„Was tust du da?", neugierig sah Susano auf mein Display.

„Dir eine Unterkunft verschaffen", meinte ich trocken und wählte Francis Nummer.

Bruce und sie würden mich jetzt wahrscheinlich töten aber eine andere Wahl hatte ich nicht.

Lizzy konnte ich nicht fragen, da ihre Wohnung einfach zu klein war.

Und von George wusste ich nicht einmal wo er wohnte.

Also blieb mir nur übrig Francis anzurufen und das tat ich auch. Nach dem fünften Tuten nahm sie ab und grummelte verschlafen:

„Wehe es ist nicht wichtig", in ihr Handy.

„Wie spontan bist du?", begann ich und schilderte ihr kurz die Situation.

„Ist gut kommt vorbei", meinte sie nur im Halbschlaf und ich machte mich mit Susano auf den Weg zu der Villa der beiden Geschwister.

Eine halbe Stunde später standen wir auch schon vor der gleichen Tür, vor der ich zuletzt mit Elli stand.

Die Nacht in der ich mich so abgeschossen hatte und am nächsten Morgen bei Shay aufwachte.

Allein bei dem Gedanken an dem Tag wo ich bei ihr wach wurde, zog sich mein Herz zusammen und ich hielt kurz vor der Klingel inne.

Meine Gedanken wanderten an den Moment, als sie plötzlich so sanft zu mir war und ich versuchte diese Erinnerung wieder zu verdrängen.

Ich hatte etwas in ihren Augen gesehen, was sie nicht besaß: Liebe.

Nein diese Frau besaß keine Gefühle, denn sie war mit meinen Gefühlen umgegangen wie mit einem Spielplatz.

„Willst du nicht klingeln?", erinnerte mich Susano, der neben mir stand und leicht fröstelte. Kein Wunder, der Kerl hatte ja nicht einmal eine Jacke bei sich.

Eine kurze Zeit standen wir vor der Haustür, bis ich einen Schlüssel hörte, der von innen herumgedreht wurde.

Einen Spalt öffnete Francis die Tür und linste zu uns, bis sie die Tür vollkommen aufstieß.

„Yas, erst eine Wölfin, dann eine bekloppte Alte die dich töten will und jetzt schleppst du den ehemaligen japanischen Meeresherrscher an", zählte Francis auf während sie uns hineinließ.

Meeresherrscher?, verwirrt blickte ich zu Susano, der seinen Zopf neu band.

„Wie ihr sicher wisst bin ich schon   seit Ewigkeiten kein Meeresherrscher mehr. Das war einfach nicht mein Ding."

Sich die Schläfe massierend blickte sich Susano um und gab ein: „Nett", von sich.

„Yas, was hältst du davon nach Hause zu gehen und dich noch etwas hinzulegen? Ich kümmere mich um ihn und morgen treffen wir uns alle bei Lizzy für ein Gespräch?", schlug mir Francis gutmütig vor und ich senkte meinen Blick.

„Wenn ich schlafen könnte, dann wäre ich um die Uhrzeit nicht draußen unterwegs", flüsterte ich leise und Francis hob vorsichtig mein Kinn an, sodass ich ihr in die Augen sehen musste.

„Etwas schlafen musst du aber. Dein Körper braucht Ruhe."

„Nein du verstehst nicht, ich versuche es jede Nacht aufs Neue aber ich schaffe es einfach nicht", fiel ich Francis ins Wort.

Verständnisvoll betrachtete sie mich bis ihr Blick zu Susano ging, der an meiner Seite herantrat.

„Was machst du eigentlich auf dieser Welt? Der Olymp ist ein ganz schönes Stückchen weg", raunte Susano und sah interessiert zu Francis.

Kurz verschleierte sich ihr Blick und man merkte, dass sie an etwas dachte, doch dann fing sie sich wieder und schüttelte mit dem Kopf.

„Du verwechselst mich."

„Niemals ich habe ein Gedächtnis wie ein Elefant. Du bist Artemis", fröhlich klatschte Susano wie ein kleines Kind in seinen Händen und erinnerte mich somit an meinem Bruder.

„Du hast Recht ich bin Artemis und ja ich war im Olymp", gab Francis klein bei.

„Was ist passiert?", fragte Susano neugierig und Francis begann zu erzählen.

„Vor einiger Zeit gab es auf der Erde einen großen Kampf in denen wir Götter uns nicht einmischen sollten. Ich konnte das aber nicht mit mir vereinbaren zuzusehen, wie sich die Menschen untereinander zerfleischten. Also schnappte ich mir meinen Bruder Apollon und beendet einen Kampf, der ganze Länder in Blut getränkt hatte. Als wir zurück in den Olymp gingen verstieß uns Zeus, weil wir uns laut ihm, gegen ihn aufgelehnt hatten und Apollon und ich wurden auf die Erde verbannt. Die Menschen waren uns dankbar für alles, was wir für sie getan hatten und verehrten uns. Aber die Jahre vergingen und neue Ären brachen an. Die Menschen vergaßen den großen Krieg und hatten Angst vor den Kräften in uns. Wir wurden gejagt und gaben letztendlich unsere Unsterblichkeit auf um weiterhin unter den Menschen leben zu können. Und voila hier bin ich."

Ich war so vertieft beim Zuhören, dass ich gar nicht bemerkte hatte, wie Bruce sich an uns heranschlich.

„Hi", brummte er müde und warf einen irritierten Blick auf Susano.

„Bevor wir jetzt noch weitere Lebensgeschichten hören, lasst uns schlafen. Yas du bei dir und Susano du kommst mit hoch, da ist noch ein Gästebett", meinte Francis letztendlich und ich verabschiedete mich von der Runde.

Verwirrt trat ich hinaus und machte mich auf den Weg zu mir.

So etwas wie eben konnte nun wirklich niemand anderen außer mir passieren. Aber mich konnte einfach nichts mehr schocken.

Nicht einmal ein ehemaliger japanischer Meeresherrscher.

Ich setzte einen Fuß vor dem anderen und drehte mich alle paar Minuten um.

Schneller lief ich weiter, doch das Gefühl, dass jemand hinter mir lief verschwand einfach nicht.

Ein letztes Mal drehte ich mich um und mein Blick erhaschte einen Schatten, der um die nächste Ecke huschte.

Sollte ich hinterher?

Ich entschied mich dagegen.

Ehrlich gesagt war ich nach den letzten Erlebnissen zu faul um mich auch nur einen Schritt weiter zu bewegen als nötig.

Müde war ich auch langsam, also dachte ich nicht weiter nach, sondern freute mich einfach doch noch auf die nächsten drei Stunden Schlaf.

Kapitel 15

Den nächsten Morgen nahm ich nur im Halbschlaf war. Zumindest war das so, bis ich mal wieder neben einen gewissen Jemand an der Haltstelle stand. Shay.

Ich versuchte sie zu ignorieren, doch es war mir einfach nicht möglich.

In mir kochte es plötzlich.

All das was sie mir angetan hatte kroch langsam wie Gift durch meine Nerven.

„Warum?", entwich mir plötzlich, doch Shay ignorierte mich.

„Verdammt nochmal ich will wissen warum du, dass alles getan hast!" Sie hatte mir zugehört aber beachtete mich immer noch nicht.

Zumindest bis ich sie unsanft am Arm packte und sie zu mir zog. Ihre Augen wirkten müde und hatten ihren Glanz verloren.

Da war absolut nichts.

Keine Wärme aber auch keine Kälte.

„Ich habe nichts dazu zu sagen." Shay schüttelte meine Hand ab. Und da war es wieder.

Dieses verdammte Kribbeln, als sich unsere Hände berührten.

Kurz war mir so, als wenn Shays Augen etwas aufleuchteten, doch so schnell dieser Schimmer kam, verschwand er auch wieder.

„Warum tust du das andauernd? Immer wieder aus Neue? Du küsst mich, stellst mein Leben auf den Kopf und dann ignorierst du mich und fängst was mit Tommy an- Weißt du eigentlich wie sich das alles anfühlt?", sprudelte es aufgebracht aus mir, doch Shay zeigte keine Emotionen.

„Warum bist du so?", meine Stimme war nun noch ein Wispern und Shay drehte ihren Kopf zur Seite.

„Lass mich doch endlich los. Vergiss mich. "

Verwirrt hielt ich inne, denn in ihren Augen hatten sich winzige Tränen gebildet.

Scheiße was war das jetzt?

„Shay?"

Vor uns hielt der Bus.

Wie paralysiert stand ich da und verstand die Welt nicht mehr.

Shay war bereits eingestiegen und hatte sich bis zum Ende des Ganges durchgekämpft.

„Morgen", fröhlich blickte Elli zu mir.

Sie hatte seitdem sie mit Bruce zusammen war noch bessere Laune als sonst schon.

„Morgen", brummte ich, doch mein Blick wanderte durch den Bus zu Shay.

Unsere Blicke verfingen sich kurz ineinander, bis sie den Augenkontakt abbrach und aus dem Fenster sah.

„Yas ich dachte das Thema mit euch ist durch?", räusperte sich Elli und stieß mit ihren Ellenbogen in die meine Seite.

„Ist es auch."

Das kam nicht gerade überzeugend rüber.

Aber zum Glück stellte Elli keine Fragen, sondern schenkte mir wie jeden Morgen einen ihrer Kopfhörer, die ich mir dankbar ins Ohr steckte.

„I need you because no one else can get me out, out of hell. I can't trust anyone, all that I got is another scarred, broken heart."

„Dein ernst? Skillet?", ich hob eine Augenbraue an und sah zu Elli, die mich aber nur breit angrinste und begann den Refrain des Liedes mitzusingen.

So viel Ironie auch in diesem Lied lag, er war einfach ein absoluter Ohrwurm.

Kaum am Schultor angekommen, hatte ich mir auch schon meine Zigarette angezündet und nahm einen tiefen Zug.

Karamell trudelte mit uns ein und gesellte sich freudestrahlend zu uns.

Jeder schien heute besser gelaunt zu sein als ich.

Eine freundschaftliche Umarmung später redeten wir über dies und jenes.

Der übliche morgendliche Smalltalk eben, bis Elli das Gespräch auf mich lenkte.

„Was war jetzt schon wieder bei dir und Shay?"

„Da ist wirklich nichts. Ich habe sie nur gefragt, warum sie, dass alles getan hat."

„Und sie sah danach mal wieder ziemlich fertig aus. So wie immer, wenn ihr redet", setzte Elli an, doch ich hatte nicht vor das Gespräch fortzusetzten.

Das musste ich zum Glück auch nicht, denn vor mir baute sich plötzlich Tommy auf.

Shays Freund.

Er wirkte aufgebracht und trat mit verschränkten Armen an mich heran.

„Ich sag dir das nur ein einziges Mal, also höre gut zu" , zischte er und packte mich unvorbereitet am Hinterkopf, sodass ich zu ihm hochsah.

„Lass sie los! », sofort stellten sich meine Freundinnen schützend neben mich auf, doch Tommy ignorierte sie.

„Du Kleine verkackte Lesbe lässt die Finger von Shay, klar?"

Geschockt von Tommys gefährlicher Ausstrahlung vergaß ich zu antworten.

„Hast du mich verstanden?", sein Griff wurde fester und seine Augen blitzten gefährlich auf.

Verängstigt nickte ich stumm und er zog sein Knie an um es mir in den Magen zu rammen.

„Solltest du dich noch einmal in ihrer Nähe aufhalten, bring ich dich um", drohte er und lief als wäre nichts gewesen zu seiner Gruppe.

Ich schnappte nach Luft und hielt meinen schmerzenden Bauch fest. Mein Körper zitterte stark.

„Was war das denn bitte?", fragte Elli verwirrt und legte

ihren Arm um meine Schulter.

Ich schloss meine Augen. Genau was war das grade?

Ich schüttelte den Arm meiner besten Freundin ab.

„Yas was hast du vor?"

„Was erledigen", meinte ich und machte mich auf die Suche nach Shay.

Ich hatte schon fast die ganze Schule abgesucht und sie nirgendwo gefunden, bis ich das Mädchenklo betrat und ein Weinen aus einen der Kabinen hörte.

Ich fasste mir ein Herz und klopfte vorsichtig an der besagten Tür.

„Shay?", fragte ich vorsichtig und hoffte, dass ich richtig war.

„Was willst du?", kam jammernd hinter der Tür hervor.

„Ich will wissen was los ist. Warum bedroht mich dein Freund?"

„Und warum sitzt du hier und weinst?", fügte ich gedanklich hinzu.

Die Tür wurde aufgeschlossen und eine verheulte Shay blickte mir unter einem Tränenschleier in die Augen.

So sehr sie mich auch verletzt hatte, konnte ich diesen Anblick nicht ertragen und nahm sie behutsam in den Arm.

Zunächst war es so, als wollte sie sich der Umarmung entziehen, doch dann brach der Wiederstand und sie vergrub ihr Gesicht in meine Schulter.

Wie von selbst strichen meine Fingerspitzen beruhigend über ihren Rücken auf und ab. Es schien zu wirken, denn Shays Atmung wurde ruhiger und sie löste sich von mir.

Ein zögerndes Lächeln stahl sich über ihre weichen Lippen.

„Du bist total verrückt", kopfschüttelnd blickte sie in meine Augen. Doch Moment Mal!

Vorsichtig strich ich über den kleinen blauen Fleck unter ihrem Auge, den ihre Tränen vom Makeup freigelegt hatte.

„Warum lässt du das mit dir machen?"

Shay senkte ihren Blick und knabberte auf ihrer Unterlippe.

„Damit er dich in Ruhe lässt", wisperte sie letztendlich und sah wieder zu mir hoch.

Sie musste den Verstand verloren haben. War das wirklich Say die vor mir stand?

So sensibel und verletzlich kannte ich sie nicht und so wollte ich sie auch nicht kennenlernen.

Der Schutzpanzer, ohne den sie normalerweise nicht anzutreffen war, war zerfallen und vor mir stand jemand, der wirkte als ob er jede Sekunde zerbrechen könnte.

„Dein Freund?", hakte ich nach und Shay begann zu zittern.

„Nenn ihn nicht so. Ich bin nur mit ihm zusammen, weil", mitten im Satz brach sie ab und ich strich ihr eine verirrte dunkelbraune Haarsträhne hinters Ohr.

„Weil?" hakte ich nach und Shay knabberte wieder an ihrer Unterlippe.

Wer die Situation eine andere, würde sie mich damit um den Verstand bringen.

Mein Gegenüber schnappte nach Luft.

„Weil, er uns in der Aula gesehen hat. Er war da und hat alles aufgenommen. Unseren Kuss und auch meine Verwandlung..."

Kurz brach ihre Stimme ab bevor sie leise fortfuhr: „Er erpresst mich, dass er das Video ins Netz stellt, wenn ich mich nicht von dir fernhalte. Ich muss vorgeben seine Freundin zu sein und..."

„Und er schlägt dich wenn du nicht tust was er will ", beendete ich aufgebracht ihren Satz und wieder schossen ihr die Tränen in die Augen.

„Ja, er hat mich geschlagen als ich nicht mit ihm schlafen wollte."

„Wir waren doch alleine?", flüsterte ich betreten und nahm Shay wieder beschützend in die Arme.

„Er war auf der Bühne hinter dem Vorhang. Ich...Ich habe ihn nicht bemerkt, weil, ich nur Augen für dich hatte." Überrascht ließ ich sie los und stolperte nach hinten.

„Was war mit der Nachricht?"

„Gelogen", flüsterte Shay und trat wieder einen Schritt auf mich zu.

Alles was ich mir die letzten Monate eingeredet hatte, alles was ich durchlebt hatte war eine einzige Lüge!

Sie hasste mich gar nicht und ich war zu blöd es zu bemerken!

„Ich werde das in Ordnung bringen", beschloss ich kurzerhand.

Panisch schüttelte Shay wieder mit dem Kopf.

„Ich kann nicht zulassen, dass er dir etwas antut."

„So weit wird es nicht kommen, das verspreche ich dir."

Wie sollte ich sagen: natürlich kam ich zu spät zum Unterricht aber das war es Wert.

Ich hatte etwas erfahren, dass Shays Gesamtbild veränderte.

Nur wegen meinem Gefühlsausbruch war sie überhaupt in der jetzigen Lage und Gewissensbisse knabberten an meine Nerven.

Mein Entschluss jedoch stand fest: Ich würde dafür sorgen, dass dieses Video verschwand und ich hatte auch schon einen Plan.

Nur hoffte ich, dass dieser auch aufgehen würde, da er nicht gerade ungefährlich war.

„Yasmin, kannst du uns bitte die nächste Zeile vorlesen?", fragte mich meine Englischlehrerin Frau Berndt und blickte über ihre Brillengläser hinweg direkt zu mir.

Die ganze Klasse hatte anscheinend ihr Buch aufgeschlagen und ich hatte es gerademal geschafft am

Anfang der Stunde meine Federtasche und einen Schreibblock unordentlich auf meinen Tisch zu verteilen.

„Welche Seite?", fragte ich vorsichtig, während mein Kopf halb in meiner Schultasche steckte um mein Schulbuch heraus zu kramen.

„Wo sind Sie nur immer mit ihren Gedanken?", tadelte mich Frau Berndt und nannte mir die Seite und die dazu gehörige Zeile.

Ich brauchte eine Weile, bis ich sie gefunden hatte und eine weitere Weile, bis ich den Absatz fand und begann vorzulesen.

Kaum war die große Pause, lief ich auch schon zur Bibliothek.

Niemand war da, außer der Person zu der ich wollte: George.

Mit einem: „Was machst du denn hier?", wurde ich begrüßt und setzte mein nettestes Lächeln auf, dass ich hatte.

„Deine Gedanken gefallen mir nicht also hör auf so zu grinsen", der Nerd vor mir klammerte sich an seiner Tastatur fest und wendete seinen Blick ab.

„Was hast du nächste Stunde?", fragte ich und George drehte sich wieder zu mir.

„Da habe ich einen Freiblock. Zieh mich bitte nicht irgendwo mit rein", der Lockenkopf erhob seine Hände.

„Tommy aus meiner Klasse hat ein Video auf seinem Handy wie sich Shay in einen Wolf verwandelt und erpresst sie damit. Alles worum ich dich bitte ist, mit mir in die Umkleidekabine einzubrechen und das Video zu löschen."

Entsetzt weiteten sich seine Augen und er schlug sich mit der flachen Hand gegen die Stirn.

„Du wusstest die ganze Zeit wer die Wölfin war!?"

„Nein...also erst ein paar Wochen ..."

„Seit ein paar Wochen !?", aufgebracht sprang George von seinem Stuhl und stand mir nun gegenüber.

Er wirkte sauer und ich konnte es ihm nicht übelnehmen.

Schließlich hatte ich bis jetzt niemanden von Shays wahrer Identität erzählt.

Nicht einmal den Hateful and Loveable Creatures.

„Warum sollte ich dir helfen?", fragte George immer noch sauer.

Angestrengt dachte ich nach. Das war eine sehr gute Frage.

„Weil du der einzige bist, der die nötige Intelligenz besitzt?"

Eine halbe Stunde später fragte ich den Sportlehrer für den Schlüssel der Kabinen mit dem Vorwand auf Toilette zu müssen.

Kaum hatte ich den Schlüssel in der Hand verließ ich die Sporthalle und schloss die Tür hinter mir.

„Das hat echt lange gedauert", beschwerte sich George, der mit seiner Umhängetasche bewaffnet vor der Sporthalle auf mich gewartet hatte.

Letztendlich konnte er sich doch dazu durchringen mir zu helfen und somit konnte die Aktion starten.

Wir schlichen uns in die Jungenumkleide und ich ließ meinen Blick durch den Raum schweifen.

Verdammt hier waren gefühlte hunderte Taschen die einfach identisch aussahen.

Wie sollten wir nur Tommys Tasche finden?

„Was nun?", stöhnte ich auf, bis mein Blick zu einer schwarzen Nike Tasche ging mit einem unverkennbaren Hanfblattanhänger.

Das musste seine Tasche sein!

Erleichtert ging ich auf die Tasche zu und öffnete sie.

Ein schwarzes HUAWEI leuchtete mich an und ich grinste siegessicher.

Gleich würde ich das Video löschen, welches Shay so viele Probleme breitet hatte. Ich schaltete es ein und sofort blinkte der Sperrcode auf.

„Mist!", entwich mir fluchend und George legte seine Tasche auf die Bank.

„Das haben wir gleich."

Aus seiner Tasche kramte er einen Laptop und Ladekabel.

Er verband das Handy mit seinem Laptop und öffnete die Daten.

„Verdammt hat der viel scheiße auf seinem Handy", raunte George und scrollte durch die verschiedenen Ordner. Alle waren mit Namen versehen außer eines, welches er öffnete.

Er klickte es an und ein schriller Laut schoss durch seinen Laptop.

„Verdammt mach den Ton leiser", fuhr ich George barsch an, weil ich Angst hatte, dass wir auffliegen könnten. Wir sahen uns das Video an.

Dieses Arschloch hatte wirklich alles aufgenommen.

Wie wir uns küssten, wie wir redeten und natürlich auch, wie sie sich in einen Wolf verwandelte.

„Bitte lösch es", flüsterte ich und George nickte.

„Natürlich. Das Video ist nicht nur für Shay gefährlich, sondern für uns alle", gab er von sich und löschte es.

„Hoffen wir mal, dass er keine Kopie hat", brummte George, als plötzlich die Tür aufflog.

„Hat dir das heute Morgen noch nicht gereicht?"», raunte Tommy und lief auf uns zu.

„Du kommst zu spät, dass Video ist gelöscht. Hör also endlich auf Shay zu erpressen", fuhr ich Tommy an.

Er setzte sein dreckigstes Grinsen auf und zog ein Handy aus seiner Hosentasche.

„Was für ein Glück, dass ich auf dem hier noch eine Kopie habe", säuselte er und begann darauf einzutippen.

„Das wirst du nicht tun!"

Ehe ich realisierte was gerade geschah hatte sich George auch schon in einen Werwolf verwandelt und Tommy durch die Kabine geschleudert.

Der Aufprall hörte sich nicht gesund an, doch wenigstens ließ er sein Handy fallen.

Tommy kroch zu dem Smartphone, doch ehe er es ergreifen konnte kickte George das Handy mit seiner Pfote zu mir.

Aus meiner Starre erwacht, bückte ich mich und löschte die Kopie des Videos.

„Ihr verdammten Freaks." Tommy spuckte George abwertend vor die Füße, woraufhin dieser ihn einfach an dem Kragen packte und die Wand hochzog.

„Das hätte ich jetzt nicht gemacht ", säuselte ich und George sah gar nicht ein Tommy wieder runter zu lassen.

„Was wollt ihr von mir?", panisch blickte sich Tommy um, sah aber ein, dass es keinen Fluchtweg für ihn gab.

„Vergiss was du gesehen hast. Wenn nicht finden wir dich und brechen dir jeden einzelnen verdammten Knochen."

Kurz hielt ich inne und schritt auf Tommy hinzu, während George ihn noch immer festhielt und gefährlich seine Zähne fletschte.

„Und lass Shay gehen. Wir wissen Beide, dass sie etwas Besseres verdient hat als dich. Sollte ich noch einmal mitbekommen, dass du sich schlägst...wie hast du so schön gesagt, heute Morgen?"

Ich legte angestrengt meinen Daumen auf mein Kinn bevor ich fortfuhr: „Ach ja: Bring ich dich um."

Nach diesen Worten ließ George Tommy einfach los. Er fiel wie ein nasser Sack zu Boden.

„Ihr seid doch komplett gestört", winselte er mit gebrochener Stimme und ergriff die Flucht.

George verwandelte sich zurück und wir tauschten uns kurze Blicke aus bevor wir in ein schallendes Gelächter ausbrachen.

„Ach ja: Bring ich dich um", machte er mir, mit einer verstellten Stimme nach und ich fiel George dankbar um den Hals.

„Sie scheint dir ziemlich wichtig zu sein", raunte er und löste sich aus der Umarmung.

„Ich musste etwas wieder gutmachen", entgegnete ich zwinkernd.

In der nächsten Pause kam Shay auf mich zu, während ich mit Elli und Karamell auf dem Schulhof stand.

„Kann ich dich kurz entführen?", fragte sie mich fast schon schüchtern.

„Du bringst mich freiwillig wieder zurück."

„Vielleicht."

Verwirrt folgten Elli und Karamell das Geschehen bis meine beste Freundin handelte.

„Yas jetzt geh schon", sanft schubste mich in Shays Richtung.

Etwas abgelegen von den ganzen Gruppen sah sie mich nun dankbar an.

„Tommy hat mir versichert, dass er mich in Ruhe lassen wird. Ich denke, das habe ich dir zu verdanken", lächelnd sah sie mich an und fuhr sich durch die langen braunen Haare.

„Vielleicht sollten wir doch an einer Freundschaft arbeiten."

„Du weißt ganz genau, dass das nicht funktioniert", fiel ich Shay ins Wort und stellte mich unmittelbar vor ihr.

„Wir sind keine Freunde und das werden wir auch niemals sein", hauchte ich leise, während mein Blick zu ihren Lippen ging.

Ich sah Shay an, dass sie etwas erwidern wollte aber da hatte ich auch schon den nächsten Schritt gewagt und meine Lippen sanft auf ihre gelegt.

Shay schien überrascht und erwiderte den Kuss zunächst nicht.

Doch dann legte sie ihre Hand in meinen Nacken und ich spürte wie sie in den Kuss hineinlächelte.

Selbst wenn sie gleich wieder so tun würde, als wenn ihr das alles nicht gefiel oder sie sich wieder von mir abwenden würde: Ich würde das alles immer wieder in Kauf nehmen, wenn ich nur ein einziges weiteres Mal das hier spüren konnte.

Unsere Lippen waren wie miteinander verschmolzen, denn wie auch die Male zuvor, wollte keiner von uns aufhören.

Im Gegenteil. Ich wollte sie. Hier und jetzt.

Ach was rede ich da eigentlich: Ich wollte sie für immer.

Dieser Moment in dem ich gerade lebte, war mein Leben.

Kurz gingen wir auseinander um Luft zu schnappen, als ich auch schon einen Kuss auf die Nasenspitze und auf die Stirn bekam.

„Was ist das jetzt?", brummte ich und Shay lachte auf. Es war ein süßes Lachen.

Ein wahnsinnig süßes Lachen.

Es schien als hätten wir alles um uns herum ausgeblendet.

Die anderen Schüler waren nicht mehr relevant, denn es gab nur noch sie und meine kleine Wenigkeit.

„Weißt du was ein Kuss auf Stirn und Nase bedeutet?", fragte mich Shay grinsend und ich dachte nach.

„Es bedeutet, dass ich dir wichtig bin."

Shay nickte langsam und ihr Gesicht kam wieder näher an meines heran.

„Und weißt du was du mir bedeutest?"

„Das musst du mir schon zeigen", flüsterte ich ihr entgegen und Shays Atem zerschellte an meinen.

Kurz vor meinen Lippen hielt sie inne und küsste mich erneut.

So zärtlich, dass ich das Gefühl hatte, als würden meine Beine nachgeben und so kräftig, sodass ich mich an ihr festhalten musste um nicht den Verstand zu verlieren.

Kapitel 16

Erst die Schulklingel zerstörte den wunderschönen Moment zwischen mir und Shay.

Ich war immer noch komplett überwältigt und konnte das Geschehene noch gar nicht so richtig glauben.

„Kneif mich mal bitte", flüsterte ich verträumt und mein Gegenüber begann zu lachen.

„Aua!"

Natürlich hatte sie mich wirklich gekniffen.

„Glaubst du mir jetzt, dass du nicht träumst?"

Dieses unwiderstehliche Grinsen auf ihren Lippen brachte mich mal wieder völlig um den Verstand.

Shay war noch nicht wieder zu einem emotionslosen Krüppel geworden.

Stattdessen zierte ein vorsichtiges Lächeln ihr Gesicht und ihre Augen strahlten mit der Sonne um die Wette.

„Was ist das zwischen uns?", flüsterte ich vorsichtig, während ich von unzähligen Schülern angerempelt wurde, die alle auf dem Weg zum Schulgebäude waren.

„Ich dachte ich könnte es unterdrücken. Alles was ich jemals für dich empfunden habe aber du hattest recht", sie legte eine kurze Pause ein in der sie sanft mein Kinn anhob und mir tief in die Augen sah.

„Wir waren und sind keine Freunde und werden es auch niemals sein", fuhr Shay nun fort.

„Was sind wir dann?"

Ich hatte Angst vor der Antwort und auch Shay sah etwas überfragt aus.

Allerdings überspielte sie es wieder mit einem Lächeln und beugte sich zu mir.

„Du stellst zu viele Fragen", flüsterte sie schließlich und entlockte mir einen weiteren Kuss, wobei ich meine Hände vorsichtig in ihren Nacken legte.

Verträumt öffnete ich wieder meine Augen und blickte in zwei mir so vertrauten Paare, als ich mich plötzlich an einem Traum aus meiner Kindheit erinnern musste.

Feuer das sich über meinen Körper ausbreitete.

Feuer das sich durch meinen Körper fraß und doch hatte ich keine Angst, weil jemand bei mir war.

Jemand der mit mir gestorben war.

„Fuck", murmelte ich und wurde kreidebleich, während mir immer weitere Bilder durch den Kopf schossen die unsortiert durch meine Gedanken jagten, bis mir einzelne Tränen über die Wangen liefen.

Besorgt nahm Shay mein Gesicht zwischen ihren Händen und wischte mir einzelne Tränen zur Seite.

„Du warst das", brachte ich verwirrt hervor und versuchte Shay durch einen Tränenschleier hindurch anzusehen.

Diese zog die Augenbraue an und wartete auf eine Erklärung für den kleinen Gefühlsausbruch.

„Du warst die Frau von dem ich fast jede Nacht geträumt habe. Die Frau auf den Felsen mit dem Meeresausblick, die Frau mit diesem bissigen süßen Humor und die Frau von dem Feuer..."

Shays Gesicht wechselte von besorgt zu erschrocken und doch zog sie mich in ihre Arme und gab mir einen Kuss auf den Kopf.

„Ja. Ich war vor langer Zeit mit dir, also mit Yasminan zusammen und es war meine Schuld, dass du gestorben bist. Wir wurden meinetwegen zusammen verbrannt. Ich konnte mir das alles nie verzeihen und wollte falls wir uns jemals wieder begegnen auf Abstand gehen."

„Du verdammter Idiot."

Stürmisch küsste ich sie wieder und drückte sie verzweifelt an mich.

Wie lange wollte ich die Frau aus meinen Träumen kennenlernen und wie oft habe ich mir eingeredet, dass sie nicht existiert?

Richtig immer wieder und nun stand sie mir gegenüber.

Sie war die ganze Zeit in meiner Nähe und versuchte mich dazu zu bringen sie zu hassen um mich nicht zu verletzen.

„Du weinst wieder", flüsterte Shay und fuhr mir zärtlich durch die Haare, bevor sie meine Hand nahm.

„Lass uns schwänzen."

Ungläubig sah ich sie an und wischte mir die Tränen von den Wangen.

„Wir werden spätestens Morgen einen riesigen Anschiss bekommen", brummte ich nicht gerade überzeugt.

„Seit wann bist du so spießig? frech streckte sie mir ihre Zunge entgegen und ich musste einsehen, dass der Punkt an Shay ging.

Wahrscheinlich war das auch der Grund warum ich meine Schultasche schulterte und losrannte.

Ich werde nie dieses süße überraschte Gesicht von Shay vergessen während ich mich umdrehte und ihr ein: „Komm schon oder willst du zum Schwänzen in der Schule bleiben?!", entgegenrief.

Keine zwanzig Minuten später dümpelten wir gemeinsam durch einen Wald. Wie wir dort hingekommen sind?

Tja Shay hatte die großartige Idee mit mir zum Teufelssee zu gehen.

Natürlich gab es noch weitere in der Gegend aber nein: Es musste genau dieser sein.

Ich glaubte, dass ihr einfach nur der Name gefiel.

„Man wo ist der verdammte See? ", brummte Shay genervt und stampfte mit mir durch das dicke Laub.

„Du hättest auch einfach auf dem Weg bleiben können", neckte ich sie und Shay verzog das Gesicht.

„Wege sind langweilig."

„Stimmt sie hätten uns viel zu schnell ans Ziel geführt", meinte ich sarkastisch zu ihr.

„Mach so weiter und ich schwänze nie wieder mit dir."

War sie jetzt beleidigt?

Ein vorsichtiger schräger Blick zu ihr bestätigte mich.

Sie war beleidigt.

„Warum eigentlich genau dieser See?", setzte ich vorsichtig an und Shays Gesichtsausdruck wurde weicher.

Ich glaubte sogar, dass sie etwas verlegen wurde, als sie ihre Stimme erhob: „Naja es ist Herbst und er ist etwas abgeschieden..."

Nach einer kurzen Pause fügte sie nuschelnd: „Vielleicht wollte ich mit dir allein sein", hinzu.

Einen Moment zögerte ich, bevor ich Shays Hand ergriff und meine in ihre legte.

„Du bist süß."

Sofort blinzelte mich Shay sauer an, doch schaffte sie es nicht ihren Blick aufrecht zu erhalten und senkte ihre Augen zu Boden.

„Vielleicht. Vielleicht habe ich auch einfach das ganze vermisst. Dich und alles was wir hatten. Vielleicht habe ich Angst, dass ich morgen aufwache und wir uns wieder gegenseitig verloren haben. Vielleicht habe ich Angst, dass wir uns wieder Jahrhunderte nicht sehen."

Ich brachte Shay kurz zum Stehen und legte meine Hände auf ihren Schultern.

„Vielleicht ist das so aber das sind eben alles nur Vielleichte. Und ich mag jetzt nicht an irgendein vielleicht denken, wenn ich mit der wundervollsten Frau auf dem Weg zu einem See irgendwo im nirgendwo bin."

„Halt dich fest", war alles was sie dazu sagte und als ich plötzlich von ihren Armen hochgezogen wurde wusste ich warum.

„War das jetzt nötig?"

Shay schwieg und setzte einen Schritt vor den anderen.

Nach einer gefühlten Ewigkeit setzte sie mich wieder ab und rieb sich ihre Handgelenke.

„Verdammt wie viel wiegst du?"

Ich knuffte sie spielerisch in die Seite und blickte hinaus aufs Wasser.

„Verdammt das ist wirklich schön."

„Ich weiß", flüsterte mir Shay von hinten ins Ohr und schlang ihre Arme um meinen Bauch.

Ich verlor mich in den Anblick der vor mir lag, bevor ich mich umdrehte und Shay in die Augen sah.

Klar war der See total schön aber kein Vergleich zu ihren Augen in deren Tiefe ich mich verlief und es kein Zurück mehr für mich gab.

Alles was ich jemals geglaubt hatte für jemanden zu empfinden war nichts im Vergleich zu dem hier.

Nie hatte mein Herz so schnell geschlagen und nie waren meine Knie so weich, wie jetzt wo Shay mir eine Haarsträhne hinter meine Ohren strich, die sich in mein Gesicht verirrt hatte.

Ihr Blick wanderte zu meinen Lippen.

Sie zögerte, bevor sie mir ein: „Ich hoffe es ist nicht zu früh dafür aber ich liebe dich", entgegenhauchte.

Mein Herz setzte einen Schlag aus und mein Gesicht zierte ein breites Grinsen.

„Nein ist es nicht. Ich liebe dich nämlich auch", hauchte ich zurück und legte meine Lippen zärtlich auf ihre.

Dieser Kuss war anders als die bisherigen.

Er war so viel sanfter.

Es fühlte sich an, als wenn uns für diesen einen kleinen Moment keiner etwas anhaben könnte, weil wir in unserer eigenen Welt waren.

In einer Welt in der es nur noch Shay und mich gab.

Als wären wir zwei ganz normale Menschen die sich liebten ohne den ganzen Scheiß, der leider zu unserer Realität gehörte, wie ihre Küsse die sich Federleicht auf meinen Hals verteilten, während sich meine Finger in ihrer Jacke krallten.

„Ganz gefährliche Stelle", brachte ich hervor und Shay hauchte mir frech ein: „Ich weiß" ins Ohr.

Schließlich setzen wir uns ans Ufer und genossen einfach die Stille.

Hauptsächlich schwiegen wir aber es war kein unangenehmes Schweigen, denn Shay hatte mich zu sich gezogen, was damit endete, dass ich mein Gleichgewicht verlor und mein Kopf nun auf ihrem Schoß lag.

Wo ich im Übrigen immer noch lag und Shays Finger mit meinen Haaren spielte.

Bis Shay mir heute Morgen erklärt hatte, warum sie mich die ganze Zeit über so behandelte, war mein Bild von ihr noch ein anderes.

Und trotzdem konnte ich selbst in dieser Zeit meine Gefühle für sie nicht völlig abschalten.

Im Gegenteil, sie fraßen mich innerlich auf und sorgten dafür, dass ich einfach nur kalt und emotionslos wurde.

Hätte ich doch nur gleich bemerkt, was wirklich los war, dann wäre das alles niemals so weit gekommen.

Aber vielleicht wären wir dann jetzt nicht zusammen. Waren wir überhaupt zusammen?

Ich traute mich nicht zu fragen und genoss einfach nur den Moment mit ihr.

Welcher in der Sekunde zerstört wurde, als plötzlich ein Platzregen einsetze.

„Ach nö", stöhnte ich und sprang auf.

„Komm mit", wies Shay mich an und ergriff meine Hand.

Wortlos rannten wir durch den Regen, bis sie plötzlich vor einer kleinen Holzhütte mitten im Wald stehen blieb.

Die Hütte machte einen ziemlich verlassenen Eindruck, doch ich konnte mich auch irren.

Shay war das so ziemlich egal, denn sie brach einfach die Tür auf.

„Bist du wahnsinnig!?", herrschte ich sie an und blickte mich ängstlich um.

Inständig hoffte ich einfach nur, dass uns gerade niemand gesehen hatte.

„Hab dich nicht so oder willst du weiter im Regen rumstehen?"

Grinsend schob sie mich in hinein und ich hatte eine Art Flashback, als ich Shay von oben bis unten musterte.

Es war wieder eine der Träume oder nein besser eine kleine Erinnerung.

Ihre triefend nassen Klamotten, sowie die nassen Haare wirkten so vertraut.

Ich zitterte leicht und Shay eilte durch den kleinen Raum, welche nur aus einem Tisch und einer Bank bestand.

Meine Wenigkeit versuchte dabei herauszufinden wann ich Shay das letzte Mal so gesehen hatte und woher dieser plötzliche Flashback kam, als ich plötzlich eine Decke über meine Schulter spürte.

„Ist dir nicht kalt?", fragte ich verdutzt und Shay schüttelte mit

dem Kopf aber ihre Gänsehaut verriet sie.

Ohne ein weiteres Wort warf ich die andere Hälfte der Decke über Shay, welche sofort näher an mich heranrutschte.

„Sind das Hundehaare?", mein Blick ging über die schwarze Decke auf denen viele kleine weiße Haare verteilt waren.

„Genaugenommen Wolfshaare. Wenn ich mal kein Bock auf zu Hause habe komme ich hier her und denk einfach nach oder schlaf hier."

Noch eines der Dinge, die ich Shay niemals zugetraut hätte, als ich sie zum ersten Mal gesehen hatte.

Wahrscheinlich hatte ich einfach zu sehr dieses: Schultussi Bild von im Kopf. Ich dachte das sie nur mit überheblichen und unausstehlichen Leuten rumhing. Aber Shay war ganz anders.

Sie war, auch wenn sie es niemals zugeben würde, warmherzig und liebevoll.

Aber auch stur und wahnsinnig dickköpfig.

Jetzt in diesem Moment war sie jedoch einfach nur süß.

Wir setzten uns auf die Holzbank und sie kuschelte sich unter der Decke an mich.

„Danke, dass du diesen Ort mit mir teilst, obwohl du immer herkommst, wenn du allein sein willst", brach ich die Stille.

Kurz wirkte Shay nachdenklich bevor sie ihren Kopf auf meine Schulter legte.

„Es hat mich im entfernten irgendwie an zuhause erinnert. An unseren zuhause. Zwar fehlen der Kamin und das Bett aber ich wollte dir, abgesehen davon, dass wir bei dem Regen gar keine andere Wahl hatten, das hier zeigen. Wahrscheinlich hatte ich gehofft, dass du dich etwas an mich erinnerst."

„Ich erinnere mich kaum an etwas und wenn, dann ist alles wie Wackelpudding. Immer wenn ich eine Erinnerung ergreife verblasst sie wieder. Alles woran ich mich wirklich erinnere sind meine Gefühle für dich, die immer und immer stärker werden, je mehr Zeit ich mit dir verbringe."

Von Shay kam keine Reaktion, was wahrscheinlich daran lag, dass sie einfach eingeschlafen war.

Was zum?

Sanft rüttelte ich an ihr, doch sie zeigte keine Reaktion außer, dass sie beinahe umgekippt wäre.

Kichernd zog ich sie komplett auf die Bank und legte ihren Kopf auf meinen Schoß damit sie es wenigstens etwas bequem hatte.

Ein zufriedenes Lächeln huschte über ihr Gesicht.

Sie sah so friedlich aus und im Gegensatz zum letzten Mal, als ich sie schlafen gesehen hatte, schien Shay keine Alpträume zu haben.

Ich beugte mir über sie und gab ihr einen vorsichtigen Kuss auf die Stirn, bevor ich mich zurückzog und sie einfach nur betrachtete.

Wieso auch immer wir uns solange Zeit nicht gesehen haben, hatte es das Schicksal doch noch mal gut gemeint.

Und vielleicht würde ich auch eines Tages meine Erinnerungen wiedererlangen.

Was hatte unser Schicksal noch mit uns vor? Ich wusste es nicht.

Hatte ich Angst davor?

Ja hatte ich.

Aber ich würde alles daransetzen, das über meinen Beinen schlafende Mädchen zu beschützen. Vor ihrer und meiner Vergangenheit und auch vor unserer Zukunft.

Kapitel 17

In einer verregneten Nacht in denen sich normale Menschen gar nicht erst hinausgetraut hätten, schlich ich mich aus meinem kleinen Haus.

Einen vorsichtigen Blick ließ ich durch das überschaubare Dorf schweifen und erkannte, dass ich wirklich allein war.

Im Prinzip war ich das immer seit dem ich aus meiner Heimat weglief.

Meine Erinnerungen schweiften ab zu einer Zeit an dem alles noch so einfach war und ließen mich einen wehmütigen Seufzer ausstoßen.

Wie sehr vermisste ich meine Mutter und auch die Menschen mit denen ich aufgewachsen war.

Ich vermisste es mit jemand zu reden den ich kannte oder einfach nur ein Teil von etwas zu sein.

Hier kannte ich niemanden, was aber daran lag, dass ich nicht wusste wie lange ich blieb.

Vielleicht würde selbst hier jemand dahinter kommen was ich eigentlich war und dann würde die ganze Hetzjagd von vorn beginnen.

Ich war es leid, mit Fackeln und Mistgabeln verjagt zu werden, weil Menschen hinter mir her waren, die mich töten wollten.

Insgeheim verfluchte ich meinen Vater, der mir diese Last aufgebürdet hatte.

Würde ich ihn jemals begegnen das wusste ich, würde ich kein gutes Haar an ihm lassen!

Meine Mutter einfach zu schwängern und sich dann zu verziehen.

Waren alle Götter so?

Oder gab es überhaupt noch andere wie mich?

Ich wusste es nicht.

Wie denn auch?

Ich überlebte nur, weil ich Körbe flechten konnte und diese auf den Markt in unserem Dorf verkaufte.

Mein Leben bestand im Prinzip nur daraus irgendwie zu überleben und sich von der Gesellschaft abzuschotten.

Mein Weg führte mich zu einem kleinen Bach im angrenzenden Wald.

Es war Dunkel und es regnete immer noch in Strömen, aber das machte mir nichts aus.

Im Gegenteil ich liebte den Regen und auch seinen Geruch. Ich hatte das Gefühl, als wenn er meine Seele reinwusch.

Mein Körper nahm den Regen in sich auf und schon bald tanzten in meinen Handflächen kleine Wasserkugeln die, die Regentropfen um mich herum aufsogen.

Meine Augen betrachteten das Spiel gebannt und ich staunte jedes Mal über meine eigenen Fähigkeiten.

Bis zu meiner ersten Flucht waren mittlerweile vier Jahre vergangen und meine, Kräfte hatten sich seitdem etwas weiterentwickelt.

Meine ersten Wasserkugeln waren noch sehr klein und hatten ungefähr die Größe eines Apfels.

Nun starrte ich auf zwei melonengroße Kugeln.

Ich war so konzentriert, dass ich mich zu Tode erschrak, als ich plötzlich etwas hinter mir hörte.

Erst war es ein Rascheln und dann das Geheule eines Wolfes.

Panisch drehte ich mich um und die Wasserkugeln landeten in das Gesicht eines schneeweißen Wolfes.

Erschrocken sahen wir uns gegenseitig an, bis sich der Wolf schüttelte, sodass sie Wassertropfen nur so spritzen.

Schützend hielt ich meine Hände ausgestreckt um eine weitere Dusche zu verhindern, als ich ein Lachen vernahm. Langsam ließ ich meine Hände sinken und stolperte irritiert zurück, als mein Blick auf eine junge Frau fiel, welche nackt vor mir hockte und mich frech angrinste.

„Keine Sorge ich fresse dich schon nicht", meinte die Frau

belustigt und ich ließ mich verwirrt zu Boden gleiten.

„Wie machst du das mit den Wasserkugeln?"

Der Blick der Frau, welche ich in meinen Alter schätzte, lag neugierig auf meinen Händen und ich versuchte meine Fassung wieder zu erlangen.

„In Ordnung ist noch zu schwer für dich. Also mal was

leichteres: Wie heißt du?"

Etwas zu frech trafen ihre dunkelbraunen fast komplett schwarzen Augen auf meine und ich musste schlucken.

Dieses seltsame Geschöpf vor mir schüchterte mich etwas ein.

„Yasm…Yasminan", stotterte ich zusammen und versuchte überall hinzusehen außer auf mein Gegenüber wobei mein Blick krampfhaft an dem Boden hing.

„Geht doch. Ich bin Shayan", flötete sie und erhob sich.

Die junge Frau, welche sich als Shayan vorgestellt hatte, tapste geradewegs auf mich zu.

Sie schien etwas wackelig auf den Beinen zu sein und stolperte.

Natürlich ausgerechnet vor mir packte sie sich lang und nun war ich diejenige, die lachte.

Einen beleidigten Blick später war ich still und reichte ihr stattdessen meine Hand.

„Kannst du dir eigentlich was anziehen?", nuschelte ich vor mich hin, weil ich mich selbst dabei ertappte meinen Blick über ihren Körper schweifen zu lassen.

„Als Wolf brauch ich keine Kleidung", gab Shayan kühl von sich und blickte zurück in den dunklen Wald.

„Ja aber wo wohnst du?"

Wieder schweifte ihr Blick durch den Wald und ich verstand langsam.

„Du wohnst hier?"

Vorsichtig wendete Shayan ihren Blick wieder zu mir und nickte.

„Noch nicht lange aber, wenn man halb Wolf halb Mensch ist muss man sich eben für eine Seite entscheiden. Entweder für das Dasein eines Menschen oder das des Wolfes, beides geht einfach nicht."

Ohne ein weiteres Wort lief sie los und meine Beine machten sich selbstständig und folgten ihr, während mein Arm sie am Handgelenk zurückzog.

„Der Regen wird wahrscheinlich noch die nächsten Tage anhalten. Ich habe zwar nur eine kleine Bleibe aber es ist warm und Platz ist auch genug."

Ich war selbst überrascht doch konnte ich meine Worte schlecht wieder zurücknehmen.

„Ich will dir nicht zur Last fallen", flüsterte Shayan doch ließ ich sie einfach nicht los.

Als hätte mein Körper sich nicht mit meinem Kopf abgesprochen, der etwas misstrauisch war, was dieses Wesen anging.

„Du wirst mich erst loslassen, wenn ich dir zustimme oder?", witzelte Shayan und deutete damit auf meiner Hand hin.

Wenig später hatte Shayan ein paar Sachen von mir an und wärmte sich an meinen kleinen Kamin.

Sie schien komplett durchgefroren zu sein.

Ich fragte mich ob ich nun doch von allen guten Geistern verlassen war.

Einfach jemand zu mir zu nehmen.

Was wenn sie mich im Schlaf fressen würde?

Ängstlich schaute ich auf Shayan herab und entspannte mich.

Genaugenommen sah ich gerade nichts was mir in irgendeiner Weise Angst machen könnte außer, dass sie bereits die dritte Schale meiner Suppe gegessen hatte.

Wie lange hatte sie wohl schon nichts Nahrhaftes mehr zu sich genommen?

Ich runzelte die Stirn und behielt trotz allem noch einen Sicherheitsabstand.

Ganz geheuer war mir die Sache noch nicht.

Aber wahrscheinlich lag es auch daran, dass ich keinen Kontakt mehr mit anderen Menschen gewöhnt war.

„Danke, dass du mich hier schlafen lässt", vernahm ich plötzlich ihre Stimme wobei ihr Blick dem Feuer galt.

Anstatt zu antworten fasste ich mir ein Herz und setzte mich einfach neben sie auf den Boden.

Dankbar blickte Shayan mich an und ich konnte einen leicht glänzenden Schimmer in ihren Augen erkennen, der aber schon bald verflog.

„Morgen werde ich wieder gehen aber ich werde dir als Dankeschön auf jeden Fall was zu essen aus dem Wald holen."

Ich lachte etwas in mich hinein bevor ich ihr durch die Haare wuschelte.

„Bleib einfach solange du willst", wie leichtfertig ich das über die Lippen brachte erschrak mich etwas und auch, dass meine Hand kribbelte, als Shayan sie plötzlich festhielt damit ich ihr nicht länger durch die Haare fuhr.

Ihr Blick galt wieder dem Feuer und ich folgte ihm.

Lange saßen wir da und redeten nicht.

Ich fand es nicht schlimm ehr angenehm bis ich aus dem Augenwinkel bemerkte, wie Shayan nach vorn kippte.

„Pass doch auf! " hastig zog ich ihren zierlichen Körper zurück was zur Folge hatte, dass ihr Kopf plötzlich an meiner Schulter lag.

Shayan war eingeschlafen und nun hatte ich den Salat, denn kein Rütteln und Schütteln half um sie wach zu bekommen.

Also hob ich sie vorsichtig hoch und trug die schlafende Shayan zu meinem Strohbett.

Ihr Brustkorb hob und senkte sich und sie selbst kauerte sich auf einer Ecke zusammen.

Es war das mit Abstand süßeste was ich je gesehen hatte. Halt Stopp!

Sagte ich süßeste?

Wahrscheinlich hatte der Tag mich ziemlich mitgenommen oder kurz sentimental werden lassen.

Ich runzelte die Stirn und plötzlich fiel mir auf, dass ich keine andere Wahl hatte, als mich neben der Frau zu legen, wenn ich nicht unbedingt auf dem Boden schlafen wollte.

Der nächste Tag brach heran und ich rollte mich durch mein Bett.

Nachdem ich mich ausgiebig gestreckt hatte schaltete sich mein Gehirn ein und ließen die Erinnerungen von gestern durch meinen Kopf ziehen.

Sofort saß ich senkrecht in meinem Bett und ich blickte mich um.

Hatte ich mir das alles nur eingebildet?

Ich war blickte auf die leere Seite meines Schlafplatzes.

Wie immer war ich allein.

Wie ein nasser Mehlsack schwang ich mich aus dem Bett und lief über den steinernen Boden.

Ich blickte durch das Fenster hinaus und stellte fest, dass ich schon viel zu spät dran war für den Markt.

So kam es, dass ich mich in Windeseile herrichtete und um die 10 Körbe irgendwie mit meinen Händen balancierte.

Kaum hatte ich die Dorfmitte erreicht stieg mir der Geruch von allem möglichem in die Nase.

Hauptsächlich der von frischem Käse und mein Magen erinnerte mich daran, dass ich noch nichts gegessen hatte.

Ich stellte mich also neben den Töpfern an meinem Stammplatz und hoffte, dass der Tag nicht all zu langweilig wurde.

Aber das war er immer.

Hier und da begrüßten mich ein paar Käufer und ich fühlte mich verloren in einem bunten Gemenge von unterschiedlichen Menschen.

Stunden vergingen und ich hatte bis jetzt sage und schreibe einen einzigen Korb verkauft.

Das Geld dafür reichte allerdings nicht einmal für einen Sack Äpfel.

Genervt ließ ich mich zu Boden sinken.

Der Regen hatte auch noch nicht aufgehört und die Leinentücher mit denen die kleinen Stände abgedeckt waren hatten ihre besten Tage auch schon hinter sich.

Mein Leben war einfach nur frustrierend.

Ohne weiter nachzudenken begann ich meine Sachen zusammen zu packen, da ich heute ohnehin nichts verkaufen würde.

Aus dem Augenwinkel erhaschte ich dabei eine junge Frau, die hier und da ein paar Sachen mitgehen ließ sobald keiner hinsah.

Ich schüttelte den Kopf als sie sich plötzlich vor mir stellte und verschmitzt angrinste.

„Shayan!?"

Eigentlich hätte ich es mir denken können, denn soweit ich wusste klaute hier keiner.

Obendrein hatte sie immer noch meine Sachen an.

„Bist du fertig für heute?", fragte Shayan neugierig und nagte an einem Brötchen.

Mein Magen begann dabei laut zu knurren und ehe ich mich versah hatte ich die andere Hälfte des Brötchens in meiner Hand.

Ohne ein weiteres Wort zu verlieren aß ich es und mein Gegenüber blickte mich mal wieder amüsiert an.

Keine Minute später packte ich weiter zusammen und bemerkte erst jetzt wie sauer ich auf sie war.

Auch ihr schien meine Stimmung nicht zu entgehen.

Daraufhin nahm Shayan sich ein paar Körbe und lächelte mir aufbauend zu.

Ehrlich gesagt ich wurde nicht schlau aus ihr.

Weder wusste ich was in ihr vorging noch wie sie es anstellte mir durch ein einziges Lächeln den Tag zu retten.

„Wo zum Teufel warst du?", stellte ich sie dennoch bei mir zuhause zur Rede.

„Ich habe doch gesagt, dass ich dir nicht zur Last fallen will. Also bin ich wieder gegangen aber es schien mir nicht richtig zu sein. Ich bin noch nie jemanden begegnet der das mit dem Regen gestern gemacht hat wie du. Also sag was bist du wirklich?", neugierig hüpfte Shayan vor mir von einem Bein auf den anderen.

Perplex schaute ich sie an.

„Ich bin eine Halbgöttin", verließ meinen Mund was damit endete, dass sie mich auslachte.

„Ja klar und ich bin Jesus."

Damit hatte ich nicht gerechnet und atmete genervt ein bevor ich mich auf meine Kräfte konzentrierte, die meinen Köper kurzeitig in einen hellblauen Licht umhüllten.

Verzweifelt sah ich in ihre erschrockenen Augen bevor sie sich auf meinen Küchenstuhl fallen ließ.

„Eine Halbgöttin also?"

Ich nickte und kam vorsichtig einen Schritt näher.

„Ich schlag dir was vor: Du darfst hier wohnen und ich behalte dein kleines Wolfsgeheimnis für mich wenn du bei niemanden ein Wort hierrüber verlierst", schlug ich vor und ertappte mich dabei wie ich mir wünschte, dass sie zustimmen würde.

„Wir haben einen Deal."

Ich ergriff die Hand, welche mir Shayan entgegenstreckte und blickte in die lebhaften Augen meiner neuen Mitbewohnerin.

Kapitel 18

Einige Monate waren vergangen seitdem ich mit Shayan diesen Deal ausgehandelt hatte.

Bis jetzt hatte ich es noch nicht bereut sie bei mir wohnen zu lassen.

Ganz im Gegenteil: Wir waren mittlerweile ein gutes Team.

Auch wenn sie im Dorf am Anfang recht argwöhnisch gemustert wurde gab der Dorfälteste sein Wort darauf, dass sie bleiben durfte.

Zwar wusste ich noch immer nichts über sie außer ihren Namen und das sie sich hin und wieder in einen Wolf verwandelte aber damit hatte ich mich abgefunden.

Natürlich würde mich ihre Vergangenheit interessieren aber Shayan sollte sie von sich aus preisgeben und nicht, weil ein Zwang dahintersteckte.

Gerade saßen wir an den Bach, an denen wir uns zum ersten Mal begegnet waren. Es war nachts aber außer uns ging niemand mehr hinaus.

Alles was uns Licht gab war ich in meiner leuchtenden Gestalt.

Shayan saß neben mir in ihrer Wolfsgestalt und spielte mit ihrer Pfote in dem Wasser vor uns.

Gedankenverloren blickte ich auf das vom Mondschein glänzende Blau und schmunzelte als Shayan sich plötzlich neben mir niederließ und ihren Wolfskopf auf meiner Schulter legte.

Manchmal dachte ich nicht daran, dass sie sich jeden Moment zurückverwandeln konnte und begann zärtlich über ihren Kopf zu streicheln.

Ihr Fell war aber auch verdammt flauschig und für den Bruchteil einer Sekunde schien Shayan es zu genießen bevor sie sich mit der Pfote am Ohr kratzte und ich meine Hand zurücknahm.

„Tut mir leid", flüsterte ich aber Shayan war schon wieder am Bach und spritzte mir etwas Wasser ins Gesicht.

Natürlich ließ ich mir das nicht gefallen und es endete in eine kleine Wasserschlacht.

Meine Sachen trieften schon aber das war nichts im Vergleich dazu, als Shayan mich sanft schubste und ich mich versuchte an sie festzuhalten.

Damit hatte sie nicht gerechnet und so kam es, dass wir gemeinsam in den nicht tiefen Bach fielen.

Während des Sturzes hatte sich Shayan wieder in einen Menschen verwandelt und steckte mich mit ihrem hellen Lachen an, bevor sie mich aus dem Wasser fischte und aufhalf.

Betreten schnappte Shayan sich ihre am Rand liegenden Sachen und kleidete sich an.

Ich schlürfte zu ihr und fummelte ein paar Blätter aus ihren Haaren wobei die junge Frau ihren Blick keine Sekunde von meinen Augen legte.

Plötzlich hielt sie meine Hand fest.

Nicht grob aber so, dass ich verstand, das ich es lassen sollte.

„Bitte fass mich nicht an."

Etwas verdutzt befreite ich meine Hand und entschuldigte mich ohne zu wissen wofür eigentlich.

„Was hast du?"

„Lass uns nach Hause."

Ohne mir eine Antwort auf meine Frage zu geben lief sie einfach los und och begann ihr schweigend zu folgen.

Immer wenn ich sie in irgendeiner Weise berührte war sie so zu mir und ich wusste nicht einmal warum.

Als wir bei mir ankamen streifte ich meine nassen Sachen vom Körper und legte mir trockene an. Ich warf der auf mein Bett sitzenden Shayan einen kurzen Blick zu.

Sie wirkte plötzlich so zerbrechlich, dass ich mir ein Herz fasste und mich neben ihr setzte.

„Du kannst mit mir über alles reden", begann ich doch Shayan schüttelte sofort mit ihrem Kopf.

„Nein das kann ich nicht. Du würdest es nicht verstehen und mich hassen." Aus einen ihrer Augen lief dabei eine Träne, die sie hastig beiseite wischte.

„Ich kann nicht mit DIR darüber reden."

So hatte ich Shayan noch nie erlebt und es tat mir weh sie so zu sehen.

„Versuch es doch einfach. Vielleicht verstehe ich es ja doch? ", sprach ich ihr zu und dann geschah etwas was ich niemals erwartet hätte.

Ohne Vorwarnung rutschte Shayan näher an mich heran und ihre wässrigen Augen blickten auf meine Lippen.

Kurz schien sie nachzudenken und wirkte dabei unendlich nervös bevor Shayan die Lücke zwischen unseren Gesichtern schloss indem sie mich unendlich sanft küsste.

Ich war wie paralysiert und presste meine Lippen zusammen.

Vorsichtig aber bestimmend drückte ich sie von mir.

Nun liefen ihr wirklich die Tränen übers Gesicht und ich hatte den Drang dazu sie wegzuwischen aber konnte mich keinen Millimeter bewegen.

Stattdessen fuhr ich mit dem Zeigefinger über meine Unterlippe und fuhr mir durch die Haare.

„Wieso?", war alles was ich stockend herausbrachte.

„Weil ich mich in dich verliebt habe. Immer wenn ich dich sehe und immer, wenn ich an dich denke schlägt mir mein Herz bis zum Hals. Ich halte deine Nähe kaum aus, weil ich weiß das du nicht das gleiche empfindest."

Benommen folgte ich ihre Worte aber der Kloß in meinem Hals hinderte mich daran der völlig aufgelösten Shayan irgendetwas Aufbauendes zu sagen.

Ich hielt sie nicht einmal auf, als sie plötzlich aufstand und ein: „Danke für alles", flüsterte.

Keine Minute später war sie weg und etwas in mir sagte, dass es für immer war.

Alles was meinen Kopf füllte waren ihre Worte, die in Dauerschleife immer und immer wieder wiederholt wurden.

Shayan hatte mir gerade meinen ersten Kuss geraubt und gleichzeitig ihre Liebe gestanden.

Sie.

Eine Frau.

Ich verharrte eine ganze Weile an Ort und Stelle bis ich aufstand und loslief.

Mein Weg führte mich in den Wald und ja ich suchte sie.

Shayan konnte doch nicht einfach gehen ohne das wir wie zwei erwachsene Menschen darüber geredet haben.

„Shayan!", rief ich laut durch den Wald aber außer mein eigenes Echo bekam ich keine Antwort.

„Es tut mir leid!"

Ziellos lief ich weiter aber hatte nicht einmal eine Ahnung wo ich sie suchen sollte.

Selbst am Bach war ich schon und musste mir nach einer Weile eingestehen, dass ich mich verlaufen hatte.

Ein Rascheln hinter mir ließ mich zusammenfahren und ich fuhr herum.

„Shayan?", hoffnungsvoll lief ich dem Geräusch entgegen, als ich plötzlich stolperte.

Vor meinen Füßen lag ein weißer Wolf.

„Shayan?"

Sofort sank ich vor ihr auf die Knie und bemerkte, dass sie stark blutete.

„Bau jetzt kein Mist."

„Wie rührend", ich fuhr herum und sah hinauf zu einer klatschenden Frau.

„Waren Sie das?"

Die Frau sah auf Shayan und grinste süffisant was mich zum Kochen brachte. Wütend lief ich auf die Frau zu.

„Was haben Sie ihr angetan?"

Ich packte die Frau am Kragen, was aber damit endete, dass ich keine Sekunde später unsanft auf den Boden lag und vor mir ein blutiger Dolch aufleuchtete.

„Ich bin nur eine Jägerin auf der Suche nach Wolfsblut und du wirst mir das hier nicht vermasseln."

Irgendwie schaffte ich es mich zu Seite zu rollen und dachte kurzzeitig an Flucht, bevor Shayan ein röchelndes Geräusch von sich gab.

Ein Stein fiel mir vom Herzen: Sie lebte noch.

„Ist das dumme Vieh immer noch nicht tot?", genervt blickte die Frau zu der am Boden liegenden Wölfin und ich sammelte meine Wut in mir, bis mir meine Wasserkugeln in den Handflächen tanzten.

Eine feuerte ich gezielt in ihr Gesicht aber außer, dass sie sich unbeeindruckt schüttelte geschah rein gar nichts.

„Danke aber gebadet habe ich heute schon."

Ich kehrte kilometertief in mich.

Ich wusste, dass ich genug Kraft besaß um sie unschädlich zu machen aber mehr als Wasserkugeln hatte ich bis jetzt noch nicht versucht.

„Ihr Fell gibt bestimmt einen schönen Mantel", murmelte die unsympathische Frau vor mir vor sich hin.

In mir steigerte sich meine Wut und ich bemerkte wie die übrig gebliebene Wasserkugel in meiner Hand zu dampfen begann.

Ich zählte ein paar Sekunden, bis sie selbst für meine Hände unerträglich wurden und noch ein paar bis ich das Gefühl hatte, dass ich mich verbrannt hatte.

„Ich habe noch was für Sie", meinte ich trocken bevor ich die letzte Kugel auf die Frau abfeuerte.

Als diese ihr Gesicht berührte vernahm ich ein zischen bevor die sie schreiend zu Boden glitt.

Weitere kochend heiße Wasserkugeln fraßen sich durch ihre Haut und ihre Schreie zerrissen die Stille, bis kein Laut mehr aus ihrer Kehle kam.

Ich stieg über ihren reglosen Körper und schritt zu Shayan, die immer noch blutete.

„Ich weiß das ist jetzt viel verlangt aber bitte versuch dich zurück zu verwandeln."

Ich war mir nicht einmal sicher ob sie mich verstanden hatte und hoffte einfach nur ein paar Minuten lang in denen ich mir schwerste Vorwürfe machte.

Ich hätte sie aufhalten müssen.

Weinend fuhr meine Hand durch ihr Fell bis ich eine weiche Haut fühlte.

Unter mir lag Shayan, die nun zwar immer noch nicht bei Bewusstsein war aber immerhin wieder in ihrer menschlichen Gestalt vor mir lag.

Ich hievte sie hoch und machte mich mit ihr im Arm auf den Weg zurück.

Die restliche Nacht bis zum nächsten Morgen verbrachte ich damit ihre Blutungen zu stillen und darauf zu achten, dass ihr Herz nicht stehen blieb.

Irgendwann hatte ich die Blutungen gestoppt und war nur noch fertig.

Alles was ich wollte war, dass sie wieder aufwachte oder, dass ich erwachte und Shayan mir sagen würde, dass ich einfach nur einen schlechten Traum hatte aber ich wurde nicht wach.

Leider.

Geschafft hielt ich Shayans Hand und legte meinen Kopf neben ihr aufs Bett, welches ich versucht hatte halbwegs bequem herzurichten.

Weitere Stunden waren vergangen und ich war anscheinend kurz weggetreten als ich plötzlich von einem kratzigen Husten aufschreckte.

„Danke", röchelte Shayan schwach und ich setzte mich neben ihr.

„Es ist meine Schuld."

„Ist es nicht. Ich hätte nicht einfach weglaufen dürfen."

Nach diesen Worten trat sie wieder weg und meine Sorgen kamen wieder.

Was wenn sie nicht durchkam?

Zwei Tage blieb es noch so, dass Shayan so gut wie nicht ansprechbar war aber am dritten Tag erwischte ich sie dabei, wie sie versuchte aufzustehen.

Schmerzerfüllt verzog sie ihr Gesicht und ich drückte sie sanft zurück.

„Bitte bleib liegen sonst reißen deine Wunden wieder auf", besorgte strich ich über ihre Wange und erntete einen ernsten Blick.

„Warum hast du mich überhaupt gesucht?" Ich zog meine Hand wieder zurück.

„Ich habe mir Sorgen gemacht", nuschelte ich letztendlich und machte Anstalten zu Gehen aber eine Hand hielt meine kraftlos fest.

„Küss mich."

Überrascht sah ich auf Shayan aber schüttelte nur mit dem Kopf.

„Warum solle ich das tun?"

„Weil du auch etwas für mich empfindest sonst würdest du das alles hier nicht für mich tun.", flüsterte Shayan monoton.

„Vielleicht bin ich einfach nur nett?", flüsterte ich zurück und dachte über Shayans Worte nach. Sie hatte Recht.

Irgendwas empfand ich für sie aber ich wagte es nicht Liebe zu nennen. Noch nicht.

Was auch immer gerade in mir vorging als ich mich ihr nährte und meine Lippen letztendlich doch auf ihre trafen.

Im Gegensatz zum letzten Mal küssten wir uns richtig doch auch dieses Mal löste ich mich abrupt von ihr.

Was tat ich hier eigentlich?

Shayan lächelte vorsichtig auf mein verwirrtes Gesicht hin und fuhr mir durch die Haare.

„Du siehst süß aus, wenn du rot wirst."

Trotz allem war sie so wie vorher und hätte Shayan mir nichts von ihren Gefühlen erzählt, hätte ich nicht mal im Traum daran gedacht, dass sie in mich verliebt sein könnte.

Erneut trafen ihre Lippen auf meinen.

Ich versank dem Gefühl welches in mir aufkam und ohrfeigte mein Herz dafür, weil es kräftiger denn je gegen meine Brust hämmerte.

Kapitel 19

Der Tag an dem mir Shayan ihre Liebe gestanden hatte lag nun bereits ein paar Monate zurück.

Was in dieser Zeit geschah?

Die Antwort lautete: Absolut nichts.

Ich hielt es für angebracht das Geschehene einfach tot zu schweigen und aus meinen Gedächtnis zu löschen.

Es klappte auch ganz gut da selbst von Shayan nichts kam.

Keine erneuten Versuchungen mich zu küssen und auch keine verzweifelten Liebesgeständnisse, die damit endeten, dass ich sie wieder zusammenflicken musste.

Mein Leben war wieder normal und das tat verdammt gut.

Sich in Shayan zu verlieben hätte nur Probleme gebracht zumal es verboten war.

Mein Blick ging zu der schlafenden Shayan, welche mein gesamtes Bett einnahm.

Ich hingegen saß vor dem Kamin und wendete meinen Blick zum Feuer.

Es war bereits die zweite Nacht in der ich einfach keinen Schlaf fand und nur nachdachte.

Wollte ich wirklich mein gesamtes Leben hier verbringen?

Jeden Tag aufs Neue irgendwie versuchen zu überleben? Als Kind wollte ich immer um die Welt und etwas erleben.

Städte und Länder kennenlernen, welche ich nicht kannte.

Oder eines Tages jemand kennenlernen und eine Familie gründen.

Alle meine Träume waren seit meiner Flucht in so weiter Ferne gerutscht, das sie nicht einmal in meinem Kopf wirklich greifbar waren.

Ich wünschte mir, dass ich für einen Augenblick ein ganz normaler Mensch wäre und mich nicht im letzten Loch verstecken müsste.

„Kannst du wieder nicht schlafen?", vernahm ich Shayans besorgte Stimme hinter mir und zuckte leicht zusammen.

Ich antwortete ihr nicht aber ich hörte wie sie sich erhob und letztendlich spürte ich zwei Hände auf meinen Rücken.

„Du kannst ruhig weiterschlafen", kam bissiger aus mir heraus, als ich es eigentlich meinte.

„Wir sehen uns morgen", bekam ich von einer beleidigten Shayan an den Kopf geworfen, die plötzlich zur Tür ging und sie hinter sich zu zog.

Das war ja mal wieder typisch.

Ohne Mist: Zurzeit kam es häufiger vor, dass sie einfach mitten in der Nacht verschwand.

Bis jetzt hatte ich noch nicht herausgefunden woran es lag aber ehrlich gesagt wollte ich es auch gar nicht wissen.

Vielleicht hatte sie jemand kennengelernt.

Wenigstens ließ sie mich dann in Ruhe.

Am nächsten Morgen war alles wie immer.

Ich versuchte meine Körbe zu verkaufen und ausnahmsweise lief es sogar ziemlich gut für mich.

Mein Geld reichte für einen Brotlaib und frischen Käse was schon Mal mehr war, als die letzten Tage.

Wahrscheinlich wären Shayan und ich verhungert, wenn sie nicht wieder den halben Markt beklaut hätte.

Auch wenn ich es hasste, dass sie klaute aber manchmal war ich ihr wirklich dankbar, dass sie so war wie sie war.

Instinktiv hielt ich Ausschau nach ihr aber konnte sie nirgends sehen.

„Suchen Sie jemand bestimmtes?"

Ein Mann stellte sich vor mir und versperrte mir mit seinen zwei Metern die Sicht.

Eingeschüchtert schüttelte ich den Kopf und hoffte einfach nur, dass er wieder verschwand. Neben so einen halben Riesen fühlte ich mich noch kleiner als ich so wie so schon war.

„Ich sehe Sie fast jeden Tag und wollte fragen ob Sie heute Abend mit auf das Fest gehen?"

„Auf welches verfluchte Fest?", fragte ich mich und runzelte die Stirn.

„Bei Abenddämmerung in der alten Scheune?", verriet er mir zwinkernd und erst jetzt sah ich ihn mir genauer an. Mist!

Das war der Sohn vom Dorfoberhaupt. Richard von was auch immer.

Seine lockigen Haare schwangen nach vorne, als er sich zu mir beugte und meine Hand nahm.

„Verraten Sie mir noch Ihren Namen?"

Seine Augen waren fast so dunkelbraun wie Shayans.

Schnell schob ich diesen Gedanken zur Seite und nickte während ich schüchtern: „Yasminan" von mir gab.

Selbstzufrieden grinste Richard und wendete sich von mir ab.

„Wir sehen uns", warf er mir über seiner Schulter zu und in mir zog sich alles zusammen.

Da hatte ich mir was Schönes eingebrockt.

Hätte er nicht einfach eine andere einladen können?

Jetzt musste ich gezwungenermaßen auf so ein bescheuertes Fest.

Aber auf der anderen Seite: Von dem Sohn des Dorfoberhauptes eingeladen zu werden hatte was.

„Na, deinen Traumprinzen gefunden?", raunte eine unverkennbare dunkle Stimme an mein Ohr.

„Vielleicht", gab ich trotzig zurück.

Ich war immer noch sauer, weil Shayan mal wieder abgehauen war.

Außerdem wollte ich sie gerade einfach nicht um mich haben.

„Wenn du ein Problem damit hast das ich bei dir wohne sag es einfach und ich bin wieder weg." Ich fuhr wütend herum.

„Macht doch keinen Unterschied, wenn du eh jede Nacht weg bist", keifte ich Shayan an.

Ich wusste noch nicht einmal wieso ich so sauer auf sie war.

Mein Gegenüber verschränkte die Arme und schüttelte wortlos den Kopf.

„Idiotin", flüsternd verschwand sie auch schon wieder in den Menschenmassen und so langsam brachte sie das Fass zum überlaufen.

Gerade rechtzeitig kam ich zu Hause an, sonst hätte mich die Außenwelt in meiner strahlenden Gestalt gesehen und, dass alles nur, weil ich so verdammt sauer war.

Ein Grund mehr auf dieses blöde Fest zu gehen: Es war mal wieder an der Zeit sich zu betrinken.

„Du leuchtest."

Anscheinend war Shayan auch hier und saß Kartoffeln schälend am Tisch.

„Was du nicht sagst", zischte ich und Shayan legte stirnrunzelnd das Messer zur Seite.

„Kannst du mir mal bitte sagen, was ich dir getan habe?" Nein konnte ich nicht.

„Du verschwindest andauernd, tauchst auf wenn es dir passt und hast mal wieder geklaut." Mein Blick wanderte dabei zu den Kartoffeln.

Ohne ihren Blick anzuheben brummte Shayan nur:

„Genaugenommen jage ich in der Nacht Kleintiere und tausche sie morgens auf den Markt. Aber wenn das schlimm für dich ist können wir auch weiter hungern."

Und schon hatte sie es innerhalb weniger Sekunden geschafft, dass ich mich mies fühlte.

Aber wie immer war ich zu stolz um mich zu entschuldigen und suchte nach meinen besten Sachen für heute Abend.

Ich besaß nur ein einziges Kleid und machte mich langsam auf dem Weg.

Shayan war auch mal wieder verschwunden, nachdem ich nicht fähig war meinen Stolz zu überwinden und mich einfach bei ihr zu entschuldigen.

Ich zog die Tür hinter mir zu und lief ein paar Schritte.

Offensichtlich war ich ziemlich spät dran und so hastete ich durch die Dorfhauptstraße.

Vor der Scheune erwartete mich auch schon Richard, der mich mit einem zweideutigen Blick empfing.

„Sie sehen gut aus", raunte er wobei Richards Blick auf mein Dekolleté ging.

„Das kann ich nur zurückgeben", meinte ich anstandsgemäß aber eigentlich sah er aus wie immer.

Weißes Leinenhemd durch denen sich seine Muskeln abzeichneten und eine schwarze Standarthose.

Er reichte mir seinen Arm entgegen und ich harkte mich zögernd ein. Hoffentlich würde dieser Abend schnell und schmerzlos vergehen.

Drinnen wurde fröhliche Musik gespielt und ein paar Grüppchen hatten sich gebildet.

Das halbe wenn nicht sogar das ganze Dorf hatte sich hier versammelt und meine Begleitung löste sich kurz von mir.

„Wein?", fragte Richard mich und ich nickte schnell.

Etwas zu schnell aber er bemerkte es gottseidank nicht.

Shayan hingegen hätte mich schon gefragt ob ich mich betrinken wollte.

Zufrieden rieb er sich seine rauen Hände und holte uns zwei Krüge voller Rotwein.

„Das ist der beste Wein im ganzen Dorf", grinste Richard und reichte mir meinen Krug.

Am liebsten hätte ich ihn in einem Zug geleert um mein Leben hinunter zu spülen.

Gedanklich sah ich schon sein verdattertes Gesicht und grinste leicht bevor ich ansetzte und einen zögernden Schluck nahm.

„Lecker", sagte ich obwohl ich ehrlich gesagt schon besseren getrunken hatte.

Im Allgemeinen trank ich lieber Schnaps als Wein aber das konnte ich dem Sohn des Dorfoberhauptes schlecht sagen.

Für eine Frau war ich sowieso ein Totalausfall.

Von einer Gruppe neben an hörte ich ein vertrautes Lachen und mein Blick blieb an Shayan hängen die einfach mit ihren normalen Sachen hier aufgekreuzt war.

Sie alberte gerade mit einem jungen Mann umher und griff nach seinem Krug um einen kräftigen Schluck zu nehmen.

Kurz verfingen sich unsere Blicke ineinander doch schon drehte ich meinen Kopf zu Richard und ignorierte das plötzliche Stechen in meinem Herzen.

„Lass uns tanzen", schlug ich vor und schon wirbelte ich mit Richard auf der Tanzfläche umher und zog alle Blicke auf uns.

Ich hasste wirklich nichts mehr als angestarrt zu werden und versuchte die Blicke der anderen zu ignorieren.

Allerdings bohrten sie sich in meinen Rücken wie Pfeile.

Als das Lied zu Ende gespielt wurde klatschten alle um uns herum oder pfiffen uns zu.

Wahrscheinlich kann das niemand nachvollziehen aber ich hasste es im Mittelpunkt zu stehen. Nervös verbeugte ich mich als hätte ich einen Auftritt hinter mir.

Richard hingegen klatschte ebenfalls und blickte mich wieder mit diesem zweideutigen Blick an und trat auf mich zu.

Er beugte sich zu mir und küsste mich einfach.

Verwirrt stieß ich ihn von mir.

„Ich kann das nicht", flüsternd nahm ich die Beine in die Hand und lief davon.

Hierherzukommen war einfach ein riesiger Fehler.

„Was ist los mit Ihnen!?", rief er mir hinterher und machte Anstalten mich aufzuhalten aber ich riss mich aus seiner Hand und lief einfach weiter.

„Lass sie", hörte ich einen anderen Mann sagen und schon war ich draußen an der frischen Luft.

Ich atmete tief ein und versuchte mein bebendes Herz zu beruhigen.

Was war nur in mich gefahren?

Als ich merkte, dass mir niemand folgte lief ich ein kleines Stück um mich zu beruhigen.

Dass, was ich gerade getan hatte würde Ärger mit sich bringen.

Niemand und wirklich niemand sollte den Sohn eines Dorfoberhauptes abweisen. Nicht so und vor allen nicht in Anwesenheit des gesamten Dorfes.

Etwas abseits der Scheune ließ ich mich zu Boden sinken und machte mir Vorwürfe.

Vor allem aber fragte ich mich warum ich so unüberlegt gehandelt hatte.

Vor mir trat eine Person aus dem Schatten und kam auf mich zu. Shayan.

Sie sah besorgt aus, sagte aber nichts und ließ sich neben mir nieder.

Sie zog ein kleines Fläschchen hervor, welches sie mir, immer noch wortlos, reichte.

Zitternd öffnete ich es und roch daran.

Sofort stieg mir der Geruch von Rum in die Nase und ich blickte fragend zu Shayan, die aber nur mit den Schultern zuckte.

Dankbar leerte ich den Inhalt in einem Zug und blinzelte ein paar Tränen zur Seite.

Das Teufelszeug hatte es echt in sich.

„Magst du mir jetzt sagen was das grade sollte?"

„Ich wollte nicht, dass er mich küsst", nuschelte ich und fiel in ihren Armen.

Sanft strich Shayan über meinen Kopf und versuchte mich irgendwie zu beruhigen.

„Ach hier sind Sie!"

Ich hörte schon alleine durch Richards Stimme wie aufgebracht er war.

Unsanft packte er mich an den Arm und zog mich hoch.

„Was denken sie eigentlich warum ich Sie eingeladen habe? Um zu Trinken und zu tanzen?", Spott lag in seinem Blick und er zog mich näher zu sich.

„Sie wissen gar nicht was Sie verpassen", raunte er in mein Ohr aber da war Shayan auch schon aufgesprungen und löste seine Hand von meiner.

„Akzeptieren Sie ein nein", zischte Shayan und Richards Blick verfinstere sich.

„Das wird Euch Beiden noch leidtun."

Nach diesen Worten, die sich irgendwie nach Drohung anhörten wand er sich von mir ab und ging davon.

Shayan wusste offensichtlich nicht was sie da getan hatte.

Diese verdammte Idiotin!

Ich hätte mich jetzt einfach nur entschuldigen sollen und was tat sie?

Langsam spürte ich die Wirkung des Alkohols und anstatt mich wieder zu Boden gleiten zu lassen stolperte ich direkt in ihre Arme, welche mich behutsam auffingen und festhielten.

„Du bist bescheuert", schleuderte ich ihr vorwurfsvoll entgegen doch Shayan grinste nur leicht.

„Nach deinem Blick als du mich mit diesen Mann gesehen hast zu urteilen sind wir gleich bescheuert."

Kurz dachte ich an den Moment als sich mein Herz zusammengezogen hatte und auch jetzt wo ich nur daran zurück dachte tat es wieder weh.

„Ich liebe nur dich", flüsterte mir Shayan plötzlich entgegen und strich mir eine Haarsträhne hinters Ohr.

Dieser eine Satz und diese eine Berührung reichten aus, dass mein Herzschlag sich erhöhte und ich wieder nach vorne viel.

Dieses Mal allerdings nicht, weil ich stolperte, sondern da ich meinen Kopf ausschaltete und ihren Kopf in den Händen hielt.

Überrascht sahen wir uns an bevor ich meine Lippen stürmisch auf ihren legte.

Ich konnte nicht anders als es zu genießen und mich einfach fallen zu lassen.

Atemlos gingen wir auseinander um gleich darauf wieder zusammen zu finden.

„Lass uns nach Hause ", meinte sie plötzlich und griff meine Hand.

Irritiert folgte ich ihr, weil ich ihr schlichtweg vertraute.

Vorsichtig zog Shayan die Tür hinter uns zu.

Keine Sekunde später nahm mir erneut ein leidenschaftlicher Kuss die Luft und ich hielt mich an ihr fest, weil ich Angst hatte den Boden unter meinen Füßen zu verlieren.

Ihre Lippen wanderten von meinen Lippen zu meinem Hals, in dem sie sanft hineinbiss.

Ich konnte nicht anders, als einen kleinen verzweifelten Seufzer auszustoßen.

Wahrscheinlich hatte Shayan keine Ahnung was sie mit mir anstellte.

Ihre Hände zogen mir das Kleid von den Schultern, welche sie aufs zärtlichste abküsste.

„Darf ich?", zögernd fragte mich Shayan das mit ihren Händen an meinem Kleid. Ich verstand die Welt nicht mehr.

Vor nicht mal einer Stunde hatte ich einen Mann abserviert der mich nur küssen wollte aber nickte als eine Frau mich auszog.

Mein Kleid wanderte zu Boden und ich begann mit zittrigen Händen Shayan zu entkleiden.

„Bist du dir wirklich sicher? - "

Ihre Frage wurde von meinen Lippen unterbrochen und ihre Sachen wanderten wie meine zu Boden.

Uns weiterhin küssend landeten wir auf dem Bett.

„Du bist so wunderschön", hauchte Shayan benommen und streichelte sanft über meine Brüste, was ein nie dagewesenes Gefühl und Verlangen in mir auslöste.

Mit ihren Lippen berührte sie jeden Millimeter meines Körpers bevor sie zärtlich meine Brust in den Mund nahm.

Ihre Finger wanderten zu meiner Mitte und ich öffnete leicht meine Beine für sie.

Alles in mir wollte es.

Wollte von ihr berührt werden und als ich mich einfach von diesen Gefühlen mitreißen ließ spürte ich wie zwei Finger über meinen Kitzler streichelten und stimulierten.

Überwältigt krallte ich mich sanft in Shayans Schulter, welche mir einfach nur ein unbezahlbares Lächeln schenkte und ihre Finger ganz in mir gleiten ließ.

Nun konnte ich ein Aufstöhnen nicht mehr unterdrücken und warf meinen Kopf lustvoll zurück.

Jede noch so kleine Berührung erzeugte ein Feuerwerk in mir und brachte mich zu dem ersten Orgasmus meines Lebens.

„Denk nicht das du so davonkommst", brummte ich erschöpft und wirbelte die überraschte Shayan herum.

Wo auch immer mein plötzlicher Mut herkam aber ich wollte ihr so unbedingt die gleiche Freude machen, welche sie auch mir gerade zur Teil werden lassen hatte.

Es war das erste Mal das ich überhaupt jemanden so berührte, doch Shayan schien es zu gefallen.

Ihr flacher Atem streifte an meinem Ohr und sie selbst stieß Töne von sich, von denen ich nie gedacht hatte sie von einer Frau zu hören.

Einige Stunden ging es so weiter bis ich schließlich an Shayans Körper gekuschelt einschlief.

Auch wenn ich es mir nicht eingestehen wollte: Ich war Shayan von dem ersten Moment an hilflos verfallen und doch gab es für mich kein schöneres Gefühl als sie in meiner Nähe zu haben.

Was wir zu diesem Zeitpunkt aber nicht wussten war, dass wir seit der Sache mit Richard Tag und Nacht beschattet wurden, was uns ein paar Monate später unser Grab schaufelte.

Aber es gab nie jemanden den ich mehr geliebt hatte als Shayan und selbst der Tod sollte nichts daran ändern.

Kapitel 20

Leicht rüttelte mich Shay wodurch ich meine Augen aufschlug.

„Hast du schlecht geträumt?", zärtlich wischte sie mir eine Träne von der Wange und ich richtete mich auf.

Anscheinend war ich eigeschlafen und hatte geweint.

„Ich glaube ich habe einen kleinen Teil meiner Erinnerungen zurück", flüsterte ich und blickte in die zwei besorgten Augen meines Gegenübers.

„Oh", entwich Shay bevor sie mich zu einer sanften Umarmung an sich zog.

„Was genau? ", hakte sie vorsichtig nach und ich löste mich aus der Umarmung.

„Mein Traum ging von unserer ersten Begegnung an bis dahin wo wir zusammen verbrannt wurden."

Says tiefe Sorgenfalte an ihrer Stirn ließ mich kurz verstummen bis ich fortfuhr: „Ich weiß noch nicht was danach geschehen ist."

Ihre Finger suchten nach meinen Handrücken und strichen beruhigend über ihn.

„Es kann sein das du es irgendwie geschafft hast deine Erinnerungen und deine Fähigkeiten zu versiegeln.

Deshalb ist auch alles woran du dich erinnern kannst auch so verschwommen."

Wahrscheinlich hätte es mir Angst gemacht, dass mich jemand so gut kannte aber bei ihr und mir war, dass etwas Anderes.

Schließlich kannten wir uns eine ganze Ewigkeit.

Endlich wusste ich woher dieses vertraute Gefühl kam, wenn ich in ihrer Nähe war und zugleich machte ich mir Sorgen.

Ich war längst nicht mehr die Person von früher.

Was würde geschehen, wenn Shay mein altes Ich lieben würde aber nicht, dass aus dieser Zeit?

Als hätte sie meine Gedanken gelesen nahm sie meinen Kopf zwischen ihren Händen und und blickte mir tief in die Augen.

So tief, dass ich ihn bis zu meiner Seele hindurch verspürte.

Unsicher knabberte ich auf meiner Unterlippe herum aber konnte meine Augen nicht von ihren nehmen.

„Ich habe dich im hier und jetzt wiedergefunden und mich erneut in dich verliebt. Du bist so viel selbstbewusster geworden als damals."

Kurz seufzte Shay auf.

„Noch dazu kommt, dass ich dir noch viel weniger wiederstehen kann, wenn du dieses verdammte Parfüm benutzt."

Grinsend vergrub sie ihre Nase in meine Halsbeuge und ich musste Lachen.

„Mano Schatz." Sofort wurde ich rot.

Es war das erste Mal das ich sie so nannte und hatte dementsprechend Panik vor ihrer Reaktion.

Aber alles was ich in Shays Augen sah war ein Aufleuchten, das ihre Augen zum Glänzen brachte.

„Ja Honey?", verspielt zwirbelte sie eine meiner Haarsträhnen bevor ihre Lippen zu meinem Mund wanderten.

Als wir kurze Zeit später bemerkten, dass es schon recht spät war, hatte mich Shay nach Hause gebracht.

Nun lag ich mit einem Grinsen im Gesicht auf meinem Bett und sah hinauf zur Zimmerdecke.

Ich hatte das Gefühl vor Glück zu platzen, bis mir einfiel, dass ich völlig vergessen hatte mich bei Elli und Karamell zu melden.

Hoffentlich hatten sie sich nicht allzu große Sorgen um mich gemacht.

Mit diesem Gedanken griff ich zum Handy und entsperrte meinen Code.

Unzählige Nachrichten sprangen mir entgegen, die ich kurz überflog aber dann doch ignorierte.

Nur Ellis las ich mir durch: „Es ist schön, dass ihr Beide zusammengefunden habt aber du hättest dich wenigstens vorher bei uns abmelden können."

Ich überlegte wie ich ihr antworten konnte und legte mein Handy vor mich hin.

Sie war meine beste Freundin und hatte wahrscheinlich alles Recht der Welt dazu sauer zu sein.

Allerdings bereute ich keine Sekunde in der ich so handelte wie ich es eben tat.

„Es tut mir leid, dass ich nichts gesagt habe. Das wir einfach blau gemacht haben war eine spontane Idee", schrieb ich ihr und es dauerte eine Weile bis sie mir antwortete.

„Nein mir tut es leid. Seit Monaten habe ich das Gefühl, dass du dich immer mehr veränderst und ich weiß nicht ob ich die Person, die du jetzt bist noch leiden kann. Du änderst dein Aussehen, du beginnst mich und Karamell zu vernachlässigen und du machst blau. Das bist nicht du. Wo ist meine beste Freundin geblieben?"

Ich schluckte. Mit allem hätte ich gerechnet aber nicht damit das Elli mich so dermaßen mit Worten ohrfeigen würde.

Warum verstand sie nicht das ich einfach glücklich war?

Ja ich hatte mich verändert aber nicht wegen Shay.

Nicht nur wegen Shay.

Und plötzlich wurde mir bewusst, dass wenn ich ihr und Karamell nicht endlich sagen würde, in was ich vor ein paar Monaten hineingezogen wurde sie verlieren würde.

Meine besten Freundinnen welche selbst in den dunklen Zeiten Farbe in mein Leben gesprüht haben.

„Es ist komplizierter als du denkst. Morgen nach der Schule werde ich es euch erklären aber bitte verurteile mich nicht bevor du die Wahrheit kennst."

Eine kurze Zeit verging bis mein Handy wieder aufleuchtete.

„Was soll das heißen?", stand in der Nachricht.

„Ich werde es dir morgen sagen. Über das Handy macht sich das schlecht", tippte ich als Antwort und schickte die Nachricht ab.

Ich musste es einfach sagen

Es gab keine Ausflüchte mehr, wenn ich Karamell und Elli nicht verlieren wollte.

Der nächste Morgen ließ nicht lange auf sich warten und ich schulterte meine Schultasche.

Sanft strich ich über das auf dem Nachttisch liegende Cappy und seuftze.

Es fühlte sich wie eine halbe Ewigkeit an, dass ich es zum letzten Mal auf meinen Kopf gespürt hatte.

Etwas nervös blickte ich zum Spiegel und runzelte die Stirn. Hoffentlich würde alles klappen.

Als ich zur Eingangstür lief verabschiedete rief ich noch ein „Bis später", durch die Wohnung bevor ich die Tür hinter mir zuzuog.

In großen Schritten eilte ich zur Haltestelle, an der auch Shay stand.

Ich wollte sie küssen aber in genau diesen Moment fuhr der Bus ein.

Statt dem Kuss nahm sie meine Hand und führte uns zu einem Sitzplatz. Instinktiv hielt ich nach Elli Ausschau, die mich finster ansah. Mist.

„Warte kurz", flüsterte ich zu Shay und stand auf.

Etwas verwirrt folgte sie meinen Blick und verstand.

„Setzt dich neben ihr. Wir sehen uns sowieso im Unterricht." Einen innigen Kuss später stand ich vor Elli.

Ich wollte sie in den Arm nehmen, doch Elli blockte ab und deutete mir an mich zu setzten.

Es war ein kleiner Stich ins Herz und doch nahm ich neben ihr Platz.

„Also was ist denn so wichtig das du so gut wie keine Zeit mehr für uns hast?", gab Elli bissig von sich.

So kannte ich sie nicht und fragte mich ob wirklich ich diejenige war, die sich verändert hatte.

„Ich sage es dir nach der Schule. Es geht nicht in der Öffentlichkeit. "

„Ich frage mich seit wann du Geheimnisse vor mir hast, zischte Elli und würdigte mich keines Blickes.

Sie sah zum Busfenster hinaus und tat so als wäre ich Luft.

„Weißt du was? Wenn du dich so verhältst bleibt mein Geheimnis auch mein Geheimnis. Ich habe die letzten Monate damit verbracht nicht drauf zu gehen, wenn du es genau wissen willst."

In diesem Moment hielt der Bus an der Schule und ich stürmte wütend hinaus.

Vorbei an einer verwirrten Elli und vorbei an einer besorgten Shay.

Am Schultor stieß ich ausversehen mit Karamell zusammen aber lief ohne eine Entschuldigung einfach weiter zum Schulgebäude.

Ich stöpselte mir meine Kopfhörer in die Ohren und ließ die Musik wie ein kalter Regenschauer auf mich einprasseln.

Oder in meinem Falle prasselte gerade ein Song von der Band Slipknot auf mich ein: „*It's been years since anyone. Could be a friend. It' 's the fear kills the feeling.*"

Sauer stopfte ich ein paar Unterlagen in meinem Schulspind und lief beim Umdrehen geradewegs in Nadines Arme.

Was für ein übler Verlauf eines Morgens.

„Auf der Suche nach Körperkontakt? ", hörte ich, da mir beim Zusammenstoß meine Kopfhörer aus den Ohren fielen.

„Halt einfach deine...", weiter kam ich nicht, denn ich spürte eine Hand die mich am Genick packte und von meiner verhassten Schulkameradin zerrte.

„Verdammt wer?", setzte ich an, doch in dem Moment wurde ich losgelassen und erstarrte.

Vor mir stand Susano!

„Was zum Teufel machst du hier?" Fassungslos blickte ich auf den grinsenden Japaner.

Er hatte sich die Haare abgeschnitten und in einen Man könnte sagen, dass er offensichtlich endlich in unserem Jahrhundert angekommen war.

„Ich als dein neuer Lehrer möchte einfach nur verhindern, dass sich meine Schüler morgens schon die Köpfe einschlagen."

Hatte ich mich gerade verhört?

Neuer Lehrer? Susano?

„Guter Witz", grinste ich doch Susano wirkte ernst.

Auch sonst wirkte er verändert.

So geordnet und bei weitem nicht so verpeilt und verloren wie an dem Tag, an dem ich ihm zum ersten Mal begegnet war.

„Heute ist mein erster Tag als Lehrer hier. Ich werde die Fächer Geschichte und Erdkunde unterrichten."

Sprachlos stand ich mit ihm im Flur während sich dieser mit anderen Schülern füllte.

Einige musterten Susano etwas fragwürdig und andere ignorierten in schlichtweg.

Und ich stand einfach nur da und hatte das Gefühl, als wenn diese Schule eine Art Asylunterkunft für übernatürliche Wesen wurde.

„Ich werde jetzt meinen Unterricht vorbereiten und bitte dich darum keinen weiteren Streit anzufangen."

Susano wandte sich zum Gehen aber drehte sich doch noch mal zu mir.

„Danke für das alles. Ohne dich wäre ich jetzt nicht hier. Also wenn du jemanden zum Reden brauchst oder einfach einen guten Sake trinken willst, du weißt ja wo du mich jetzt findest."

Kurz zwinkerte er mir noch zu bevor ging.

„Flirtest du grade mit einem Lehrer?", flüsterte mir eine rauchige Stimme ins Ohr und ich fuhr herum.

Shays Gesicht war ganz nahe an meinem und ich konnte nicht anders als verlegen zu Boden zu schauen.

Allerdings erhob ich meinem Blick wieder um ihre Augen zu suchen.

„Genaugenommen ist er ein ehemaliger japanischer Meeresgott und ich habe ihn vor kurzem geholfen", erklärte ich ihr die Situation.

Allerdings nicht ohne ein gespieltes: „Eifersüchtig?" über meine Lippen zu bringen.

„Ich bin nicht eifersüchtig", beleidigt sah Shay zur Seite.

„Küss mich", flüsterte ich plötzlich und auf einmal wirkte Shay nervös.

„Hier?"

„Tut mir leid, die Frage war blöd. Wenn du nicht willst das andere wissen das ich dich liebe, dann ist das okay für mich."

Anscheinend wollte mich heute niemand ausreden lassen, denn Shay unterbrach mich auf der wunderschönsten Art und Weise.

Ihre Lippen auf meinen sorgten dafür, dass ich mich fallen ließ aber in dem Wissen, dass es jemanden gab der mich auffing, wenn ich den Boden unter den Füßen verlieren würde.

„Ich will das alle wissen, dass ich mit dir zusammen bin. Das ich zu dir gehöre und vor allem das ich dich liebe."

Sie hatte es gesagt!

Shay Gordon hatte mir gerade gesagt, dass sie mit MIR zusammen war!

Überglücklich brachte ich kein Wort zusammen und sah sie einfach nur verträumt an.

Oh Gott sie war so schön.

„Hab ich was Falsches gesagt?"

Die nachdenkliche Stirnfalte war wieder da und ich schüttelte schnell meinen Kopf.

„Ich liebe dich einfach du Idiotin", spielerisch schlug ich ihr sanft auf den Arm.

„Mein Name ist Susano Nasagi. Ich werde euch von jetzt an in Geschichte und Erdkunde unterrichten. Irgendwelche Fragen?"

Natürlich hatte ich Susano gleich in der ersten Stunde.

Neben mir saß Elli und ich konnte förmlich spüren wie sie und Karamell mich anstarrten.

Gekonnt ignorierte ich die Beiden und konzentrierte mich auf Susano.

Was zum Teufel tat er hier?

„Ja?", sein Blick ging zu Karamell die sich anscheinend gemeldet hatte.

„Sind sie verheiratet?"

„Ich meinte zwar relevante Fragen zum Unterricht aber: Nein", beantwortete er ihre Frage und Karamell rutschte „Entschuldigen Sie", murmelnd auf ihren Stuhl herum.

„Noch irgendwelche Fragen zu meinem Unterricht oder können wir beginnen?"

Da niemand irgendeine Frage stellen wollte begann der Unterricht.

Kapitel 21

Susanos Unterricht war erstaunlich leicht zu verfolgen und zum ersten Mal in meinem Leben hatte ich das Gefühl wirklich etwas verstanden zu haben.

Gerade als es zur Pause schellte und ich aufspringen wollte um der angespannten Atmosphäre, die zwischen meiner Sitznachbarin und mir lag zu entfliehen, packte mich Elli am Arm und hielt mich zurück.

„Was war das heute Morgen im Bus?", wollte sie wissen und blickte fragend zu mir.

„Nichts Wichtiges", zischte ich und schüttelte ihre Hand ab.

„Bitte erzähl es mir. "

„Ich kann das nicht hier. Nicht in der Öffentlichkeit ok?" Gekränkt wendete sie sich von mir ab und ich stand auf.

Was sollte das andauernd?

Warum war Elli nur so stur und dickköpfig?

„Nach der Schule bei mir?", entschuldigend und zugleich etwas versöhnlicher sah mich Elli an und ich nickte bedacht.

Den nächsten Kurs hatte ich mit Francis, welche mich schon vor dem Englischraum abfing.

So konnte sie mir immerhin verraten, was sie sich dabei gedacht hatte Susano zu einem Lehrerberuf zu verhelfen. Doch bevor ich sie fragen konnte funkelte sie mich auch schon böse an.

Was hatte ich denn jetzt schon wieder verbrochen?

„Warum um alles in der Welt hast du nichts davon gesagt, dass Shay die Wölfin ist? Und warum muss ich das von George erfahren, der dir und uns den Arsch retten musste, weil sie dich wegen dir verwandelt hat? Bist du verdammt noch mal von allen guten Geistern verlassen?", fuhr Francis mich an.

Ich hätte wissen müssen, dass das Thema noch nicht abgehakt war. Aber warum hatte George es Francis erzählt?

Kannte er nicht so etwas wie Schweigepflicht bei Geheimnissen unter Freuden?

„Es tut mir leid."

„Er hat sich wegen dir verwandelt und seine Gestalt offenbart!

Und alles was dir einfällt ist ein

´es tut mir leid ´? Willst du mich verarschen!?", letzteren Satz schrie sie durch den halben Flur, wodurch einige Schülerblicke neugierig auf uns lagen.

„Würden Sie bitte in den Raum gehen, ich würde gerne mit dem Unterricht beginnen", unsanft schob uns Frau Berndt in den Raum.

„Das Gespräch ist noch nicht beendet", zischte „Für jetzt allerdings schon", unterbrach Frau Berndt sie und verwies Francis an ihren Platz. Zunächst hielt ich Ausschau nach Shay.

Eigentlich war auch sie in meinem Englischkurs, doch ich konnte sie nirgendwo sehen. Wo war sie nur?

„Brauchen Sie noch eine Extraeinladung oder setzten sie sich endlich?", gereizt knallte Frau Berndt ihre Lederumhängetasche auf das Lehrerpult.

„Entschuldigen Sie."

Mit gesenktem Kopf lief ich durch die Klasse bis hin zu meinem Tisch um mich so leise wie möglich auf meinen Stuhl sinken zu lassen.

Milan mein Sitznachbar blickte kurz zu mir und ich sah so etwas wie Mitleid in seinen Augen aufblitzen.

Diese Stille in dem Raum.

Keiner sagte etwas oder gab irgendein Geräusch von sich.

Mir war es, als wenn meine Mitschüler selbst den Atem eingestellt hatten.

„So Leistungskontrolle über das Thema von gestern" Ein genervtes Aufstöhnen aus den Ecken.

Einige böse Blicke zu mir, als wenn ich etwas dafürkonnte und schließlich schaltete mein Kopf um: Shit.

Natürlich hatte ich absolut keinen Plan worum es ging.

Zwar war ich gestern noch im Englischunterricht, bevor ich geschwänzt hatte aber meine Gedanken waren bei der: Ich muss Shay retten Aktion.

„Ihr braucht nur einen Stift, die Fragen habe ich schon vorbereitet, ihr dürft auf dem Blatt schreiben."

Frau Berndt griff in ihre Ledertasche und klatschte einen Stapel Blätter auf ihren Tisch.

„Wehe jemand dreht das Blatt um, bevor ich es erlaube. Jeder Blick zum Nachbarn bedeutet eine sechs."

Was war nur los mit der Frau?

Sonst war Frau Berndt eigentlich eine durchschnittlich nette Lehrerin aber jetzt wirkte sie, als wenn sie kleine Kinder fressen würde.

„Mal sehen wie viel du dir von gestern behalten hast", flüsterte mir Frau Berndt angriffslustig zu, als sie zu Milans und meinen Tisch kam.

„Das werden wir ja sehen", gab ich schnippisch von mir.

Meine Augen fixierten die Rückseite des weißen Papieres und ich konnte immerhin die Überschrift des Themas erkennen.

Frau Berndts Ellenbogen streifte kurz meinen Kopf, während sie ein weiteres Blatt von ihrem Stapel zu Milan legte.

Als auch die letzten Schüler ihre Blätter hatten, schloss Frau Berndt eine Schranktür auf und holte einen CD-Player heraus.

Das war meine Rettung!

In Hören und Verstehen war ich ziemlich gut und atmete erleichtert aus.

„Wir können nun anfangen dreht eure Arbeitsblätter um", forderte uns Frau Berndt auf während sie schon einmal die CD das Laufwerk legte.

Kurz überflog ich die Fragen, doch irgendetwas stimmte nicht.

Vor mir tanzten unverständliche Wörter umher, deren Buchstabenzusammenhänge einfach keinen Sinn ergaben.

Unbemerkt schielte ich zu Milan, der eifrig die Fragen überflog.

Aber auch bei ihm erkannte ich keine englischen Wörter, sondern nur einen unappetitlichen Buchstabensalat.

Was war nur mit mir los?

„Yasmin Augen auf dein Blatt, dort steht das gleiche wie bei Milan", wies mich Frau Berndt zurecht und mein Blick wanderte zurück zu meinem Blatt.

Frau Berndt drückte auf Play und eine schrille Frequenz durchdrang meine Ohren.

Erschrocken hielt ich mir diese zu und blickte durch die Klasse.

Alle hörten angespannt zu und einige begannen zu schreiben.

Langsam nahm ich die Hände von meinen Ohren, doch der schrille Ton durchdrang mich weiterhin.

Es war die reinste Folter für mich und so erhob ich meinen Kopf von meinem Arbeitsblatt um in Frau Berndts grinsendes Gesicht zu sehen.

Plötzlich formte ihr Mund den Satz: „Was glaubst du wer du bist?"

Die Frequenz stieg an und ich unterdrückte einen Aufschrei.

Es war nicht zum Aushalten, also schnappte ich mir meine Schultasche und lief so schnell ich konnte zur Tür.

„Wenn du jetzt gehst bekommst du eine sechs."

Bedrohlich legte Frau Berndt eine Hand auf meine Schulter und ich spürte, wie sich alles in mir verkrampfte.

Meine Adern schwollen an, als wenn ich mich gegen etwas wehren würde.

Als ich spürte, wie auch meine Halsschlagader anschwoll blickte ich in die Klasse.

Alle schrieben eifrig weiter, so als wenn das hier vor ihren Augen gar nicht stattfinden würde. Mein Schrei zerriss die Stille im Raum und doch hörte mich immer noch niemand.

Es war zwecklos.

Einzig Francis legte vorsichtig den Stift beiseite und runzelte die Stirn.

Konnte sie das Szenario vor ihren Augen sehen?

Doch als sie begann weiter zu schreiben zerschellte meine Hoffnung, dass zumindest sie mir helfen konnte.

„Was sind Sie?", zischte ich gequält und überlegte ob es schlau wäre von meinen Fähig „Sag deinen Leuten, dass sie sich eine neue Stadt suchen sollen oder wir werden euch alle töten", zischte Frau Berndt an mein Ohr.

„Wer sind wir?", gurgelte ich, die ganzen Schmerzen unterdrückend.

„Wir sind eine Gruppe aus verschiedenen Wesen, die es satt haben sich vor der Welt zu verstecken und folgen Diego den Träger eines Götterdrachen."

Von Diego hatte mir Lizzy erzählt.

Also nicht viel außer, dass Götterdrachen selbst ein göttlich waren und außer von Göttern nicht zu bändigen waren.

Demnach müsste Diego ein Gott sein!

Ich Blitzmerker.

Allerdings wurde es an der Zeit zu verschwinden, denn auch wenn Unterricht war, hatte ich kein Bedarf mich weiter mit dieser Frau zu unterhalten.

Also schubste ich Frau Berndt zur Seite und riss die Tür auf. Dort wählte ich sofort Shays Nummer.

Nach einiger Zeit ging die Mailbox an und mir rutschte das Herz in die Hose.

„Wenn du das hörst geh bitte an dein Handy, ich mache mir So- ", ich brach ab, als ich gegen jemanden lief und mein Handy sinken ließ.

Sofort umschlangen meine Arme das Mädchen vor mir und ich atmete erleichtert aus.

„Was ist los? Warum zitterst du?"

Shay löste sich geschickt aus meiner Umarmung und begann beruhigend Kreise auf meinen Handrücken zu zeichnen.

Ich beschrieb ihr alles ganz genau und Shay begann zu grinsen.

„Was ist los mit dir?"

Shays Grinsen wurde noch breiter bevor sie: „Ach ich freue mich einfach nur, dass du und die anderen bald sterben."

Erschrocken wich ich von ihr.

Was war heute nur los?

„Die Schwachen zuerst", zischte etwas an meinem Ohr.

Es war Frau Berndt, die Shay zunickte.

Sie verbanden ihre Hände und murmelten irgendwelche unaussprechlichen Wörter vor sich hin.

Wie zu vor im Unterricht durchdrang mich ein schriller, unerträglicher Ton, der mich aufschreien ließ.

Verdammt das müsste die ganze Schule gehört haben!

Warum half mir denn niemand?

Allerdings, wenn das hier so ähnlich war wie die Parallelwelt dann konnte ich ohne weiteres meine Fähigkeiten nutzen.

So dachte ich und konzentrierte mich.

„Hier sind deine Halbgöttin Fähigkeiten nutzlos. Du bist zwar nur ein halber Mensch aber du wirst sterben wie ein ganzer."

Ich spürte einen harten Schlag von Metall auf meinen Hinterkopf und meine Augen schlossen sich.

Die Dunkelheit durchflutete mich und nahm mich auf, wie ein verlorenes Kind.

Meine Gliedmaßen wurden taub und ich driftete irgendwo in meinem Unterbewusstsein umher.

Stunden später:

Als meine Augen sich endlich öffneten blickte ich in das grelle Licht einer Zimmerdecke.

Umrisse von Menschen saßen neben mir, doch es brauchte eine Weile, bis sich meine Sicht normalisiert hatte.

„Elli", flüsterte ich schwach und sah in das blasse Gesicht meiner besten Freundin. Sie hatte gerötete Augen.

Hatte sie etwa geweint?

Als ich mich hochzog um mich senkrecht ins Bett zu setzen erblickte ich auch Karamell, Bruce, Francis, George und Lizzy.

Warum sahen mich alle so besorgt an?

War irgendetwas geschehen?

Mein Kopf versuchte die vergangenen Erinnerungen zusammen zu setzen und ich sah verschwommen ein Grinsen.

„Shay", wisperte ich und krallte schmerzerfüllt meine Hand in die Bettdecke.

Es war nicht mein Kopf der schmerzte, sondern mein Herz.

Warum hatte sie das getan?

Hatte sie mich nur benutzt?

Tränen liefen über mein Gesicht und ich schluckte schwer bevor ich zu den anderen im Raum sehen konnte.

„Es tut mir leid, dass ich euch schon wieder so viel Arbeit mache", nuschelte ich und Elli setzte sich zu mir auf die Bettkante und nahm meine Hand.

„Ich habe dich im Flur liegen sehen und Bruce hat dich mit zu sich genommen. Seine Hände haben geleuchtet …", ihre zitternde Stimme brach ab und ich drückte ihre Hand fester.

Ich blickte fragend zu Bruce der verständnisvoll nickte.

Dankbar sah ich wieder zu Elli und begann ihr alles über mich ihren Freund, Shay und den anderen zu berichten.

Nach gefühlten Stunden reden und erklären versprach Elli und auch Karamell, das niemand jemals über mich oder den anderen ein Wort erfahren würden.

Meine Schmerzen ließen langsam auch nach und ich schlug die Decke zurück um mich neben Elli auf die Bettkante zu setzen.

„Frau Berndt ist im Unterricht völlig ausgerastet und hat mich bedroht aber keiner hat etwas mitbekommen. Sie meinte sie folge Diego…Als ich aus dem Raum geflohen bin, bin ich Shay in die Arme gelaufen, die mir mit Frau Berndt das angetan hat."

Selbst die Kurzfassung von dem Ganzen ließen alle Blicke einfrieren.

„Sicher, dass es Shay war? Ich denke sie liebt dich?", unsicher sah Elli zu mir.

„Ohne Zweifel es war Shay…"

Mal wieder hatte es eine Frau geschafft mein Vertrauen zu zerstören.

Sanft zog mich Elli in den Arm und ich begann mich selbst dafür zu hassen, dass ich nicht stärker war.

Elli und Karamell hatten erfahren, dass es Götter und andere Wesen auf unseren Planeten gab und ich lag in den Armen meiner besten Freundin und verkniff mir das Heulen.

„Es war nicht Shay", unterbrach George die Stille und alle Köpfe drehten sich zu ihm.

„Ich glaube nicht, dass es so einfach ist wie bei Denise aber ich glaube, dass jemand Besitz von ihren und Frau Berndts Körper ergriffen hat. Ich habe das Video gesehen wo ihr euch geküsst habt. Yas so küsst man niemanden mit dem man nur spielt. Was auch immer ihren Körper und wahrscheinlich auch den Körper von Frau Berndt eingenommen hat, hat dir das angetan aber nicht sie", beendete George seine Rede und rückte sich seine Brille zurecht.

„Das Ding in Frau Berndt meinte wir sollen denen die Stadt überlassen oder sie töten uns."

Ich wollte am liebsten weglaufen und wieder ein normales Leben führen.

Plötzlich wurde die Tür aufgerissen und Susano platzte herein.

Seinen Anzug hatte er wieder in einen Kimono eingetauscht und lief geradewegs auf mich zu.

„Du bist genauso ein Gott des Wassers wie ich aber dein Kampfgeist ist die reinste Blamage. Wenn wir alle Diego aufhalten wollen, dann müssen wir stärker sein als er und vor allem müssen wir an uns und jeder einzelne an sich selbst glauben."

Streng sah er uns an und nahm neben Bruce und Francis auf dem Boden Platz.

Ungläubig starrten Elli und Karamell auf Susano, der sich den Beiden zu Beginn des Tages als neuen Lehrer vorgestellt hatte.

„Was denn habe ich recht oder habe ich recht?"

Er blickte zwar in die Runde aber blieb wieder bei mir hängen.

„Jeder hier in diesem Raum strahlt eine gewisse Stärke aus. Aber du Yas", kopfschüttelnd wand er seinen Blick ab.

Na ganz toll, Susano hielt mich für einen noch größeren Versager als ich mich selbst.

Zeit ihm zu beweisen, dass mehr in mir steckte, als es auf den ersten Blick vielleicht aussah.

„Wenn das so ist trainiere mich."

Herausfordernd trafen unsere Blicke wieder aufeinander und Susano begann zu grinsen.

„Du wirst so leiden."

Na prima, was hatte ich mir da schon wieder eingebrockt?

Kapitel 22

Gerade fragte ich mich noch was ich mir da wieder eingebrockt hatte, da klingelte es plötzlich an der Tür.

Verwundert sahen Bruce und Francis sich an und machten sich auf dem Weg zum Eingangsbereich wobei Lizzy, George und Susano einen Smalltalk hielten und Karamell und Elli mich ansahen als hätten sie Geister gesehen.

Naja ich konnte es ihnen nicht verübeln, schließlich erfuhren sie ja nicht jeden Tag so ein Geheimnis von mir.

Aber immerhin konnte Elli sich nun nicht mehr beschweren, dass sie nicht alles über mich wusste.

Nur, dass sie nun auch daran zu nagen hatte, dass ihr Freund Bruce gleichzeitig auch Apollon, ein griechischer Gott war.

Aber da musste sie jetzt durch.

„Lasst mich zu ihr!", hörte ich Shays Stimme und sprang halb aus dem Bett. Ich musste sie einfach sehen!

„Sie braucht noch etwas Ruhe", versuchte Francis ihr zu erklären, doch mein kleiner Wirbelwind hatte sich auch schon einen Weg zu dem Zimmer in dem ich lag gebahnt und die Tür aufgezogen.

Sofort waren alle Blicke einschließlich meiner auf Shay gerichtet während Bruce und Francis sie davon abhalten wollten das Zimmer zu betreten.

Aber sie schafften es nicht und eine verwirrt schauende Shay lief geradewegs auf mich zu.

Ihre Hand legte sich auf meine Wange. Sanft und doch irgendwo unsicher.

„Ich war das vorhin nicht. Ich könnte dir nicht weh tun, dass weißt du oder?", fragend suchten ihre Augen in meinen Augen nach einer Antwort.

Ich unterbrach diesen Moment indem ich sie einfach nur zu mir zog.

Erst in ihren Armen fühlte ich mich wirklich sicher und geborgen.

„Jag mir bitte nie wieder so einen Schrecken ein", bat ich sie und küsste Shay zärtlich.

„Nehmt euch ein Zimmer ", warf Susano augenrollend in die Runde.

Schon hatte mich Shay noch weiter zu sich gezogen und küsste mich so intensiv das mir der Atem stockte.

Etwas verträumt öffnete ich meine Augen und blickte in Shays ernstgewordenes Gesicht.

„Ich weiß nicht wer oder was das war, was von meinem Körper Besitz ergriffen hat aber ich werde es herausfinden. Wahrscheinlich werden wir uns eine Weile nicht sehen aber, wenn du wieder meinen Körper vor dir hast der dich verletzt tu mir weh. Ich könnte nicht damit leben, wenn jemand mich dazu benutzt der Frau weh zu tun an der mein Herz hängt."

So süß Shay das auch gerade gesagt hatte aber: Sie eine Weile nicht sehen können? Ich starb ja schon, wenn ich einige Stunden ohne sie verbringen musste.

Da konnte das nicht ihr ernst sein.

„Du musst nicht allein losziehen. Wir würden dir alle helfen", warf George ein doch Shay schüttelte ihren Kopf.

„Ich bin mehr so der einsame Wolf", flüsterte sie in den Raum bevor sie mir auch schon einen Kuss auf die Wange hauchte und sich ihren Weg an Bruce und Francis vorbei bahnte.

„Und Shay war in eurer Sippschaft nochmal?"

Sauer blickte ich zu Karamell bevor ich ihre Frage beantwortete.

„Shay ist meine Freundin und kann sich in einen Wolf verwandeln. Und wie sie eben schon selbst gesagt hatte: Sie ist mehr der einsame Wolf und hat nichts mit dem ganzen hier zu tun."

„Jetzt schon", unterbrach mich Francis und nickte George zu.

„Wenn ihr was passiert werden wir das herausfinden."

Sofort lief ich geradewegs auf George zu und packe ihm am Kragen. „Was hast du getan?", leicht schüttelte ich ihn woraufhin er sich genervt in einen Werwolf verwandelte und ich erst Mal bis zurück aufs Bett flog.

„Aua", jammerte ich doch meine besten

Freundinnen lachten zunächst nur.

Ganz toll.

„Yas beruhig dich..."

Beruhigen sollte ich mich wirklich, denn ich leuchtete in einer wunderschönen meeresblauen Farbe die Elli und Karamell nun doch etwas abschreckte.

Immerhin formten meine Hände nicht wieder Wasserkugeln, denn ich hatte noch nicht herausgefunden wie ich sie wieder loswurde ohne sie durch die Gegend zu werfen.

Und Mal im ernst: Ich hatte keine Lust die Zimmer von Bruce und Francis zu überfluten. Die Kosten dafür würden mit Garantie mein monatliches Taschengeld sprengen.

Also hörte ich auf Bruce und versuchte etwas runter zu kommen.

Noch immer war ich aufgewühlt aber zumindest war ich keine lebende Lampe mehr.

„Ich glaube das heute war etwas viel für uns alle", warf plötzlich Francis ein und sah mich und meine Freundinnen eindringlich an.

Deren Blicke sprachen ehrlich gesagt Bände.

Normalerweise wurde ich nach so was wieder nach Hause geschickt aber Bruce und Francis waren der Ansicht, dass es noch zu gefährlich wäre wieder durch die Straßen zu laufen während es jemand auf mich abgesehen hatte.

So kam es das Karamell, Elli und ich über Nacht hier in der riesigen Villa verbringen durften.

„Und du bist wirklich eine Halbgöttin?", es war schon abends und Elli war verdammt neugierig.

Ihr Freund war mit seiner Schwester und Susano 'etwas erledigen'.

Was auch immer das heißen sollte.

Lizzy hatte sich mit George vor einiger Zeit auf der Suche nach Blutkonserven gemacht.

„Jap", antwortete ich kurz und knapp und ließ mich zurück auf das weiche gepolsterte Himmelsbett fallen.

„Ich sehe hier immer nur Bruce und Francis. Sie können doch nicht alleine hier wohnen oder? bohrte Elli weiter nach und ich wurde stutzig.

Wo sie recht hatte, hatte sie recht.

Selbst wenn sie Götter waren hätten sie sich schlecht diese Villa kaufen können.

Oder besaßen die beiden ein Vermögen von dem wir nichts wussten?

„Wir können sie ja fragen, wenn sie wieder da sind", schlug ich vor und bemerkte, das Karamell sehr ruhig geworden war.

„Ist alles okay mit dir?"

Vorsichtig legte ich meine Hand auf ihre Schulter.

Das lockige Mädchen zuckte zusammen und ich wiederholte meine Frage.

„Warum habt ihr mich da, mit reingezogen?"

Ich verstand Karamell nicht und runzelte die Stirn.

„Ich hatte ein ganz normales Leben und jetzt weiß ich von Göttern, Wolfen, Vampiren und irgendwelchen Wesen die hinter dir her sind", fauchte sie und ich verschränkte meine Arme vor der Brust.

„Denkst du ich wollte das alles? Ich habe vor ein paar Monaten erfahren, dass ich eine Halbgöttin bin und werde seitdem andauernd als Zielscheibe für etwas benutzt. Ich kann mir auch besseres vorstellen als ständig von irgendetwas angegriffen zu werden", stellte ich klar und griff nach einem Kissen um dieses mit den Fingern zu massakrieren.

„Aber ich will nicht in das Ganze mit reingezogen werden", setzte Karamell an und bekam mit voller Wucht ein Kissen ins Gesicht.

„Ich werde Yas ganz sicher nicht im Stich lassen auch wenn meine beste Freundin und mein Freund keine richtigen Menschen sind", kaum hatte sie ausgesprochen flog das Kissen in ihr Gesicht und keine Sekunde später war zwischen uns dreien auch schon eine riesige Kissenschlacht ausgebrochen.

„Wir sind wieder-", Lizzy verstummte als sie das Zimmer betrat und blickte zu den umherschwebenden Federn.

„Was ist denn hier passiert?", George trat lachend hinter ihr hervor und betrachtete uns wie wir völlig erschöpft auf dem riesigen Bett lagen.

„Wir haben alle die Schlacht verloren", grummelte Elli und rollte sich auf den Bauch.

„Du hast da noch ein bisschen Blut zu hängen", merkte sie an und in ihrer Vampirgeschwindigkeit hatte sich Lizzy zu uns aufs Bett geworfen und lag nun bedrohlich vor Elli.

Ihre Augen blitzen leicht auf und meine beste Freundin wich zurück.

„Mach ihr keine Angst", sagte ich bestimmt und legte meine Hand auf Lizzys Unterarm.

Diese leckte über die blutige Stelle ihres Mundes und riss sich übertrieben aus meinen Arm los, sodass ich unter ihr lag und mich nicht bewegen konnte.

„Du bist nicht in der Position Förderungen zu stellen", erklärte sie mit einem Grinsen im Gesicht.

George beobachtete das Geschehen einfach nur und mischte sich wie so oft nicht ein.

„Aber es wird ab jetzt einiges auf uns zu kommen. Erst recht da es nun menschliche Mitwisser gibt. Wir werden euch im Auge behalten müssen damit euch nichts geschieht.", schlug George ein ernstes Thema an.

Aber er hatte natürlich recht.

Sie waren eingeweiht und ab jetzt auch im Schussfeld und hatten keinerlei Fähigkeiten um sich zu verteidigen.

„Aber darüber werden wir uns morgen mit den anderen unterhalten", kräftig gähnte George und streckte sich ausgiebig.

„Wir sollten unsere Eltern Bescheid geben das wir heute auswärts schlafen", fügte er hinzu und wir griffen alle zur selben Zeit zu unseren Handys.

Außer Lizzy.

Sie beobachtete uns nur wie wir auf unsere Tasten tippten.

„Wer ist eigentlich für dich zuständig?", erkundete ich mich bei ihr, da sie ja für eine Ewigkeit in einem jungen Körper gefangen war.

Lizzys Blick änderte sich und nahm einen Anflug von Traurigkeit an.

„Vor einiger Zeit bin ich auf eine ältere Frau gestoßen die über uns Vampiren Bescheid weiß. Eine Art verbündete so zu sagen. Sie hat mir meine Wohnung besorgt und hilft mir bei der Miete. Sie kennt ein paar Menschen die Urkunden fälschen können, sodass ich immer einen akzeptablen Ausweis besitze. So ziehe ich immer von Stadt zu Stadt, wenn mal wieder zu viel Zeit vergangen ist", erklärte sie und ich bemerkte wie wenig ich doch über sie wusste.

Es musste hart sein nicht zu altern und ewig im Körper eines minderjährigen Mädchens gefangen zu sein.

Sie hatte mir ja mal am Anfang gesagt, dass sie schon tausende von Jahren lebte.

Wie lange musste Lizzy schon unterwegs sein?

Jede Person die ihr vor langer Zeit wichtig war müsste mittlerweile tot sein. Kein Wunder also, dass sie hin und wieder so verschlossen war.

„Jetzt guck nicht so nachdenklich ich komm schon klar", Lizzys Worte klangen so leichtfertig und doch strahlten ihre Augen eine gewisse Müdigkeit aus.

„Lassen wir die drei Mal alleine. Sie haben sich sicher noch eine Menge zu erzählen", George hatte seine Hände auf Lizzys Schulter gelegt und der Wuschelkopf zog sie sanft aber bestimmend zur Tür hinaus.

Kaum waren sie gegangen meinte Karamell plötzlich, dass sie eine Toilette suchen wollte und ließ mich und Elli allein zurück.

Diese stupste mich nachdenklich an und legte ihren Arm um meine Schulter.

„Was ist das jetzt eigentlich zwischen dir und Shay?", neugierig fragte sie mich das und ich hatte mir vorgenommen ehrlich zu sein.

„Shay und ich haben uns zufällig im 14. Jahrhundert kennengelernt und eine Beziehung angefangen", setzte ich an und wurde von einem grinsenden „Oho" unterbrochen.

„Das warst du also schon immer eine Quotenlesbe." Grimmig blickte ich zu Elli.

Sie wusste ganz genau das ich es hasste zu bezeichnet zu werden.

„Ich stand auf Männer bevor ich mit ihr zusammenkam. Glaube ich zumindest. Wie auch immer jemand kam dahinter das wir zusammen waren und verpetzte uns an das Dorfoberhaupt wodurch wie zusammen auf dem Scheiterhaufen verbrannt wurden", fuhr ich meine Erklärung fort.

„Ich kann mich nicht daran erinnern was danach geschehen ist. Alles was ich weiß ist, dass wir uns erst in diesem Leben wiedergefunden haben.

Shay war so gemein zu mir als sie in unsere Klasse kam, weil sie nicht wollte das sich das alles wiederholt und alte Narben aufgerissen werden", fügte ich noch flüsternd hinzu und Elli zog mich in ihre Arme um mir eine Kopfnuss zu verpassen.

„Weißt du wie kitschig das ist? Als hättest du das ganze aus einem schlechten Roman geklaut."

„Na danke", lachend rollten wir uns kabbelnd auf dem Bett umher bis Karamell zurückkam.

„Wisst ihr was ich in dieser riesigen Villa gefunden habe?"

Fragend blickten Elli und ich zu ihr während Karamell eine Whiskyflasche hervorzog, die sie zuvor hinter ihrem Rücken versteckt hatte.

„Ich glaube das ist genau das richtige heute. Vergessen wir mal das ganze Paranormale in das wir uns befinden und tun so als wäre das eine dieser Pyjamapartys auf der wir früher immer waren."

Sofort waren wir Feuer und Flamme und Karamell öffnete gekonnt die Flasche.

„Ich würde den Damen ja ein Glas anbieten aber am Ende erwischt uns noch jemand."

So ging der Edel-Whisky einmal im Kreis.

Jeder nahm ein paar Schluck bis wir uns leicht beschwipst über ganz normale Dinge unterhielten.

Endlich mal wieder über Nadines Gruppe ab lästern und uns über Musik unterhalten bis wir betrunken genug waren um zu dem „Ich habe noch nie" Spiel überzugehen.

Man stellte eine Frage und jeder der diese Sache schon einmal getan hatte musste ein Shot trinken.

Elli begann gemeiner Weise mit einem: „Ich habe noch nie mit einer Frau rumgemacht."

Gerade als ich die Flasche ergreifen wollte kam mir Karamell zuvor und nahm einen kräftigen Schluck.

„Letztes Jahr auf der kleinen Hausparty meines Exfreundes. Ich war ziemlich besoffen."

Das hatten wir nicht erwartet und so nahm noch ich meinen Pflichtschluck bevor das Spiel weiterging.

Kapitel 23

„Was habe ich dir gesagt? Du sollst dich nicht nachts rausschleichen!" Grob warfen raue Hände einen zierlichen Körper zu Boden.

Meinen Körper.

Kein Wimmern kam aus meiner trockenen Kehle während seine Tritte gegen meinen Magen gingen.

Der Schmerz war so vertraut.

Ich musste nur warten bis der Wutanfall meines Vaters nach ließ. Nur noch einen Moment.

Meine Augen schlossen sich und ich wartete geduldig wobei mein Körper bei jedem Tritt zusammenzuckte.

„Du bist Wertlos!"

„Und du schon wieder besoffen", fügte ich gedanklich hinzu sprach es allerdings nicht aus. Jedes gesprochene Wort konnte mein tot sein.

Aber auch so dauerte der Wutanfall des vierzigjährigen Mannes über mir länger an als gedacht.

Lange hielt ich es nicht mehr aus aber das musste ich. Seine Hände griffen zu meinen zerzausten Haaren und ich blickte ängstlich hinauf in seine Augen und gleich danach wieder auf den dunklen Parkettboden.

Niemand würde erkennen, dass dieser nach Alkohol riechende Mann der gerade besoffen seine Tochter verprügelte ein Pfarrer war.

Nur der schwarze Talar ließ erahnen, dass der Mann über mir ein geistlicher war.

Er war der Grund warum ich nicht mehr an Gott glaubte.

„Fahr zur Hölle!"

Da bin ich schon.

Erneut schloss ich die Augen, weil ich die Schmerzen verdrängen wollte, doch sein Fuß traf mein Gesicht.

Ich hörte etwas knacken.

Meine Nase.

Der Geruch von Blut lag in der Luft und ich hatte mich mit meinem Schicksal abgefunden, dass ich das hier dieses Mal nicht überleben würde.

Nicht ohne „es" einzusetzen.

Verzerrt sah ich ein Gesicht, welches mich sonst immer nur in meinen Träumen heimsuchte.

Das Gesicht einer jungen Frau, welche mich immer wieder mit einem frechen Blick ansah. Sie gab mir Kraft und zugleich löste ihr Anblick einen nie dagewesenen Schmerz aus.

Dieser Schmerz war nicht körperlich, sondern kam tief aus meinem Herzen.

Ein weiterer Tritt erreichte meinen Kopf. Kräftiger als die davor.

Mein Körper zitterte und ich spürte wie etwas in mir hochkroch.

Meine Hände kribbelten und zuckten.

„Sag warum hasst du mich so sehr?", fragte ich ruhig und sah wieder hinauf.

Nichts war mehr von den vor Wut blitzenden Augen übrig außer angst.

Der Mann wich zurück als ob sein Leben davon abhinge.

„Du bist...der Teufel", zitternde Worte erreichten meine Ohren während ich aufstand.

Millimeter für Millimeter kam ich näher an dem Mann heran bis meine leuchtende Gestalt unmittelbar vor ihm stand.

Seine Fahne kroch durch meine Nase und ich beugte mich zu seinem Ohr wofür ich mich auf die Zehenspitzen stellte.

„Nein aber ich bin trotzdem dein Tod", wisperte ich und genau in diesem Augenblick schoss Wasser aus meinen Fingerspitzen.

Nur kleine Fäden und doch legten genau diese sich um seinen Hals.

„Du verdammte Hexe", er brabbelte noch irgendwelche Gebete vor sich hin bis er bemerkte, das seine Füße nicht mehr auf dem Boden standen, sondern der Wasserfaden sich zu Eis verwandelt hatte und er nun von der Decke baumelte.

Sein röcheln ließ mich vermuten, dass seine Luft knapp wurde und all seine Bemühungen das Eis zu brechen schienen Fehlzuschlagen.

Nur sein zappeln verriet, dass er einen Todeskampf austrug und nach einigen Minuten war es endlich so weit.

Keine Sekunde zu spät, denn meine Kraft verließ mich und der Pfarrer stürzte zu Boden. Tot wie es aussah.

Erst sah ich befriedigt zu ihm hinab, dann erkannte ich was ich da eben getan hatte und war fassungslos.

Ich hatte soeben meinen Vater getötet!

Panik überfiel mich und ich lief schnellstmöglich in mein Zimmer.

Man konnte es ehr Abstellkammer nennen, da es kein Bett besaß, sondern lediglich eine dünne Decke die auf dem kalten Boden lag.

Ich dachte nach.

Was konnte ich tun?

Plötzlich erklang ein Klopfen an der Tür und ich verfiel in Panik.

Wenn jemand die Leiche und mich fand war ich geliefert!

Ich schnappte mir schnell eine schwarze Kutte und zog sie mir geschwind über bevor die Tür aufbrach und ich zum Hintereingang lief um zu entkommen.

Mein Weg führte mich direkt zum Hafen und ohne weiter nachzudenken hatte ich mich unbemerkt aufs Deck eines der Schiffe geschlichen und mich zwischen Vorräten versteckt.

Meine Lungen bebten, mein Gesicht schmerzte und doch fühlte ich mich befreit.

Frei von den ganzen Schmerzen und frei von ihm.

„Und was führt dich hier her?", ich erschrak mich halb zu Tode als ich einen Asiaten neben einen der schweren Kisten sah.

„Flucht und bei dir?"

„Kommt mir bekannt vor, sag mir wollen wir uns gegenseitig helfen?" Sein Blick ging ruhig hin und her und wanderte dann wieder zu mir.

„Und?", fragte er und ich nickte und reichte dem jungen Mann, der mir recht vertrauenswürdig rüberkam meine Hand.

„Ich bin Susano. Schön dich kennen zu lernen, kleine Halbgöttin."

Eine Hand traf mein Gesicht, und ich schlug blitzartig die Augen auf.

Es war nur ein Traum. Nur der Kater war echt.

Mein Schädel dröhnte als hätte ich nächtelang durchgesoffen.

„Elli lass mich schlafen", versuchte ich meine beste Freundin abzuwimmeln und drehte mich zur Seite.

„Karamell ist verschwunden also beweg dein Arsch nach oben."

„Sie ist sicher irgendwo in der Villa", brummte ich und versuchte den Kater zu verscheuchen.

Aber ohne Aspirin wurde das wohl nichts.

Kaum schloss ich wieder meine Augen spürte ich ein Blatt Papier in meinem Gesicht.

Pergamentpapier.

Ich blinzelte den Fetzen Papier an und las ihn laut vor.

„Wir haben eure Freundin. Kommt heute Abend um 18 Uhr zum Anwesen der Clancy oder die Kleine ist tot."

Sofort sprang ich auf.

So schnell man mit einem Kater eben aufspringen konnte.

Das durfte doch nicht wahr sein.

Elli und ich konnten doch nicht so tief geschlafen haben, dass wir nicht mitbekommen hatten wie Karamell entführt wurde.

„Nein!", schrie ich verzweifelt durch die Räume und meine Stimme hallte an den Wänden nach.

Meine Hände rauften meine Haare und ich lief weiter und platzte in das Schlafzimmer von Bruce.

Es war leer und unter anderen Umständen hätte ich dieses riesige Zimmer mit dem großen Bett und den vielen Ölbildern, die an der Wand hingen und wie ein Requisit einer anderen Zeit wirkten genauer betrachtet aber ich musste ihn finden.

Oder irgendwen von der Gruppe, nur war das gar nichts so leicht in dieser riesigen scheiß Villa.

Nachdem ich weiter umhergeirrt war gelangte ich in dem Speisesaal. Dort wurde gerade ausgiebig gelacht.

Zumindest bis ich den Raum betrat.

Ohne etwas zu sagen trat ich zu Bruce, der sich gerade seine Sonnenbrille absetzte und mich fragend aus zwei rotschimmernden Augen ansah.

„Was ist denn los?", fragte Lizzy, die sich mit ihrer Vampirgeschwindigkeit hinter Bruce stellte und den Brief mitlas, welchen ich ihn in die Hand gedrückt hatte.

So wie ich zuvor, las er den kurzen Text laut vor und alle in der Runde wurden nervös.

„Das gute ist: Clancy ist nur ein kleiner Clan. Nicht größer als unsere Gruppe. Das schlechte ist: Sie arbeiten mit Diego zusammen ", erklärte Francis kurz und bündig bevor sie sich erhob.

Bruce tat es ihr nach und stand vom Tisch auf.

„Es ist deine Freundin und somit deine Verantwortung aber wenn einem Gast hier in meiner Villa etwas angetan wird, werden wir die Bastarde fertigmachen", Wut lag in

Bruce Stimme, das entging mir nicht aber das war nicht alles, was in seiner Stimme mitschwang.

War es etwa, angst?

„Sieht aus als wenn wir das Training gleich starten sollten", natürlich war auch Susano mit von der Partie und schon wurde die Welt um mich herum etwas wabbelig, bis das Bild des Raumes komplett in die Parallelwelt projiziert wurde.

„Jeder gegen jeden. Los."

Wenn das der Startschuss gewesen sein sollte hatte ich ihn wohl verpasst, denn plötzlich schossen zwei Pfeile auf mich zu, eine Wasserkugel taff mich, ein Vampir rannte auf mich zu wobei ein Werwolf mich hochhob um mich gleich wieder fallen zu lassen.

Aua.

Na toll jeder gegen jeden hieß doch nicht das alle über mich herfallen sollten!

Oder lag es wieder dran, dass ich die Schwächste in der Gruppe war?

Das konnte doch nicht ewig so weitergehen.

Während sie schon den nächsten Angriff tätigten und ein Pfeil durch meine Brust schoss, rief mir Susano etwas von: „Erinnere dich an deinen Traum!", zu während mein Köper eine gewaltige Eisladung produzierte und mich einschloss.

„Ähm ok, das war jetzt nicht gerade die schlauste Taktig", bemerkte ich schnell.

Nur das von außen keiner in mein Inneres hineinkam.

Die Pfeile prallten ab und auch die anderen konnten nichts gegen das Eis ausmachen aber meine Kräfte waren viel zu schnell am Ende und ich gab auf.

Das Eis zerplatze in Tausende von Einzelteilen die jeden trafen und zu Boden warfen.

Genau in diesem Moment löste Bruce die Zwischenwelt auf und half den anderen beim Aufstehen.

„Das ist gut, das könnten wir als Geheimwaffe nehmen um dich zu schützen und uns einen kleinen Vorteil zu verschaffen", merkte Susano an und ich grinste schief und irgendwie schwach.

„Ach ja könnt ihr mir vielleicht den Pfeil rausziehen bevor ich noch krepiere?", scherzte ich bevor ich nach vorne kippte und mir schwarz vor Augen wurde.

Kapitel 24

Ein besorgtes Gesicht flackerte vor mir auf und zwei dunkelbraune Augenpaare richteten sich auf mich.

„Du solltest besser auf dich aufpassen", flüstere eine vertraute, rauchige und zugleich sanfte Stimme.

Shays Stimme.

So wie es auch Shays Gesicht war das nun unmittelbar vor meinem auftauchte.

Sie war so wunderschön, dass ich kurz vergaß etwas zu sagen.

Wie gern würde ich sie jetzt küssen.

Diese vollen Lippen hingen nahezu verlockend vor meinen sodass ihr Atem des meinen streifte.

Ich hielt es nicht aus und beugte mich zu ihr.

Aber als meine Hände sich auf ihre Wange legen wollten fasste ich durch Shay hindurch.

Verwirrt wich ich ein kleines Stück zurück um fragend in ihre nun fast schon sehnsüchtig aufblitzenden Augen zu sehen.

„Das ist meine Wolfskraft. Ich kann körperlich gerade nicht bei dir sein. Dich nicht küssen oder berühren aber ich kann mental bei dir sein, wenn dein Geist wie jetzt nicht in der normalen Welt ist. Dadurch das ich mich in dich verliebt habe sind unsere Seelen miteinander verschmolzen. Für immer", erklärte sie mir und senkte ihren Blick.

Aber nur eine Sekunde später streckte sie ihre Hand nach meinem Gesicht aus und deutete an über meine Wange zu streicheln.

„Aber du musst zurück damit wir uns im richtigen Leben wiedersehen können.

Nicht mehr lange und wir schaffen es auch mal neben einander zu liegen. Nur du und ich."

Ich genoss es so sehr ihre Stimme zu hören das ich am liebsten für eine kleine Ewigkeit hier verweilen wollte.

Aber sie hatte recht ich musste zurück.

Meine Lippen formten ein sanftes: „Ich liebe dich" während ihr Erscheinungsbild auseinanderbrach und in tausenden von kleinen glänzenden Splittern zerfiel.

Im nächsten Moment schlug ich meine Augen auf und spürte eine weiche Decke unter mir.

Sofort drangen meine Erinnerungen an das kurze Training in meinen Gedanken und ich fuhr hoch wobei ich meinen Oberkörper abtastete.

Der Pfeil wurde offensichtlich herausgezogen und auch sonst waren keine Verletzungen mehr zu spüren.

Trotz des Glückes das ich noch am Leben war wurde ich traurig.

Shay fehlte mir.

Ich fühlte mich so unvollständig ohne sie.

„Geht es ihr wieder gut?", fragte Elli vorsichtig und blickte fragend zu ihrem Freund Bruce.

Dieser nickte und ich erlaubte mir die Frage wie lange ich weggetreten war.

„Nur eine halbe Stunde", versicherte mir George und ich sprang auf.

„Wir sollten weiter trainieren." Voller Elan setzte ich einen Fuß vor den anderen, taumelte aber.

Sofort war Lizzy bei mir und drückte meinen Körper zurück aufs Bett. Nur das ich dieses Mal auf der Bettkante saß.

„Ruh du dich erstmal aus. Es bringt keinen von uns was, wenn du schlappmachst, weil du dich jetzt zu sehr verausgabst", tadelte mich Francis und ich verstand sie natürlich aber gleichzeitig fühlte ich mich auch unfähig und einfach erbärmlich.

„Außerdem hattest du einen Kater", streng ruhte Bruce Blick auf mir.

Auch wenn er nun wieder seine Sonnenbrille aufgesetzt hatte spürte ich wie dieser mich durchbohrte.

„Wir haben gestern gemeinsam getrunken. Es ist nicht ihre Schuld", verteidigte mich Elli sofort und sah Bruce mit dem verzweifelten und süßesten Blick an den sie auf Lager hatte.

Da konnte nicht Mal er hart bleiben und nahm sie stattdessen in den Arm.

„Schon okay", hörte man ihn noch murmeln bevor er ihr einen kurzen innigen Kuss gab.

„Macht das einfach nicht nochmal, wenn wir grade in einer Krise stecken", nur Francis schien ihren kühlen Kopf zu bewahren.

Mit Ausnahme von Lizzy die immer etwas unterkühlt rüber kam.

Schnell nickte ich als Zustimmung als sich plötzlich Susano vor mir aufbaute.

Er hatte sich wieder seinen Kimono angezogen und warf einen strengen Blick zu den anderen.

„Würdet ihr uns kurz alleine lassen?"

Ohne Einwände verließen die anderen den Raum.

Einzig Elli blieb nochmals kurz stehen um mir einen ähnlich besorgten Blick, wie in meiner Art Traum von Shay zu zuwerfen.

Doch dann drehte sie sich um und lief schnell zu Bruce und schnappte sich seine Hand.

Irgendwo waren sie ja schon süß.

Die Tür viel zu und Susano und ich waren allein in dem zuvor vollen Raum.

„Das vorhin mit dem Eis war nicht schlecht für den Anfang aber du bist noch weit von deiner ursprünglichen Kraft entfernt", begann er nachdem sich der jung wirkende Mann neben mir aufs Bett gesetzt hatte.

„Ich wünschte ich könnte es. Aber meine Fähigkeiten sind wie meine Erinnerungen völlig verschwommen. Ich kann mich nicht einmal daran erinnern wie ich die Energie in meinem Inneren früher lenken konnte", sprach ich die Wahrheit aus und sah schweigend zu dem schwarz glänzenden Boden. Man konnte sich fast darin spiegeln und sie zeigten eine ziemlich fertige Yas.

Scheiße.

„Es liegt daran das du deine Erinnerungen sowie deine Kräfte vor langer Zeit versiegeln lassen hast", klärte Susano mich auf und wurde sehr ernst dabei.

„Du weißt warum nicht wahr?", versuchte ich ihm hoffnungsvoll zu entlocken.

Aber durfte ich diese Hoffnung haben?

„Du hast sie nicht grundlos versiegelt. Die Geschichte hinter deinen Kräfteverlust geht mir ehrlich gesagt immer noch sehr nahe."

„Erzähl sie mir", forderte ich ihn auf und winkelte meine Beine an. Bereit für die Wahrheit.

„Du wirst nicht locker lassen nicht wahr?", leicht amüsiert und trotzdem mit einem traurigen Schimmer im Auge fragte er mich das bevor er an seinen Fingerkuppen puhlte.

„Erzähl", forderte ich Susano erneut auf und er begann zu erzählen.

„Als wir uns kennen lernten waren wir zusammen auf der Flucht und hatten uns auf ein Schiff versteckt. In der Zeit bekamst du deine Erinnerungen an die Wolfsfrau zurück und erzähltest mir von eurer Verbindung. Du wolltest sie unbedingt wiederfinden und so landeten wir auf viele unterschiedliche Schiffe und fuhren fast um die ganze Welt um sie zu finden. Aber immer, wenn wir ihr ein Stück näher zu kommen schienen verwischte jemand die Spuren was das Finden nahezu unmöglich machte. Das hast du nicht verkraftet und nachdem ich dich von einem Suizidversuch abhalten konnte hörten wir von einer Frau, die auf einer kleinen Insel lebte. Ihr wurde nachgesagt das sie Erinnerungen nehmen konnte. Wir fanden sie

ein Jahr später tatsächlich. Der irre Blick und die bedrohliche Art die von ihr Ausging war dir egal. Du wolltest nur das los werden was dir auf den Herzen lag. Sie versprach dir die Erinnerungen zu nehmen aber nebenbei blockierte sie deine Kräfte. Des Weiteren nahm sie dir nicht nur die Erinnerungen an das Mädchen, sondern von allem. Deinen Ursprung, die an deine Kräfte und die deiner Vergangenheiten. Ich ließ dich mit ihr allein aber als ich dich wieder hatte warst du nicht mehr die alte. Du wurdest wahnsinnig und hast dich eine Woche später in einer Scheune erhängt. Ich konnte dich nicht retten", geduldig hörte ich Susano zu.

Damit hatte ich absolut nicht gerechnet.

„Ich habe mich umgebracht?", wisperte ich leise und der Mann neben mir stand auf um sich die Haare zu raufen.

„Scheiße ich konnte dir nicht helfen."

Ich hörte seine Stimme aber sie drang nicht zu mir.

Ich war selbst schuld meine Fähigkeiten nicht mehr kontrollieren zu können.

Alles war meine Schuld.

Ehe ich mich versah liefen mir Tränen über die Wange.

Warm und salzig strömten sie über diese und tropfen an mein Kinn herab.

Ich hatte es verkackt. Richtig krass verkackt.

„Yas?", vernahm ich Susanos Stimme.

Sie klang gedämpft und so weit weg.

Erst jetzt fiel mir auf, dass ich mich inmitten einer riesigen Wasserkugel befand die mich schützend umhüllte und mich ähnlich wie das Eis von der Außenwelt abschirmte.

Die Kugel blieb von selbst aufrecht und umschloss mich komplett.

Sie drehte sich um nicht zu zerfallen. Wie ein Fluss immer in Bewegung.

Es beruhigte mich und ich wischte mir die Tränen aus dem Gesicht um das schimmernde Wasser zu betrachten.

Es fühlte sich an als wäre ich für diesen Moment mit dem Wasser im Einklang und die Außenwelt verblasste immer mehr bis es nur noch das schimmernde glänzende blau gab und mich, der Person die dieses Wasser erzeugte.

Nicht mit meinen Händen und auch sonst nicht mit meinem Körper.

Nein es war einzig und allein mein Verstand der das hier ermöglichte.

Einige Minuten vergingen bis sich eine Hand durch den Wasserfluss zwängten.

Zuversicht ergriff ich diese und das Wasser floss in meinen Körper als wenn dieser aus nichts Anderes bestand.

„Wow." Noch immer hielt ich Susanos Hand und sah mich ungläubig um.

Nicht mal eine Wasserpfütze hatte ich hinterlassen.

„Ich bin stolz auf dich", anerkennend lag sein Blick auf mir und ich strahlte glückseelig. Ich hatte das Gefühl einer unglaublichen Befreiung.

Was auch immer das gerade war ich hatte das Gefühl mein Ziel schon einen kleinen Schritt näher gekommen zu sein.

Kapitel 25

Eine kurze Weile saß ich noch stumm auf der Bettkante.

Zumindest so lange bis die Tür aufging und ein mädchenhaftes Gesicht unter einer dunkelbraunen Mähne den Kopf hindurch streckte.

„Ich lass euch dann Mal alleine", räusperte sich Susano und erhob sich neben mir.

„Du wirst es schaffen deine Kräfte eines Tages zurück zu bekommen", sprach er mir noch Mut zu bis er durch die Tür entschwand durch die Elli sich ihren Weg zu mir bahnte und an seiner Stelle neben mir Platz nahm.

Sie machte ein besorgtes Gesicht.

„Ich mache mir solche Sorgen um Karamell. Was wenn ihr es nicht schafft sie zu retten oder diese komischen Leute die sie entführt haben ihr etwas antun?", unruhig wippte sie dabei mit ihren Beinen auf und ab.

Zumindest bis ich meine Hand dort platzierte und sie zuversichtlich ansah.

„Wir werden alles daran setzen sie heil zurück zu bekommen", meine Stimme sollte beruhigend klingen und doch konnte man stark ein Zittern heraushören.

Nicht anders als Elli machte ich mir Sorgen.

Aber auch Vorwürfe.

Ich hätte am Abend zu vor nicht so viel trinken sollen.

Dann hätte ich Karamell beschützen können.

Hätte, hätte, hätte.

Ich hatte es aber getan und nun ließ sich das Ganze nicht mehr ändern.

Nur würde der armen Karamell etwas passiert sein würde ich mir das nie verzeihen können.

Ich musste sie einfach retten.

Selbst wenn ich mich dabei mit einem Clan anlegen würde, den ich nicht kannte.

„Was würde Shay mir jetzt wohl sagen?"

Das fragte ich mich nun und musste an den Moment von vorhin denken an dem mein und ihr Geist miteinander verschmolzen waren.

Ich wäre jetzt nur halb so in Sorge, wenn sie mir etwas Aufbauendes sagen würde.

Nun aber hatte ich fast schon mehr Angst als Elli neben mir.

Ich malte mir die schrecklichsten Szenarien aus bis ich mich dazu ermahnte, mich zusammen zu reißen.

Selbst wenn ich innerlich in Panik war durfte ich das nicht so zeigen.

Elli zu liebe.

Sie sollte nicht mitbekommen wie sehr ich mir den Kopf zerbrach.

Aber wie beste Freunde ebenso sind durchschaute sie mich sofort.

Tränen hatten sich in ihrem Gesicht gebildet.

„Du siehst so blass aus, als wenn du selbst daran zweifelst, dass alles gut wird", wisperte sie und vergrub ihr schönes Gesicht zwischen den Händen.

„Hätten wir doch niemals herausgefunden was mit dir und Bruce los ist, dann würden Karamell und ich heute einfach nur bei mir oder ihr zuhause sein, und uns darüber aufregen, dass du uns nicht sagst was mit dir los ist, ein leises nicht ernst gemeintes Lachen kroch aus ihrer Kehle, verstummte aber sofort.

Ich nahm zögernd ihre Hände und sah ihr fest in die Augen.

„Wenn nicht gestern hättet ihr es irgendwann erfahren. Früher oder später und vielleicht wärst dann sogar du an Karamells Stelle gewesen", kurz setzte ich ab und fügte ein leises aber abgrundtief ehrliches: „Es tut mir leid", hinzu.

Traurig sah ich Elli dabei an und ich tröstete meine beste Freundin bis sie aufhörte zu weinen.

Ein Klopfen erklang an der Tür.

„Yas, wir müssen los", erklang Bruce dumpfe Stimme gegen das Holz.

Auch er klang nicht so wie sonst.

Dann öffnete sich die Tür und lief auf Elli zu die sofort aufstand.

„Du wirst hierbleiben müssen, denn da wo wir hingehen ist es zu gefährlich für normale Menschen", erklärte Bruce ihr vorsichtig und sah dabei nicht grade glücklich aus.

„Es ist ok. Ich verstehe das."

Meine beste Freundin trat einen Schritt näher an Bruce heran um ihn in die Arme zu ziehen.

Kurze Zeit später küssten sie sich lange und nur widerwillig lösten sie sich wieder voneinander.

„Pass auf dich auf", sagte Elli mit einem besorgten Unterton und sah dann zu mir.

„Und auf Yas", fügte sie dann noch schnell hinzu und grinste mich an.

Jaja kaum war Bruce da war ich schnell vergessen.

„Wir holen Karamell zurück", versprach ich noch und so gesellten Bruce und ich uns zu den anderen, die schon ungeduldig auf uns warteten.

Auf ging es zu unseren Himmelfahrt Kommando.

Denn das hier wirkte wie ein einziger Suizidversuch.

„Yasmin mach nicht so ein Gesicht wir werden es schon schaffen", erklang George Stimme hinter mir und trotzdem schluckte ich.

Wir befanden uns nun vor den Anwesen der Clancy, wie ein kleines verwittertes Namensschild zu erkennen gab.

Das Anwesen wirkte kleiner als das von Bruce und Francis doch war immer noch um einiges größer als mein Wohnverhältnis.

Der Bau wirkte düster und mir lief es nur bei dem Anblick eiskalt den Rücken hinunter.

Ohne Bruce und Francis gemeinsame Kräfte hätten wir anderen diesen Ort gar nicht erst gefunden.

Nicht aber, weil wir keinen Plan hatten, sondern da sich das Anwesen von der Außenwelt und vor allem dem menschlichen Auge abschirmte.

„Wir sind in einer anderen Art der Parallelwelt. Anders als die, die wir fürs kämpfen nutzen ist diese veränderbar. Sonst hätte man hier nicht so ein düsteres Anwesen bauen können", hatte Susano erklärt und wir alle sahen es einfach nur an.

So wirklich hatte keiner Lust dazu es zu betreten.

Stattdessen standen wir alle vor einem riesigen Eisentor.

Die dunklen Grautöne des Anwesens machten auf mir einen unbehaglichen Eindruck. Auch die Atmosphäre hier glich mehr einem Friedhof als einem zuhause für irgendwen.

Es fehlte nur noch die schwarze Katze die jetzt völlige random vorbei lief.

Ein Wind kam auf und die kahlen Äste eines Baumes knackten und warfen dabei einen bedrohlichen langen, gespenstischen Schatten.

„Ok das reicht jetzt aber. Ich hasse Horrorfilme und spiele erst recht nicht selbst einen. Wir gehen da jetzt rein holen die Kleine und gehen wieder", zischte Lizzy etwas ängstlich.

Auch ihr schien nicht ganz Wohl bei der Sache zu sein.

Francis und Bruce nickten sich zu und befanden sich keine Sekunde später in ihrer hellerstrahlten Gestalt.

„Wir werden wohl alle mithelfen müssen um das Tor zu öffnen", kam von George der sich umgehend in einen Werwolf verwandelte und sich auf das riesige Eisentor zubewegte.

Auch ich befand mich wieder in meiner hellblau leuchtenden Gestalt und so drückten wir zu siebend gegen das Tor.

Wartet. Moment. Zu siebend?

Verschmitzt grinste mich ein Mädchen mit dunkelbraunen fast schon schwarzen Augen an.

„Ihr auch hier?"

Ich hatte weder Zeit mich zu freuen noch zu wundern, denn das Tor gab nach und ließ mich etwas nach vorne fallen.

Zur gleichen Zeit aber gab es uns nun auch den Weg zum Haupteingang frei.

„Shay was machst du hier?" stellte ich nun die Frage die allen auf der Seele brannte.

„Meine Nachforschungen haben mich hierhergeführt. Wie es aussieht haben wir die selbe Zielperson", klärte uns Shay auf und zog sich während des Erklärens die Klamotten aus.

Kurz war ich wie versteinert dann blickte ich zu Boden.

Hauptsache nicht auf die entkleidete Shay.

„Zieht sie sich eigentlich immer aus, wenn ihr miteinander redet?", Argwohn lag in Lizzys Stimme und anders als ich sah sie nicht weg.

Solange bis ich ihr die Augen zuhielt.

„Natürlich tut sie das nicht", brummte ich entrüstet.

Ich drehte mich kurz mit einem: „Bist du fertig?" zu Shay um und erntete ein Augenrollen.

„Also ich werde dann mal reingehen und ihr?"

Nach diesen Worten hatte sie sich auch schon in einen schneeweißen Wolf verwandelt und tapste sich über den steinernen Weg zum Eingang.

Ich und der Rest folgten ihr Stillschweigend.

Shay die Gruppe und ich?

Das konnte doch nur im Desaster enden.

Nur das durfte ich auf keinen Fall zulassen.

Vor der Vordertür des Hauses blieb Shay plötzlich stehen.

Schon klar, denn in ihrer Wolfsgestalt konnte sie keine Türen öffnen.

Daher drückte ich wagemutig die Klinke hinunter und öffnete die schwarze, knarzende Eingangstür.

Todesmutig schlüpfte ich hindurch und die anderen folgten mir.

So standen wir nun inmitten eines verlassenden Flures, welcher nur von ein paar Kerzen, die an einer Wandhalterung angebracht waren, beleuchtet wurde.

An den Wänden hingen eine ganze Reihe voller Portraits, von vermutlichen Familienmitgliedern.

Ich trat einen weiteren Schritt nach vorne, gefolgt von einem Angstschauer der sich durch meine Nerven fraß.

Ich erblickte links von mir ein Portrait, das eine Frau abbildete, die mir sehr bekannt vorkam.

Dieses verbrannte Gesicht würde ich unter tausenden wiedererkennen.

Denise.

War sie etwa auch ein Teil des Clancy Clanes?

Wenn ja dann hatten wir uns einiges vorgenommen.

Aber warum war niemand hier?

Ich wagte noch einen weiteren Schritt auf dem Parkettboden bis ich ein lautes und kräftiges:

„Hallo?!", rief das an den Wänden zurückhallte.

Das ganze Haus müsste es gehört haben.

Im selben Moment kam ein Windstoß auf uns zu und Erlöscht die Kerzen an den Wänden.

Als normaler Mensch hätte man die Hand vor Augen nicht mehr erkennen können aber wir waren anders.

Bruce, Francis, Susano und ich spendeten George und Shay Licht.

Lizzy hingegen brauchte das nicht, denn ihre Augen waren durch ihre Vampir Gene an die Nacht angepasst.

Sie konnte quasi im Dunkeln genauso gut sehen wie am Tag.

Gerade setzte ich zu einen: „Wir sind hier wie bestellt. Lasst Karamell gehen, sie hat mit dem Ganzen nichts zu tun", an als auch schon ein schrilles unmenschliches Lachen ertönte und eine Axt auf uns zu sauste.

Wir schafften es zwar alle auszuweichen aber in diesem kleinen Moment der Ablenkung zischte eine weiße Materie durch uns hindurch und blieb vor mir stehen um die Form einer Frau mittleren Alters anzunehmen.

Sie war ein paar Köpfe größer als ich, hatte pechschwarze lange Haare, die ihr blasses Gesicht um ragten und ein weißes zerrissenes Kleid an, das gespenstisch wehte.

Die Frau könnte glatt in einem Horrorfilm mitspielen bei ihrem aussehen.

„Ihr habt es also geschafft. Pünktlich auch noch", gluckste die Frau vor mir und schnipste mit ihren Fingern.

„Peter, Dwojeduschnik.",

Im selben Moment tauchten wie aus dem Nichts ein Werwolf und ein Vampir auf und liefen auf uns zu.

Letzteres vermutete ich, da der muskulöse Mann die gleichen roten Augenpaare hatte wie Lizzy, wenn es dunkel war.

Die beiden Kreaturen stellten sich rechts und links neben der Frau auf, die ich für die Anführerin hielt.

„Ihr seid nur zu dritt?", sprach ich vorsichtig an, da ich mir etwas blöd vorkam hier mit sechs anderen aufgetaucht zu sein um ihr Anwesen zu crashen.

„Wir sind weitaus mehr aber die anderen haben etwas Wichtigeres zu tun. Aber glaubt mir wenn ich euch sage, dass wir es locker mit euch aufnehmen werden."

„Das werden wir ja sehen", meldete sich Bruce zu Wort und trat hinter mir hervor.

Francis tat es ihm nach.

„Warum sollten wir hier erscheinen? Und warum habt ihr eine unserer Gäste entführt?, Bruce Stimme bebte aber das ließ die Frau unbeeindruckt.

„Wir haben von Diego diesen Auftrag erhalten. Er sagte eben das wir euch mit allen Mitteln hierherbringen sollten."

„Warum folgst du Diego, wenn du als Geist und Dämonin die Welt der Finsternis beherrschst?", stellte Francis zähneknirschend eine Frage.

War ja klar, dass sie sich untereinander kannten aber das hätten sie mir auch schon vorhersagen können.

„Du hast mich also nicht vergessen was? Richtig ich bin Ruha und ich herrsche über die Finsternis aber eben noch nicht über das Licht", begann Ruha, die Frau mit den pechschwarzen Haaren ihren Vortrag, bevor sie ihren beiden Gefolgsleuten zunickte.

„Genug geredet, bringen wir es zu Ende."

Mit diesen Worten löste sich ihr Körper wieder auf und schoss schnell wie ein weißer Blitz auf uns zu wobei die anderen auf uns zu rannten.

Jeder gab sein Bestes um überhaupt etwas zu sehen, denn das Duo war schneller als der DC Superheld Flash.

Irgendwie hatte es dabei der Werwolf auf mich abgesehen, denn schon bald lag ich unter seiner Pfote wobei seine Reißzähne mein Gesicht näherkamen als mir lieb war.

Kurz bevor er zubiss jaulte er allerdings plötzlich auf und ich nutze die Sekunde aus um mich zu befreien.

Da hatte Shay aber kräftig zugebissen.

Ein Lächeln stahl sich auf meinem Gesicht und ich stürzte mich zurück in den Kampf.

Es flogen heiße Wasserkugeln und leuchtende Pfeile.

Jeder gab einfach sein Bestes aber uns wurde schnell bewusst: Wir konnten so einfach nicht gewinnen.

Solange Ruha nicht in ihren Körper zurückgekehrt war, war gewinnen ein Ding der Unmöglichkeit.

Plötzlich zog etwas meine Beine weg und ich blickte mich um.

Die Hateful and Loveable lagen gerade allesamt auf dem Boden der Tatsachen.

Wir waren mächtig am Arsch.

Bruce und Francis wirkten etwas erschöpft und George und Shay schienen verletzt zu sein.

Nur Lizzy und Sosano hatten offensichtlich gar nichts abbekommen.

Immerhin.

Ich versuchte nach der kurzen Schadensbegrenzung aufzustehen aber bis auf mein Gesicht konnte ich keinen Millimeter meines Körpers bewegen.

Meine Muskeln gehorchten mir einfach nicht.

Scheiße.

Nicht nur mir schien es so zu gehen, denn niemand stand auf.

Keiner bewegte sich.

Hatten wir etwa jetzt schon verloren?

Was war denn mit der Karamell Rettungsaktion? Ich hatte es Elli versprochen.

Sie wartete doch in der Villa darauf das wir sie heil nach Hause brachten. Ich musste sie retten!

Verdammte scheiße ich musste einfach!

Ein Klatschen ließ mich aufschrecken und meine Augen folgten dem Ursprung.

„Karamell du konntest dich befreien?", ich war erleichtert.

Sie lebte noch und war offensichtlich unversehrt.

Jetzt konnte doch noch alles gut gehen.

„Gib mir einen Moment dann kannst du das erledigen", sprach Karamell und Ruha nickte unterwürfig.

Ich verstand nicht ganz und zog die Stirn kraus.

„Karamell was hast du? Bist du wirklich Karamell oder hat etwas deinen Körper im Griff?" Kurz vor meinem Gesicht ging Karamell in die Hocke und nahm es in ihren Händen.

„Weißt du noch was wir uns dieses Jahr alles aufgeschrieben haben zum Schulanfang? Du wolltest alles Gute, wie schlechte mit uns teilen und ich wollte einen guten Schulabschluss. Ja Yas ich bin bei vollem Bewusstsein. Wir hätten auch weiterhin Freunde sein können aber du musstest ja unbedingt deine Halbgottfähigkeiten wiedererlangen, dich dem Haufen Versagern anschließen und meine Tante töten", emotionslos blickte sie in meine Augen.

Geschockt versuchte ich dabei ihre Worte zu verstehen.

„Aber wie? Was soll das Ganze?", stammelte ich vor mich hin. Mein Verstand wollte einfach nicht realisieren was gerade geschah.

„Du hast eine Welt betreten in der ich schon war bevor du auch nur daran denken konntest das sie existiert. Du hast jemanden aus meiner Familie getötet und ich werde dir

dafür jemanden aus deiner Nehmen und mich rächen",
süffisant grinste Karamell während sie das so leichtfertig
sagte.

„Denise war deine Tante und du willst Rache. Deshalb
hast du Elli und mich abgefüllt, den Brief geschrieben und
bist abgehauen. Du wurdest nie entführt", schlussfolgerte
ich stockend.

Vor meinen Augen flackerten die ganzen Momente auf
mit ihr und Elli.

Wir waren doch immer füreinander da und das sollte
alles nur gelogen sein?

Wie konnte sie das tun? Ich hatte ihr vertraut.

„Du bist ja ein richtig schlaues Köpfchen", holte Karamell
mich aus meinen Gedanken zurück.

Nein den Namen Karamell verdiente sie nicht mehr.
Klara holte mich aus meinen Gedanken zurück.

„Du wirst niemanden töten. Weder meine Mom noch
meinen Vater, meinen Bruder, niemand aus der Gruppe
und erst recht nicht Shay", meine Stimme wurde lauter,
fester und doch noch sehr beherrscht.

Klara sah zu dem weißen Wolf auf dem Boden und
begann zu lachen.

Sie beugte sich zu mir hinab und flüsterte in mein Ohr:
„Aber ich habe dir doch schon längst jemanden
genommen der dir sehr wichtig ist. Es war sehr, sehr

dumm von euch die arme Elli allein und schutzlos in einer Villa zu lassen."

Mit diesen Worten löste sie sich von mir und der Schock fuhr durch meine Glieder.

Sie wird doch nicht etwa?

„Sie ist tot Yas. Kurz nachdem ihr gegangen seit haben sich ein paar Leute von uns um sie gekümmert."

Dieses verdammte Miststück.

Mein Kopf setzte aus.

Wut. Schock. Adrenalin.

Aus mehr bestand ich nicht mehr.

Diese Gefühle wechselten sich in meinen Körper ab.

Dabei wurde dieser im Wechsel warm und kalt.

Klaras Worte hallten in meinen Ohren nach und ich schrie.

Schrie so laut ich konnte diesen Schmerz aus mir heraus.

Hitze stieg in mir auf.

Wasser floss aus meinem Körper.

Verdampfte.

Kälte stieg durch meinen Körper.

Auch diese trat aus mir heraus und vereiste wie auch zuvor bei Denise den Flur. Dann stieg wieder die Hitze an.

Das Eis schmolz wieder.

Dann wieder Kälte.

Ich schrie immer noch.

Mein Körper bebte und zitterte. Löste die Lähmung wie nichts.

Tränen liefen über meine Wangen und gefroren an ihr.

„Scheisse Yas?", Susaos Stimme erklang dumpf an meinen Ohren.

So unwichtig.

Mein Körper vereiste vollständig.

Nur noch die Kälte blieb.

Der Flur gefror komplett.

Aus den Augenwinkel konnte ich sehen wie Bruce, Francis und Susano einen Schutz um unsere anderen legten und mich von ihnen abschirmten.

Gut so.

„Yas wir wissen beide das du hierfür zu schwach bist", setzte Klara an und Ruha trat mit den anderen auf mich zu.

Im nächsten Moment hauchte ich sie nur an und Klaras Gefolgsleute erstarrten wie Eisskulpturen.

„Elli war unsere beste Freundin", meine Stimme war so düster, dass ich sie selbst nicht erkannte.

Keine Angst war mehr vorhanden.

Nur noch Hass, Wut und ein Hauch Mordlust.

„Du hast sie also töten lassen?"

Bevor Klara sich auch nur auf mich zubewegen konnte war ich auch schon bei ihr und hielt ihren Kopf in meinen Händen.

Ihre linke Gesichtshälfte gefror dabei, was sehr schmerzhaft aussah.

„Willst du mich töten wie meine Tante, Denk nach was du tust", sprach Klara mit einer schmerzverzehrten Stimme.

Nein das tat ich nicht.

Konnte ich nicht.

Ich wollte ihren Kopf.

„Du hast mir jemand genommen der nichts mit dieser Welt zu tun hatte. Unsere Freundin", eisig streiften meine Worte über Klaras Wange.

Dabei sah ich ihr fest in die Augen.

Sie wusste das sie zu weit gegangen war.

Zu „Wehr dich", forderte ich sie daher auf, doch gerade als sie nach mir treten wollte vereiste ich ihr Bein und trat dagegen bis das Eis abbrach.

Klara schrie auf.

„Du hast uns beide benutzt", wütend legte ich meine Hand auf ihr Herz.

„Tu das nicht Yas, denk an das was wir alles durchgemacht haben ", versuchte Klara plötzlich ihre Haut zu retten.

„Waren", korrigierte ich sie daher und vereiste ihre Organe bis ihr

Körper blass wurde und ich keinen Herzschlag mehr fühlte.

„Du warst eine beschissene Freundin."

Kapitel 26

Mein kühler Blick lag auf der vor mir liegenden, toten Klara wobei meine Beine durch den enormen Kraftverlust nachgaben.

Das Eis fiel wieder von meinem Körper und landete zersplittert neben mir.

Anders als das Mal zuvor allerdings hatte ich meine Erinnerung behalten und war beim vollem Bewusstsein meiner Taten.

Ich hatte Elli gerächt und Klara getötet.

Klara die aus Rache an ihrer Tante unsere gemeinsame Freundin umbringen lassen hatte.

Nach wie vor konnte ich das alles nicht nachvollziehen.

Wie konnte sie nur so hinterhältig sein?

Sie hätte unser gemeinsames Problem mit mir aus der Welt schaffen können anstatt Elli zu töten, die rein gar nichts mit der Sache zu tun hatte.

Elli war tot.

Tot.

Dieses Wort klang in meinem Kopf so surreal.

Meine beste Freundin, mit der ich so viele Dinge erlebt und durchlebt hatte sollte nicht mehr am Leben sein.

„Bruce?", fragte ich mit einem Zittern in der Stimme.

Ich saß noch immer auf dem Boden.

Direkt vor Klaras leblosen Körper, weil ich mich nicht traute mich umzudrehen.

„Ja?", auch seine Stimme zitterte als hätte er geweint.

„Es tut mir leid."

Es tat mir so schrecklich leid.

Aus den tiefsten meines Herzens doch die Wahrheit war, dass ich schuld an dem ganzen war und mit dieser Schuld musste ich leben.

Hätte ich Denise nicht getötet so hätte Klara Elli nicht töten lassen. Alles war einzig und allein meine Schuld.

„Wir müssen zurück. Zumindest um ihren Körper zu bergen", riss Susano mich aus meinen Gedanken.

Er hatte recht und doch sagte niemand etwas.

Wir alle waren wie gelähmt und versuchten krampfhaft das Geschehene zu verarbeiten, was allerdings niemanden zu gelingen schien.

War ich bereit dazu Ellis Körper zu sehen?

Schwer schluchzend erhob ich mich aber der Kloß in meinem Hals blieb.

Bruce hatte die Verletzungen der anderen geheilt weshalb Shay nun sofort zu mir eilte und mich in ihrer Wolfsgestalt stützte.

„Lasst uns gehen."

Kaum draußen verwandelte Shay sich zurück und zog sich ihre Sachen an um dann sofort wieder bei mir zu sein.

Sie gab ihr bestes um zu mir durchzudringen.

Ihre aufbauenden Worte schienen mein Ohr jedoch nur zu streifen und dann abzuprallen, denn ihre Stimme klang Lichtjahre entfernt.

Desto näher wir der Villa von Bruce und Francis kamen umso mehr zitterte ich am ganzen Körper.

Während des ganzen Weges hatte Shay dabei ihre Hand beruhigend in meine gelegt, doch es war ein anderes Gefühl als sonst.

Da war kein Kribbeln, kein Gefühlsschauer.

Mein Verstand registriere lediglich, dass es sich um ihre Hand handelte.

Aber nicht nur ich war anders als sonst, denn auch Bruce ging die Sache heftig nahe.

Kein Wunder Elli war seine Freundin.

Seine Hände zitierten so stark, als er seinen Schlüssel ins Schlüsselloch stecken wollte, sodass Francis in behutsam zur Seite schob.

Er ließ es einfach geschehen und stand nur damit vom Weinen geröteten Augen und schlaffen Körper.

Nichts war mehr von seinem göttlichen Anblick übrig.

Wir sahen beide aus wie ein Wrack.

Kaum war die Tür geöffnet so waren er und ich die ersten die eintraten.

Jede einzelne verdammte Tür wurde geöffnet. Immer wieder Herzklopfen.

Die Angst sie zu sehen aber es musste sein.

„Ich habe sie gefunden!", zerriss schließlich George Stimme die eisige Stille und ich folgte dieser.

Es war allerdings nicht nötig, denn unter meinen Schuhen klebte Blut.

Eine lange Spur führte in den Speisesaal.

Ich trat durch die offene Tür und schob George zur Seite um abermals auf dem Boden zu landen.

Der Anblick welcher sich mir bot gab mir den Rest und der metallische Geruch in der Luft sorgten dafür das ich würgte.

Ich durfte mich aber nicht übergeben also riss ich mich zusammen.

Bruce hingegen rannte wie besessen zu dem Esstisch zu auf dem sie lag.

Fast wäre er auf ihr Blut ausgerutscht doch er behielt sein Gleichgewicht und beugte sich über Elli.

Seine Finger fühlten den Puls aber natürlich war es zu spät. Kopfschüttelnd vergrub er sein Gesicht in ihr blutiges Top und

schrie seinen Schmerz hinaus. Laut und voller Wut und Trauer.

Francis legte dabei ihre Hand auf seinen Rücken wobei Bruce stark zusammen zuckte aber es zuließ.

„Da liegt etwas neben ihr auf dem Tisch", deutete Susano an und griff nach dem Stück Papier.

„Danke für eure Gastfreundschaft", las er laut vor.

„Diese verdammten Bastarde. Dafür werden sie bezahlen. Jeder einzelne von ihnen!" schrie Bruce mit einem Beben in der Stimme.

„Wartet mal", mischte Lizzy sich ein und bahnte sich ihren Weg zu Ellis leblosen Körper.

Sie steckte ihre Finger in eine der Wunden.

„Bist du irre!", ich schlug Shays Hand, die auf meiner Schulter lag zur Seite und lief gefährlich auf Lizzy zu um sie am Kragen zu packen.

„Ihr Blut ist noch warm", mit diesen Worten machte sie sich frei, erntete aber kein Verständnis von mir.

„Ich kann sie retten aber es wird euch nicht gefallen."

„Wie?", kam gleichzeitig aus Bruce und mir.

„Solange ihr Blut noch warm ist, ist sie zwar körperlich hinüber aber biologisch gesehen hätte sie die Chance ein Vampir zu werden", erklärte sie.

Elli und ein Vampir?

Sie hasste sämtliche Vampirfilme!

Aber anders gesehen hatte sie auch nicht gerade eine Wahl.

„Wenn wir sie dadurch retten können", setzte ich an und blickte zu Bruce der mir schnell zunickte.

Wenn das der einzige Weg war um Elli wieder mit Leben zu füllen so musste dieser gegangen werden.

„Nun gut."

In ihrer Vampirgeschwindigkeit zischte Lizzy durch den Raum.

Meine Augen konnten ihr dabei nicht ganz folgen aber schließlich kam sie mit einem Weinglas, einem Trichter mit Strohalm und einem Messer in der Hand zum Stehen.

Das Messer setzte sie sich an die Handinnenfläche und zog einen tiefen Schnitt hindurch.

Jeden Tropfen ihres Blutes fing sie dabei geschickt mit dem Weinglas auf bis es sich immer weiter füllte.

Kurz vor dem Rand landete der letzte Tropfen in das Gefäß und Lizzy setze es neben Elli ab.

Ihre Augen hatten angefangen tief rot zu leuchten während sie unausprechliche Worte vor sich hinmurmelte.

„Jetzt wird es eklig", bereitete sie uns noch vor.

Tote können bekanntlich nicht Schlucken und so hielt sie dem Leichnam meiner besten Freundin die Nase zu und jagte ihr den Strohalm samt Trichter in den Rachen und kippte ihr das Blut hinein.

Diesen Vorgang wiederholte sie bis auch der allerletzte Tropfen ihres Blutes in Ellis Körper gepumpt war.

„Warum passiert nichts?", fragte ich ungeduldig, da das was Lizzy tat schon fast an Leichenschändung herankam und des Weiteren den metallischen Geruch verstärkt hatte.

„Es wird noch einen Moment dauern aber Bruce, Yas, seit einfach für sie da, wenn sie erwacht. Sie wird euch brauchen. Ich wünschte ich wäre mit bekannten Gesichtern erwacht", letzteren Satz flüsterte sie und trat von Ellis Körper hinfort damit Bruce und ich uns neben den Tisch stellen konnten.

„Bitte funktioniere. Bitte funktioniere.", dieses Mantra wiederholte ich im Kopf wieder und wieder und hoffte auf ein Wunder.

Auch Bruce schien es nicht anders zu ergehen.

Wir hofften beide darauf das Elli einfach nur die Augen aufmachte.

Mein Blick ging dankbar zu Lizzy, die sich neben George gesellt hatte um mit den anderen alles weitere aus der Ferne zu betrachten.

Im nächsten Moment zuckten Ellis Finger und schon bald der Rest ihres Körpers.

Man konnte förmlich sehen wie Lizzys Blut ihr kreuz und quer durch die Adern schoss, sie anschwellen ließen und sich weiterverbreitete bis sie die Augen aufriss und ich in eine tiefschwarze Iris mit roter Umrandung blickte.

Kapitel 27

Nach dem kurzen Aufleuchten ihrer Augen blickte Elli verwirrt zu Bruce und mir bevor sie auf ihre blutigen Sachen starrte.

„Scheiße... ich war... tot", stammelte meine beste Freundin vor sich hin und fuhr sich durch die dunklen Haare.

In der nächsten Sekunde schwollen ihre Adern an und sie verkrampfte sich kurzeitig.

„Was zum Teufel?", brachte sie hervor.

„Ich habe dich wiederbelebt. Allerdings musste ich dich dafür zum Vampir machen", meldete sich Lizzy zu Wort.

„Aber ich hasse Vampirfilme", stammelte Elli weiter.

Meine Rede.

Es brauchte eine Weile bis sie den Schock überstanden hatte und sich noch immer recht verwirrt aufrichtete.

Ihr Zustand sah erbärmlich aus und ihre Haut war leichenblass.

„Was ist mit Karamell?", das Wort an mich gerichtet sah sie mich mit blutunterlaufenden Augen an und ließ mich zusammenzucken. Die letzten Ereignisse schossen durch meinen Kopf.

Aber Elli hatte nach den Strapazen die sie hinter sich hatte ein Recht darauf die Wahrheit zu erfahren.

„Klara war eine von denen, die dir das angetan haben. Sie hat den Auftrag gegeben dich zu töten um sich an den Tod ihrer Tante zu rächen, für den ich verantwortlich bin. Es ist meine Schuld", letzteren Satz brachte ich nur leise über meine Lippen.

„Du kannst nichts dafür", fiel mir plötzlich Shay ins Wort und trat von hinten an mich heran.

Ihre warmen Hände legten sich dabei beruhigend auf meine Schultern.

Nun wo ich wusste das Elli wieder am Leben war spürte ich wieder Shays Wirkung auf mich, denn ich kam sofort etwas runter.

Ein kleines bisschen zumindest.

„Sie hat uns benutzt?", erklang Ellis Stimme und wie ich zuvor wollte sie es nicht wahrhaben und schüttelte heftig mit dem Kopf.

„Das kann nicht wahr sein."

Ihre Finger krallten sich dabei in den Tisch des Speisesaales bis sie eine Ecke herausbrach.

„Sry , das ging an Bruce, der wie ich neben ihr stand und nun schuldbewusst angesehen wurde.

„Der Tisch ist mir egal. Hauptsache du weilst wieder unter den Lebenden, es sollte witzig klingen doch der dunkle Schatten über seinen Augen verriet ihn.

Er und seine geröteten Augen zeigten wie sehr er eigentlich gelitten hatte.

Elli schien es zu bemerken und legte ihre Hände auf seine Wange.

„Hey ich bin hier und ich werde so schnell nicht wieder das Totenreich betreten", nach diesen Worten beugte sie sich zu Bruce und legte ihre Lippen sanft auf seine.

Sobald sie sich von ihm löste wand sie sich Lizzy zu, die immer noch neben George stand und ihr Werk aus der Entfernung betrachtete.

„Danke, dass du mich gerettet hast", eigentlich wollte Elli nur aufstehen, war aber plötzlich in einer Vampirgeschwindigkeit bei Lizzy und umarmte sie herzlich bevor sie zurückgewiesen wurde.

„Sag das in tausenden von Jahren nochmal, wenn alle tot sind die du jetzt kennst. Ich habe dich nicht gerettet, sondern ehr verflucht", kurz legte Lizzy eine Pause ein bevor sie weitersprach: „Mir ging nur Bruce und Yas ihr rum Geheule auf die Nerven."

Daraufhin begann Elli herzlich zu lachen.

„Dann solltest du mich anfangen zu mögen, denn du wirst mich jetzt eine ganze Weile am Hals haben." Ellis

Hände klopften auf Lizzys Schultern, die sofort das Gesicht verzog.

Wahrscheinlich fragte sie sich gerade, was sie sich da gerade angetan hatte.

Nun traten auch Bruce und ich auf sie zu und ihr „Halt, Stopp.", ging in einer Umarmung unter.

Nicht einmal ihre Vampirkräfte konnten verhindern das wir sie durchknuddelten.

„Du bist doch der Loveable Teil der Gruppe", flötete ich grinsend bis ich sah das Lizzy weinte.

Aber es waren keine Trauertränen, sondern Tränen der Rührung.

„Ich bin so glücklich euch allen begegnet zu sein", schniefte das sonst so unterkühlte Vampirmädchen bevor sie erneut in die Arme genommen wurde. Aber nicht nur von Bruce, Elli und mir, sondern auch von Susano, Francis, George und selbst von Shay, die nach wie vor kein fester Bestandteil der Gruppe war.

„Elli ich werde dir alles beibringen was du als Vampir können und wissen musst", sprach Lizzy einige Momente später an.

„Und ich zeige dir wie man im 21. Jahrhundert Spaß hat", grinste Elli.

Kam es mir nur so vor oder war meine beste Freundin noch munterer als zuvor?

Auch hatte sie alles Geschehene besser aufgefasst als zunächst gedacht wobei mir ein riesiger Stein vom Herzen fiel.

„Yas lebt Karamell eigentlich noch?", fragte Elli mich plötzlich und der Kloß kehrte zurück in meinen Hals.

Auch wenn Elli wieder am Leben war änderte es nichts an der Tatsache, dass ich jemanden getötet hatte.

Erneut.

Kurz zog ich es in Betracht zu lügen aber Elli war schon immer gut darin meine Lügen zu durchschauen.

„Nein", ich ballte meine Hände zu Fäusten bis meine Fingerknöchel weiß wurden.

„Ich habe sie mit meinen Fähigkeiten umgebracht", fügte ich hinzu bevor sie fragen konnte wer es getan hatte.

Kurz entglitten ihr die Gesichtszüge aber dann sah sie mir fest in den Augen mit den Worten:

„Ein Glück sonst hätte ich es getan. Sie war eine scheiß Freundin, wenn sie uns so hinters Licht geführt hat."

Ein weiterer Stein fiel von meinem Herzen und trotzdem blieb ein bitterer Beigeschmack.

Ich hatte Klara getötet.

Ob Freundin oder Feindin es war Mord.

„Sie hätte uns alle umgebracht. Du hast jeden einzelnen von uns heute gerettet", vernahm ich Shays Stimme an mein Ohr.

Ich wollte etwas entgegnen aber das Leuchten in Shays Augen verschlug mir die Sprache.

Sie hatte auch irgendwo recht.

Hätte ich das Ganze nicht beendet wären wir jetzt alle tot und ich hatte Shay erneut verloren.

Lizzy hätte auch Elli nicht zurück ins Leben holen können also alles im Ganzen war das Ergebnis ein Sieg.

Am späten Abend hatte ich meine Eltern wieder überzeugen können hier zu schlafen.

Morgen wollte ich zurückkehren aber heute wollte ich bei denen sein, die Momentan mein Leben waren.

Diese Gruppe wusste alles über mich und die akzeptieren mich so wie ich war.

Meine Eltern wussten ja nicht einmal das ich auf Frauen stand.

Geschweige denn, dass ich eine Freundin hatte und erst recht nicht, dass ich eine, wie ein Glühwürmchen leuchtende Halbgöttin war.

Gerade hatten wir uns untereinander verabschiedet, denn jeder hatte einen anstrengenden Tag hinter sich.

Bruce ging mit Elli davon während George und Lizzy sich wie am Vortag ein Zimmer teilten.

Susano kam bei Francis unter und ich?

Ich durfte zum ersten Mal in diesem Leben mein Zimmer und Bett mit Shay teilen.

Das riesige Himmelsbett in dem ich auch gestern geschlafen hatte war so einladend, dass Shay und ich Anlauf nahmen und und gleichzeitig darauf warfen.

„Zwei Dumme ein Gedanke?", prustete ich los und steckte Shay mit meinem Lachen an.

Wie sehr ich diese Melodie an meinem Ohre liebte.

Dieses helle von Herzen kommende lachen.

Als Shay sich wieder beruhigte drehte sie ihren Kopf zu mir.

Kopf an Kopf lagen wir nun am Fußende des Bettes und sahen uns einfach nur in die Augen bis Shay flüsterte: „Siehst du? Ich habe mein Versprechen gehalten das wir eines Tages nebeneinanderliegen."

„Bleibst du denn die ganze Nacht bei mir?",

Unsicherheit lag in meinem Blick.

War sie nicht früher immer verschwunden?

Ich erinnerte mich durch die Träume an sie daran wie ich nachts stundenlang wach war, weil ich mir Sorgen um sie machte.

Wie als hätte meine Freundin meine Gedanken gelesen gab sie mir einen Kuss auf meinen Haaransatz und kuschelte sich in meine Arme, was mir sofort einen wohligen Schauer durch den Körper fahren ließ.

„Ist das ein ja?", neckte ich sie.

„Wenn du weiter fragst anstatt es zu genießen überleg ich es mir noch anders", amüsiert funkelten ihre dunkelbraunen Augen mich an bevor Shay sich zu mir beugte um mir kleine sanfte und zärtliche Küsse auf die Lippen zu hauchen.

Jeder einzelne war federleicht und hinterließ dennoch eine brennende Spur die nach mehr verlangte.

Sobald sie auch noch damit begann leicht am meiner Unterlippe zu knabbern war es um mich geschehen und ich drückte meinen Körper ihren entgegen um sie ganz dicht an mich zu spüren.

Ihre Finger glitten dabei spielend durch meine Haare und ihre Lippen machten mich süchtig.

„Ich. Liebe. Dich", flüsterte ich ihr in den Pausen der einzelnen Küsse entgegen was Shay mit einem umwerfenden Lächeln quittierte.

Sanft strich ich dabei über ihre Grübchen und lächelte einfach nur glücklich zurück.

Genau jetzt war ich ihr ein kleines Stücken mehr verfallen sofern das überhaupt noch möglich war.

Grinsend küssten wir uns weiter bis plötzlich Shays Handy klingelte.

Wir ignorierten es gekonnt doch der Anrufer schien hartnäckig zu sein.

Murrend drückte mir meine wunderschöne Freundin einen letzten Kuss auf die Lippen und kramte dann ihr Handy hervor.

Ich verstand zunächst nicht um was es ging aber als Shay „Euch ist doch sonst auch egal wo ich bin! Ihr kümmert euch nur um euch selbst und um EUREN scheiß Ehestreit!" ins Handy brüllte filterte ich hinaus das es sich um ihre Eltern handelte.

So wütend hatte ich sie noch nicht erlebt.

Sie spuckte noch ein: „Bis Morgen", ins Handy und legte auf um sich sofort wieder neben mich aufs Bett zu werfen.

Als Shays Augen auf meine trafen wurden ihre Gesichtszüge sofort eine Nuance weicher.

Ihr Handy hatte sie zuvor auf eine Ablage gelegt wo es erneut klingelte bis der Anrufer schließlich aufgab.

„Wo waren wir stehen geblieben?", sie setzte ein unwiderstehliches

Lächeln auf aber ihre Augen spielten bei ihrem Spiel nicht mit.

Sie waren trüb und matt weshalb ich sie sanft von mich drückte.

Nicht weil ich sie nicht bei mir haben wollte aber das schien Shay nicht ganz zu verstehen.

„Vielleicht sollte ich doch besser wieder gehen", sagte sie nämlich und versuchte aufzustehen.

Ich reagierte sofort und legte meine Hände um ihr Handgelenk und zog sie vorsichtig zurück.

„Bitte bleib", bittend blickte ich zu ihr hinauf aber sie löste sich von mir.

Allerdings nicht um zu gehen wie ich es zunächst vermutete, sondern um sich auf dem Bett vor mir nieder zu knien.

„Was war das eben?", meine Finger berührten sanft ihre Wange und ich sah, dass diese Berührung bei Shay das gleiche Gefühl auslöste, wie als wenn sie es bei mir tat.

Geborgenheit.

Ich wollte das sie mir vertraute und auch ihre Sorgen und Probleme anvertraute.

Darum rutschte ich noch näher an sie heran bis Shay schließlich schwerfällig ausatmete und sich dabei durch die langen Haare fuhr.

„Meine Mutter hat meinen Vater letztes Jahr betrogen. Deshalb sind wir ursprünglich hierhergezogen. Sie wollten ihre Beziehung retten aber es ist kein Stück besser geworden. Die Beiden streiten sich nur noch und ich stehe irgendwo dazwischen. Immer wenn es mir zu viel wird schleiche ich mich davon und bleibe in der kleinen Hütte die ich dir letztens gezeigt habe um den ganzen Streitigkeiten zu entkommen.

Anscheinend haben sie mittlerweile mitbekommen das sie noch eine Tochter haben, die so gut wie nie zuhause ist, weil alles besser ist als in seinem Zimmer zu sitzen und das Umhergeschreie mit Musik zu übertönen", mein Gegenüber setzte ab und blickte etwas zögernd zu mir um dann ihren Blick wieder zu senken und ihre Daumen übereinander zu drehen.

„Ich bin für dich da", bedacht legte ich meine Hand auf ihre und wartete auf eine Reaktion.

Die kam, denn plötzlich lag Shay in meinen Armen. Verletzlich und voller Traurigkeit.

Beruhigend fuhren meine Fingerspitzen feinfühlig über ihren Rücken auf und ab.

„Wenn es so schlimm bei dir ist, kannst du doch auch ab und an zu mir", schlug ich vor und errötete etwas.

Mir gefiel die Vorstellung Shay bei mir zuhause zu haben.

Aber Shay meinen Eltern als meine Freundin vorzustellen erwies sich in meinen Gedanken als erste Hürde.

„Mach dir keine Sorgen um mich. Ich werde Morgen mit meinen Eltern reden aber jetzt würde ich das Thema gerne vorläufig abhaken."

„Ok", ich nickte zögern und Shay schubste mich sanft um.

„Grüble nicht so viel, das gibt noch Falten."

Ich zog prompt meine Stirn kraus.

„Ach und dann liebst du mich nicht mehr?"

Erneut trafen ihre Lippen auf meine um mich zum Schweigen zu bringen.

„Ich werde dich immer lieben. Selbst wenn wir uns alt und senil später im Altersheim gegenseitig das Lied vom Tod vorpfeifen."

Bei dem bloßen Gedanken daran musste ich laut loslachen und kuschelte mich dabei an meine Freundin.

„Du bist echt nicht die Frau fürs Leben, sondern ehr so für die Unendlichkeit. Jemand dem man kurz vorm Sterben nicht sagt, dass es schön war, sondern beim nächsten Mal bitte wieder."

Dieses Mal war es Shay die zu lachen begann und so begann eine lange Nacht voller Flachwitze und zwei Armen die mich umschlossen und in denen ich mich gedankenlos sinken ließ, mit dem Wissen das sie mich immer beschützen würden.

Kapitel 28

Das erste was ich am darauffolgenden Morgen wahrnahm waren zwei Arme die sich beschützend um meinen Körper schlangen.

Shays Arme.

Ich löste mich vorsichtig aus ihnen.

Allerdings nur um mich zu ihr drehen zu können.

Das brünette Mädchen neben mir grummelte dabei etwas Unverständliches, schien aber allem Anschein nach noch zu schlafen.

Es sah süß aus wie ihre sonst so ordentlichen Haare zerzaust über ihr Gesicht hingen.

Darauf bedacht sie nicht zu wecken versuchte ich das Wirrwarr hinweg zu streichen.

Es gelang mir und ich betrachtete zufrieden mein Werk.

Ihre rosafarbenen Lippen schimmerten im Schein der aufgehenden Sonne und ich legte mich wieder neben der Schönheit.

Wie gerne würde ich jeden Morgen so aufwachen.

Jeden Abend wollte ich die Letzte sein die einschläft und morgens die erste die aufwacht um keine Sekunde mit ihr zu verschwenden.

Meine Ohren lauschten ihrer regelmäßigen Atmung als würde ich ein gutes Lied hören.

On your Side vielleicht.

„If we knew then what we do now. We´d hold our hands and take a bow. Together we would stand our ground and fight", summten meine noch müden Gehirnzellen und mein Kopf bewegte sich zu Shays Bauch.

So hübsch sie auch war, ich war einfach noch zu kaputt um meine Augen weiterhin offen zu halten.

Mit ihrem Duft in der Nase, der obwohl wir doch in der Stadt lebten, mich an einer grünen Frühlingswiese erinnerte und einen Hauch von Jasmin in sich trug, schlief ich erneut ein.

Erst das Klopfen an der Tür ließ mich Stunden später wieder hochschrecken.

„Ihr verschlaft noch den ganzen Tag", erklang Ellis muntere Stimme von der anderen Seite.

Ohne auf eine Reaktion von meiner oder Shays Seite zu warten trat sie auch schon ein und setzte sich ungefragt auf die Bettkante.

Ihr Gesicht wirkte blasser als sonst aber nicht so unnatürlich wie in den grottigen Vampirfilmen.

Sie trug außerdem ein viel zu weites Hemd. Offensichtlich von Bruce.

„Schläft Shay immer noch?", vorsichtig beugte sie sich über mich und pikste meiner Freundin in die Wange. Reaktionslos.

Ich sammelte mich langsam und setzte mich kerzengerade ins Bett.

„Schon wach?", neckte ich sie und hatte keine Sekunde später eine flache Hand an meiner Stirn.

„Vampire schlafen anscheinend wirklich nicht. Ich habe kein Auge zubekommen. Weißt du wie ich mich in der Nacht gelangweilt habe als Bruce nach dem Sex einfach eingepennt ist?"

„Bitte keine Details." Theatralisch hielt ich mir die Ohren zu und steckte Elli im Anschluss die Zunge raus.

„Apropos Sex. Erzähl schon wie ist er mit ihr?", Ellis Blick

wanderte zu der immer noch schlafenden Shay.

Ich spürte förmlich wie ich knallrot anlief und geriet ins Stottern.

„Also, naja ähm. Wir hatten noch keinen."

„Kein Sex?!", fuhr mich Elli etwas zu laut an und hielt sich anschließend die Hand vor ihren Mund.

Immerhin war ihr die Lautstärke aufgefallen.

„Omg Yas du hast doch sonst nichts anbrennen lassen", quetschte sie unter ihrer Hand hervor.

„Ich will einfach, dass es etwas besonders wird mit ihr", flüsterte ich so leise wie möglich und konnte nicht anders als einen verträumten Blick auf Shay zu werfen.

„Ach ist das so?", in genau diesem Moment schlug genau diese ihre Augen auf um mich verschmitzt anzugrinsen.

Dunkelbraun traf auf Dunkelgrün und kurz hatten ihre Augen mich erneut in den Bann gezogen bis ich erschrocken mit dem Kopf schüttelte um wieder klar denken zu können.

„Wie lange bist du schon wach?", presste ich zähneknirschend hervor und hoffte inständig, dass sie das Gespräch nicht weiter mitverfolgt hatte.

Als Shay aber immer noch grinsend „Lange genug", antwortete zerschellte meine Hoffnung.

Ich hatte allerdings keine Zeit um mir Gedanken zu machen, denn meine Freundin beugte sich zu mir und stahl mir den ersten Kuss an diesem Morgen.

Die Weiche ihrer Lippen machte es fast unmöglich den Kuss nicht zu vertiefen doch trennten sie sich schon schnell wieder von meinen.

Zu schnell, denn sofort vermisste ich wieder ihre Nähe.

Shay schien es nicht anders zu gehen doch sie konnte sich zusammenreißen während ich am liebsten über sie herfallen würde.

„Warum ich euch eigentlich geweckt habe, es gibt Frühstück", räusperte sich Elli und unterband somit unser Augenduell.

Bei dem bloßen Gedanken ans Essen begann mein Magen zu knurren.

Ja Essen wäre jetzt genau das richtige.

Zu dritt betraten wir also eine kurze Zeit später den Speisesaal.

Ich hielt kurz inne wodurch auch Shay und Elli stoppten.

Es war für mich ein komisches Gefühl wieder hier zu sein.

Zwar war nichts mehr von der Blutspur zu sehen, doch ich hatte noch ganz klar das Bild im Kopf wie Elli am Vortag leblos auf dem langen hölzernen Esstisch lag.

Nun zierte genau auf diesen eine Tafel aus einem wahnsinnig lecker aussehenden Frühstück.

Wie auch gestern legten sich Shays Hände beruhigend auf meine Schultern und schenkten mir Kraft.

„Es ist ok Honey. Elli ist da und sie lebt", wisperte sie mir

zärtlich und aufbauend ins Ohr und ich nickte tapfer. Sie hatte Recht.

„Morgen", warf ich also in die bunte Runde aus halb müden und halb wachen Gesichtern.

„Morgen", brummten die anderen während Bruce neben Francis aufsprang und zu Elli eilte.

Seine Arme legten sich beschützend um sie.

„Es tut mir so leid was du alles durchmachen musstest," seine Stimme zitterte leicht aber Elli wand sich aus der Umarmung um dem Sonnengott, der gerade alles andere als göttlich aussah einfach nur anzusehen.

Eine Hand legte sie schließlich auf seine rechte Wangenseite.

Wir anderen beobachteten diesen Vorgang und warteten gespannt darauf was als nächstes Geschah.

„Mach dir bitte keine Gedanken um mich. Was passiert ist, ist passiert und kann nicht mehr ungeschehen gemacht werden", sprach Elli sanft, ließ schließlich von ihm ab und lief grazil zum Esstisch.

Doch davor blieb sie kurz stehen und blickte dann erneut zu Bruce.

„Lassen wir uns das alles einfach vergessen", mit diesen

Worten ließ sie sich auf einen der Stühle sinken.

Natürlich hatte sie Bruce seinen Platz freigelassen, sodass er sich wieder neben ihr setzen konnte.

Das holte uns zurück aus der Starre und auch Shay und ich begaben uns zu den Stühlen.

Als hätten die anderen an uns gedacht waren genau vor Elli und Bruce noch zwei Stühle frei.

Also setze ich mich links neben George und meine Freundin setzte sich zu meiner Rechten.

Trotz des herzhaft bedeckten Tisches war die Stimmung jedoch recht verhalten.

Es wurde zwar getuschelt doch niemand brach das Eis, das sich in diesem Raum ausgebreitet zu haben schien.

Mein Blick ging zu Elli die auf ihren Teller und der Blutkonserve darauf blickte.

„Du hast jetzt die Blutgruppe Null Positiv. Bitte trink nur Blut mit dieser Blutgruppe, anderen Falles könntest du dich ausversehen selbst vergiften. Das bringt dich zwar nicht um aber es wird sich so anfühlen", ergriff Lizzy die Stimme und sah etwas mitleidig zu Elli.

„Ich werde nie wieder etwas normales Essen können oder?", brachte Elli zögernd über die Lippen und zwirbelte mit ihren Haarspitzen.

„Doch das kannst du, nur das es dir kein Sättigungsgefühl gibt. Früher oder später wird dir die K2r1aft ausgehen", fuhr Lizzy ihre Erklärung fort mit einer Einfühlsamkeit die ich ihr gar nicht zugetraut hätte.

„Ach so ist das", gab Elli zu Erkenntnis und schnappte sich einen Strohhalm der sich vor ihr befand um ihn in die Konserve zu rammen.

Augenblicklich kroch mir der mittlerweile bekannte, metallische Geruch in die Nase und Elli begann die rötliche Masse zu schlürfen.

„Und?", fragte ich neugierig und plötzlich zogen sich Ellis Lippen wieder nach oben.

„Naja es schmeckt jetzt nicht unbedingt nach Caprisonne mit Kirschen", leise lachte sie auf und begann statt an dem Strohhalm zu saugen zu pusten wodurch das Blut in der Konserve zu blubbern begann.

„Du bist so eklig", überkam es mich und ich begann sie mit einem Salatblatt vor mir zu bewerfen.

„Igitt ein Salatangriff auf einem Vampir!? Weiche von mir", spielerisch duckte sie sich mit dem Kopf unter dem Tisch und ließ dabei ihre Finger gekreuzigt nach oben gerissen.

„Du bist so bescheuert", prustete ich los und endlich kehrte wieder Leben in die anderen.

„Dafür hat Susano aber nicht das Essen angerichtet", ermahnte uns Francis mit einem strengen Blick, denen aber keiner ernst zu nehmen schien.

„Dann hält Susano hier also alles in Schuss?", erlaube ich mich zu fragen, da ich hier nie Personal gesehen hatte.

„Ja das tue ich. Im Gegenzug läuft die Villa Mittlerweile unter meinen Namen damit Apollon und Artemis hierbleiben können."

„Da kürzlich unsere sterblichen Eltern ums Leben kamen gab es einen Rechtsstreit da sich diese Villa zunächst unsere Verwandtschaft unter den Nagel reißen wollte obwohl ihnen der Tod unserer Eltern am Arsch vorbeiging", Bruce Stimme bebte grimmig aber Francis legte beruhigend eine Hand auf seine Schulter ab.

„Offiziell hat uns Susano quasi Adoptiert und so können wir bleiben."

„Wie sind sie gestorben?", hakte ich nach.

Ich wollte unbedingt mehr über die Beiden erfahren, wenn wir schon so viel miteinander durchmachten.

„Sie sind bei einem Autounfall Anfang des Jahres ums Leben gekommen", antwortete Bruce monoton und versuchte gleichgültig zu klingen aber so taff wie er immer tat war er nicht, wie sich gestern bewiesen hatte.

Anscheinend hatte das auch niemand außer den Beiden gewusst denn alle sahen etwas verwirrt drein.

„Mein Beileid", betreten sah ich auf meinen Tellerrand.

Der Hunger war mir vergangen.

„Du konntest es ja nicht wissen. Außer unseren Lehrern haben wir es niemanden erzählt", zuckte Francis mit den Schultern und bis von ihrem Brötchen ab.

Ich versuchte es ihr nach zu tun aber das Schlucken fiel mir schwer.

„Das tut mir so leid für euch", warf Elli ein und sah zu ihrem Freund, der begann unruhig seine Hände zu kneten.

Er nickte nur Schlicht und meine beste Freundin beließ es dabei und fragte nicht weiter nach.

Auch sie schien keinen blassen Schimmer gehabt zu haben was den beiden Zwillingsgeschwistern offensichtlich auf der Seele lag.

„Jetzt guckt nicht alle so betreten, es geht uns gut. Es ist und bleibt nicht das erste Mal das wir unsere Eltern verlieren. Nur die Art und Weise ist immer wieder neu", wies uns Francis an und doch kehrte keine fröhliche Stimmung mehr zurück.

Nach diesen neuen Informationen die jeder auf seine Weise verdaute verabschiedeten sich Elli, Shay und ich von den anderen.

Wir mussten langsam nach Hause.

Nur das niemand so recht wollte.

Elli wollte nicht, weil es ihr schwer fiel Bruce alleine zu lassen und unter anderem, weil sie Angst hatte vor ihren Eltern als Vampir auf zu fliegen.

Shay wollte nicht nach Hause, da sie noch ein Gespräch mit ihren Eltern zu führen hatte und ich wollte nicht wieder zurück an einem Ort, an dem ich mich verstecken musste.

Meine Sexualität.

Meine Kräfte.

Meine Liebe zu Shay.

Diese ganzen Geheimnisse die mir noch eines Tages das Genick brechen würden.

Shay und ich verabschiedeten sich gerade von Elli in dem wir sie ein letztes Mal in die Arme zogen.

„Wenn was ist schreib mir", forderte ich sie auf bevor sie sich lächelnd zur Tür wendete.

„Das werde ich." Mir eine Kusshand zu werfend verschwand sie hinter deiner Eingangstür und Shay blickte zu mir.

„Dafür, dass man sie ermordet hat und sie ohne ihr Einverständnis zum Vampir gemacht wurde, wirkt sie ziemlich unbeschwert", merkte meine Freundin an und legte zögernd ihre Hand in meine.

„Das ist sie leider immer, wenn etwas Schlimmes passiert ist. Es wird dauern bis sie, dass alles verdaut hat und uns einen Blick in ihr Inneres gewährt", ich schluckte schwer, denn in Wahrheit machte ich mir schreckliche Sorgen um meine beste Freundin.

Das entging auch Shay nicht, über deren Augen sich ein leicht dunkler Schatten legte.

„Was hast du?"

Ihre Hand drückte sich fester in meine.

„Shay du tust mir weh."

Augenblicklich lockerte sich ihr Griff und sie hielt mitten im Gehen inne wodurch ich gegen sie stolperte.

„Ich weiß das ich mir keine Gedanken machen muss aber es macht mich so wütend, dass sie all die Jahre an deiner Seite war. Ihr versteht euch quasi blind und ich…ich habe so vieles von dir verpasst, dich verletzt und…"

„Du bist eifersüchtig auf Elli?", hakte ich zögernd nach.

Das war absolut lächerlich aber Shay meinte es ernst, das sah ich an ihren Augen.

Bevor sie also noch irgendetwas Dummes von sich geben konnte, hatten sich meine Arme um ihren Nacken geschlungen und zogen Shay in einen unerwarteten Kuss in dem ich all die Liebe steckte die ich für sie empfand.

Anschließend legte ich meine Stirn gegen ihre und blickte hinab zu ihren Lippen.

Ihr Atem ging unregelmäßig was mir ein Lächeln übers Gesicht huschen ließ.

„Ich kenne Elli vielleicht schon eine Weile aber dich eine verdammte Ewigkeit. Obgleich ich kaum Erinnerungen habe, aber eines kann ich dir versichern: Shay Gordon ich liebe dich. Wie du mich ansiehst, wie du mich immer wieder beschützen willst obwohl du dich damit selbst in Gefahr bringst, wie du mich küsst, für mich da bist und wie du gerade lächelst", ich strich über ihre Grübchen und mein Ego Klopfte meiner schüchternen Seite auf die Schulter.

Shays Augen leuchteten und ein wunderschönes Lächeln zierte ihr Gesicht.

„Das ist das schönste was mir jemals jemand gesagt hat", hauchte sie und unsere Lippen trafen erneut aufeinander.

Kapitel 29

„Ich bin zurück!", rief ich und zog dabei meine Jacke und Schuhe aus.

Ich wollte natürlich sagen ich versuchte mir meine Schuhe auszuziehen doch meine Boots schienen mit meinen Füßen verwachsen zu sein.

Auf ein Bein hüpfend und mir einen heftigen Kampf mit Schuh und Fuß liefernd gewann schließlich der Schuhanzieher die Schlacht.

„Ach sieh an unsere verlorene Tochter kehrt zurück.", Dad zog mich in eine feste Umarmung, aus der ich mich nicht so leicht herauswinden konnte und schließlich nachgab.

„Hey.", nachdem er seine Arme von mir genommen hatte und sich meine Lunge wieder mit Sauerstoff füllte konnte ich ihn endlich begrüßen.

„Mama und Paul sind im Wohnzimmer. Wir wollten gerade eine Runde Monopoly spielen, magst du mitspielen?"

Ich nickte schlicht und brachte nur noch schnell meine Sachen in mein Zimmer. Dort verharrte ich kurz auf meinem Bett und dachte an die letzten Tage zurück.

Es war verdammt viel geschehen und ich fragte mich wie lange ich es noch schaffen würde das alles mit meinen Familienleben unter einen Hut zu bekommen.

Wann würde der Punkt kommen an dem das ganze Übernatürliche mit meinen normalen Leben zusammenstieß?

Des Weiteren fragte ich mich ob Shay wirklich das Gespräch mit ihren Eltern suchte. Sie hatte nicht gerade glücklich gewirkt als ich sie zur Haustür brachte.

Auch meine aufbauenden Worte schienen sie nicht wirklich zu beruhigen.

Nur ein müdes Lächeln hatte ihr Gesicht geziert nachdem sie mir den letzten Kuss des heutigen Tages gab und hinter ihrer Haustür verschwunden war.

„Yas!?", erklang die Stimme meiner Mom und ich schob meine Gedanken beiseite und probte schon mal mein unbeschwertes Lächeln.

Meine Eltern und Paul sollten einfach nichts von dem mitbekommen was zurzeit in einem Leben los war.

So schlich ich auf Socken durch den Flur und schlidderte auf halben Weg über den Laminatboden.

„Hey", flüchtig umarmte ich Mom und wuschelte Paul durch die Haare bevor ich mich mit an den Tisch setzte.

„Ich nehme das Kamel", ich griff nach meiner Standartspielfigur und platzierte sie auf das Los Feld.

Dad verteilte das Geld und das Spiel begann.

Zwischendurch redeten wir über unsere Woche und ich erfuhr, dass Paul schon sein ersten roten

Einträge ins Hausaufgabenheft bekommen hatte, weil er immer irgendetwas vergaß oder sich nicht auf den Unterricht konzentrierte.

Dafür fanden es seine Mitschüler allerdings unheimlich cool, dass unser Vater an seiner Grundschule als Hausmeister tätig war.

Mom und Dad hatten für ihren Hochzeittag nächsten Monat ein Kurzwochenende ohne Kinder geplant und ich hörte einfach nur zu und würfelte hin und wieder ein paar brauchbare Zahlen und kaufte mir die teuersten Straßen.

„Aber sag mal Yas, du kannst deinen Freund ruhig mal mitbringen. Du bist so oft in letzter Zeit weg da kannst du uns schlecht sagen, dass du nur bei Elli rumhängst."

„Ich habe keinen Freund", brachte ich gequält über die Lippen.

Das Wort Freund hatte ich obendrein auch noch leicht abfällig ausgesprochen.

„Mist."

Mom zog die Stirn kraus und ich zog eine Karte aus dem Ereignisfeld.

„Ich muss in den Knast", ich setzte mein metallisches Kamel auf das Gefängnisfeld und hoffte das niemand weiter nachbohrte.

„Aber wo bist du dann?", falschgedacht es wurde weiter nachgebohrt.

Nur das Franklin das ganze vorsichtiger hinterfragte.

Da kam mir die zündende Idee wie ich Shay vor ihren Familienproblemen retten konnte.

„Wir haben ein paar Wochen nach Beginn der Schule eine Neue in unsere Klasse bekommen. Shay heißt sie. Ich konnte sie am Anfang nicht leiden aber mittlerweile habe ich sie echt gern. Wir haben uns angefreundet und verbringen ziemlich viel Zeit zusammen."

Oh Gott das klang so ziemlich behindert.

Doch Mom nickte nur verstehend.

„Ist doch schön, dass du außer Elli und diese Klara noch andere Freunde hast", mein Vater klopfte mir leicht auf die Schulter.

Nur seinen Blick, den konnte ich nicht wirklich deuten.

„*Und Klara ist tot.*", fügte ich gedanklich hinzu.

„Shay hat zuhause ein paar Probleme, weil sich ihre Eltern oft streiten. Wäre es ok wenn sie ab und an bei uns schlafen würde?", ich traute mich gar nicht hochzusehen, denn bei dem bloßen Gedanken daran wieder mit Shay in einem Bett zu schlafen wurde mir ganz warm und das führte wiederum zu einem tomatenroten Gesicht.

„Sie scheint dir ja wirklich wichtig zu sein", merkte Dad an und ich glaubte das in seinen Augen doch deuten zu können. Er ahnte etwas.

Trotzdem nickte ich.

„Ja das ist sie."

Zwar wirkte Mom noch ziemlich skeptisch lenkte dann aber ein.

„Von mir aus ja aber ich möchte sie vorher wenigstens kennenlernen."

Spät am Abend nach meiner wohlverdienten Dusche um meine Kräfte aufzuladen, einem ausgiebigen Abendessen und einem vorletzten Platz bei Monopoly lag ich im Bett und tippte auf die Handytasten.

„Erzähl mir morgen wie das Gespräch gelaufen ist ok? Ich liebe dich und träum was süßes, kleiner Wolf."

„Du kannst immer noch nicht flirten Honey.", kam mit einem Kussemoji als Antwort und darunter ein: „Wir reden morgen."

Bei Elli meldete ich mich auch noch kurz doch sie kam nicht mehr ans Handy.

Sie hatte aber auch über einiges nachzudenken und allerhand zu verarbeiten.

Verrat, Mord und ein völlig neues Leben das sie nun erwartete.

Pünktlich zum nächsten Morgen weckte mich mein Handy und ich schlug genervt die Decke zur Seite.

Die ganze Nacht hatte ich mich nur umhergewälzt.

Ein Alptraum jagte den nächsten bis ich das Schlafen letztendlich aufgab und darauf wartete, dass ich aufstehen konnte.

Meine schwarzen Haare, die mittlerweile viel zu lang geworden waren standen Wirr von meinem Kopf ab und tiefe Augenringe rundeten das Bild eines morgendlichen Zombies ab.

So konnte ich schon Mal nicht zur Schule.

Meine Haare kämmte ich daher zwar durch wusste aber schon das ich sie nicht mehr gebändigt bekam und entschied mich für einen lockeren Dutt.

Mein Outfit für heute bestand auch nur aus einem dunkelgrünen Pulli und einer langweiligen Jeans.

Mein Gesicht bearbeitete ich mit Makeup aber nicht einmal das konnte meine Augenringe komplett abdecken.

Auch der morgendliche Kaffee weckte meine Lebensgeister nicht darum verschwand ich nur noch kurz im Badezimmer und schulterte auch schon meine Schultasche.

„Macht's gut bis nachher!", rief ich nur noch zurück in die Küche und verschwand auch schon nach draußen.

Paul hatte noch geschlafen, nur Mom und Dad waren wach aber diese hatten keine weiteren Fragen gestellt.

Entweder sah ich gerade wirklich schrecklich aus oder sie waren ebenfalls noch im Halbschlaf.

Ich nahm einen Bus ehr als sonst und stopfte mir Musik in die Ohren um zumindest irgendwie wach zu werden.

Als ich immer noch müde ausstieg sah ich ein vertrautes Gesicht am Schultor gelehnt.

„Was machst du denn schon hier?", ertönte meine tiefe Stimme.

„Das gleiche könnte ich dich auch fragen und deiner tiefen Stimme nach zu urteilen bin ich nicht die einzige, die sich die Nacht um die Ohren geschlagen hat."

Trotz der fast schon rauen Begrüßung landete ich in Ellis Armen und wurde freundschaftlich gedrückt.

Ihr Gesicht wirkte immer noch blass. Vielleicht blieb es jetzt aber auch für immer so.

„Sag mir bitte das du eine Zigarette für mich hast", bettelte ich und hatte prompt eine zwischen den Lippen.

Elli gab mir Feuer und ich zog den Smog tief in meine Lunge ein.

„Und was treibt dich um diese unmenschliche Uhrzeit her?"

Wir hatten uns an das Schultor gelehnt und beobachteten vereinzelte Schüler, die wie wir viel zu früh hier waren.

Nur das diese Schüler allesamt von Außerhalb kamen und nicht wie wir einen relativ kurzen Schulweg hatten.

„Mir war langweilig. Ich habe mir die ganze Nacht Netflix Serien angesehen und gekotzt als mir unter Dinge die dich interessieren könnten Twillight angezeigt wurde."

„Scheint als hätten wir beide eine ziemlich beschissene Nacht hinter uns."

Keine Sekunde später hatte ich auch schon einen Kopf auf der Schulter zu liegen.

„Nicht ganz. Ich hatte ja eine ganze Weile Zeit zum Nachdenken und bin zu dem Entschluss gekommen das wir mal wieder feiern sollten."

Das war der Moment in dem ich meine Schulter von ihrem Kopf löste und mich belehrend vor Elli stellte.

„Meinst du nicht es ist etwas zu viel? Du wurdest quasi ermordet und jetzt willst du dich direkt in eine Party schmeißen?"

Meine beste Freundin zuckte jedoch nur mit den Schultern und blickte den nächstbesten Typen hinterher, der ein Jahrgang über uns war.

Zumindest solange bis mit meinen Fingern vor ihren Augen umherschnipste.

„Du klingst schon wie Bruce. Mir geht es wirklich gut."

Erst jetzt viel mir auf wie unruhig sich Elli verhielt und wie geweitet ihre Pupillen waren.

Um mich zu vergewissern hob ich ihren Kopf am Kinn an.

„Nicht schon wieder."

„Du bist high. Seit wann bist du wieder auf Drogen?"

Das Theater hatte ich ganz zu Beginn unserer Freundschaft, da sie sich hin und wieder ein Bahn Kokain genehmigte.

Allerdings hatte ich ihr damals klargemacht, dass ich nichts mit ihr zu tun haben will, wenn sie sich zu dröhnte.

„Ist doch egal!", meine Hand wegschlagend war sie mit einer Vampirgeschwindigkeit verschwunden.

„Elli!", rief ich, doch sie war weg. Scheiße.

Kapitel 30

Der Moment an dem mich Elli am Schultor einfach hatte stehen lassen lag nun schon einen ganzen Schulblock zurück.

Nun saß ich im Deutschunterricht und starrte unentwegt auf mein Handy.

Ich hoffte auf eine Nachricht von Elli und Shay.

Auch meine Freundin war nicht zu Unterricht erschienen, was nichts Gutes heißen konnte.

Vor allem nicht da sie ja gestern das Gespräch mit ihren Eltern hatte.

Allerdings hatte sie gestern Abend beim Schreiben so normal gewirkt.

„Yasmin Cooper, leg doch bitte dein Handy weg", holte mich die raue Stimme unseres Klassenlehrers Herr Ricke zurück in die Realität woraufhin ich mein Handy seufzend in meine Tasche steckte.

„Gut dann kann ich dich auch gleich mal fragen ob du weißt wo Klara und Ellisa heute sind", forderte Herr Ricke in einem ruhigen Ton.

„Leider habe ich nicht die leiseste Ahnung.", antwortete ich Herr Ricke.

Bei Elli stimmte diese Antwort sogar.

Nur wurde mir jetzt erst richtig bewusst was ich damit losgetreten hatte als ich Klara tötete.

Ich sollte mir überlegen wie ich ihr plötzliches Verschwinden vernünftig erklären konnte.

„Nun gut." Herr Ricke wand sich zu Nadine.

Als wenn es nicht schlimm genug wäre das Klara in Wahrheit von mir umgebracht wurde, Elli wieder auf Drogen war und Shay nicht an ihr Handy ging musste ich nun wieder dieses Miststück ertragen.

„Nadine kannst wenigstens du mir sagen wo sich deine Sitznachbarin rumtreibt?"

Meine verhasste Klassenkameradin setzte ein engelsgleiches Lächeln auf und antwortete: „Aber natürlich. Shay ist beim Arzt."

Warum zum Teufel wusste diese Bitch wo sich MEINE Freundin aufhielt? Stalkte sie Shay?

Ich schnaubte verachtend, als sie sich auch noch zu mir umdrehte und arrogant zuzwinkerte.

„Danke Nadine. Nun bevor wir mit dem Unterricht beginnen möchte ich euch nochmals daran erinnern, dass ihr euch in dieser Woche besonders anstrengen sollt. Oder mit anderen Worten: Baut keine scheiße sonst kommt ihr nicht mit nach Italien", fuhr unser Klassenlehrer fort.

Wartet. Hatte ich mich verhört? Klassenfahrt!?

Ich hatte völlig vergessen, dass wir dieses Jahr im Herbst ja schon auf eine Klassenfahrt gingen.

„Darum habe ich euch im Übrigen ein paar Blätter ausgedruckt. Auf dem ersten befindet sich eine Liste von Dingen die ihr mitnehmen könnt und eine Liste an Dingen die ihr besser zuhause lasst", nach diesen Worten lief unser Lehrer durch die Reihen und hielt anschließend vor meinem Tisch.

„Kann ich die Blätter für Ellisa und Shay mitnehmen? Vielleicht sehe ich die Beiden nachher."

„Klar nimm doch die für Klara auch gleich mit."

Tapfer nickte ich und ließ mir die Blätter aushändigen.

„Mist. Das war viel zu auffällig! ", fuhr ich mich gedanklich selbst an.

Klara war tot verdammt!

Meine Hände schwitzten und kurz blieb mir die Luft weg als sich eine Frage durch meinen Kopf bohrte.

Nämlich: Wussten ihre Eltern davon? Waren sie auch Teil des Clancy Clanes oder nur einfache Menschen?

Fuck soweit hatte ich noch gar nicht gedacht!

„Haha da steht wir sollen keine Waffen und Drogen mitnehmen", feixte Jannes, ein Junge aus unserer Klasse und riss sein Blatt wedelnd nach oben.

„Wenn ihr wüsstet was wir Lehrer schon alles erlebt haben."

Bei diesen Worten warf ich einen unschuldigen Blick in meine Tasche und blickte zu der Pistole die mir Bruce einst gab.

Instinktiv vergrub ich sie weiter unter losen Blättern.

Es würde am besten sein, wenn ich die Pistole während der Klassenfahrt zu Hause ließ.

Ach und natürlich sollte ich Elli davon abhalten Drogen mit auf die Klassenfahrt zu schmuggeln.

Nicht, dass es besser wäre, wenn sie, sie hier konsumierte aber ich machte mir Sorgen, dass sie mit dem Dreckszeug auch noch erwischt wurde.

Ich wollte das sie die Finger völlig davon weg ließ doch dafür brauchte ich unser Band der Freundschaft, welches langsam die ersten Risse zeigte.

Nach dem Unterricht wollte ich mich auf die Suche nach Shay machen, da sie sich immer noch nicht bei mir gemeldet hatte und ich Nadine nicht vertraute doch wurde ich am Schultor abgefangen.

„Hey warte! Hast du heute Zeit?" Milan baute sich vor mir auf und blickte mich Hoffnungsvoll an.

„Leider nicht. Ich habe heute noch was zu erledigen. Oder mehreres, es ist kompliziert."

„Oh."

Ich hatte ihn echt gerne aber ich wollte ihn wiederum nicht zu nahe an mich heranlassen.

Er sollte nicht mit in die Welt hineingezogen werden in der ich nun einmal lebte.

Das konnte nämlich mächtig schieflaufen.

Man sah Elli.

Wäre ich nicht gewesen wäre sie jetzt noch ein normaler Mensch und hätte nicht diese ganze Scheiße erlebt.

„Ich will mich dir nicht aufzwängen aber ich arbeite morgen wieder in dem Eiscafé, wenn du jemanden brauchst um über das Komplizierte zu reden bin ich da", schlug Milan leicht euphorisch vor und entlockte mir dabei doch noch ein Lächeln.

„Ok du hast mich erwischt. Zu einem Eis kann ich nicht nein sagen", ganz vor dem Kopf stoßen konnte ich ihn allerdings doch nicht. Milan klatschte begeistert in die Hände.

„Fahren wir jetzt wenigstens in demselben Bus?"

Auch das musste ich verneinen und schulterte meine Tasche.

Anschließend verabschiedete ich mich mit einer Umarmung von dem schmächtigen Jungen und lief zu einer anderen Haltestelle als ich es sonst tat.

Kurze Zeit später kämpfte ich mich durch den Wald.

Die Blätter begannen sich zu Färben und ich spürte das feuchte Moos unter meinen Schuhen.

Zwei Male hatte ich mich schon verlaufen, da ich die falsche Abbiegung nahm.

Ich glaubte mich schon ein drittes Mal verlaufen zu haben doch dann fand ich sie endlich wieder.

Die Hütte in der sich Shay und ich letztens vor dem Regen schützten.

Zaghaft klopfte ich an die hölzerne Tür, der vom Efeu überwucherten Hütte aber niemand öffnete.

Ich klopfte erneut bis ich dagegen hämmerte doch es tat sich nichts.

„Fuck!", fluchte ich.

Es war zum Haare raufen! Kannte ich Shay wirklich so schlecht?

Wo konnte sie sonst sein?

Gerade als ich zum Wasser wollte hörte ich einen dumpfen Aufprall im Inneren der Hütte.

Aus Reflex warf ich mich wie in den ganzen Actionfilmen gegen die Tür und erkannte, dass sie gar nicht verschlossen war.

Sie gab nach und ich rieb mir die schmerzende Stelle meines Armes.

Nur jetzt wo die Tür offen war bot sich mir ein erbärmlicher Anblick.

Shay saß zusammen gekauert vor der Bank auf der wir vor ein paar Tagen zusammengelegen hatten.

Neben ihr stand eine Flasche Wodka, die schon ein dreiviertel ihres Inhalts eingebüßt hatte.

„Shay!", sofort war ich bei ihr.

Diese hob allerdings nur schwerfällig ihren Kopf an und blickte mich traurig an.

Was war heute nur los?

Elli kam high zur Schule um dann abzuhauen und Shay fand ich völlig dicht und nach Alkohol riechend in einer verlassenden Hütte wieder.

Was kam als nächstes?

Besorgt ging ich vor meiner Freundin in die Hocke woraufhin sich Shay in meine Arme stürzte und nicht mehr aufhörte zu weinen.

Ihre Wimperntusche lief ihr in einem Rinnsal an den Wangen hinab und heftige Schluchzer erschütterten ihren zierlichen Körper.

Ich hielt sie fest bist sie sich allmählich beruhigte.

„Meine Eltern wollen sich trenn", lallte Shay schniefend und stieß mich sanft aber bestimmend von sich.

„Mom will mit mir zurückziehen, weil sie meint das Dad zu viel arbeitet um sich um mich zu kümmern."

Wieder schossen ihr die Tränen in die Augen.

„Scheiße", hauchte ich mit erstickter Stimme.

Kein Wunder das sie so fertig war.

Wie ein nasser Sack Kartoffeln setzte ich mich neben meiner Freundin auf den dreckigen Boden und griff nach der Wodkaflasche.

Auf den Schock brauchte selbst ich einen Schluck Alkohol, der sich nun brennend einen Weg durch meinen Hals bahnte.

„Was war das für ein Teufelszeug?"

Ich hatte keine Zeit länger darüber nach zu denken, denn Shays Kopf lag schwer auf meiner Schulter.

„Als ich hier in dieser Stadt ankam war es mir egal ob ich hier bin oder dort. Ich find schnell Anschluss in irgendeiner Gruppe aus Modepüppchen, weil mich alle immer für oberflächlich halten. Aber dann habe ich hier Menschen gefunden die mir am Herzen liegen. Allen voran du. Ich kann nicht fassen das ich dich hier wiedergefunden habe und scheiße selbst deine Gruppe liegt mir am Herzen. Ich will nicht gehen", nuschelte Shay.

Ich schwieg kurz aber nur um das Ganze zu Verdauen.

„Ich werde das verhindern. Du wirst hierbleiben aber fürs erste würde ich vorschlagen, dass du mit zu mir kommst und deinen Rausch ausschläfst."

Der Plan könnte aufgehen, da meine Eltern erst heute Abend wiederkommen würden und als Shay nickte war es beschlossene Sache.

Ich half Shay auf die Beine, was sich als schwieriger erwies als ich zunächst dachte.

Meine Freundin konnte sich kaum auf den Beinen halten.

Aber es klappte irgendwie.

Ich schwang mir noch schnell meine Tasche um und sah nach ob Shay noch etwas vergessen hatte. Doch wie es aussah konnten wir los.

Allerdings kamen wir nicht weit, denn vor der Hütte begann sie sich zu übergeben und ich hielt ihre Haare.

Dann stützte ich sie so gut ich konnte bis wir die nächste Haltestelle erreichten.

Zuhause half ich Shay aus ihrer Jacke und den Schuhen wobei sie jeden meiner Griffe beobachtete.

„Ich zeig dir mein Zimmer", deutete ich an und lief los, nachdem auch ich meine Sachen von draußen ausgezogen hatte.

Doch Shay folgte mir nicht.

„Ich möchte erst Zähne putzen und duschen. Ich stinke wie ein toter Elch."

Lachend stellte ich meine Tasche in den Flur und nahm Shays Hand um sie ins Bad zu führen.

Dort fand ich tatsächlich noch eine unbenutzte Zahnbürste die ich dem Mädchen, das nach ihrem Worten wie ein toter Elch stank, reichte.

Während sie sich also um ihre Mundpflege kümmerte legte ich ihr ein Handtuch bereit und wollte das Bad verlassen, als sich Shays Hand sich um mein Handgelenk legte.

„Bitte bleib." Sie ließ mich los und spülte ihren Mund aus.

Verwirrt sah ich zu ihr doch ihr Blick durchdrang mich.

Ihre Augen leuchteten auf, als sich unsere Blicke trafen und wanderten von meinen Augen hinab zu meinen Brüsten und den Rest meines Körpers entlang.

Als sie dann auch noch unschuldig an ihrer Unterlippe knabberte spürte ich dieses Verlangen dazu sie um den Verstand zu bringen.

Sie trat einen Schritt auf mich zu und schon hatte ich plötzlich die Badezimmer Tür im Rücken.

„Du bist so süß ", flüsterte sie und ein atemberaubender Kuss ließ mich schwach werden.

Aus einem wurden mehr und jeder brannte wie Feuer auf meinen Lippen.

Nur etwas schien anders zu sein.

Ihre Küsse waren verlangender als sonst und ihre Hände wanderten von meiner Taille unter meinem Pulli zu meinen Brüsten um sie mit den Fingerspitzen zu erkunden.

Ich kniff die Augen leicht zusammen und unterdrückte ein Aufstöhnen.

„Ich will dich", hauchte mir Shay in den nächsten Küssen ins Ohr und meine Nackenhaare stellten sich auf, wie immer, wenn ihr Atem über meine Haut straff.

Kurz wollte ich mich fallen lassen doch dann trat die Tatsache, dass Shay völlig dicht war in mein Bewusstsein zurück.

„Nein", ohne meine Handlung zu erklären öffnete ich die Tür des Bades und verschwand durch sie hindurch.

„Fuck! Was war das denn?"

Früher wäre es mir egal gewesen ob die Frau mit der ich schlafen wollte betrunken war oder nicht.

Aber es war eben Shay.

Sie war nicht irgendeine Frau.

Klar ich wollte schon mit ihr schlafen aber nicht so.

Und nicht im Badezimmer.

Ich wollte, dass mein erstes Mal mit Shay nicht so beschissen werden würde, wie mit Alice.

Es war damals so kurz und ich konnte bei ihr keine Liebe spüren.

Sie vögelte mich nur und dann war es das.

Ende.

Genau davor hatte ich Angst.

Nach einer Weile hörte ich Schritte im Flur und öffnete meine Zimmertür.

Shay war nur mit dem Handtuch umwickelt, das ich ihr gegeben hatte und sah verdammt sexy aus.

Aber auch das rüttelte nicht an meiner Einstellung.

„Yas es tut mir leid wegen eben", entschuldigte sie sich bei mir und zog mich in ihre Arme.

„Du siehst immer so gut aus, dass ich mich echt zusammenreißen muss", ihre Artikulation war offensichtlich wiederhergestellt.

„Glaub mir, mir geht es nicht anders aber ich möchte nicht mit dir schlafen, wenn du blau bist. Ich will dich nüchtern", erklärte ich ihr.

„Ach ja?", zwinkernd schlenderte sie zu meinem Kleiderschrank und schnappte sich ein Shirt und eine Jogging Hose.

„Hey du könntest zumindest fragen!", fuhr ich sie gespielt sauer an und Shay ließ vor mir ihr Handtuch fallen.

„Nicht schon wieder.", grummelte mein Verstand und ich sah schnell weg.

„Du kannst meinen Anblick nicht mal für fünf Sekunden ohne Klamotten ansehen, wie willst du mich dann nackt in deinem Bett ertragen?"

Der Punkt ging an Shay aber trotzdem.

Ohne eine weitere Bemerkung warf sich die angezogene Shay in mein Bett.

„Dein Ernst?"

Ich erhielt keine Antwort mehr und stellte mir die Frage der Fragen: Wie konnte man so schnell einschlafen?

„Gute Nacht, Sweetheart", flüsterte ich und gab Shay einen Kuss auf die Wange.

Kapitel 31

Während Shay im Reich der Träume entschwunden war saß ich neben ihr auf den Rand meines Bettes und konnte meinen Blick wieder einmal nicht von ihr abwenden.

Noch immer war es mir rätselhaft wie sich dieses wunderschöne Mädchen in mich verlieben konnte.

Ernsthaft.

Nie hätte ich es für möglich gehalten mich so stark in jemanden zu verlieben und solche Gefühle zu entwickeln.

Ob es daran lag, weil ich sie aus meinem vergangenen Leben kannte?

Ich konnte es nicht genau sagen aber was ich sagen konnte war, dass ich niemals glücklicher war als in den Momenten, in denen ich einfach nur bei ihr sein konnte.

Ein letztes Mal blickte ich zu ihr.

Sie wirkte so friedlich und unbeschwert.

Sogar ein Lächeln zierte ihr schönes Gesicht.

Anders als vorhin wo ich sie in der Hütte gefunden hatte.

Shay sollte nie, nie wieder so fertig wegen jemanden sein.

Ich würde sie beschützen und wenn ich mich mit ihr zusammen anketten musste damit sie nicht von hier wegmusste.

Trotz der ernsten Situation musste ich etwas Grinsen, da ich mir die Situation gerade bildlich vorstellte.

Shay und ich aneinandergebunden.

Irgendwann würde ich entweder ihr oder sie mir den letzten Nerv rauben und doch würde das nichts an unseren jeweiligen Gefühlen ändern.

Schwerfällig atmete ich aus.

Zwar hatte ich meine Freundin gefunden doch hatte ich noch zwei Dinge auf meiner To-do Liste die zu erledigen waren.

Darum lief ich zu meinem Schreibtisch, griff nach einem Kugelschreiber und schrieb Shay auf einen Zettel, dass ich kurz unterwegs war.

Besagten Zettel legte ich neben ihr aufs Bett und zog leise meine Zimmertür hinter mir zu.

Als erstes klingelte ich also bei Elli und ihre Mutter öffnete mir ihre Tür.

„Schön dich mal wieder zu sehen", wurde ich von der Frau mittleren Alters begrüßt und streifte anstandsgemäß meinen Schuh von den Füßen, während ich: „Ich finde es auch schön wieder hier zu sein", von mir gab.

„Ellisa ist in ihrem Zimmer."

Ich nickte nur und lief durch die Wohnung bis ich zu Ellis Tür kam. Sie war nur angelehnt aber ich klopfte trotzdem an.

Wahrscheinlich wollte sie mich gar nicht sehen dabei machte ich mir schreckliche Sorgen und Vorwürfe.

„Yas komm rein." Elli hatte anscheinend schon mitbekommen, dass es sich um mich handelte und so zog ich zaghaft die Tür auf und schloss sie hinter mir um eine etwas veränderte beste Freundin vorzufinden.

In ihrer Vampirgeschwindigkeit zischte sie auf mich zu und blieb genau vor mir stehen.

Da sie etwas kleiner war als ich schaute sie zu mir hoch und ich blickte in zwei Augenpaaren, die sich komplett schwarz gefärbt hatten.

Auch ihr Makeup war dunkel.

Oder besser gesagt schwarz wie die Nacht.

Elli steckte um das Düstere noch zu unterstreichen, in einer schwarzen Lederhose und einem ebenfalls schwarzen Pulli mit dem bekanntesten Spruch aus American Horrorstory:

'Normal People Scare Me.'

Auf ihren, wer hätte das gedacht, mit einem schwarzen Lippenstift überzogenen Lippen bildete sich ein Lächeln das mich ehr erfrieren ließ als mich dazu zu ermuntern ebenfalls zu lächeln.

„Und bist du hier um mir wieder zu sagen, dass ich die Finger von den Drogen lassen soll?"

Ich entschied mich dafür Elli bestimmend von mir zu schieben und öffnete stattdessen meine Tasche.

„Ich bin hier um dir das zu geben. Nächste Woche ist Klassenfahrt."

Ich drückte Elli die Blätter des Lehrers in die Hand und ehrlich gesagt wollte ich mich einfach nur noch verziehen.

Das war nicht mehr meine beste Freundin, die mir da gegenüberstand und sie so zu erleben brach mir das Herz.

Nur machte sie mir einen Strich durch die Rechnung und zog mich von der Türklinge zurück.

Mein erster Gedanke war, dass sie mir irgendetwas an den Kopf knallte oder durchdrehte.

Stattdessen umarmte sich mich von hinten und ich ließ es einfach geschehen.

„Lass mich nicht alleine mit dem ganzen Scheiß ", hörte ich eine zerbrechliche Stimme hinter mir.

Sie steckte also doch noch irgendwo unter der Fassade, die alles was sie erlebt hatte runterspülte.

Einige Momente verharrten wir so bis Elli mich wieder los ließ und sich ans Auge fasste.

„Kontaktlinsen. Meine Augen sind nicht wirklich schwarz", lachte sie bitter bevor sie sich auf ihren

Computerstuhl bewegte und sich daraufsetzte wie auf einen Thron.

„Du gibst ein klasse Bad Girl ab in deinen Klamotten", versuchte ich sie aufzubauen und Elli sah an ihren Köper hinab. Doch sie ging nicht darauf ein.

Stattdessen fragte sie mich: „Diese Bilder in meinem Kopf, werde ich sie je wieder los?"

Ich war nie besonders einfühlsam doch ich konnte den Schmerz in ihr fast schon greifen.

„Nein aber es wird mit der Zeit leichter für dich damit um zu gehen."

Wie gesagt ich war nicht besonders einfühlsam aber immerhin ehrlich. Auf Elli schien es jedoch zu wirken, denn sie lächelte zögernd.

„Es tut mir leid wegen heute Morgen. Ich hätte dich nicht einfach stehen lassen sollen", ihr Blick ging in Richtung Boden während Elli mit ihren Fingern knubbelte.

„Ich war nicht wirklich sauer, ehr in Sorge", gestand ich und machte ein paar Schritte auf meine beste Freundin zu.

Diese sah mich nun wieder aus ihren kristallblauen, statt schwarzen Augen heraus an und atmete schwerfällig aus.

„Ich fühle mich seitdem ich ein Vampir bin wie schwanger mit meinen Hormonschwankungen", sie verzog das Gesicht und ich begann herzlich zu lachen.

„Du bist absolut nichts gegen Lizzy."

Da das mit Elli und mir vorerst wieder cool war konnte ich mich nun auf den anderen Teil der Liste konzentrieren.

Nämlich: Zu Klaras Eltern zu gehen.

Ich hatte Elli die Anweisung gegeben, dass wenn ich mich zehn Minuten nach meiner Ankunft nicht bei ihr melden sollte, sie die anderen informierte.

Angespannt wartete ich also vor der nächsten Tür.

Warum war ich nochmal alleine hier?

Ich hätte mich so schön an Shay kuscheln können.

Aber nein, ich Yasmin Cooper musste ja zu den Eltern deren Tochter ich auf dem Gewissen hatte.

„Yasmin? Komm doch rein", erstaunt öffnete mir Klaras Vater die Tür des kleinen Hauses und die zweite Alkoholfahne heute erreichte meine empfindliche Nase.

In den giftgrünen Augen des großen, muskulösen Mannes fand ich jedoch keinerlei Anzeichen dafür das ich etwas zu befürchten hatte, doch ich blieb vorsichtshalber draußen stehen.

„Ich bringe nur die Sachen von Klara", setzte ich an und im nächsten Moment bereute ich auch schon hier zu sein, denn seine Miene verfinsterte sich abrupt.

Aber ich war vorbereitet für einen Angriff.

Fast hatte ich zu Leuchten begonnen als ihr Vater plötzlich ein Zucken unter den Augen hatte.

Allerdings kein aggressives.

„Ihre Mom ist einfach bei Nacht und Nebel mit ihr abgehauen. Kein Lebenszeichen bisher außer ein Brief an mich in dem stand, dass sie es einfach nicht mehr mit mir aushielt. Und da ich nicht der leibliche Vater von Klara bin werde ich sie nie wiedersehen. Dabei war sie wie eine Tochter für mich", wie Shay zuvor lallte Klaras Vater, der anscheinend nie ihr Vater war, ein wenig.

„Haben sie die Beiden noch gesehen bevor sie gegangen sind?", versuchte ich aus dem fertigen Mann herauszubekommen.

„Nein das habe ich nicht. Sie waren einfach weg."

Das reichte mir.

Irgendwie tat er mir leid, denn offensichtlich hatte Klaras Mutter ihn nur als Schutzschild für ein perfektes Familienbild benutzt.

„Du warst doch Klaras Freundin, weißt du nicht wo die beiden hin sind?"

Traurig schüttelte ich den Kopf.

„Ich bin selbst schockiert von dem was Sie mir eben gesagt haben. Aber ich werde mich auf jeden 2F1all bei ihnen melden, wenn ich irgendetwas herausfinde." Ein leeres Versprechen schon klar, doch für diesen Mann vor mir war ich die einzige Hoffnung gerade, denn er fiel mir vor Dankbarkeit in die Arme.

Auch wenn er niemals die Wahrheit erfahren würde...

„Mach´s gut Kleine", winkend blieb er an der Haustür stehen, während ich schon die Straße entlanglief.

Wieder zuhause war es kurz nach Fünf und natürlich hatte ich Elli gleich nach dem Besuch bei dem völlig aufgelösten Mann kontaktiert bevor unsere ganze Truppe umsonst angetanzt wäre.

Schon wieder ließ ich heute eine Tür hinter mir zu fallen um dieses Mal in ein müdes Paar dunkelbraunen Augen zu blicken.

„Gut geschlafen?"

Ohne mir eine Antwort zu geben klopfte Shay auf ihre leere Bettseite.

Diese Einladung nahm ich doch gerne entgegen und schwang mich so wie ich war neben ihr ins Bett.

„Und du sagst mir jetzt wo du warst."

Spielerisch hatte sich Shay auf mich gerollt und stütze sich mit ihren Händen neben meinen Kopf ab wobei mir die Spitzen ihrer langen Haare im Gesicht herumtanzten.

„Ich habe nur kurz meine kleine Welt gerettet", war alles was ich jetzt sagen wollte.

Nun ja ehr konnte, denn jedes weitere Wort wäre so wie
so in unzähligen Küssen untergegangen.

Kapitel 32

Zahnbürste, Check.

Allerhand wahrscheinlich unnötiger Klamotten, Check.

Tabletten gegen die Reiseübelkeit, Check.

Shampoo, Duschgel und alles für die allgemeine hygienische Pflege, check.

Zufrieden warf ich mich auf meinen schwarzen Reisekoffer.

Nur mein eigenes Körpergewicht konnte jetzt noch dafür sorgen, dass ich dieses überfüllte Teil überhaupt zubekam.

Seit dem Shay ihren Rausch bei mir ausgeschlafen hatte war nun bereits eine Woche vergangen.

Meine Eltern hatten sie als eine gute Freundin von mir kennengelernt, ich war wie versprochen bei Milan Eis essen oh und Elli hatte mir hoch und heilig versprochen ihre Drogen zuhause zu lassen.

Nichts stand einer entspannten Klassenfahrt im Wege.

Also fast nichts außer der Tatsache, dass ich diesen blöden Koffer nicht zubekam.

„Jetzt komm schon." Genervt und verzweifelt zog ich an dem Reisverschluss und schaffte es nach gefühlten Stunden tatsächlich ihn zu schließen.

Jetzt musste ich nur noch eines tun.

Ich sprang von meinem Koffer und landete strauchelnd auf meine Füße um diese zu meiner Umhängetasche zu bewegen.

Meine Finger erwischten das harte Metall und ich zog meine Pistole hervor.

Kurz sah ich zur Tür aber die Stimmen meiner Eltern erklangen nur dumpf aus dem Wohnzimmer wo sie sich mit Paul einen Film ansahen.

Sehr gut, denn ich musste mir ein Versteck überlegen.

Ein paar Momente starrte ich allerdings noch auf das Ding in meiner Hand.

Am Abzug schwang ich es zwischen meinen Fingern hin und her und betrachtete die Unendlichkeitszeichen, welche an den Seiten eingraviert waren.

Obwohl ich sie schon eine Weile besaß wusste ich noch immer nicht wie sie wirklich funktionierte.

Die Munition wurde nie leer und es gab keine Seriennummer.

Alles was ich wusste war, dass ich damit in der Parallelwelt mittlerweile sehr gut umgehen konnte.

Zumindest wenn es um Seelendiebe ging.

Ich stoppte die Drehungen zwischen meinen Fingern und lief zurück zu meinem Bett um den Koffer auf den Boden zu stellen und mein Bettlaken abzuziehen.

Die Idee dahinter?

Ich wollte an meiner Matratze.

Das gute war nämlich: Ich hatte einen Matratzenvollschutz. So leise wie nur möglich öffnete ich dessen Reisverschluss und

stopfte die Pistole hinein.

Wow, ich fühlte mich wie eine Kriminelle.

Aber die Waffe war gut versteckt und ich konnte mich weiter auf den morgigen Tag vorbereiten.

„Yasmin hast du auch alles?", fragte mich mein Vater während ich schnell die letzten Züge meines Kaffes trank.

„Ja ich denke das ich an alles gedacht habe."

Meine leere Tasse wanderte in den Geschirrspüler und ich lief ins Bad um mich frisch zu machen.

Wenn ich noch länger brauchte würde ich es niemals rechtzeitig zur Schule schaffen!

Jap, wir sollten uns alle vor der Schule treffen und das um fünf Uhr morgens!

Es war bereits halb und ich suchte noch schnell mein letztes Hab und Gut zusammen und drückte meine Mom.

„Komm ja gesund wieder und schreib uns", tadelte sie mich noch während mich mein Vater in Richtung Tür schob.

Er war so nett und hatte angeboten mich zu fahren, damit ich mit dem schweren Koffer nicht auch noch mit dem Metro Bus fahren musste.

Und Holy Shit ich war ich ihm dafür dankbar.

Es war kühl draußen und ich fröstelte etwas vor mich hin während mein Vater meine Sachen in den Kofferraum verbannte und ich neben ihn auf dem Beifahrersitz Platz nahm.

Ich freute mich allerdings mehr darauf die nächsten Stunden neben Shay zu sitzen.

Während der Autofahrt blickte Dad ab und an zu mir rüber, so als wenn er mich irgendetwas fragen wollte, es aber dann doch wieder ließ.

Nach seinem bestimmt fünften Versuch sagte ich schließlich augenrollend: „Sag doch einfach was du sagen willst. Ist dir mein Makeup wieder zu dunkel?"

Normalerweise musste Dad über meine Kommentare immer lachen oder zumindest grinsen.

Nur dieses Mal blieb beides aus und er wirkte sehr ernst.

„Du sag mal. Shay dieses Mädchen das du seit letzter Woche hin und wieder zu uns nimmst...", er legte eine kurze Schweigepause ein bevor er sich sammelte.

„Sie ist für dich mehr als nur eine einfache Freundin habe ich recht?"

Fast hätte ich mich an meiner eigenen Spucke verschluckt.

Fuck.

Auf solche Gespräche am frühen Morgen war ich nicht vorbereitet.

„Wie kommst du darauf?"

Wir hielten vor einer roten Ampel und mein Vater sah mir fest in die Augen.

Aber nicht wütend.

„Außer deiner Mutter sieht jeder Blinde, das zwischen euch was läuft. Schon alleine die Art wie ihr euch anseht."

Mein Gesicht wurde sofort eine Nuance röter.

Wenn selbst Dad das bemerkte, dann würde es nicht mehr lange dauern bis auch Mom davon wusste.

„Du liebst sie habe ich recht?"

Prüfend sah er mich an bis die Ampel auf Grün schaltete und er sich wieder auf die Fahrbahn konzentrieren musste.

„Ja ich liebe aber sie ist nicht meine erste Freundin. Ich weiß schon länger das ich auf Frauen stehe", gestand ich und wartete auf eine Reaktion.

Ich hasste diese plötzliche Stille.

Hatte ich etwas Falsches gesagt?

Dad tippte mit den Fingern auf das Lenkrad.

„Bitte sag was", flüsterte ich betreten.

Wie würde er reagieren?

Mein Kopf malte sich schon die abgefahrensten Schreckensszenarien aus.

Doch plötzlich begann er zu Lächeln.

„Denkst du ich wüsste nicht das du auf Frauen stehst? Ich wollte es nur endlich mal aus deinen Mund hören."

„Dad!", spielerisch boxte ich ihm in die Seite.

Mano, und ich machte mir in aller Frühe Sorgen ob er mich trotzdem akzeptieren würde.

„Ihr seid süß zusammen", Franklin zwinkerte mir zu und ich versteckte mein Gesicht hinter meinen Händen.

Als ich sie wieder löste wurde mein Vater wieder ernst.

„Vielleicht sollten wir das allerdings erstmal vor deiner Mom geheim halten. Du weißt ja wie sie ist, wenn es um das Thema Homosexualität geht."

Auch wenn ich es nach wie vor traurig fand, dass ich es nicht so einfach sagen konnte hatte er recht.

Wer weiß wie sie reagierte, wenn sie es erfuhr.

„Wie lange weißt du es eigentlich schon?", fragte ich neugierig und betrachtete meinen Vater dessen Blick ruhig auf der Straße lag.

Die Sonne ging langsam auf und überzog den Himmel mit einen zarten rosa.

„Ich weiß es seit dem Tag als du so geknickt warst wegen dieser Alice. Laut dir wart ihr ja nur befreundet aber ich wusste sofort das das nicht stimmte. Wahrscheinlich meine Vaterinstinkte."

„Oder du hast einen besseren Gaydar als ich", lachte ich und Dad runzelte die Stirn. Ihm stand 'was soll das sein?' förmlich auf der Stirn geschrieben.

Als wir an der Schule ankamen hatte ich es ihm ausführlich erklärt und er drückte mir meine Sachen in die Hand.

Warum hatte ich nochmal so viel mitgenommen?

Ich brauchte doch niemals alle Klamotten, die ich in den Koffer geworfen hatte.

„Hab viel Spaß Kleines", herzhaft quetschte mir mein Vater mal wieder die Luft ab und schubste mich danach leicht in die Richtung meiner Klasse.

„Komm gut nach Hause."

Ein kurzer Wink, und ich schleppte meine Sachen zum Bus vor unserer Schule wo auch schon die anderen warteten.

„Yasmin Copper?", rief Herr Ricke gerade durch die Reihe.

„Anwesend!" rief ich zurück und streckte meine Hand nach oben.

Puh, da war ich ja gerade noch rechtzeitig erschienen.

Der Lehrer redete, keiner hörte zu und ich schlich mich zu Elli, die neben Bruce und Francis stand.

„Hey, habt ihr Shay gesehen?", warf ich in die Runde und meine beste Freundin umarmte mich kurz.

„Deine Geliebte redet mit dem Feind." Ich folgte ihren Blick und blieb an Nadine hängen.

War das ihr ernst?

Allerdings wollte ich jetzt auch nicht wie ein eifersüchtiges Biest rüberkommen und sie von da wegzerren aber alter Nadine?

Wirklich jetzt?

Aber was genauso schlimm war: Unsere Schule wollte uns nicht fliegen lassen und nun ratet Mal wie wir mit unserer scheiß Klasse nach Italien kommen sollten?

Mit Bahn?

Pah das wäre doch viel zu teuer, nein, nein wir hatten das Privileg mit einem Bus zu fahren. Ganze zehn Stunden.

Der einzige Trost: Es ging in die norditalienische Region Venetien. Genauer gesagt hatten wir ein Hotel in der Altstadt Verona.

Zwar nicht gerade Sonne, Strand und Meer aber davon hätten wir jetzt so wie so nichts mehr gehabt.

Es war schon September und Mal im ernst der Sommer war Geschichte.

Apropos Geschichte.

Unser wundervoller Geschichtslehrer Mr. Nasagi oder unter welchen Namen ich ihn kannte: Susano begleitete uns.

Auch wenn sein Unterricht wirklich in Ordnung war konnte ich ihn als Lehrer nicht wirklich ernst nehmen.

Es war als würdest du Unterricht von einem guten Freund bekommen und sowas konnte nur schiefgehen.

„George und Lizzy können auf sich aufpassen oder? Was wenn sie angegriffen werden, wenn wir weg sind?", warf ich flüsternd ein aber nur Francis nahm Notiz von mir, weil sich Bruce und Elli halb auffraßen.

„Die Beiden sind ein gutes Team, die kommen schon klar", beantwortete sie meine Frage während Herr Ricke endlich zum Ende kam und wir unsere Koffer in die untere Ablage des Busses quetschen durften.

Dabei schlich ich mich unbemerkt an Shay heran und hielt sie an ihrer schwarzen Lederjacke fest.

„Du hast mich heute noch gar nicht richtig begrüßt", ich konnte einen enttäuschten Unterton nicht verkneifen.

Aber gerade als Shay sich zu mir drehen wollte packte sie Nadine auch schon am Arm.

„Yas zisch ab. Shay sitzt neben mir, als nimm deine Homogriffel von ihr."

„Davon wüsste ich was." Ich zog meine Augenbraue hoch und verschränkte die Arme vor meiner Brust.

Während ich und meine Lieblingsrivalin uns ein Augenduell der bösen Blicke lieferten bemerkten wir beide nicht das Shay der Geduldsfaden riss.

„Es ist kurz nach fünf und ihr streitet euch schon wie kleine Kinder! Wisst ihr was ich werde mich neben keinen von euch beiden setzen", ohne ein weiteres Wort ließ sie uns einfach stehen und lief mit ein paar anderen in den Reisebus.

„Das hast du ganz toll hinbekommen", keifte ich Nadine an und während wir uns weiter einen Bitchfight lieferten bemerkten wir nicht, dass wir mittlerweile die letzten waren.

„Kommt ihr langsam?", genervt winkte uns Herr Ricke in den vollen Bus.

„Nadine, Yasmin? Da ihr euch so hervorragend versteht, mit euren liebevollen Kommentaren immer wieder meinen Unterricht stört werdet ihr euch nebeneinandersetzten und ich will keinen, absolut keinen Kommentar hören."

„Das können sie nicht machen!", immerhin in dem Punkt waren wir uns einig.

„Keinen. Kommentar. Setzt euch."

Ich Yasmin Copper wurde gerade von meinem Klassenlehrer dazu verdonnert neben dem Mädel zu sitzen das ich über alles hasste.

Wehmütig sah ich zu Shay, die sich neben Francis gesetzt hatte.

Ihren das hast du dir selbst eingebrockt' Blick konnte sie sich gerade sonst wo hinstecken, denn ich hatte die qualvollsten Stunden meines Lebens vor mir.

Kapitel 33

Eine Stunde fuhren wir nun schon und ich hatte mich immer noch nicht damit abgefunden, dass ich neben Nadine verbannt wurde.

Was hatte ich nur getan, dass ich so bestraft wurde?

Das Modepüppchen neben mir hatte sich natürlich den Platz am Fenster gesichert während ich auf den trostlosen Platz neben dem Gang saß.

Die meisten aus meiner Klasse schliefen oder unterhielten sich. Beides zog ich nicht in Erwägung.

Über was sollte ich schon mit Nadine reden?

Aus ihren Mund kam doch so oder so nur Müll. Und schlafen? Wer konnte mir versichern, dass sie mich nicht im Schlaf ersticken würde?

Nein, nein das war mir viel zu riskant.

Ich beschränkte mich also auf meine Musik und hatte schon die erste Playlist komplett durchgehört.

Hatte ich überhaupt so viele Lieder für die Fahrt?

Im nächsten Augenblick blinkte mein Handy auf und ich blickte auf eine Nachricht von Shay.

„Tut mir leid Honey aber das vorhin musste einfach mal sein. Nadine ist gar nicht so scheiße wie du denkst, vielleicht könnt

ihr nach der Busfahrt auch mal neben einander stehen ohne euch gleich zu zerfleischen. Ich liebe dich."

Stirnrunzelnd blickte ich durch die Reihe und sah, dass Shay mich ansah.

Sie sah müde aus und etwas aufgewühlt.

„Ich liebe dich auch aber ich kann Nadine einfach nicht ausstehen", antwortete ich ihr und blickte wieder zu ihr.

Shay rollte mit den Augen, legte ihr Handy zur Seite und machte es sich auf ihren Sitz bequem.

Na vielen Dank auch.

„Scheiße", fluchte das Mädchen neben mir plötzlich und steckte sich ihr Handy in die Hosentasche.

„Was hast du jetzt schon wieder für ein Problem? Ist dir dein Lover abgesprungen?", witzelte ich und sah in zwei graue Augen, in denen sich ein Sturm zusammenbraute.

„Halt einfach die Fresse", ihre Stimme zitterte und Nadine drehte ihren Kopf in Richtung Fenster während ihr Körper leicht zitterte.

Als ein leises Schniefen ertönte war ich mir sicher, dass sie weinte.

Na toll.

Sollte ich sie jetzt einfach ignorieren?

Ich hasste dieses Mädchen wirklich.

Ihre ganze Art und wie herablassend sie mich behandelte.

Wiederrum konnte ich aber auch niemanden weinen sehen und kramte aus meiner Tasche eine Packung Taschentücher hervor.

Oha, dass ich das jemals tun würde.

Ich tippte leicht auf ihre Schulter.

„Was willst du?!", keifte sie mich sofort an, was sich aber nicht ganz so zickig wie sonst anhörte.

Dann blickte sie auf die Taschentücher und dann wieder zu mir. Ihr Blick war undefinierbar.

Aber ihre Hände griffen vorsichtig nach der Packung.

„Sie sind nicht giftig", knurrte ich und sah Nadine dabei zu wie sie meine Taschentücher für ihre Tränen und für ihre Nase missbrauchte.

Nicht das ich neugierig war oder so aber jetzt wo ich wusste, dass ich die Packung nie wiedersah und noch Stunden hier verbringen musste fragte ich Nadine frei heraus was denn eigentlich los war.

„Warum sollte ich ausgerechnet dir das sagen?", zischte Nadine feindselig und zog wieder ihr Handy hervor.

Wieder las sie was dort stand und wieder war sie den Tränen nahe.

„Wir werden uns noch eine ganze Weile ertragen müssen darum bitte tu mir den Gefallen und rede mit mir damit ich beschäftigt bin und du dich bei jemanden auskotzen kannst. Da haben wir beide was von."

Ich hatte das eigentlich nur so gesagt doch plötzlich begann sie von ihrem Freund, diversen Diebstählen, einer krassen Trennung und einer gescheiterten Versöhnung zu erzählen.

Am Ende wusste ich dabei mehr über ihr verkorkstes Leben als das meiner Freundin.

Die restliche Fahrt verlief erstaunlich ruhig.

Es gab keine Auseinandersetzungen, sondern ein Netflix Serienmarathon mit Nadine. Erstaunlicherweise hatten wir nämlich bei den Serien ein paar Gemeinsamkeiten.

Mit ihr die Serie Arrow zu sehen verlief allerdings solange gut bis sie mich plötzlich fragte ob ich wirklich etwas von Shay wollte.

Ich hielt sofort die Folge an und sah entrüstet zu Nadine.

Wäre es asozial Shay vor Nadine zu outen?

Allerdings war sie schuld daran, dass ich nun hier saß…

„Nur, weil ich neben ihr sitzen wollte?", zischte ich stattdessen und war wieder auf dem Anti Nadine Level.

„Ganz ruhig brauner", die Hand meiner Klassenkameradin legte sich auf meine Schulter.

„Ich frage dich nur, weil ich dich noch nie so verwirrt gesehen habe. Sonst tust du immer so cool und gefühlslos.

Ich kannte dich mal da hast du noch alles Mögliche abgeschleppt. Aber seitdem Shay an der Schule ist merke ich davon nichts mehr. Du bist nur noch auf sie fixiert."

Na, Klasse ich hatte einen Stalker.

Jetzt wurde mir doch etwas mulmig zu mute.

Warum wusste Nadine so viel über mich?

„Ich behalte meine Feinde eben im Auge. Außerdem ist das auch nicht gerade ein Geheimnis, das du ein Mädchen nach dem anderen abgeschleppt hast", unterbrach wieder Nadine das Schweigen und erklärte die Fragen, die mir auf der Stirn zu stehen schienen.

„Ja ich liebe Shay, antwortete ich daher trocken.

Was hatte ich schon groß zu verlieren?

Noch mehr hassen konnte mich Nadine sowieso nicht.

Lange Zeit fuhren wir noch weiter.

Hielten an, machten Pausen und fuhren wieder weiter bis wir nach langen Stunden endlich ankamen.

Meine Augen waren geschlossen, denn ich war irgendwie doch noch eingeschlafen.

Nur das heftige Ruckeln des Busses machte mich wieder wach und ich brauchte einige Zeit bis ich realisierte wo ich mich befand.

Als ich allerdings Nadine erblickte fuhr ich erschrocken aus meinen Sitz.

„Keine Sorge das ist kein Alptraum", brummte eine Stimme neben mir, die sich auch noch recht verschlafen anhörte.

Der Busfahrer hielt noch eine kurze Ansprache über sein Mikrofon doch ich war noch nicht in der Lage ihm auch nur ein einziges Wort zu folgen.

Nein ich war einfach nur froh, als ich endlich auf meinen Füßen landete und festen Boden unter diesen spürte.

Endlich wieder an der frischen Luft.

Die Blicke der Rest der Klasse sprachen Bände und ich erhaschte kurz Milan.

Auch er schien geschlaucht zu sein, doch gerade als ich mich auf ihn zubewegte verschwamm die Welt um mich herum und die anderen Schüler verschwanden.

Nur Elli, Shay, Bruce, Francis und Susano waren zu sehen.

„Was soll das jetzt?", knurrte ich und sank verzweifelt auf den Boden.

„Ich bin zu müde für den Scheiß!", warf ich hinterher.

Elli stand wie angewurzelt da.

Ach ja, sie hatte ja noch gar keine Erfahrung mit der Parallelwelt.

Aber Bruce würde sie schon beschützen. Ich stand wieder auf.

So standen wir alle auf einem staubigen Boden und sahen in Kampfposition in das pure Grau hinein.

Bereit für jeden Angriff, doch es kam nichts.

Kein Seelendieb und auch sonst nichts.

„Was soll das denn?", auch Francis hörte sich gerade mächtig genervt an.

Doch bevor wir weiter nachdenken konnten nahm die Mitte der Ebene eine Form an.

Die Form eines jungen Mannes.

Er war etwas größer als Bruce und Susano aber sah nicht ganz so kräftig aus.

Seine braunen Haare waren sehr gepflegt und auch sonst schien er Wert auf sein Äußeres zu legen, auch wenn seine Kleidung nicht ganz aus diesem Jahrhundert zu kommen schien.

Er erinnerte mich irgendwie an einer lebendig gewordenen Statur eines Römers.

Ihr wisst schon diese weißen Statuten die in den meisten Lehrbüchern abgedruckt waren.

„Chi sei?", erklang schroff von dem jungen Mann vor uns. In seinen rehbraunen Augen lag Skepsis.

Aber auch wir waren ihm gegenüber sehr skeptisch.

Trotzdem ließen Francis und Bruce ihre Bögen vorerst sinken.

„Wir sprechen leider kein Italienisch. Aber wir sind die Hateful and Loveble Creatures, Schüler aus Deutschland und auf dem Weg zum Hotel", stellte Bruce uns vor wobei der junge Mann seine Stirn in Falten legte.

„Ihr seid keine gewöhnlichen Menschen", merkte er in einem recht akzeptablen deutsch an.

„Hast du schon Mal leuchtende Menschen gesehen?", stöhnte ich genervt auf und ließ eine Wasserkugel aus meinen Fingerspitzen kriechen.

Doch bevor ich ihm die Kugel spaßeshalber ins Gesicht werfen konnte hielt Susano auch schon meine Hand fest.

„Provozier ihn nicht", wies er mich an und trat einige Schritte auf dem Mann vor uns zu.

„Sagst du uns wer du bist? Wir haben eine wirklich lange Reise hinter uns und hatten nicht vor zu kämpfen", erklärte Susano die Situation und die Miene des Mannes hellte sich auf.

„Sorry. Ich bin ein Lares Loci und wache über diesen Platz. Anders als die Lares Familiares bin ich allerdings an keiner Familie gebunden. Ich bin lediglich der Schutzgott des Platzes auf dem das Hotel gebaut wurde und es ist meine Aufgabe, Menschen wie ihr es seit genauer zu betrachten um herauszufinden ob ihr keinen Ärger macht."

Dieses Mal war es der Lares Loci, der einen Schritt auf Susano zutrat und seinen Kopf zu ihm hinabbeugte.

„Ihr macht doch keinen Ärger?"

Etwas Bedrohliches lag in seiner Stimme doch davon ließ sich Susano nicht beeindrucken.

„Wir wollen hier nur eine entspannte Klassenfahrt erleben und danach wieder gehen." Sofort drehte sich der komische Mann um.

„Aber wehe ihr zieht irgendwelche Probleme an."

Schon war er auch schon wieder verschwunden und alle Blicke lagen auf mir.

„Ja Yas, zieh bitte einmal keine Probleme an", riet mir Bruce mit einer kühlen Stimme die auch Elli nicht entging.

Schützend stellte sie sich vor mir und blickte finster zu ihrem Freund.

„Yas kann absolut nichts dafür das ich jetzt ein Vampir bin. Es ist Klaras schuld nicht ihre."

Bevor Bruce etwas entgegnen konnte verschwand die Welt und alle standen wieder in genau der Position, in der wir waren bevor wir in die andere Welt gesaugt wurden.

Was hatte ich nochmal vor?

Ach ja.

Ich lief geradewegs auf den schlaksigen Milan hinzu.

„Wie war die Fahrt?", versuchte ich aus ihm herauszubekommen doch erhielt nur ein unverständliches Geknurre.

„Schlecht geschlafen?"

Milan winkte ab.

„Auch aber immerhin ist Nadine jetzt nicht meine Busenfreundin."

Ich boxte Milan in die Seite bis ich bemerkte, dass es gar kein Spaß war was er gesagt hatte.

„Und du Idiot hast nicht mal gemerkt was sie abgezogen hat", fuhr er fort und zog sein Handy heraus.

„Ich behalte meine Feinde eben im Auge. Außerdem ist das auch nicht gerade ein Geheimnis, das du ein Mädchen nach dem anderen abgeschleppt hast."

„Ja ich liebe Shay", erklang meine Stimme und ich wurde rot vor Wut.

Nadine hatte unser Gespräch aufgenommen!

Zielstrebig lief ich auf ihre Gruppe zu und zog ihr von hinten an den Haaren.

„Du kleine miese Bitch", setzte ich an, als wir auch schon von Susano und Herr Ricke getrennt worden.

„Nicht schon wieder", Herr Ricke war es sichtlich leid, dass wir uns ständig zofften aber Nadine hatte es nicht anders verdient.

Nachdem wir unsere Koffer wiederbekamen und uns die Zimmerschlüssel besorgten entschieden Shay, Elli, Francis und ich uns dazu uns ein Viererzimmer zu teilen.

Alles war besser als mit irgendwen anderes aus unserer Klasse.

Nadine zum Beispiel, der es übrigens überhaupt nicht gefallen hatte das Shay sich für mich entschied und nicht für sie.

Es gab noch eine sehr kurze Ansprache von unserem Klassenlehrer und dann ging jeder seiner Wege.

„Wieso bist du gerade bei Nadine so ausgerastet?", Shay blickte mich fragend an während wir einige Sachen aus dem Koffer auspackten.

„Sieh auf dein Handy", wies ich meine Freundin an.

„Eine Nachricht von Nadine." Sie runzelte die Stirn und öffnete diese.

Eine Sekunde später erklang auch schon meine Stimme und Shay ließ sich geflasht aufs Bett fallen.

„Sie wollte dich bloßstellen?", ihre Worte waren mehr eine Frage als eine Feststellung.

„Nadine ist kein guter Mensch", spuckte ich meiner Freundin sauer vor die Füße und Elli, die gerade aus dem Bad kam stimmte mir zu.

„Nadine ist das Böse in Person. Karamell...ich meine Klara und sie waren vor einiger Zeit Mal befreundet. Zumindest bis Yasmin aufgetaucht war. Klara hat mir Mal erzählt das Nadine wahnsinnig eifersüchtig auf Yasmin war und ständig irgendwelche hinterfotzige Aktionen abgezogen hat um die Beiden voneinander fern zu halten."

„Es tut mir leid", Shay biss sich wütend auf die Lippen.

Sie hätte es nicht wissen können, denn vor allen anderen als mir wirkte Nadine wie ein kleines Unschuldslamm.

Außerdem versuchte Shay immer das Gute in den Menschen zu sehen.

Das war mir auch schon damals aufgefallen als wir auf dem Boden gedrückt zu Tode verurteilt wurden.

Zusammen hätten wir sie alle fertigmachen können aber sie hatte etwas in den Dorfbewohnern gesehen.

Obwohl sie uns durch ihre Unwissenheit tot sehen wollten, hätte sie niemals die Hand oder in ihrem Fall Pfote gegen einen von ihnen erhoben.

„Ich werde Nadine morgen sagen, dass ich mit dir zusammen bin. "

„Wirklich?", meine Augen wurden groß und ich fiel meiner Freundin um den Hals.

Nun das hätte ich ihr nicht zugetraut.

Aber es geschahen wohl doch noch Wunder.

Kapitel 34

Das nervige piepen eines Weckers ließ mich hektisch hochschrecken.

Ein helles Licht durchflutete den mit unbekannten Raum.

Wo war ich?

Nach einigen Sekunden kamen meine Erinnerungen zurück und ich betrachtete meine Freundin, die gestern gar nicht erst in ihr Bett gesprungen war, sondern gleich zu mir unter die Bettdecke gekrochen war.

Elli und Francis war das ziemlich egal, solange wir nichts taten was sie beim Schlafen stören würden.

Naja, ich hatte auch nicht gerade vor mit Shay zu schlafen während zwei meiner Freunde danebenlagen.

Mein Blick blieb gerade an Franics hängen, die sich beschwerlich aus dem Bett hievte.

„Wir sollten aufstehen, wenn wir halbwegs pünktlich zum Frühstück erscheinen wollen", riet sie mir und ich blickte auf Shays Arm der mich geradezu sich zurückzog als ich mich bewegte.

Kopfschüttelnd lief Francis zur Tür des Badezimmers.

„Wo ist Elli eigentlich?", ich konnte meine beste Freundin nirgends sehen.

„Sie ist die ganze Nacht durch die Gegend gelaufen. Wahrscheinlich ist sie schon beim Essen."

Als Francis die Tür hinter sich zu zog öffnete Shay ihre Augen und unsere Blicke verfingen sich ineinander, bevor sie meinen Arm freigab.

Allerdings nur um mit ihren Fingern durch meinen schwarzen Haaren zu fahren.

Ihr Blick wurde dabei leicht verträumt und doch blieben ihre Augen dabei lebhaft.

Ich konnte gar nicht anders als sie sanft ins Kissen zu drücken und meine Lippen auf ihre zu legen.

Selbst während des Kusses konnte ich ihr Lächeln spüren.

Oh ja, so könnte jeder Morgen beginnen.

Im Badezimmer plätscherte das Wasser der Dusche und Shay hatte mich mit meinem gesamten Körper auf sich gezogen.

Ihre Finger wanderten unter dem weiten Top das ich zum Schlafen angezogen hatte und zogen Kreise auf meinem Bauch.

Sofort spannte dieser sich an und verkrampfte sich kurz um sich an das brennende Gefühl zu gewöhnen, dass ihre Finger auf meiner Haut hinterließen.

„Guten Morgen", flüsterte sie leicht verspielt in mein Ohr und grinste als sie bemerkte, was sie da angerichtet hatte. Mein Gesicht musste feuerrot geworden sein.

„Morgen", hauchte ich während ihre Fingerspitzen höher wanderten und meine Stimme versagte.

Mein Atem wurde ungewollt schwerer und genau als sie kurz davor war meine Brüste zu erreichen öffnete sich die Tür des Badezimmers und Francis kam wieder hervor.

Stumm zog Shay ihre Hand hervor und schwang sich aus dem Bett.

„Ich bin auch mal duschen, oder magst du mitkommen?", zwinkernd blieb sie stehen und ich schüttelte schnell mit dem Kopf.

Dann würden wir heute gar nicht mehr zum Essen auftauchen, weil wir mit völlig anderen Dingen beschäftigt wären.

Ich spürte das ich noch röter wurde, falls das überhaupt noch möglich war und warf mein Kopf ins Kissen.

„Du benimmst dich echt kindisch", merkte Francis an, die ihre dunkelblauen Augen wieder unter ihrem ebenfalls dunklen Makeup versteckt hatte.

Daraufhin erhob ich meinen Kopf und starrte sie vom Bett aus an.

„Ich bin einfach nur überfordert", konterte ich und atmete schwerfällig aus.

„Weil sie mit dir flirtet?", Francis hob ihre Augenbraue an und setzte sich zu mir aufs Bett.

Sofort richtete ich mich wieder auf und hielt mir das große weiße Hotelkissen vor dem Bauch, weil es so wundervoll weich war.

„Ich kann nicht klar denken, wenn sie das tut. Normalerweise finde ich immer einen guten Satz, wenn jemand mit mir flirtet aber bei ihr versagt einfach alles. Wortschatz, Stimme, Verstand. Ich habe das Gefühl wahnsinnig zu werden", versuchte ich zu erklären.

„Du bist verliebt", kicherte Francis und ich rollte mit den Augen.

„Ach und ich bin kindisch?"

Dann ging auch schon die Tür auf und eine wunderschöne Shay kam zum Vorschein und lief direkt auf mich zu.

Ihre Lippen schmeckten noch nach Wasser und eines stand für heute fest: Ich würde keinen einzigen klaren Gedanken fassen können, solange sie in meiner Nähe war.

Nachdem auch ich mich geduscht und etwas zurecht gemacht hatte konnten wir zum gemeinsamen Frühstück mit der Klasse.

Wir liefen über den Marmorboden des Flures und nun hatte ich auch die Möglichkeit das Hotel näher zu betrachten.

Gestern war ich dafür nämlich viel zu müde.

Aber im Dunkeln hätte ich so oder so nicht erkannt wie hell und freundlich hier alles war.

Um zum Buffet zu kommen mussten wir zunächst durch die Lobby.

Und heilige Scheiße der Boden glänzte so sauber, wir hätten auch gleich hier Essen können!

Etwas zulange war ich stehen geblieben, und hatte einfach nur die weißen Säulen angestarrt, die von dem Boden zur Decke ragten, sodass ich etwas brauchte um Shay und Francis wieder einzuholen.

„Tagträumer", gab Shay amüsiert von sich, als ich neben ihr auftauchte und nahm meine Hand.

Irritiert blickte ich auf diese und dann wieder zu meiner Freundin. Wollte sie es etwa wirklich durchziehen?

Aber wie immer hatte ich keine Zeit um darüber nachzudenken, denn wir betraten auch schon den Essensraum und mein Blick wanderte erst zu den Tischen und dann zu dem lecker aussehenden Buffet.

Anscheinend war unsere Klasse gerade die einzige die hier frühstückte.

„Schön das ihr auch schon hier seid. Die anderen sind fast fertig", grummelte Herr Ricke und sah zu seiner teuren Armbanduhr.

„Guten Morgen. Wir beeilen uns", gab Shay entschuldigend von sich ohne dabei meine Hand los zu lassen.

„In Ordnung. Den anderen habe ich schon Bescheid gegeben, dass wir uns alle in einer Stunde vor dem Hotel treffen um uns die Stadt und ein paar Sehenswürdigkeiten anzusehen." Herr Ricke griff während des Redens nach einem Croissant und auch wir schnappten uns ein Teller und bedienten uns am offenen Buffet.

„Na endlich bist du da", wie aus dem Nichts tauchte Elli neben mir auf und klaute mir ein paar Weintrauben vom Teller um sie genüsslich in ihren Mund zu schieben.

„Hey du brauchst das Essen nicht mal!", beschwerte ich mich aber meine beste Freundin verzog keine Miene.

„Ich kann ja schlecht nur von Blutkonserven leben. Außerdem sind Weintrauben kein Essen, sondern Beruhigung für meine Nerven", rechtfertigte sie sich dann aber und begann zu kichern.

„Kommt mit", Elli winkte uns zu den anderen und wir setzten uns zu dem Rest unserer bunten Truppe.

Dieser war schon heftig am Diskutieren.

„Worum geht es?", ich beugte mich zu Jaqueline, einem sehr quirligen Mädchen aus unserer Klasse und biss von meinem Brötchen ab.

„Wenn heute Nachtruhe ist wollen wir uns rausschleichen und feiern gehen. Hier in der Gegend sind ein paar nett aussehende Clubs, seid ihr dabei?"

„Natürlich", Elli war sofort Feuer und Flamme und zog an meinem Ärmel.

Sag bitte ja, lag in ihren Augen und ich blickte besorgt zu Shay und Francis.

„Wir sind dabei", gab meine Freundin zwinkernd von sich und schon hatte ich gar keine andere Wahl mehr als ebenfalls zuzustimmen.

So war es also beschlossene Sache.

Nach einer Stunde standen wir alle wie bestellt draußen vor dem Hotel.

Susano und Herr Ricke zählten nach ob wir vollzählig waren und dann ging es los.

Wie auch schon vorhin hielt Shay meine Hand und schenkte mir ein zögerndes Lächeln, wann immer ich vorsichtig meine Fingerspitzen über ihren Handrücken kreisen ließ.

Das schien auch Nadine zu bemerken, die nämlich plötzlich neben uns lief und einen missbilli1gen Blick auf mich warf.

„Sag mir das, das nicht wahr ist", richtete sie das Wort an Shay doch diese grinste nur.

„Was soll denn nicht wahr sein?", bei diesen Worten spürte ich, wie sie meine Hand los ließ.

Zunächst dachte ich, sie machte einen Rückzieher doch falsch gedacht, denn sie legte ihre Hand um meine Hüfte um mich näher zu sich zu ziehen.

„Warum krallst du dir immer diejenigen die mir wichtig sind?", Wut blitzte in Nadines Augen auf und Shay blieb plötzlich stehen. Wir fielen zurück und bildeten nun das Schlusslicht.

„Sie hat dir nichts genommen. Ich liebe sie. Das habe ich schon die ganze Zeit nur, dass ich es mir nicht eingestehen wollte", gestand Shay die Wahrheit und Nadine stand einfach nur noch Fassungslos da.

„Yas nutzt dich nur aus", stammelte sie schließlich zusammen.

„Das tut sie nicht und das weißt du selbst. Die einzige die irgendwen ausnutzt bist du, weil du Angst davor hast alleine zu ein. Aber das bist du gar nicht. Jeder würde dich mögen, wenn du nicht so wahnsinnig Besitzergreifend wärst."

Ich konnte förmlich sehen, wie die Worte meiner Freundin Nadines Fassade zum Wanken brachte.

„Das ist nicht wahr", ihre Stimme zitterte und plötzlich wirkte meine verhasste Klassenkameradin wahnsinnig zerbrechlich.

„Doch das ist wahr. Und irgendwo in deinem verkorksten Inneren weißt du das auch."

Das war zu viel für Nadine, denn sie war gerade drauf und dran Shay eine zu Klatschen. Blitzschnell ging ich dazwischen und hielt ihre Hand fest.

„Shay das war zu hart."

Ich wusste das Shays Worte Nadine verletzt hatten und auch wenn ich sie nun wirklich nicht mochte konnte ich das hier nicht zulassen.

Brauchte ich aber auch nicht, denn Nadine rannte los zu den anderen aus ihrer Gruppe und ließ Shay und mich zurück.

„Warum hast du das gemacht?", fragte mich meine Freundin während wir zügig weiter liefen um die anderen wieder einzuholen.

Kurz schwieg ich aber dann erhob ich erneut meine Stimme: „Ich weiß, dass es zu viel war. Nadine ist ein Mensch der nicht gerne mit der Wahrheit konfrontiert wird und ich kann es an ihrer Stelle auch irgendwie nachvollziehen. Sie möchte der Mittelpunkt sein oder zumindest für jemanden sein. So wie ich der Mittelpunkt für dich sein möchte nur, dass sie diese Person noch nicht gefunden hat."

Shay sagte nichts aber ich glaubte sie hatte es verstanden.

Zwar schwieg Shay die nächste Zeit und Elli hing wieder bei Bruce rum aber so konnte ich den Charme der Stadt auf mich einwirken lassen.

Wir befanden uns auf dem Platz Piazza Brà.

Hier tummelten sich viele Menschen.

Einheimische und Touristen. Ein bunter Haufen eben.

Der Himmel war herrlich blau und nur vereinzelt schob sich hin und wieder eine kleine Wolke vor die Sonne.

Unsere Füße liefen über den rosafarbenen Marmorboden, vorbei an Stände, Restaurants und gemütlichen Cafés bis wir geradewegs vor einem riesigen Amphitheater hielten.

Die Arena dì Verona.

Von außen sah man noch die rosafarbenen Kalksteinblöcke des mittlerweile mehrfach restaurierten Monumentes.

Natürlich betrachteten wir das Bauwerk nicht nur von außen, sondern ließen uns eine Führung geben.

Meine Ohren fassten allerdings nicht viel auf außer dass dieses Bauwerk eben das am besten erhaltene römische Amphitheater der Welt war und es nach dem Untergang des römischen Reiches für Turniere, Kämpfe und Theateraufführungen genutzt wurde.

Im Sommer konnte man sich unter dem freien Himmel Opernaufführungen ansehen aber dafür waren wir zu spät hier.

Vielleicht wäre es auch besser gewesen, wenn wir die Klassenfahrt letztes Schuljahr im Sommer erlebt hätten aber in dem Zeitraum waren wir alle in einem Praktikum.

Ich selbst hatte ein Praktikum in einer Tierhandlung, dabei hatte mich aber wahnsinnig ungeschickt angestellt.

Letztendlich waren die Besitzer froh das sie mich wieder los waren.

Wie auch immer die Führung dauerte eine Weile und ich hatte Shay aus den Augen verloren.

Stattdessen lief ich nun neben Milan her.

„Bist du heute Abend auch feiern?", fragte er mich beiläufig und ich bejate es.

„Kann ich mit euch hin? Ich verstehe mich nicht besonders gut mit den anderen Jungs aus der Klasse", flehend sah er mich mit seinen Kulleraugen an.

„Ja klar, kein Problem. Ich würde mich auch nicht mit den Haufen von Idioten abgeben wollen", ich lachte kurz auf und deutete auf Niklas, einem Muskelprotz der gerade versuchte sich an der schüchternen Chloe ranzumachen, der das ganz und gar nicht zu gefallen schien.

Das konnte man sich ja gar nicht mit ansehen.

Die Kleine war schon sichtlich genervt aber sagte wiederum auch nichts.

„Niklas ich glaub das reicht langsam", auch Milan konnte es sich nicht länger mit ansehen und schwang den Arm um die kleine Chloe um sie zu uns zu lenken.

„Hier bist du vor ihm sicher", sein Blick ging zu Niklas, der noch gar nicht so richtig geschnallt hatte was gerade passiert war.

Dann löste Milan seinen Arm von Chloe bevor sie über ihn das gleiche dachte wie von Niklas.

„Wir sind zwar nicht ganz so nervig wie Niklas aber wir haben Kekse" Milan griff in seine Jackentasche und zog tatsächlich eine Packung Cookies hervor, womit weder ich noch Chloe gerechnet hatten.

Lachend teilten wir uns die Packung untereinander auf und machten allesamt dem Krümelmonster Konkurrenz.

Im Laufe des Tages erreichten wir noch den Julia Balkon.

Jap den Balkon in der Romeo von Shakespeares Werk Romeo und Julia zu seiner Julia gesprochen hatte.

Das war auch der Moment an dem Shay wieder auftauchte um mir: „Sein oder nicht sein? To be or not to be? , ins Ohr zu flüstern.

Lachend drehte ich mich um.

„Das war Hamlet, falsche Geschichte."

„Trotzdem Shakespeare", frech streckte sie mir ihre Zunge entgegen.

„So wilde Freude nimmt ein wildes Ende und stirbt im höchsten Sieg, wie Feuer und Pulver im Kusse sich verzehrt", zitierte ich und ja wir hatten das Werk wirklich lange durchgekaut bis es nicht mehr geschmeckt hatte.

„Klingt düster", brummte Shay und legte ihren Kopf auf meine Schulter während Milan und Chloe einfach nur verwirrt dastanden.

„Seid ihr zwei wirklich zusammen?", Chloe wirkte neugierig und meine Freundin leicht genervt.

„Sehen wir so aus sls wärem wir es nicht?", fragte Shay sauer um im nächsten Moment auch schon meinen Kopf zu sich zu drehen und mich vor den anderen zu küssen.

Damit wäre ihr Besitz ja wohl offliziell markiert.

Um uns herum war abrupt still geworden, dann hörte ich ein feixen aber auch einige abfällige Bemerkungen, doch das war mir egal solange dieser Moment noch ein klein wenig länger anhalten würde.

Kapitel 35

„Hier, ich habe dir dein Kleid mitgebracht", ehe ich mir ein Outfit für nachher zurechtlegen konnte, hatte mir Elli auch schon das Kleid, welches ich schon bei unserer letzten Party anhatte, entgegengeworfen.

Es war bereits spät am Abend und die Nachtruhe würde schon sehr bald eintreten.

Wenn man es genau nehmen wollte in einer halben Stunde und Francis, Shay, Elli und ich waren dabei uns zurechtzumachen.

Unsicher musterte ich den Stofffetzen und ließ mir durch den Kopf gehen was beim letzten Mal geschah als ich dieses Kleid trug.

Der Absturz vom feinsten.

Inklusive einer unfreiwilligen Übernachtung bei Shay nachdem mir Denise in Nadines Körper etwas ins Getränk gemischt hatte.

„Zieh es an", eine rauchige Stimme ließ mich zusammenzucken.

Aber nicht, weil ich mich erschrak, da Shay sich hinter mir angeschlichen hatte, sondern, weil in ihrer Stimme ein leicht fordernder Unterton mitschwang.

Ich drehte mich zu ihr um und sah in ein paar dunkler Augen die mich zu hypnotisieren schienen, denn ich versank in ihnen.

Dieses kühle und doch so lebendige Braun zog mich wie eh und je in den Bann und bevor ich realisierte das Elli und Francis uns anstarrten breitete sich auf Shays Lippen ein umwerfendes Lächeln aus.

„Es ist immer wieder süß mit anzusehen, wie dein Körper auf mich reagiert. " Während sie das sagte begann sie mit den Fingerspitzen meinen Arm entlang zu fahren.

„Echt jetzt? Wir müssen bald los. Also macht hin", Elli machte sich mit einem Schnipsen zwischen unseren Gesichtern bemerkbar während sich durch Shays Berührung eine Gänsehaut auf meinem gesamten Körper ausbreitete.

„Ich lasse sie ja schon in Ruhe", grinsend wand sich Shay von mir ab und verschwand, wie auch schon heute Morgen mit ihren Sachen im Bad.

Wenigstens zog sie sich im Badezimmer um wobei ich ihr auch zugetraut hätte, dass sie es hiervor den anderen tat.

Seufzend sah ich ihr hinterher, bis Elli mir leicht in die Seite boxte.

„Aua", beleidigt rieb ich die Stelle doch meine beste Freundin wühlte auch schon wieder in meinen Sachen.

„Zieh dich aus damit wir endlich loskönnen", stöhnte sie genervt aus.

„Kann ich das nicht im Bad tun?"

„Nicht wenn wir heute noch loswollen", mischte sich auch Francis ein.

Kein Wunder das sie so angepisst waren, denn die Beiden waren ja auch schon fertig. Meine beste Freundin trug ein grünes, enganliegendes Kleid und Francis ein langärmliches, schwarzrotes Kleid welches mit Rosen bestickt war und zu hundert Prozent von EMP bestellt wurde, während ich nun in Unterwäsche dastand, da die beiden wiederholt zur Beeilung drängten.

„Ich wusste es! Du trägst mal wieder eine Boxershorts!", amüsiert blickte Elli zu mir und warf mir etwas aus meinem Koffer entgegen.

„Zieh den an und bedank dich morgen bei mir."

Beide hatten sich umgedreht während ich meine Unterwäsche wechselte, den BH wie auch beim letzten Mal komplett wegließ und ich mich in das Kleid zwängte.

Warum hatte ich heute so viel Süßes gegessen?

Wahrscheinlich sah ich gerade aus als würde das Kleid bald zerplatzen!

„Jetzt zieh nicht so ein Gesicht du siehst wirklich gut aus", versuchte Elli mir meine Unsicherheit zu nehmen aber sagten beste Freundinnen so etwas nicht immer um einen zu beruhigen?

Während ich darüber nachdachte öffnete sich die Badezimmertür und mir stockte der Atem.

Shays Körper zierte ein schwarzes, kurzes Cocktailkleid.

Es war Rückenfrei und so geschnitten das man den leichten Ansatz ihrer Bauchmuskeln sah.

Ihr Makeup war nur dezent aber dunkel und alles in einem sah sie einfach nur verdammt verführerisch aus.

Aber erst jetzt fiel mir auf das ihre Haare nicht mehr ganz so glatt waren, sondern leicht wellig.

Auch die Haarfarbe an sich war eine Nuance dunkler als vor einem Monat.

Shays Augen hafteten an mir wie meine an ihr.

Wie konnte ein einzelner Mensch nur so wunderschön sein?

„Na dann können wir ja jetzt zu den anderen", brummte Francis und störte somit das Augenduell zwischen Shay und mir.

Ein zögerndes Klopfen kam von unserer Tür und wir blickten uns fragend an bis es in meinem Kopf klick machte und ich öffnete.

Vor mir baute sich Milan auf und überraschte uns mit einem hellblauen Anzug.

„Ich habe ihm versprochen das er mit uns gehen kann", entschuldigend sah ich zu den anderen, da ich vergessen hatte ihnen Bescheid zu geben.

Aber sie nahmen es gelassen.

Die Chipkarte unseres Zimmers landete bei Shay und wir machten uns auf leisen Füßen durch die Flure.

Draußen angekommen wehte ein frischer Wind doch meine schwarze Lederjacke hielt mir die Kälte vom Leib.

„Da sind die anderen", flüsterte uns Milan zu und deutete auf den bunten Haufen, der sich unsere Klasse schimpfte.

Doch gerade als wir einen Schritt auf die anderen zubewegten erklang eine bekannte Stimme hinter uns.

„Was soll das bitte werden!?", wir und der Rest der Klasse fuhren herum und sahen zu einem empört wirkenden Susano.

Mist!

Unser Lehrer verschränkte die Arme vor der Brust und blickte auf seine Armbanduhr.

„Ihr wisst, dass ihr nach der Nachtruhe nicht mehr alleine raus dürft?", er zog eine Augenbraue hoch.

„Na ganz toll, jetzt habe ich mich völlig umsonst zurechtgemacht?", beschwerte sich Leon, der neben Bruce stand und zu den beliebtesten Jungen unserer Klasse gehörte.

Susano allerdings hob nur seine Hand, als Zeichen das wir still sein sollten und während die ersten schon missmutig zurück ins Hotel wollten erhob er wieder seine Stimme.

„Wie gesagt ihr dürft nicht alleine gehen. Also komme ich mit. Herr Ricke schläft so wie so schon also bin ich fürs erste eure Autoritätsperson."

Ich blickte mich um.

Gut ich war nicht die einzige die großen Augen machte aber Susano hatte sich gerade unglaublich viele Pluspunkte bei uns eingesammelt.

Lockeren Schrittes folgten wir also unseren Lehrer und Elli begann davon zu schwärmen das Susano der beste Lehrer aller Zeiten war.

Und sie hatte recht.

Er war ja mal sowas von cool.

Im Dunklen sah die Stadt übrigens wunderschön aus.

Irgendwie romantisch und nicht so wie in anderen Städten wo man nachts Angst haben musste ausgeraubt zu werden.

Von dort wo wir liefen konnten wir das riesige, vollbeleuchtete Museo di Castelvecchio sehen.

Hinter ihm lag der Fluss Etsch und ich konnte die vom Wind aufkommenden Wellen sanft an das Ufer brechen hören.

Wir liefen weiter und überquerten eine Brücke.

Laut Google Maps dauerte es mit dem Bus fast genauso lange wie zu Fuß, weshalb wir die gute halbe Stunde tatsächlich liefen.

Für den ein oder anderen aus unserer Klasse war es vielleicht nicht ganz so verkehrt, da sie jetzt schon recht angeheitert waren.

Ohne Internet hätten wir uns bereits zehntausend Mal verlaufen doch nun standen wir da vor einem interessant aussehenden Schuppen.

Die Türsteher sahen wahnsinnig streng aus aber Susano ging einfach auf sie zu und schien auf Italienisch zu verhandeln.

Die Blicke der stämmigen Türsteher wechselten von ihm zu unserer Gruppe hin und her bis diese schließlich nickten und uns durchließen.

Was war das denn bitte?

Aber mir sollte es egal sein, denn wir machten uns auf den Weg zur Gardrobe um unsere Sachen abzugeben.

Laute italienische Popmusik drang in meine Ohren und viele Menschen tanzten in einem rötlich schwummrigen Scheinwerferlicht.

Wir kämpften uns bis zur Bar durch und ursprünglich hatte ich Lust mich zu betrinken doch wieder meines Erwartens bestellte ich mir lediglich eine Cola die ich vor Elli als Whisky Cola tarnte.

Susano achtete darauf das wir alle dicht beieinander blieben und wir mussten uns abmelden, wenn wir gehen wollten aber im Großen und Ganzen ließ er uns Freiraum.

„Darf ich dich entführen?", Shay hatte sich mal wieder an mich herangeschlichen um ihre Hand auf meine Taille zu legen. Ihre Haare kitzelten dabei meine Wange und ließen mir das Blut ins Gesicht schießen.

Unsicher sah ich zu Elli doch sie war mit Bruce beschäftigt.

Francis redete mit einem Jungen aus unserer Klasse und Milan war auf der Tanzfläche verschwunden.

Nichts sprach dagegen und doch verkrampfte ich mich.

„Was hast du vor?"

Lachend nahm sie meine Hand und zog mich mit auf die Tanzfläche.

„Was habe ich wohl in einer Diskothek vor?", schrie sie mir lachend über die laute Musik hinweg entgegen und tänzelte ausgelassen vor mir umher.

Ich versuchte im Takt der Musik zu bleiben doch immer wieder, wenn sie sich bewegte und ihre Haut auf meine traf stockte mir der Atem und ich blieb stehen, wurde angerempelt doch das war mir sowas von egal, weil meine Augen nur auf sie fokussiert waren.

Ihre schwingenden Hüften zogen mich an und ihre Hände an meinen ließen meinen Körper zerfließen.

Shays Wirkung auf mich war so schon unmenschlich aber jetzt war es anders.

Sie war so unglaublich sexy. Noch mehr als sonst schon.

„Ich hol mir noch was zu trinken", rief sie mir zu und ich nickte und tanzte alleine weiter.

Mein Blick fiel dabei auf Milan der eng mit einem italienischen jungen Mann tanzte und musste grinsen.

So glücklich hatte ich ihn selten erlebt.

„Du siehst so nachdenklich aus!", rief mir Elli entgegen und stieß mit mir an.

Sie hatte sicherlich schon ihren zweiten Cocktail und saugte gerade an ihrer Zitrone.

Elli hasste Zitronen aber nun verzog sie nicht einmal das Gesicht.

„Wo hast du eigentlich deine Blutkonserven?", fragte ich neugierig und ging ihre Frage aus dem Weg während ich an meinem Strohhalm nippte.

Sie ging darauf ein.

„Ich habe sie aufgeteilt und in leeren Flaschen gefüllt. Allerdings kann ich sie nur trinken, wenn wir auf dem Hotelzimmer sind sonst fällt es zu sehr auf."

Im nächsten Moment kam Shay wieder und ihr Blick verfinsterte sich kurz als sie Elli und mich zusammen tanzen sah.

„Ich lasse euch mal besser alleine bevor sie mich noch in ihrer Wolfsgestalt zu Boden wirft und zerfleischt", augenrollend ließ Elli vor mir ab und Shay kam wieder auf mich zu.

„Ich dachte das hätten wir geklärt?", sprach ich sie auf eben an und meine Freundin blickte entschuldigend zu mir.

Plötzlich kippte sie leicht nach vorne und ich hatte Probleme damit sie festzuhalten.

„Alles in Ordnung?"

„Mir ist nur etwas schwindelig."

Besorgt ergriff ich ihre Hand. Sie zitterte.

So viel hatte sie doch gar nicht getrunken?

Trotzdem gab ich umgehend unsere Gläser ab und lief mit ihr zu Susano und sagte ihm das ich Shay lieber wieder ins Hotel bringen würde.

„Ist in Ordnung, ich gebe den anderen aus eurem Zimmer Bescheid", stimmte Susano mir zu und ich begleitete Shay nach draußen.

„Was ist denn los?", Sorge schwang in meiner Stimme mit und ich zog meine Jacke aus um sie über Shays zitternden Schultern zu werfen.

Wir waren wieder draußen und Shay zog scharf die Luft ein.

Sie war etwas blass um die Nasenspitze und meine Sorgenfalte vertiefte sich.

„Tut mir leid, dass ich dir die Nacht versaue."

„Ist schon okay die Hauptsache ist das es dir wieder bessergeht. " Shay zog sich meine Jacke komplett über und kuschelte sich darin. Es war zwar etwas kühl aber für mich erträglich.

„Ich kann einfach die stickige Luft nicht ab", gestand sie und wir liefen nebeneinander her.

Vorsichtig nahm ich ihre Hand und versuchte mit der anderen auf meinem Handy eine Route aufzurufen, mit der wir zurück zum Hotel kommen würden.

Nach etwas über einer halben Stunde kamen wir wieder an und schlichen uns an der Lobby vorbei, durch die Flure in unser Zimmer.

Während des langen Weges hatte Shays Körper sich wieder beruhigt und die Farbe war in ihr Gesicht zurückgekehrt.

Nun konnte ich erleichtert aufatmen.

Zumindest so lange bis sie die Tür hinter uns zukickte und ich plötzlich mit dem Rücken an der kalten Wand stand.

„Shay du hast getrunken", merkte ich an doch diese grinste nur.

„Ja Wasser und keinen Tropfen Alkohol."

Die Tatsache das ich mit ihr allein war und sie völlig klar im Kopf zu sein schien, ließ mein Herz schneller schlagen und als sie ihre Lippen auf meine legte explodierte es.

Ich vergrub meine Hände in ihren Haaren.

„So sehen sie eigentlich aus, wenn ich sie nicht täglich glätte oder Färbe. Gefalle ich dir trotzdem?", unsicher trafen ihre Augen auf meine.

Fast schon schüchtern.

„Sie sind perfekt."

Erneut trafen ihre Lippen auf meine während ihre Hände zu meiner Hüfte wanderten.

Der dünne Stoff ihres Kleides berührte meines und unsere Küsse nahmen eine Intensivität an, dass mir der Atem stockte.

Überrascht schnappten wir gleichzeitig nach Luft um unsere Lippen sofort wieder aufeinander treffen zu lassen.

Das Gefühl meiner Lederjacke, die Shay noch nicht ausgezogen hatte hinterließ ein angenehmes prickeln auf meiner Haut.

Ich ließ meine Fingerspitzen über die offene Seite am Bauch ihres Kleides kreisen.

Sofort spannten sich die Muskeln darunter an und ich konnte die Lust in Shays Augen sehen.

Es war wie ein kleiner Funke der ein ganzes Feuerwerk entfachen wollte.

Und so war es auch, denn im nächsten Moment traf ihre Zunge so stürmisch auf meine, dass ich froh war die kalte Wand an meinen Rücken zu spüren, denn sonst wäre ich entweder nach hinten gestolpert oder verbrannt.

Meine Hände krallten sich sanft in ihre Haut während die Lippen meiner Freundin meinen Hals erkundeten.

Sanft biss sie in ihn hinein und ein tiefer Seufzer erklang aus meiner Kehle, was sie dazu anstachelte weiter zu machen.

Zwischen uns hätte nun nicht mal mehr ein Blatt Papier gepasst, denn ich drängte meinen eigenen Körper immer mehr gegen ihren.

Wollte von ihr berührt werden. Wollte sie berühren.

Mein Körper zitterte vor Erregung und auch Shay schien es nicht anders zu ergehen nur, dass, sie sich besser im Griff hatte.

Nur ihre Augen verrieten sie.

Zogen mich in ihren Bann.

Sie spielten mit mir, wollten sehen wie weit sie mich am Rande des Wahnsinns treiben konnten.

Ihre Lippen saugten sich an meinen Hals fest und hinterließen dabei eine brennende Spur.

Meine Füße taten trotz meiner weichen, wackligen Knie das einzige Richtige in dieser Situation und dirigierten Shay zum Bett.

Sie ließ sich fallen.

Ich ließ mich fallen.

So wie wir unsere Kleider.

Kein Stofffetzen sollte das hier stören, doch in dem Moment an dem meine nackte Haut zum ersten Mal auf Shays traf hielt ich inne.

Ich war wie elektrisiert.

Die junge Frau unter mir atmete schwerfällig aus und ein.

Ihr Brustkorb hob und senkte sich während sie erwartungsvoll zu mir hinaufblickte.

Sonst konnte ich nicht hinsehen, wenn sie nackt vor mir stand doch dieses Mal konnte ich mich nicht an ihr sattsehen.

Mit voller Wucht wurde mir plötzlich bewusst wie natürlich sich das alles hier anfühlte und wie vertraut mir dieser Anblick war.

Meine Hand machte sich eigenständig und ich fuhr feine Linien über ihre nackte Haut um ein weiteres Feuer zu entfachen.

Es war ein leichtes ihre empfindlichsten Stellen zu finden und sie zu reizen bis sie unter mir zappelte.

„Du machst mich wahnsinnig", eine raue, rauchige Stimme drang an meine Ohren und bevor ich etwas entgegnen konnte lag ich plötzlich unter ihr.

Meine Arme wurden nach oben geschoben und bestimmend auf das Kopfkissen gedrückt während sich ihre rechte Hand immer weiter gegen Süden bewegte.

Ich konnte mich nicht bewegen und doch erregte es mich.

Es fühlte sich wie eine Ewigkeit an bis sie endlich in mich eindrang und einen Rhythmus fand der mich laut aufstöhnen ließ.

Gefühlte Stunden später lag ich völlig erschöpft in den Armen der ebenfalls fix und fertigen Shay.

„Was machst du bloß mit mir?", fragte sie wobei mein Kopf auf ihren Brustkorb ruhte, der sich noch immer nicht beruhigt hatte.

„Das gleiche könnte ich dich fragen", meine Stimme war

schwach und nicht wieder zu erkennen.

So erledigt war ich noch nie nach dem Sex.

Shay war wirklich geschickt darin mich völlig aus der Bahn zu werfen.

In meinen Gedanken hatte sich das Bild eingebrannt wie meine Freundin unter meinen Fingern kam und ihr Stöhnen den Raum erfüllte.

Wie unsere Körper miteinander verschmolzen und jede ihrer Berührungen einen Gefühlsschauer auf mich einprasseln ließ.

Noch immer konnte sie ihre Finger nicht von mir nehmen, denn diese fuhren in kreisenden Bewegungen an meinem Arm entlang.

Es fühlte sich so unglaublich schön an das ich für einen Moment wegdriftete.

„Schläfst du schon?", lachend pikste mir Shay in meine Wange.

„Nein aber ich habe beschlossen das vorhin auf meiner Top Liste der Erinnerungen mit dir zu setzen ", antwortete ich ihr ein Gähnen unterdrückend.

„Du hast also eine Liste?", raunte sie in mein Ohr und wieder durchströmte mich ihre Stimme wie ein Blitzschlag.

„Ja und das hier ist auf Platz eins."

Eine Weile lagen wir noch im Bett herum bis meine Freundin auf die Idee kam am Getränkeautomat in der Hotel Lobby etwas zu trinken zu holen.

Natürlich hatten wir uns dafür etwas angezogen und ich begleitete sie.

„Komm schon", ihr Geld war weg, aber die Dose bewegte sich keinen Millimeter.

Daraufhin rüttelte Shay kräftig an den Automaten bis sich doch etwas tat.

Immerhin fielen sogar zwei Dosen heraus, sodass meine Ration für heute ebenfalls gerettet war.

Ein Blick zur großen Uhr über uns zeigte das es schon kurz nach 2 Uhr war aber die anderen aus unserer Klasse waren noch nicht wieder zurück im Hotel.

Hoffentlich war nichts passiert.

„Lass uns zurück ins Zimmer", ich zupfte an den Ärmel von Shays Pullover, den sie sich, wie sollte es auch anders sein, mal wieder von mir geborgt hatte.

Seit dem 14. Jahrhundert hatte sich offensichtlich nicht das geringste geändert.

Sie nickte und beugte sich zu mir hinab um mir einen kurzen Kuss zu geben als aus dem Schatten ein Mann hervortrat und mich völlig unvorbereitet von ihr wegschleuderte.

„Finger weg von meiner Freundin, Mensch!", schrie er mich an und ich blickte verwirrt von dem dunkelbraunhaarigen Mann zu Shay wobei mein Rücken vom Aufprall gegen die Wand schmerzte.

Was war das denn bitte für ein Irrer?

„Zayn, was tust du hier?", Shays Stimme brach ab und ich verstand gar nichts mehr.

Wer war der fremde Mann der auf mich losging? Und woher kannte Shay ihn?

Kapitel 36

„Zayn, was tust du hier?", verfolgte ich Shays Stimme und mein Blick wanderte zu dem Jungen, der in unseren Alter zu sein schien und meiner Freundin hin und her.

Was sollte das Ganze?

Und warum war Shay so wahnsinnig nervös?

„Wie lange ist das jetzt wohl her?", tief und rauchig erklang Zayns Stimme und er machte einen zögernden Schritt auf Shay zu, die allerdings stocksteif dastand und sich offensichtlich sammelte.

„Tausende von Jahren", brachte sie zähneknirschend hervor und ich verstand noch immer nicht was gerade vor sich ging.

Erst als dieser Junge unmittelbar vor meiner völlig überrumpelten Freundin stand und diese sich von ihm, in den Arm nehmen ließ, spürte ich einen gewaltigen Stich in meinem Herzen.

Dieser kam aber nicht nur von der Tatsache, dass sie es nicht mal in Erwägung zog mich aufzuklären, sondern da ich nicht gewusst hatte das Shays Seele schon so lange existierte.

Wusste ich denn überhaupt von ihr?

„Bist du mir nicht sauer, dass ich geflohen bin und dich alleine zurückließ?", begann Shay als sich die Umarmung der Beiden auflöste.

Zayn strich sich seine etwas zu langen Haare zur Seite und ich bemerkte das er Shay irgendwie ähnlichsah.

Seine Augen hatten das gleiche dunkle braun, seine Stimme war rauchig aber nicht unangenehm und seine Haare hatten die gleiche wellige Art wie die meiner Freundin nur das seine ein bisschen dunkler ausfielen.

„Nein ich war dir nie sauer, du hast das einzige richtige getan und bist weggelaufen", gutmütig legte Zayn seine Hände auf Shays Schultern.

„Nur bitte Sherian, nenn mich doch bitte Zeynel, das ist jetzt mein Name."

„In Ordnung aber ich heiße auch schon lange nicht mehr Sherian", erklärte meine Freundin leicht kichernd und mir wurde das Ganze zu blöd.

„Ihr Name ist Shay", warf ich daher ein damit die Beiden wieder Notiz von mir nahmen.

Mein Rücken tat immer noch weh aber noch mehr weh tat es mir zuzusehen, wie es Shay völlig egal war, dass mich dieser komische Typ, der anscheinend nicht Zayn sondern Zeynel hieß verletzt hatte.

„Halt dich da raus", finsteren Blickes kam er auf mich zu und packte mich am Kragen.

„Zeynel tu ihr nicht weh, sie ist meine Freundin." Shays Hand legte sich beruhigend um den Körper des muskelösen Jungen.

„Ich liebe sie", flüsterte sie leise.

Fast schon zu leise.

Wollte sie etwa nicht das er davon wusste?

Zeynel ließ von mir ab um sich verletzt zu Shay zu drehen.

Ich konnte die Trauer in seinen Augen sehen.

„Du hast mich einfach ersetzt, nach allem was wir zusammen durchgemacht haben? Und dann auch noch mit so einem Grünschnabel von Mädchen? Einem einfachen Menschen?"

In mir kochte die Wut hoch und nein ich konnte sie keine Sekunde länger kontrollieren.

Das Leuchten meines Körpers verriet mich und ehe ich mich versah hatte ich eine riesige Wasserkugel in der Hand.

Sie war nicht heiß aber brauchbar, denn ich warf sie unvorbereitet auf Zeynel der sich prompt schüttelte.

Triefend nass stand er nun da und sah aus wie ein begossener Pudel.

Aber nun grinste er höhnisch.

„Ah also doch kein gewöhnlicher Mensch aber du hast es nicht anderes gewollt", in Windeseile zog sich Zeynel seine Sachen aus.

Oh Gott bei Shay sah das wenigstens sexy aus aber jetzt hielt ich mir selbst die Augen zu, weil ich wusste das sich der Anblick unangenehm in meinem Gehirn einbrennen würde.

Erst als ein mürrisches Knurren erklang öffnete ich meine Augen wieder und fand einen weißen Wolf vor.

Kurz blickte ich irritiert zu Shay aber sie stand noch an Ort und Stelle.

Beim genaueren Hinsehen sah man aber das Zeynel in der Wolfsgestalt um einiges größer Aussah als Shay.

„Bitte tut das nicht ", versuchte diese sich einzumischen doch da nahm Zeynel schon Anlauf und begrub mich unter seiner riesigen Wolfspfote.

Im selben Moment polarisierte mein Körper und ich vereiste den Boden unter ihm, sodass er bei der nächsten Bewegung ausrutschte.

Es war das erste Mal das ich auf Anhieb etwas Vereiste aber für ein Lob an mich selbst blieb keine Zeit, denn Zeynel erhob sich knurrend.

Seine Zähne blitzten mir gefährlich entgegen und bevor er den nächsten Angriff starten konnte jagte ich eine vereiste Wasserkugel auf seinen Schädel.

Nur einen Millimeter vor diesen zersplitterte diese durch ein grelles purpurrotes Licht, dass sich blitzartig zwischen uns Beiden ausbreitete und uns zu Boden zwang.

„Hatte ich nicht gesagt ihr sollt keine Probleme machen?", vor uns baute sich der Lares Loci auf und sah streng zu uns hinab.

„Und dann nicht einmal die Parallelwelt zu benutzen. Ihr solltet euch was schämen, dass ich mich wegen euch hier zeigen muss. Verlasst sofort das Hotel", fuhr der Lares Loci erzürnt fort und deutete zur Tür.

Ein feindseliger Blick ging zwischen Zeynel und mir hin und her.

Ich könnte ihn auf der Stelle einfrieren und töten auf das mir dieses Gesicht nie wieder unter die Augen kommen möge.

„Können sie den beiden nicht noch eine letzte Chance geben? Sie werden auch den Wasserschaden beheben ohne sich ein weiteres Mal zu Prügeln."

Wir lagen immer noch auf dem Boden und durch diesen Blitz und der Tatsache das mein Rücken zuvor eine unfreiwillige Bekanntschaft mit der Wand gemacht hatte ließen mich gequält aufstöhnen.

„Ich denke das geht klar" Genugtuung lag in dem Gesicht des Lares Loci als dieser sich in Rauch auflöste.

„Eine letzte Chance. Lavorare."

Grummelnd erhob ich mich und half Zeynel auf die Beine.

Wie wir Beide auf dem Boden lagen war ja schon fast zu erbärmlich.

„Und wie kriegen wir das Wasser weg? Der ganze Boden schwimmt", stöhnte dieser, nachdem er sich zurück verwandelt und wieder angezogenen hatte, statt einem Dankeschön, auf und ich schubste ihn zur Seite.

„Ich mach das schon irgendwie."

Nun kniete ich mich auf den Boden und sammelte meine Gedanken.

Mein Körper begann erneut zu leuchten und ich konzentrierte mich auf das Wasser, das meine Hosenbeine durchweichte.

Zunächst tat sich nichts, doch als ich es mit den Fingerspitzen berührte kroch das Wasser an meiner Hand hinauf und in meine Handinnenfläche zurück.

Jeder Tropfen der den Boden berührt hatte.

Das Eis hatte sich dabei schon durch den roten Blitz verflüssigt und stellte ebenfalls keine Gefahr mehr da.

Als ich mich erhob hatte sich die Miene von Zeynel immer noch nicht gebessert und auf ein Dankeschön brauchte ich auch nicht zu warten.

„Was habt ihr euch dabei gedacht?", natürlich hatte das Ganze auch noch ein Nachspiel.

Sauer blickte Shay von mir und Zeynel hin und her.

Aber eine Antwort oder Entschuldigung blieb von unseren Seiten aus.

Kapitel 37

„Morgen um Mitternacht am Friedhof", waren Zeynels letzte Worte an mich, die er mir als Abschied ins Ohr geflüstert hatte.

Natürlich setzte er vor Shay eine strahlende Miene auf und ließ es sich nicht nehmen sie noch einmal provokativ zu umarmen, bevor wir uns wieder auf unser Zimmer begaben.

Mir sollte es recht sein, denn wenn er wirklich einen Kampf mit mir wollte, so würde ich bereit sein ihn nochmals zu schlagen.

Vielleicht schwang auch ein Hauch Genugtuung mit, denn ich war scheiß sauer auf meine Freundin.

Sie hatte nie auch nur ein Wort über ihn verloren und das obwohl sie sich ewig kannten!

Und mit ewig meinte ich tausend Jahre ewig.

„Yas, warum hast du ihn angegriffen?"

Wir befanden uns mittlerweile wieder auf unserem Zimmer und Shays Hand legte sich sanft auf meine Schulter.

Ich schlug besagte Hand allerdings zur Seite und bemerkte wie sie sichtlich zusammenzuckte. Natürlich tat es mir leid aber ich wollte gerade einfach nicht, dass sie mich anfasste.

Nicht wenn ich daran denken musste, wie sie auch ihn früher so angefasst hatte und alles was wir miteinander teilten früher mit ihm geteilt hatte.

In mir blitzte das Bild auf wie Zeynel Shay Körper berühren konnte.

Genauso wie ich es vor einigen Stunden tat.

Beim bloßen Gedanken daran zog sich alles in mir zusammen.

Ich versuchte das Bild aus meinem Gedächtnis zu verbannen aber es blieb dort.

„Du hast mir nie etwas von ihm erzählt, wie hättest du denn bitte reagiert, wenn du plötzlich erfahren hättest, dass die Person die du liebst eigentlich mit jemand anderes zusammen war und du nur der scheiß Ersatzspieler bist!?", fuhr ich Shay an und fuhr mir durch die schwarzen Haare.

Ihre Augen weiteten sich und ihr Blick wurde ernster.

„Du bist vielleicht einiges für mich aber kein Ersatzspieler." Ihre Stimme war fest und entschlossen trotzdem schüttelte ich den Kopf und trat ein paar Schritte von ihr weg um unruhig im Zimmer auf und abzulaufen.

„Warum hast du mir nie erzählt, dass du schon Leben geführt hast bevor wir uns begegnet sind?", ich hörte Wut gemischt mit Trauer in meiner bebenden Stimme.

„Ich...-", setzte sie an, als es an der Tür klopfte.

„Macht schon auf!", lallte eine begetrunkene Francis und Shay eilte zur Tür.

Was für ein schlechtes Timing.

Unser Gespräch oder Antworten konnte ich jetzt vergessen.

„Die kann ja mal gar nichts ab", gab Elli von sich und sah Francis amüsiert zu, wie diese in Richtung Bad taumelte und schnell die Tür hinter sich zu zog.

„Eins, Zwei, Drei und...", pünktlich bei drei hörte man Würgegeräusche.

Artemis bzw. Francis kotzte sich tatsächlich die Seele aus dem Leib.

Zumindest hörte es sich an.

„Na ich schau mal lieber nach", und schon war Elli mit Lichtgeschwindigkeit hinter der Bad Tür verschwunden und ließ mich wieder mit Shay allein.

„Wir reden morgen weiter in Ordnung?", der Satz klang vernünftig und doch fühlte ich mich nach wie vor benutzt, gekränkt und in meinem Stolz verletzt.

„Wenn es morgen noch ein wir gibt.", kam deshalb sauer aus mir heraus und ich bereute sofort diese Worte ausgesprochen zu haben.

Scharf zog mein Gegenüber die Luft ein.

Tränen hatten sich in Shays Augen gebildet und ich biss mir auf die Zunge.

Eine Sekunde später war sie auch schon bei mir.

Ruckartig erhob sie ihre Hand und ich schloss meine Augen.

Bereit für eine Ohrfeige aber stattdessen legte sie ihre Hände an meinen Wangen und den Kopf gegen meine Stirn.

„Du verdammte Idiotin."

Im nächsten Augenblick verschwamm die Welt um mich herum.

So als würde ich durch ein dreckiges Glas schauen, dass im nächsten Moment auseinanderbrach.

Die Atmosphäre zersplitterte.

Ein Scherbenregen prasselte auf uns ein und doch konnte ich keine der Scherben spüren.

Es war als wenn das alles nur eine reine Illusion wäre.

Abrupt löste Shay ihre Hände und Stirn von mir und wir standen inmitten eines schwarzen Nichts aus denen unterschiedliche Türen, in unterschiedlichen Farben abgingen.

„Wie hast du das gemacht und wo sind wir?", flüsterte ich kleinlaut, denn die Gegend ließ einen unangenehmen Kälteschauer durch meine Haut kriechen.

„Ich habe deine Seele mit meiner verbunden und das hier sind meine Erinnerungen. Ich werde dir alles von mir offenbaren und dann kannst du immer noch entscheiden ob du mit mir zusammenbleiben willst oder nicht."

„Wie zum...?", ich kam nicht weiter, denn vor mir öffnete sich eine tiefschwarze Tür und Shay schubste mich leicht auf diese zu.

Wir brauchten sie nicht öffnen, denn sie verschlang uns einfach.

Alles war schwarz und ich blickte fragend zu Shay.

„Ich war eine Ewigkeit nicht mehr hier darum dauert es eine Weile bis dieser Ort eine Form annimmt", erklärte sie mir beiläufig, doch sah ich, dass es ihr absolut nicht passte hier zu sein.

Völlig unvorbereitet nahm der Raum die Gestalt eines Labors an.

Überall waren unterschiedliche Kolben mit einem farbigen, rauchartigen Inhalt zu sehen.

Beim näheren Betrachten erkannte ich, dass der Rauch in den Kolben ein Eigenleben hatte, denn er presste sich gegen die Wand des Glases.

Mir war etwas unbehaglich zumute aber ich konnte nicht sagen warum dem so war.

Ich ließ meinen Blick weiter umherschweifen.

Die Wände bestanden nur aus grauen Beton, der dem Raum irgendwie einen kalten Touch gab.

„Was ist das hier?", ich lief eine Reihe von Regalen ab in denen Tierorgane konserviert wurden. Wer auch immer hier umherhantierte war seiner Zeit auf jeden Fall voraus.

Aber was sollte das hier mit Shay zu tun haben?

Sie hatte mir meine Frage nicht beantwortet, weshalb ich mich zu ihr drehte.

Was ich sah war eine zitternde Shay, die ängstlich die Augen zusammenkniff.

Ich wollte zu ihr gehen, doch im nächsten Moment flog eine riesige Tür auf und ein völlig in schwarz gekleideter Mann kam zum Vorschein.

Man konnte sein Gesicht nicht sehen, da eine Kapuze davor hing und einen dunklen Schatten auf dieses warf.

Alles was man sah war eine schwarze Locke, die leicht hervorlugte.

„Bringt sie hier her." Zwei ebenfalls in schwarz gekleidete Leute traten aus seinem Schatten hervor

„Eine Sekte vielleicht?", war mein erster Gedanke.

Das würde zumindest das satanistische Pentagramm auf dem Holzboden erklären.

„Sind Sie sich sicher? Die letzten Versuche mit dem Mann und dem Adler sind kläglich gescheitert."

Erzürnt fuhr der Anführer der Sekte herum.

„Bringt sie hier her. Sofort!"

Schnell eilten die zwei anderen davon.

Ich stand unmittelbar neben dem dunklen Mann aber er nahm mich nicht wahr.

Auch nicht als ich mich direkt vor ihm stellte und mit meiner Hand vor ihm herumfuchtelte.

„Er kann dich nicht sehen, weil das hier Bilder aus meinem Kopf sind", kaum hatte sie diese Worte ausgesprochen öffnete sich die schwere Eisentür erneut.

Die beiden anderen Kapuzenträger traten wieder ein, gefolgt von vier weiteren düsteren Gestalten.

Diese trugen allerdings keine Kapuzen.

Die vier bestanden aus wahnsinnig muskulösen Männern, die etwas an Kopfgeldjäger erinnerten.

Mein Augenmerk lag jedoch viel mehr auf den geschundenen Wolf, den zwei von ihnen an den Beiden hinter sich herzogen.

Er wirkte mehr tot als lebendig.

Mein Herz verkrampfte sich allerdings noch mehr, als mein Blick zu dem jungen Mädchen ging, welches die anderen hineinschleiften.

Sie war noch ein Kind, vielleicht zehn Jahre alt.

„Bist du das?", meine Stimme war nur ein Wispern.

„Das war ich."

Im nächsten Augenblick leuchtete ein Dolch vor meinen Augen auf.

„Fass sie nicht an!", schrie ich und versuchte meine Fähigkeiten

anzuwenden aber nichts geschah. Ich zitterte.

Genauso wie das kleine Mädchen vor mir.

Ich sah die Angst in ihren kleinen braunen Augen, als der Anführer dieser seltsamen Gruppe auf sie zu trat und ihr ohne mit der Wimper zu zucken die Kehle Durchschnitt.

Entsetzt kniff ich die Augen zusammen.

„Nein, nein, nein!"

Ich spürte zwei Hände auf meiner Schulter, die mich na hinten zogen.

„Ich bin bei dir", flüsterte Shay und der Raum verschwand.

Mein Körper zitterte wie Espenlaub und wollte sich gar nicht mehr beruhigen.

Was war das gerade?

Wer war dieser Mann?

„Dieser Mann den du gesehen hast war ein dunkler Hexenmeister.

Er hat vor einer sehr langen Zeit mit Seelen experimentiert. Das war auch der farbige Rauch, den du in den Kolben gesehen hast." Als hätte Shay meine Gedanken gelesen beantwortete sie die Fragen in meinen Kopf.

„Aber warum? Warum du?"

Gequält schloss Shay die Augen bevor sie weitersprach: „Meine Eltern waren sehr arm darum haben sie mich an ihn verkauft. Er bot viel Geld und sicherte somit ihr überleben. Der Mann den du gesehen hast wurde von einem durchgeknallten, machtgierigen Gott beauftragt ein Wesen zu erschaffen mit der Seele eines Tieres und das eines Menschen um Kriege zu gewinnen. Die Seele des Wolfes war allerdings zu groß um sie mit meiner zu verbinden darum hat er ein weiteres Kind getötet. Zeynel."

Im nächsten Moment öffnete sich die nächste Tür und vor meinen Augen erschienen zwei leblose Körper.

Das eines jungen Mannes und eines Mädchens.

Vor ihnen knieten zwei weinende Frauen.

„Es musste so sein, sie zu opfern war das einzige was unserem Land noch retten kann", redete ein etwas älterer grauhaariger Mann auf sie ein.

An seiner Seite trug er ein Schwert an dessen Knauf er unruhig umher tippte.

„Verzeiht die Verspätung, hier sind die Runensteine." Zwei Steine wanderten von einem rothaarigen Mann zu dem älteren hinüber, welcher schlicht nickte.

„Das Experiment glückte und unsere Seelen wurden in Steine verbannt, damit wir nicht einfach fliehen konnten. Aber der Gott, der die Experimente angeordnet hatte war in einem anderen Krieg gefallen darum verkaufte uns der Hexenmeister an die Menschen weiter. Natürlich wieder um zu kämpfen. Er wurde eine Art schwarzmagischer Warlord", klärte mich Shay auf und ich sah erschrocken zu ihr und dann wieder auf das Bild vor meinen Augen.

Es wurden Litaneien ausgesprochen.

So düster als wenn man den Teufel persönlich heraufbeschwören wollte.

Und dann geschah es.

Die Zeichen auf den Steinen begannen zu leuchten und eine weiße Materie kroch von ihnen in die leblosen Körper.

Eine ganze Weile danach geschah rein gar nichts.

Niemand traute sich auch nur einzuatmen.

Die Blicke lagen auf den beiden Körpern.

Noch eine weitere Sekunde verstrich und vier braune Augen schlugen zeitgleich auf.

Wieder standen wir Urplötzlich im Nichts und eine rote Tür zog uns in sie hinein.

Ich sah Shay in einem anderen Körper über Zeynel liegen.

Ihn küssend, als wenn ihr Leben davon abhinge.

„Langsam wir werden schon nicht sterben", lachend entzog sich der Lockenkopf und Shay ließ sich neben ihn fallen.

„Vor einem neuen Kampf durften wir uns hin und wieder einen Tag ausruhen. Wir wurden zwar bewacht duften uns aber in dieser Zeit wie ganz gewöhnliche Menschen bewegen", erklärte mir Shay das neue Bild vor meinen Augen.

„Ihr seid dort ein Paar", flüsterte ich monoton und Shay griff nach meiner Hand und wir verfolgten mit unserem Blick weiter diese Erinnerung.

„Woher willst du das wissen? Wir führen immer wieder neue Kämpfe, die nicht unsere sind. Irgendwann werden wir sterben." Traurig sah Shay zu ihm und auch seine Gesichtszüge wurden ernster.

„Eines Tages werden wir wirklich zusammen sein."

„Ist das nicht seltsam? Ich meine wir tragen die Teile der gleichen Seele in uns.", begann meine Freundin wurde aber mit einem Kuss unterbrochen.

„Dadurch sind wir Seelenverwandte", spaßig legte Zeynel eine Hand auf seiner Brust und Shay rollte mit den Augen.

Ganz so witzig fand sie es offenbar nicht und kuschelte sie stattdessen an ihn.

Ihr Gesicht sah nicht gerade glücklich aus über seine lockere Art in anbetracht der Situation.

„Hast du ihn geliebt?", fragte ich die Shay aus dem hier und jetzt.

„Ja aber ich konnte nicht dortbleiben."

Als Zeynel eingeschlafen war öffnete Shay ihre Augen und blickte eine kleine Ewigkeit auf sein Gesicht.

So als würde sie sich jede Feinheit einprägen wollen.

„Bis irgendwann", flüsterte sie leise und gab ihn einen Kuss auf die Wange.

Dann stand sie so wie sie war auf und verließ das Zimmer.

Die Wachen schliefen vor ihrer Tür und das machte sie sich zu Nutze.

Draußen atmete sie die frische Luft ein und warf einen Blick zurück auf das Haus von dem adligen, für den sie Morgen hätte kämpfen sollen: „Führt euren Krieg alleine", brummte sie, verwandelte sich in einen Wolf und lief davon.

Kapitel 38

Ehe ich auch nur Ansatzweise realisieren konnte was gerade geschehen war, verschwamm die Welt auch schon wieder und stieß uns zurück zur Anfangsposition.

Dort atmete ich tief ein und sah zu meiner Freundin, die mich betreten ansah.

Ich hatte ja keine Ahnung.

Aber wie denn auch, sie hatte nie etwas über ihre Vergangenheit erwähnt.

Jetzt wurde mir auch klar warum.

Das alles überhaupt verarbeiten zu können musste ihr verdammt schwergefallen sein.

Nur eines wurde mir auch klar und das ließ meinen Magen zusammenziehen.

Die Verbindung zwischen ihr und Zeynel war älter als es unsere es jemals sein wird.

Scheiße, es lagen tausend verdammte Jahre zwischen uns.

Wie sollte ich ihr denn bitteschön das geben können, was er könnte?

Shay und Zeynel konnten über ihre gemeinsame Vergangenheit reden, während ich schon froh war durch einen Traum überhaupt die Erinnerungen an Shay wiedererlangt zu haben.

War ich vielleicht doch die falsche Person mit der sie zusammen war?

Mein Blick verfing sich in ihren und ich schluckte schwer.

Ich fühlte mich schuldig, dass ich sie so überrumpelt hatte und gleichzeitig sagte mir meine innere Stimme, das ich sonst nie die Wahrheit erfahren hätte.

„Bist du bereit für die letzte Tür meiner Erinnerungen?"

War ich das?

Shay streckte mir mit einem zögernden Lächeln ihre Hand entgegen und ich ergriff sie.

Nein ich war nicht bereit aber mal im Ernst, konnte es jetzt noch schlimmer werden?

Die nächste Tür die uns verschlang polarisierte in einer rubinroten Farbe.

Ich kniff die Augen zusammen, denn sie blendete mich.

Meine Augenlieder flatterten erst auf, als wir angekommen waren. Es roch nach feuchten Gras und Wald.

Es regnete.

Meine Hände streckten sich wie von selbst gegen Himmel und Shay legte von hinten ihre Hand um meine Hüfte.

„Weißt du warum die Tür sogeleuchtet hat?"

Ich schüttelte den Kopf.

„Nein."

Natürlich wusste ich es nicht, schließlich war es ihre Vergangenheit.

Ihr Atem streifte an meinem Ohre, was mir eine wohlige Gänsehaut über den Körper fahren ließ.

„Weil das hier eine meiner Lieblingserinnerungen ist." Sie deutete auf einen weißen Wolf, der geradewegs auf uns zulief.

Es war Shay.

Natürlich war es Shay doch was tat sie hier?

„Sieh hin", ermahnte mich eine Stimme hinter mir und ich beobachtete weiterhin den Wolf vor mir, welcher es plötzlich eilig hatte voranzukommen.

Wir folgten ihr und ich blieb abrupt stehen.

Eine Frau stand dort mitten im Regen und hantierte mit dem Wasser.

Shay blieb in ihrer Wolfsgestalt stehen und blickte etwas gedankenverloren auf die junge Frau, die sie aber nicht zu bemerken schien.

Selbst ich wusste mittlerweile, dass ich diese Frau war.

Das was sich hier vor meinen Augen abspielte war Shays und meine erste Begegnung.

„Aber wieso?", flüsterte ich, als könnten uns unsere Vergangenheitspersönlichkeiten uns hören.

„Du bist mir schon vor einer Weile aufgefallen. Immer wenn es in Strömen geregnet hat warst du hier aber ich hatte nie den Mut dich anzusprechen, bis dieses Mal."

Shays Wolfsgestalt heulte leise auf während ich nichts Besseres zu tun hatte, als ihr das Wasser aus meinen Handflächen ins Gesicht zu schütten.

Und während mein Vergangenheits-ich Shayan zum ersten Mal begegnete drehte ich mich zu Shay um.

Der Regen hatte unsere Klamotten komplett durchnässt und eine Gänsehaut zierte den Körper meiner Freundin.

„Du warst in der ganzen Zeit die einzige Person die ich wirklich geliebt habe. Zeynel und ich stammen zwar aus derselben Seele, klar haben wir daher eine Verbindung und ja ich habe wirklich versucht ihn zu lieben aber das was wir beide haben ist etwas, das er mir nie hätte geben können. Yasmin ich liebe dich. Jetzt und auch den verdammten Rest m und deine Seele gibt werde ich dich immer-", ich unterbrach ihren, zugegeben wunderschönen Monolog, indem ich die Lücke unserer Gesichter schloss.

Ich inhalierte ihre Liebe ein bis die Wärme mir zurück in die Glieder kroch.

Das lag allerdings nicht daran, dass Shay plötzlich warm wurde, sondern wir uns wieder in der Wirklichkeit befanden.

Und in dieser Wirklichkeit lag meine Stirn noch immer an Shays.

„Es tut mir so leid."

Ich fiel meiner Freundin um den Hals und drückte sie an mich bis ich sanft von ihr weggeschoben wurde.

„Schon gut", matt und müde erklang ihre Stimme an meinen Ohren.

Es sah so aus als würde sie jede Sekunde umkippen darum stützte ich sie und bewegte sie zum Bett.

Würgegeräusche ertönten unterdessen aus dem Badezimmer.

Ja das konnte nur eines bedeuten: Wir waren wirklich wieder da und Francis kotzte offensichtlich immer noch.

„Das klingt echt schlimm", merkte Shay müde an und ich strich ihr die Haare zur Seite.

„Ich sehe gleich nach aber versprich mir das du dich schon mal hinlegst. Du siehst echt fertig aus." Besorgt hob ich ihren Kopf mit dem Zeigefinger an.

„Ist wieder alles in Ordnung zwischen uns?" Ein kurzer Kuss landete auf ihren Lippen.

„Es ist alles in Ordnung aber versprich mir, dass wir ab jetzt keine Geheimnisse mehr voreinander haben, okay?"

„Okay", antwortete mir Shay und kuschelte sich schon einmal in die Decke.

Währenddessen besuchte ich das Badezimmer und fand eine halb bewusstlose Francis vor und eine betretene Elli daneben.

„Was zum Teufel ist hier los!?", fuhr ich die überforderte Elli an.

Francis konnte sich nur noch mit Mühe am Klodeckel festhalten und das ganze Badezimmer stank übel nach Erbrochenem.

„Was ist hier los? ", wiederholte ich meine Frage und sah sauer zu Elli, denn mir schwante übles.

Noch übler als der Gestank hier.

„Naja sie ist immer so verklemmt darum habe ich ihr etwas Kokain in den Cocktail getan. Wenn man die Droge mit Alkohol vermischt spürt man den Alkohol kaum...Sie hat immer mehr getrunken aber ich konnte ihr ja schlecht sagen was da drin war."

Das war das erste Mal in meinem Leben das ich ausholte und Elli eine klatschte.

„Wenn du dein Leben wegwerfen willst bitte, ich hindere dich nicht mehr daran aber hast du eine Ahnung was das für Konsequenzen für sie haben kann!? Sie könnte draufgehen oder von der Schule fliegen wegen dir! Abgesehen davon, dass wir nur wegen Susano überhaupt feiern gehen konnten. Er könnte gekündigt werden oder noch schlimmer angezeigt, weil er A für Bruce und Francis zuständig ist und ganz neben bei als Lehrer seine Aufsichtspflicht vernachlässigt hat!", schrie ich sie an.

Ich war außer mir und so unglaublich wütend auf Elli.

Was hatte sie sich dabei nur gedacht?

Oder hatte sie überhaupt nachgedacht?

Diese Frage konnte ich mir selbst beantworten aber das half Francis nicht wirklich.

„Tu einmal das richtige und pass auf sie auf", wies ich Elli an und sprintete mit der Chipkarte unseres Zimmers zu den Jungs.

Ich erwischte sogar das richtige Zimmer, denn ein leicht angetrunkener David öffnete mir die Tür.

„Na Süße, willst du rein?" Ich ignorierte ihn.

„Bruce deine Schwester braucht dich!", rief ich in den Raum hinein und sofort flog die Tür des Badezimmers auf.

Was für ein Anblick: Ein sichtlich verwirrter Bruce in Boxershorts und Zahnbürste im Mund.

„Hat das noch Zeit?"

„Es ist dringend."

Zum Glück verstand er, denn er spuckte ins Waschbecken, zog sich schnell eine Hose über und sprintete mit mir zurück in unser Zimmer.

David ließen wir ohne eine Erklärung stehen.

„Verfluchte scheiße!", wieder im Bad angekommen hatte Francis das Bewusstsein verloren.

„Sie hat noch Blut gespuckt und seitdem...", stammelte Elli und Bruce stieß sie unsanft zur Seite um seine Hände auf ihren Körper zu legen.

Sie leuchteten wieder.

Nur statt der sonstigen goldenen Farbe etwas grünlicher.

„Ich ziehe das Gift aus ihrem Körper dann müsste es ihr gleich bessergehen."

Minuten saß Bruce vollkommen konzentriert auf den Boden bis Francis scharf die Luft einzog und anfing zu husten.

„Was war das denn? Ich wäre fast krepiert von dem Alkohol dabei vertrag ich eigentlich eine ganze Menge", waren ihre ersten Worte.

Alle Augen lagen auf Elli.

„Es ist meine Schuld", gab sie Kleinlaut von sich und sie erzählte den beiden dasselbe was sie auch mir erzählt hatte.

„Das ist das letzte!", erhielt sie jetzt auch noch von Bruce einen Denkzettel.

„Aber ich wollte..."

„Nein Ellisa du bist zu weit gegangen, krieg endlich dein verkorkstes Leben in den Griff und zieh nicht meine Schwester mit hinein!", fuhr Bruce sie weiter an, bis sich Tränen in ihren Augen sammelten.

„Ich habe euch nicht gebeten mich wieder zu beleben! Ihr hättet mich einfach sterben lassen sollen, so wäre es für alle das beste gewesen!"

Und wieder könnte ich ihr eine schießen.

„Du bist verdammt nochmal nicht allein, du kannst mit jedem von uns reden, wenn du das nicht tust ist das dein Problem!", fuhr Bruce sie weiter an und ehe noch ein weiteres Wort fallen konnte war Elli mit ihrer Vampirgeschwindigkeit an uns vorbeigezischt und hatte die Tür hinter sich zugeschmissen.

„Scheiße ich such sie. Aber ihr solltet ein wenig schlafen in vier Stunden gibt es Frühstück", wies uns Bruce an und verschwand ebenfalls.

Ich fühlte mich mies da ich Elli nicht helfen konnte aber dieses Mal war sie wirklich zu weit gegangen.

Vielleicht tat ihr der Dämpfer ja gut?

„Geht es dir besser?", fragte ich vorsichtig Francis.

„Viel besser als mir die Seele aus dem Leib zu kotzen, falls du das meinst."

„Du hast Recht die Frage war dumm."

Auch wir schlüpften aus dem Bad nachdem wir das Klo gereinigt und den Kotzegeruch mit Deo überdeckt hatten.

Holy Shit was war das bloß für eine Nacht?

Ich war auf einer Party, ich hatte Sex mit meiner festen Freundin, ich erfuhr von Zenyel, Shays Vergangenheit und davon das Elli doch Drogen mit auf die Klassenfahrt geschmuggelt hatte.

Was hatte ich doch für ein chaotisches, abwechslungsreiches Leben?

Ich machte das Licht aus und schlüpfte zu Shay unter die Decke und schmiegte mich an ihren warmen Körper.

Sie schlief schon.

Wahrscheinlich war sie sogar gleich nachdem sie sich in die Decke gekuschelt hatte eingeschlafen.

Kein Wunder, ihre Gedanken mit meinem Verschmelzen zu lassen hatte ihr mehr Energie geraubt als ihr lieb war.

„Gute Nacht", flüsterte ich in den dunklen Raum hinein.

„Dir auch", gab Francis zurück und ich schloss meine Augen um ins Land der Träume zu gelangen.

Kapitel 39

Kälte kroch durch meine Nerven und ließ meinen Körper zitternd zurück.

Wo zur Hölle war ich?

Mich umhüllte ein dichter Nebel und machte es mir beinahe unmöglich meine eigene Hand vor Augen zu erkennen.

„Hallo?", rief ich in den Nebel hinein aber erhielt keine Antwort.

Vorsichtig, einen Fuß vor den anderen setzend, stolperten meine nackten Füße über einen Ast.

Ich fiel zu Boden, der aus Laub und Holz bestand aber mir immer noch keine Klarheit verschaffte.

Darum konzentrierte ich mich und ließ meinen Körper aufleuchten.

Ich konnte nun erkennen, dass ich mich auf einer Lichtung eines Waldes befand.

Nur wo?

Mittlerweile stand ich wieder und meine Augen erblicken eine rothaarige Frau auf dem kalten, feuchten Boden liegen.

Wer war sie?

Meine Füße trugen mich wie von selbst zu ihr.

Doch als ich vor ihr stand bereute ich es sofort wieder. Es war Denise in dem Körper, in dem ich sie in diesem

Leben zum ersten Mal gesehen hatte.

Ich wollte wieder gehen doch meine Beine gehorchten mir nicht.

Wie angewurzelt stand ich da und konnte mich nicht bewegen.

Plötzlich riss Denise ihre Augen auf und ihr Gesicht wurde wieder zu einer schaurigen Grimasse.

Ihre Hand griff nach mir und Blätter begannen meinen Arm zu umschlingen.

„Hast du mich vermisst, Halbblut?"

Wieder einmal schreckte ich von dem schrillen Ton eines Weckers auf.

„Francis mach das scheiß Ding aus!", war das erste was ich am heutigen Morgen von mir gab.

Aber in Wahrheit war ich erleichtert das ich wach war.

Was war das nur mal wieder für ein seltsamer Traum?

„Glaub mir ich bin genauso müde wie du", gab Francis murrend zurück.

„Sagt mir das wir nur träumen, dass wir aufstehen müssen", meldete sich eine weitere Stimme.

Zwei warme Arme legten sich um meinen Bauch und zogen mich dichter an sie heran.

„Honey, warum bist du so kalt?", brummte Shay verschlafen und blinzelte mir entgegen.

„Könnte daran liegen, dass du mir die Decke geklaut hast um dich damit wie ein Burrito einzuwickeln", neckte ich Shay.

Sie gab nur ein unverständliches Gemurmel von sich und legte anschließend fürsorglich die Decke über mich.

Shays Duft und die Wärme der Decke sorgten dafür, dass ich kurz zurück ins Land der Träume driftete.

Jedoch nur fast, denn erneut zerriss ein Handy die Ruhe.

Meines.

Nur wiederwillig gab ich die gewonnene Decke auf und rollte mich zum Bettrand um nach dem nervigen Gerät zu greifen.

Ein Anruf von meiner Mutter.

Scheiße ich hatte völlig vergessen ihr zu sagen, dass wir gut angekommen waren!

Meine Familie machte sich bestimmt Sorgen.

„Guten Morgen", begrüßte ich daher meine Mom und entschuldigte mich direkt, dass ich mich nicht gemeldet hatte.

„Wie ist es in Italien? Habt ihr schönes Wetter? Was unternehmt ihr heute? Hast du spaß mit Elli und deiner neuen Schulfreundin?", bombardierte sie mich mit Fragen und ich blickte verschmitzt zu Shay.

Oh ja und was für einen Spaß ich mit meiner neuen Schulfreundin hatte.

Nur eben nicht ganz so einen wie sich meine Mutter gerade vorstellte.

„Bist du noch dran?", sprach die Stimme von der anderen Leitung.

„Ja das bin ich."

Ich beschrieb ihr im Großen und Ganzen unseren heutigen Tagesplan und schwärmte von dem Hotel in das wir uns befanden.

Nach einem kurzen Abschiedsgruß legte ich auf und wendete mich wieder zu meiner Freundin.

„Deine Schulfreundin ja?", schmollend kaute sie an ihrer Lippe obwohl sie wusste das mich das wahnsinnig machte.

Daher robbte ich wieder zu ihr und hob sanft ihr Kinn an.

„Meine sexy Schulfreundin mit der ich rein zufällig zusammen bin, ja."

Lange konnte Shay ihre ernste Miene nicht aufrechterhalten und grinste mich stattdessen an.

Aber auch ihre Augen bekamen den gewohnten frechen Schimmer bevor sie sich auch schon auf mich stürzte und mit Küssen übersäte.

„Ich will euch zwei Turteltäubchen ja nicht stören aber wir müssen. Außerdem interessiert es mich ob Bruce Elli gestern noch gefunden hat."

Francis hatte ja Recht.

Mir als Ellis beste Freundin war es natürlich auch nicht egal aber nach der Sache gestern konnte ich nicht leugnen, dass ihr Gesicht das letzte war was ich gerade sehen wollte.

Klar hatte sich ihr gesamtes Leben auf den Kopf gestellt und es war absolut schrecklich was man ihr angetan hatte aber sie musste mit uns oder zumindest mir darüber reden.

Es brachte ihr rein gar nichts sich mit Drogen vollzupumpen und nun auch noch Francis damit reinzuziehen.

Kurze Zeit später befanden wir uns daher, wie auch die anderen aus meiner Klasse, beim morgendlichen Frühstück.

Nur Appetit hatte anscheinend niemand.

Hier und da saßen Schnapsleichen denen man ansah, dass sie ihr Essen ohnehin nicht in sich behalten würden.

Und dann war da auch noch Elli.

Sie und unser Klassenlehrer waren wohl die lebendigsten in diesem Raum.

Ich hatte sie als ich den Raum betrat begrüßt doch Elli hatte mich einfach stehen lassen und sich zu einem Jungen unserer Klasse gesetzt.

Anscheinend hatte Bruce sie gefunden, was zumindest ein kleiner Trost war, wenn man bedachte, dass meine beste Freundin kein Wort mehr mit mir wechselte.

„Heute bleiben wir noch in Verona und besuchen das Castelvecchio sowie dessen Museum. Bringt also etwas zum Schreiben mit es gibt danach einen Kurz Test", kündigte Herr Ricke an.

Das war so klar, dass wir auf der Klassenfahrt auch noch lernen mussten.

„In welchen Fach bekommen wir die Note?", meldete sich Chloe zu Wort.

Wenn sie nicht gerade wissen wollte ob ich mit Shay zusammen war, war sie eine echte Streberin.

„Es ist nur ein Text zum Zeichen das ihr auch zuhört. Also keine Angst es wird keine Note geben. Den Rest des Tages könnt ihr im Übrigen die Stadt unsicher machen. Ich erwarte euch in zwei Stunden wieder vor dem Eingang. "

„Sagt mir bitte, dass ihr noch Kaffee für mich übriggelassen habt", meldete sich eine Stimme im

Hintergrund und alle Augen richteten sich auf den etwas zerzausten Susano.

Jetzt erinnerte er mich wieder an den Mann, den ich auf der Straße aufgegabelt hatte. Aber diejenigen, die hinter ihm auftauchten gefielen mir überhaupt nicht.

Beziehungsweise eine Person ganz besonders wenig.

Zenyel und seine Klasse wollten anscheinend auch gerade Frühstücken.

Unserer Blicke trafen sich und feindselig sah er auf meine und Shays verschränkte Hand.

Besagter Typ lief geradewegs auf Shay und mir zu. Natürlich nicht um mich zu sehen sondern um meine

Freundin strahlend anzulächeln.

Dabei rammte er mir versehentlich seinen Arm ins Gesicht während er sie umarmte.

„Schön dich zu sehen", hörte ich ihn sagen bevor er sich zurückzog und zu seiner Klasse lief.

Ich sah ihn hinterher bis Shay mir in die Seite stieß.

„Er ist keine Konkurrenz für dich", neckte sie mich und gab mir schnell einen Kuss auf die Wange um mich etwas zu besänftigen.

Ich konnte nicht leugnen, dass es mich dadurch beruhigte.

Nach der Sache gestern wusste ich umso mehr, dass ich ihr vertrauen konnte.

Stunden später befanden wir uns an der Burganlage des Castelvecchio.

Oder genauer gesagt dem Museum in denen Bilder von der Gotik bis hin ins 17. Jahrhundert ausgestellt wurden.

Aber mit Kunst konnte ich nicht allzu viel anfangen.

Ich sah die Bilder doch verstand sie nicht.

Ich wusste nicht mal wie man diese Art der Kunst betrachten sollte.

Anders war es bei Musik.

Während sich Shay also interessiert umsah hatte ich mir meine Kopfhörer in die Ohren gesteckt und genoss ganz klassisch die Stimme von Kurt Cobain.

„Load up on guns and bring your friends. It´s fun to lose and to pretend. She´s over-bored and self-assured. Oh no, I know a dirty word. Hello, hello, hello, hello, how low?", mein Finger tippte im Takt des Liedes auf mein Handy in der Jackentasche, in der ich ein Stück Papier zu greifen bekam.

Dieses fischte ich heraus und faltete das zerknüllte Papier auseinander.

„Denk daran heute Abend am Friedhof", stand dort wie eine Drohung.

Scheiße das hatte ich völlig vergessen.

Oder besser gesagt völlig verdrängt.

„Was hast du da?", Shay hatte sich bei mir eingehakt und ich ließ den Zettel zurück in meine Jackentasche verschwinden.

„Das war nur Müll", rechtfertigte ich mich und lief neben meiner Freundin her.

Ich würde heute Nacht zum Friedhof gehen aber nicht aus den gleichen Gründen aus denen Zeynel und ich gestern aneinandergeraten waren.

Nein.

Ich musste die Sache zwischen ihm und mir aus der Welt schaffen.

Wir könnten einfach miteinander reden und ich könnte ihm erklären das ich über die Verbindung zwischen ihm und ihr Bescheid wusste.

Als wir endlich fertig wurden hatte nicht einmal Herr Ricke Lust mit auf einen Test mit uns.

Stattdessen lief nun ein Haufen Zombies durch die Innenstadt.

Wir konnten jetzt machen was wir wollten, also tat ich, dass was ich tun musste und fischte mir Elli aus den Haufen heraus.

„Willst du wirklich nie wieder mit mir reden und mich ewig ignorieren?", fragte ich so vorsichtig wie ich nur konnte.

Nun ja ich war nicht besonders gut im Umgang mit anderen Menschen und tappte in so wirklich jedes Fettnäpfchen das rumstand, wenn ich nicht sogar im übertragenen Sinne in die Fritteuse fiel und frittiert wurde.

„Du hast mich doch schon längst als Junkie abgestempelt.", während sie das verachtend sagte, kramte sie eine Packung Zigaretten hervor und nahm sich eine heraus.

„Ich will einfach nicht das du dich in den Abgrund stürzt auf den du gerade zuläufst. Das gestern war einfach zu viel", tastete ich mich vorsichtig heran.

Währenddessen flammte die Flamme des Feuerzeuges auf.

Ein Glück war Herr Ricke außer Sichtweite.

„Es hilft einfach gar nichts mehr. Ich habe keinen Rausch bei Drogen, sondern nur die körperlichen Nebenwirkungen, der Alkohol schlägt auch nicht an und ich bezweifle Mittlerweile sogar das, das Nikotin mir etwas anhaben kann. Wie soll ich bitte das alles verdrängen?", wich sie mir weiter aus.

„Vielleicht solltest du das alles ja gar nicht verdrängen, sondern verarbeiten", versuchte ich weiter auf sie einzugehen.

Mitten im Gehen blieb sie stehen und sah mich an.

Ein Sturm blitzte dabei in ihren kristallblauen Augen auf.

„Du hast alles was du jemals wolltest, verdammte scheiße. Du bist eine Halbgöttin und hast diese ganzen Fähigkeiten, eine Freundin und ein wunderbares Leben. Ich bin hier nur reingerutscht, weil mich irgendwelche seltsamen Wesen gefoltert und ermorden haben! Hast du eine Ahnung wie sich das anfühlt, wenn du auf deinen Freund und deine beste Freundin wartest und plötzlich hast du ein Messer im Rücken zu stecken!?", zischte mich Elli aufgebracht an.

Der Punkt ging an sie aber ich wollte noch nicht aufgeben und dirigierte Elli zur nächsten Bank.

Ich konnte keinen Schritt mehr laufen.

Dabei nahm ich Elli die Zigarette aus der Hand und nahm einen tiefen Zug.

„Ich habe hiervon erfahren als ich plötzlich in die Parallelwelt gezogen wurde. Ich hatte keine Ahnung von dem Ganzen und befand mich mit einmal im Würgegriff eines Seelendiebes. Diese Wesen saugen dir im wahrsten Sinne des Wortes die Seele aus deinen Körper heraus."

Ich atmete den Rauch aus um direkt einen neuen Zug zu nehmen.

„Ich hatte aber noch keine Fähigkeiten, diese habe ich erst wiedererlangt als mich ein Crash versucht hat umzubringen. Ihr Name war Denise und sie hatte es im 14. Jahrhundert auf Shay abgesehen und mich in diesem Leben fast zweimal getötet bevor ich sie umgebracht habe. Worauf ich aber hinaus will, natürlich ist das, was dir und mir wiederfahren ist auf unterschiedlichen Arten schrecklich aber wir müssen darüber reden bevor wir eines Tages daran kaputtgehen."

Ich wartete eine Weile und betrachtete dabei Ellis Augen.

Der Sturm hatte sich verzogen und zum ersten Mal seit einiger Zeit sah ich wieder etwas Menschliches darin aufblitzen.

„Es tut mir leid." Eine Träne lief an ihrer Wange hinab und ich erhob mich wieder von der Bank und streckte meiner besten Freundin meine Hand entgegen.

„Wie wäre es mit einem Versöhnungskaffee? Ich meine wir sind in Italien."

„Ich bin dabei." Elli wischte sich die Träne bei Seite und schnappte sich lächelnd meine Hand.

Erleichtert darüber, dass sich meine beste Freundin mir gegenüber geöffnet hatte machten wir uns nun gemeinsam auf dem Weg zum nächst besten Café in der

Hoffnung die wiedergewonnene Elli nicht gleich wieder zu verlieren.

Kapitel 40

Seitdem wirklich angenehmen Caféaufenthalt zwischen Elli und mir lagen nun schon einige Stunden zurück.

Mittlerweile war es kurz vor halb zwölf.

Schweren Herzens sah ich zu der schlafenden Shay und gab ihr einen vorsichtigen Kuss auf die Stirn, was sie mit einem Lächeln quittierte.

Ich wollte nicht von ihrer Seite weichen, doch ich musste mich langsam aber sicher auf den Weg machen.

Das Gespräch mit Zeynel stand an und ich kannte mich in der Gegend nicht aus.

Darum wollte ich ein bisschen ehr los bevor ich noch zu spät zum Treffen kam.

Ach ja immer dieser nervige Drang dazu pünktlich zu sein.

Ich hasste es einfach spät dran zu sein.

Darum setzte ich mich nun Aufrecht ins Bett und schlüpfte so leise wie mir nur möglich war in meine Alltagsklamotten, die ich neben meiner Bettseite auf dem Boden platziert hatte.

Fertig angezogen tapste ich auf leisen Füßen über den Boden zum Hoteltisch auf denen sich unsere

Zimmerkarte befand und steckte die besagte Plastikkarte in die Hosentasche.

Nur noch Schuhe und Jacke anziehen und schon konnte es losgehen.

Aber als ich die Klinke der Tür hinunterdrücken wollte vernahm ich ein zischen hinter meinen Rücken und drehte mich Ruckartig um.

Ich hatte völlig vergessen, dass Elli nicht schlief.

Meine beste Freundin stand nun mit verschränkten Armen vor mir und sah mich eindringlich an.

„Wohin des Weges?", fragte sie mich lauter als mir lieb war, weshalb ich ihr kurzerhand in einem Anflug von Panik den Mund zuhielt.

„Ich habe etwas Wichtiges zu erledigen darum würde ich dich bitten mich einfach vorbei zu lassen. Ich erkläre dir das Ganze später, wenn ich wieder da bin", flüsterte ich Elli nervös entgegen und nahm vorsichtig die Hand von ihrem Mund, in der Hoffnung, dass sie jetzt etwas leiser redete.

„Ich will nachher jedes Detail wissen", gab sie zu verstehen und ich drehte mich erleichtert um und eilte hinaus, den langen Flur entlang zum Ausgang des Hotels.

Warum konnte sich Zeynel nicht einfach hier mit mir treffen und jagte mich stattdessen durch halb Verona?

Hatte er etwa Angst wieder auf den Lares Loci zu treffen?

Ich konnte es ihm nicht verübeln, denn der komische Kauz hatte es anscheinend wirklich auf jeden abgesehen, der nicht Teil seines Platzes war.

Mithilfe von Google Maps irrte ich nun durch die Straßen von Verona und versuchte durch Musik die Tatsache, dass ich mich zweimal verlaufen hatte zu verkraften.

War ich überhaupt auf dem Weg zum richtigen Friedhof?

Mir wurden nämlich zwei unterschiedliche angezeigt, was mich nun etwas verwirrte.

Konnte Zeynel sich nicht besser ausdrücken?

Und warum zum Teufel sollte ich mitten in der Nacht zu einem Friedhof?

Ich hatte eigentlich nicht das Bedürfnis teil eines klischeehaften Horrorfilmes zu werden.

Nervös setzte ich schnell einen Fuß vor den anderen.

Ich hatte noch zwei Minuten!

Verdammt!

Ich rannte schon förmlich, wodurch ich mir fragende Blicke von den wenigen Passanten einfing, die noch auf den Straßen unterwegs waren.

Und tatsächlich, ich schaffte es!

Vor mir lag ein verschlossenes Tor mit eisernen Verzierungen.

Das war doch wohl nicht Zeynels ernst!?

Ich sollte doch nicht wirklich auf einen Friedhof einbrechen?

Sofern man das als einbrechen bezeichnen konnte.

Aber Störung der Grab Ruhe klang auch nicht besser.

Vielleicht war ich hier aber auch einfach nur falsch?

Das konnte ich nur herausfinden, wenn ich auf der anderen Seite war.

Ich fühlte mich wie ein Schwerverbrecher, als ich mich umsah, Anlauf nahm und begann die steinerne Mauer, die um dem Tor herum gebaut wurde hinaufzuklettern.

Sie war nicht sonderlich hoch, doch das letzte Mal das ich irgendwo hochkletterte lag nun doch schon einige Jahre zurück.

So kam es auch, dass ich mich elegant auf die andere Seite schwingen wollte, abrutschte und wie ein Häufchen Elend, hart auf dem Boden aufschlug.

Einige Sekunden blieb ich liegen und rieb mir meinen Ellenbogen.

Eines stand schon Mal fest: Man würde niemals mein Gesicht bei Ninja Warrior sehen.

„Hast du es doch noch geschafft, eine rauchige Stimme, die mich irgendwie an Shay in männlich erinnerte sorgte dafür, dass mir ein kalter Schauer über den Rücken lief und ich mich schnell aufrappelte.

Aber immerhin: Ich schien richtig zu sein.

Aus dem Schatten einer steinernen Engelsskulptur löste sich Zenyels Körper und trat auf mich zu.

„Ja ich bin hier. Jetzt können wir über Shay reden und unsere Probleme aus der Welt schaffen." Meine Stimme zitterte leicht.

Ich konnte nicht leugnen, dass ich Zeynel immer noch nicht ausstehen konnte.

Aber ich liebte Shay und seit gestern war ich mir zu hundert Prozent sicher, dass sie das gleiche für mich empfand.

Mehr noch.

Ich konnte ihr vertrauen.

„Ich werde sie nicht aufgeben." Zeynels Stimme war fest und bevor ich auch nur einen Satz meines geplanten Versöhnungsgespräches von mir geben konnte traten hinter den verschiedenen Gräbern zwei weitere Gestalten hervor und ich konnte spüren, wie sich die Welt veränderte und ich wieder einmal in die Parallelwelt hineingezogen wurde.

„Nicht schon wieder!", stöhnte mein Verstand auf, als er erkannte das, das hier wohl alles andere als ein Versöhnungsgespräch wurde.

Da verzichtete man auf seinen heiligen Schlaf um sich mit seinen Widersacher zu vertragen und wurde in einen Hinterhalt gelockt.

Das konnte auch nur mir passieren!

„Ich alleine kann gegen dich nichts ausrichten aber vielleicht habe ich mit meinen Freunden mehr Erfolg." Während sich Zenyel in einer Seelenruhe auszog um sich verwandeln zu können ohne seine Klamotten zu zerstören spürte ich einen windigen Luftzug und etwas meine Wange streifen.

„Aua!", schrie ich auf und strich über den blutigen Striemen in meinem Gesicht.

Schräg von Zeynel erschien nun ein Mädchen, deren Körper komplett mit Ranken und Blättern überwachsen war.

Nur ihr Gesicht konnte man noch erkennen und oh ich schwöre, nur, weil sie recht hübsch aussah würde ich ihr das sicher nicht durchgehen lassen.

Doch vorher blickte ich mich kurz um, um herauszufinden mit was ich hier alles zu tun hatte.

Okay, Zeynel, diese komische Rankenfrau, die mir mit einem rasiermesserscharfen Blatt mein Gesicht geschnitten hat und neben ihr stand noch ein anderes Mädchen.

Etwas älter vielleicht, mit pechschwarzen Flügeln und statt Haut glänzende Schuppen wie bei Drachen.

Okay...hatte sie wirklich einen Teufel Schwanz, Hörner und Hufen?

Diese andere sah aus wie der Teufel persönlich und während ich sie so musterte brummte ich sarkastisch: „Na dann auf einen fairen Kampf."

Fair war aber etwas Anderes, als jemanden alleine zu einem verlassenden Ort zu locken und dort mit zwei unheimlichen Frauen über einen herzufallen.

Aber erstaunlicher Weise hatte ich keine Angst.

Im Gegenteil ich wollte diesen verdammten Kampf.

Ich wollte die Fähigkeiten der anderen erleben und ich wollte meine eigenen ausbauen.

Mein Körper polarisierte in einen wunderschönen blau und ich begann ganz klassisch damit ein paar Wasserkugeln zu formen.

„Was bitteschön ist sie?", fragte das schwarzhaarige Mädchen mit den pechschwarzen Flügeln und blickte sauer auf Zeynel, der offensichtlich nichts erzählt hatte.

Ich nahm ihm die Erklärung, die er in seiner Wolfsgestalt ohnehin nicht hätte geben können ab und sah auf die kleine Gruppe: „Ich bin Yasmin Chopper und eine Halbgöttin." So sicher hatte ich das noch nie auf meinen

Lippen und ich konnte meinen etwas Stolz herausgehört zu haben.

„Na dann zeig mal was du drauf hast du Halbgöttin", scherzte die Rankenfrau und ließ plötzlich gefühlte hundert Blätter aus ihrem Körper herausschießen.

Fuck.

Einigen konnte ich geschickt ausweichen und andere streiften schmerzhaft meine Haut.

Doch ich hatte keine Zeit mir Gedanken zu machen, denn Zeynel raste auf mich zu und vergrub mich unter seinen Wolfspfoten.

Scheiße war er schwer!

Aber bevor seine Pfote mein Gesicht erreichen konnte hatte sich um ihn eine Wasserkugel gebildet, in der er langsam aber sicher einen Sauerstoffmangel bekam.

Diese Fähigkeit hatte ich fast vergessen und sah erschrocken zu ihm.

„Scheiße du bringst ihn noch um!", riss mich das Mädchen mit den schwarzen Flügeln aus meiner Starre und die Wasserkugel platzte.

Hustend lag Zeynel noch immer in seinem Wolfskörper auf dem kalten Boden und spuckte das Wasser, mit dem ich ihn fast ertränkt hatte, aus.

„Bist du wahnsinnig!?", wurde ich von derselben Gestalt wie eben angeschrien.

Bevor ich mich auch nur irgendwie rechtfertigen konnte streckte sie ihre Hände in meine Richtung aus.

Was war das jetzt?

Gerade noch rechtzeitig wich ich dem Feuerball aus, der auf mich zu sauste und mich um ein Haar verbrannt hätte.

Weitere folgten und zündeten die Grabstätten hinter meinen Rücken an.

Wer war hier bitte wahnsinnig?

Die nächste Feuerkugel wehrte ich mit meinen Wasserkugeln ab und war heilfroh, dass ich sie löschen konnte.

Feuer und ich waren einfach keine Freunde.

Erst recht nicht, nach dem Shay und ich verbrannt wurden.

Die schmerzhafte Erinnerung daran, die ich erst durch einen Traum wiedererlangt hatte, ließen mein Herz zusammenziehen.

Nein noch einmal ließ ich nicht zu, dass mich jemand einfach so verbrannte.

Wütend funkelte ich mein Gegenüber an und bemerkte wie mein Körper mal wieder vereiste.

Ich war nicht mal wütend darüber, dass sie mich mit Feuerkugeln bewarf, nein ich war wütend über diese Erinnerung.

Ich war wütend auf das Dorf, in das Shay und ich damals gelebt hatten.

Wütend über die engstirnige Denkweise der Menschen und wütend, dass ich nichts unternehmen sollte, da meine Freundin es vorgezogen hatte zu sterben, als jemanden zu töten.

Ein paar neue Blätter schossen auf mich zu, doch konnten dem Eis, welches mich umgab nichts mehr anhaben.

Das Eis war wie eine Rüstung.

Körperlich wie auch seelisch, da mir meine sonstigen Emotionen mal wieder aus meinem Herzen entwichen.

„Willst du uns jetzt etwa umbringen?", lachte das Mädchen mit den Hörnern auf und ich ließ einen ihrer Flügel gefrieren.

„Vielleicht aber erst will ich euch zeigen, dass ihr mich niemals unterschätzen solltet.", nach diesen Worten kniete ich mich zu Boden und ließ ihn mithilfe meiner Fingerspitzen ein paar Meter gefrieren.

Das Eis umschlang die Füße der Beiden und hinderten sie somit daran sich zu bewegen.

Zeynel hatte sich immer noch nicht wieder in den Kampf eingemischt, obwohl doch alle wegen ihm hier waren.

Vorsichtshalber wagte ich daher einen Blick zu ihm, doch konnte ihn nicht sehen.

Weder ihn noch seine Klamotten.

War Zeynel etwa geflüchtet?

Zischend prallte eine Feuerkugel gegen meinen Körper und ich fuhr wieder zu den anderen herum.

„Wenn du uns schon töten willst, dann solltest du uns ganz einfrieren."

„Lässt sich einrichten." Ich schritt auf das freche Mädchen zu und streckte meine Hand nach ihrem Gesicht aus.

Doch gerade als sich die Hälfte ihres Gesichtes mit Eis bedeckte zischte wieder etwas auf mich zu und bohrte sich schmerzhaft in meine Hand und etwas Anderes in meine Schulter.

Das Eis zerbrach von meinem Körper und ich drehe mich unter Schmerzen um.

„Scheiße", hörte ich die Rankenfrau murmeln.

Ich versuchte den Gegenstand aus meiner Schulter zu ziehen, doch ich scheiterte.

„Scheiße", fluchte nun auch ich, als ich das viele Blut sah, das aus meinem Körper hervortrat.

„Fuck!", die Schmerzen wurden so unerträglich, dass ich zu Boden ging.

„Was ist hier los!?", eine herrische Stimme zerbrach die Stille und ich sah vorsichtig auf.

Ein wie Bruce und Franics mit einer goldenen Aura schimmernder Mann trat mit Helm und Speer auf uns zu.

Er wirkte wütend und unheimlich genervt.

Doch sein Blick ging zunächst zu den Beiden Personen hinter mir.

„Warum hast du ihn geholt? Wir hätten das auch alleine

hinbekommen", zischte das Mädchen mit den Flügeln.

„Was hätte ich denn sonst machen sollen?" Diese Stimme. Zeynel.

Seine Stimme war auch das Letze was ich vernahm, bevor mein Körper die Schmerzen annahm und mir wie schon so oft schwarz vor Augen wurde.

Kapitel 41

„Du hast sie fast umgebracht!", waren die ersten Worte, die ich hörte.

Meine Augen hatten sich noch nicht dazu entschlossen, sich wieder zu öffnen, doch konnte ich ganz klar Shays Stimme hören.

Sie klang aufgebracht und doch war ihre Stimme wie Musik in meinen Ohren.

So rau und doch so unglaublich sexy.

Erst recht, wenn sie sich Sorgen um mich machte.

Ich konnte mir schon bildlich vorstellen, wie sie sich dabei ihre Haare raufte.

Oh Gott ich liebte es, wenn sie das tat.

Allein dieses Bild vor meinem geistigen Auge sorgte dafür, das sich ein Lächeln über mein Gesicht schlich.

„Das ist mir sowas von egal, schließlich hat sie uns angegriffen. Wir haben uns nur verteidigt!", drang Zenyels Stimme an meinen Ohren und ich verdrehte gedanklich meine Augen.

Ja na klar der arme Zeynel hat sich ja nur verteidigt.

Ich würde mich gerne einmischen aber mein Körper fühlte sich an, als hätte ein LKW auf ihm geparkt.

„Ihr habt euch nicht nur verteidigt! Diesen Zettel hat sie nämlich verloren!", auch Elli schien anwesend zu sein und klang mindestens genauso aufgebracht wie Shay.

Ich war so unglaublich müde, dass ich beinahe wieder wegdriftete.

Doch ich durfte nicht.

Schwach griff ich in das nasse Gras unter meinen Fingern und meine Augenlider flackerten mühsam auf.

„Hey Leute, ich leb noch", kam schwach aus den tiefen meiner Kehle.

Ich fragte mich woran das lag, denn offensichtlich waren meine Verletzungen verschwunden.

Trotzdem fühlte ich mich ganz und gar nicht gut.

So schwach und verletzlich.

Ich versuchte aufzustehen, doch brach direkt wieder zusammen.

„Yas, bleib liegen." Shay eilte zu mir und kniete sich neben mir auf den Rasen.

Ihre Fingerspitzen strichen über meine Wange und ich konnte in ihren Augen die Sorge um mich sehen.

„Was ist nach dem Kampf passiert?", erkundigte ich mich bei ihr und sah verschwommen, dass auch Bruce, Francis und Elli neben Shay auftauchten.

Nur Susano fehlte.

„Der Kampf wurde von Lenus beendet. Er ist ein keltischer Gott und Anführer der Gruppe von Zeynel", erklärte Shay langsam.

Das langsame Reden brauchte ich auch gerade, denn mein Schädel dröhnte, wie nach einer durchzechten Nacht, in der reichlich Alkohol geflossen war.

„Ich konnte dich nicht heilen, da er um einiges stärker ist als ich", übernahm Bruce das Wort und der Mann mit seinem Helm und Speer trat auf mich zu.

Von nahen sah er nicht mal ansatzweise gefährlich aus.

Er war etwas kleiner als ich, hatte kurze, braune und lockige Haare und sah mich aus seinen dunklen Augen besorgt an.

„Tut mir leid, das Gefühl, dass du jetzt hast wird noch ungefähr eine halbe Stunde anhalten. Deshalb würde ich auch raten vorerst in dieser künstlichen Parallelwelt zu bleiben, da wir sonst zu viel Zeit verlieren."

Ich nickte bedacht.

„Danke, dass Sie mich gerettet haben, nachdem Sie zwei Speere durch meinen Körper gejagt haben." Mein Hang zum Sarkasmus schien noch da zu sein, was auch Lenus etwas zu überraschen schien.

„Ist sie immer so?", fragte er daher verwundert und erhielt ein einstimmiges: „Ja" von meinen Leuten.

„Nun denn. Liora, Esmee, entschuldigt euch bitte bei dem Mädchen, weil ihr euch Zeynels dämlicher Idee angenommen habt um diesen ungerechten Kampf auszuführen. Dafür haben wir uns nicht zu einer Gruppe zusammengetan", wies der keltische Gott an und die zwei Mädchen mit denen ich zuvor noch gekämpft hatte kamen zähneknirschend auf mich zu.

Anscheinend hatten sie schon eine gewaltige Standpauke hinter sich, denn sie wirkten völlig anders als zuvor.

„Das ist doch Bullshit", Zeynes Worte zerschnitten Lenus seine Autorität.

„Wenn ich könnte würde ich es immer wieder tun. Sie darf einfach nicht mit der Frau zusammen sein, für die ich lebe. Das ist nicht fair, verdammt."

Wütend drehte sich Shay zu Zeynel um und funkelte ihn an.

„Deswegen hast du das alles hier getan? Um Yas aus dem Weg zu räumen?"

„Es hätte auch geklappt, wenn wir vorher gewusst hätten wir stark sie in Wirklichkeit ist. Dann hätten du und ich wieder zusammen sein können, so wie früher ", Zeynels Worte machten seine Lage nicht wirklich besser, denn Shay war außer sich.

Wütend lief sie auf ihren Exfreund zu und packte ihn am Kragen.

Umgezogen hatte er sich anscheinend auch noch, während ich mit den Mädels gekämpft hatte, denn seine Kleidung war nicht mehr nass.

„Du hörst mir jetzt mal gut zu! Ja wir waren mal vor tausenden von Jahren zusammen aber ich habe dich nicht mal Ansatzweise so sehr geliebt wie sie. Ich war nie wirklich zu hundert Prozent glücklich mit dir und auch wenn ich dir dein Herz breche muss ich die folgenden Worte aussprechen: Du hast umsonst auf mich gewartet, weil ich niemals zu dir zurückkommen werde."

Aua.

Diese Worte taten sogar in meinen Ohren weh und ich war froh, dass sie, sie an Zeynel gerichtet hatte und nicht an mich, da ich nicht so gut damit umgehen konnte, wenn man mein Herz in der Luft zerriss.

Aber auch Zeynel schien Shays Worte nicht gut aufzunehmen.

„Das kann nicht dein ernst sein", sprach er vorsichtig und packte Shay am Arm.

„Das ist mein voller ernst." Meine Freundin schüttelte seine Hand von ihrem Arm und wand sich erneut zu mir.

„Yas es tut mir leid, dass du hier mit reingezogen wurdest."

„Mir tut es auch leid", mischte sich die Rankenfrau ein und sah erst zu mir und dann zu dem Mädchen neben sich.

„Da stimme ich Esmee zu", kam kleinlaut von dem Teufelsmädchen, welches demnach Liora hieß.

„Und die Alpträume, die du letzte Nacht hattest tun mir auch leid. Ich löse sie aus und ernähre mich von ihnen, wie Vampire von Blut", fuhr sie fort und blickte anschließend von mir zu Elli, welche mit blutunterlaufenden Augen neben ihr stand.

„Was bist du für ein Wesen?", fragte ich vorsichtig. Die Kraft in meiner Stimme kehrte zwar zurück aber bewegen konnte ich mich immer noch nicht.

„Du wirst noch nichts von mir gehört haben. Ich bin ein Sukkubus, die weibliche Form eines Incubus."

Ich hatte keine Ahnung wovon sie redete, was sie anscheinend bemerkte, denn Liora kaute genervt auf ihrer Unterlippe herum.

„Von Incubus hast du natürlich auch nicht gehört. In der Kurzfassung: Wir sind Stellvertreter des Teufels und sorgen dafür, dass die Seele von bösen Menschen in die Hölle verschleppt werden, sowie diverse andere Dinge, die recht verstörend wären. Ich hingegen bin unter Sukkubusen eine kleine Ausnahme, da ich mich gegen den Teufel aufgelehnt habe.

Ich wurde verstoßen und habe hier Anschluss gefunden."

„Ach deshalb bist du so ein kleiner Satansbraten", gab ich sarkastisch von mir, nur irgendwie verstand keiner meinen Humor.

„Yasmin, ich werde irgendwann stark genug sein um dich zu töten, verlass dich drauf", meldete sich Zeynel wieder zu Wort und ich blickte in ein völlig aufgelöstes und trotzdem hasserfülltes Gesicht.

„Halt endlich den Mund du hast schon genug angerichtet", unterbrach ihn der Anführer seiner Gruppe, drehte sich zu ihm um und machte eine Handbewegung.

Eine goldene Materie kroch aus seinen Fingerspitzen und legten sich wie ein Schleier um Zeynels Mund.

Er wollte protestieren, doch aus seinem Mund kam kein einziger Laut.

„Ich will keinen Ton mehr von dir hören."

Dann wendete sich Lenus wieder an mich.

„Hoffentlich kannst du die Entschuldigung meiner Schützlinge annehmen. Da die Umstände unseres Aufeinandertreffens nicht gerade die besten waren, biete ich dir und auch den Rest deiner Gruppe an euch ohne Fragen zu helfen, wenn ihr eines Tages in der Klemme steckt", sprach Lenus ruhig weiter und blickte von mir zu den anderen und anschließend zu Zeynel.

„Das gilt auch für dich."

Dafür war Zeynel wohl auf Lebenszeit bestraft.

Nach einer gefühlten Ewigkeit begann mein Arm unangenehm zu kribbeln und ich bemerkte, wie taub er eigentlich gewesen war.

Das Kribbeln breitete sich auch auf den Rest meines Körpers aus und ich ließ vorsichtshalber meine Finger zappeln.

Endlich.

Vom ganzen rumliegen tat mir schon mein Rücken weh, und auch wenn meine Freundin und Elli keine Sekunde lang von meiner Seite gewichen waren wollte ich nicht länger liegen bleiben.

Aber direkt aufzuspringen war doch nicht gerade die beste meiner heutigen Ideen, denn ich konnte mich nach wie vor nicht auf den Beinen halten, die gerade wieder bemerkt hatten, dass sie normalerweise zum Stehen benutzt werden.

Eine Handbewegung von Lenus und die Parallelwelt verschwand um uns herum.

Er hatte das alles allerdings nicht gut durchdacht, denn mein Geist schoss augenblicklich zurück in meinen Körper, der seit Beginn des Kampfes einige Meter vom jetzigen Standort entfernt stand.

„Honey!", so schnell wie Shay mich auffing bevor ich wieder zu Boden ging konnte ich noch gar nicht mit meinen trägen Augen verfolgen.

In der menschlichen Ebene war die Zeit kaum vergangen aber das träge Gefühl meiner Glieder wurde natürlich übernommen.

Plötzlich wurde ich stutzig.

Wenn die normale Zeit stehenblieb, wenn wir in die Parallelwelt gezogen wurden, wie konnte Zeynel dann Lenus Bescheid geben?

Zeynel wollte ich nicht fragen darum stellte ich Lenus die Frage, die mich plagte.

„Durch die Verbindung zu unterschiedlichen Ebenen unseres Unterbewusstseins haben wir ein viel feineres Gespür für Körper, Geist und Seele. Wir können, wenn wir wollen, uns mitten in der Parallelwelt, mithilfe unserer Seele in unseren eigentlichen Körper projektzieren und somit fliehen", ergriff Shay das Wort und bevor ich auch nur irgendetwas dazu sagen konnte hob sie mich behutsam an.

„Was soll das?", dazu wollte ich dann aber doch noch was sagen.

„Denkst du ich will erst Morgen ankommen?"

Sie hatte recht, wenn ich selbst laufen musste würden wir ewig brauchen aber das war kein Grund um nicht erstmal zu schmollen.

„Halt dich fest."

Wie von selbst umschlangen meine Hände ihren Hals, während sie eine Hand unter meinen Rücken und die andere unter meinen Waden schob.

Wir traten den Rückweg an.

Wie selbstverständlich machte meine Freundin mit mir im Arm einen Schritt vor den anderen.

Als ich sie zum ersten Mal gesehen hatte hätte ich niemals geglaubt das dieses so zierlich wirkende Mädchen derartig kräftig war.

Obwohl ich hatte ja auch nicht geglaubt, dass Shay auf Frauen stand.

Oder zumindest auf mich.

Vorsichtig lächelnd blickte ich zu ihr hinauf.

„Hast du seit dem Letzen Mal zu genommen, du wiegst Tonnen!?", erhielt ich allerdings von ihr und der Moment schien dahin zu sein, bis ich das verschmitzte Grinsen auf ihrem Gesicht sah.

Wie konnte sie einen nicht wahnsinnig machen?

Kapitel 42

„Tu mir nichts!", schreiend schreckte ich auf und tastete meinen Oberkörper ab. Mein Puls raste.

Mein Mund war trocken und auf meiner Haut lag ein Schweißfilm.

Alles Anzeichen für einen weiteren Alptraum.

Ich brauchte daher eine Weile bis sich meine Atmung wieder normalisierte und meine Gedanken zurückgehen konnten.

Was hatte ich nur geträumt das ich nun so fertig war?

Ich konnte mich beim besten Willen nicht erinnern.

Mein Blick ging zu Shay und Francis.

Zum Glück hatte ich die Beiden nicht geweckt.

Obwohl um meine Freundin wachzubekommen brauchte es schon einiges mehr als einen Schrei.

Eine Explosion vielleicht und selbst dann war ich mir ziemlich sicher, dass sie diese verschlafen würde.

Mein Blick blieb an Elli hängen, die es sich im Schneidersitz auf ihrem Bett gemütlich gemacht hatte.

Als sie bemerkte, dass ich sie ansah stöpselte sie ihre Köpfhörer aus den Ohren und deutete an, dass ich rüberkommen konnte.

Ein Nicken später, schleppte ich mich müde aber nicht fähig weiter zu schlafen zu meiner besten Freundin und setzte mich zu ihr aufs Bett.

„Dein Schrei hat mir fast das Trommelfell zerfetzt, bei dem katzenartigen Gehör das ich jetzt habe." Elli deutete erst auf ihre Ohren um mich dann mit diesem altbekannten besorgten Gesichtsausdruck anzusehen, den ich mittlerweile von jedem aus meinem Umfeld schon einmal abbekommen hatte, seitdem sich mein Leben in diese düstere Richtung verändert hatte.

„Tut mir leid ", entschuldigte ich mich aber das reichte Elli natürlich nicht.

„Hast du wegen vorhin schlecht geträumt?", bohrte sie weiter nach und rutschte mit dem Rücken zur Wand.

Ich tat es ihr nach, denn Elli schlug kurzerhand die Decke über unsere Beine.

Fehlte nur noch die heiße Schokolade, dann erinnerte es fast schon an die Nächte in denen wir beide durchmachen und uns bis zum nächsten Morgen Filme ansahen.

„Ich weiß nicht wovon ich geträumt habe nur, dass ich schreckliche Angst vor jemanden hatte." Ich war froh, dass ich Elli gegenüber endlich so ehrlich sein konnte wie ich es auch vorher war.

Diese ganzen Lügen hätten unserer Freundschaft noch eines Tages das Genick gebrochen.

„Als du vorhin gegangen bist hast du diesen Zettel verloren, ich habe ihn viel zu spät entdeckt um die anderen zusammen zu trommeln. Du lagst so verletzt auf dem Boden, dass ich dachte das ich dich auch noch verliere", Ellis Stimme brach.

„Ich dachte du wärst tot." Trotzdem zwang sie sich zu einem weiteren Satz bevor sie stark die Luft einzog.

Sie war den Tränen nahe, dass konnte ich ganz klar heraushören.

„Zeynel hat mich zu dem Friedhof gelost. Ich dachte er würde sich mit mir aussprechen wollen aber stattdessen hat er mich in diesen Hinterhalt gelockt. Es tut mir leid, dass ich dir nicht gesagt habe wo ich hingehe", müde drang meine Stimme zu meiner besten Freundin.

So müde wie ich es mittlerweile war in so einen Hinterhalt zu geraten.

Erst Klara, von der ich jahrelang dachte sie, Elli und ich wären beste Freundinnen und nichts und niemand könnte das ändern und dann Shays soziopathischen Exfreund.

„Danke, dass du noch lebst", erklang erneut Ellis zerbrechliche Stimme.

Freundschaftlich legte ich nach diesen Worten meinen Kopf auf ihre Schulter ab.

„Keine Angst ich komme immer wieder." Was sogar der Wahrheit entsprach, selbst wenn ich sterben würde.

Aber das klang dann doch etwas zu heftig für jemanden, den ich gerade aufbauen wollte.

„Wenn wir wieder zuhause sind müssen wir unsere Rückkehr mit den anderen feiern, also George und Lizzy. Die beiden sind mir echt ans Herz gewachsen", wechselte Elli plötzlich das Thema und ich wurde wieder ernst.

„Ich glaube nicht, dass Francis nochmal mit dir feiert."

Kurz wurde Elli noch blasser um die Nase als sie so oder so schon war bevor sie beschwörend ihre Hand erhob.

„Ich Ellisa Bartels verpreche dir, dass ich die Finger von Drogen und Alkohol lasse." Lachend drückte ich ihre Hand hinunter.

„Das klingt gut aber mir reicht es völlig aus, wenn du es tust und nicht nur versprichst."

„Okay aber nur, wenn du nie wieder alleine losziehst und fast am Verrecken bist, wenn wir dich finden."

Darauf konnte ich eingehen.

Stunden und ein Serienmarathon, der die viel zu frühen Morgenstunden erträglicher machte und einer fast dreistündigen Fahrt mit Zug und Fähre später, befand sich meine Klasse, inklusive mir selbst im Nordosten Italiens.

Oder besser gesagt in der Lagunenstadt Venedig.

Für einen Herbsttag war es ungewöhnlich warm.

Die Sonne schien schon hoch am Himmel und mein Blick hing am Wasser während Herr Ricke und Susano eine Ansprache hielten.

Ich verstand mal wieder kein einziges Wort, weil ich viel zu sehr damit beschäftigt war den Gondoliere zuzusehen, wie sie die unzähligen Touristen mit ihrer Gondel über die Kanäle schiffen ließen.

Schade das ich dafür kein Geld hatte.

Zu schön wäre es gewesen so eine Fahrt mitzumachen.

„Yas komm wir wollen zum Markusplatz laufen", erklang Shays Stimme an mein Ohr und ich blickte zu ihr.

Bevor ich mich wieder in ihren Augen verlieren konnte, wie ich es immer tat, wenn sie mich ansah, hatte sie ihren Kopf wieder zu Francis gedreht und führte ihre Unterhaltung fort.

Meine Hand ging wie selbstverständlich zu die meiner Freundin doch Shay war schneller und verschwand kurz zu Bruce und Elli.

Was hatte sie nur plötzlich?

Verwirrt trottete ich als Schlusslicht meiner Klasse hinterher.

Hatte sie mich gerade ernsthaft stehen lassen?

„Na ist die neue Liebe schon wieder verpufft?", säuselte eine altbekannte nervige Stimme.

„Nadine, was willst du?", ich war noch zu müde um mich mit ihr zu duellieren.

Seitdem ich hier ankam hatte ich nicht richtig geschlafen.

So schön es hier auch war aber ich vermisste so langsam mein Bett und ich glaubte fest daran, dass ich das gesamte Wochenende, wenn wir wieder zuhause waren verschlafen würde.

„Ach ich will nichts Besonderes nur das übliche: Mich daran erfreuen, wenn es dir schlecht geht. Aber das kennst du ja nicht anders von mir."

„Da muss ich dich enttäuschen, mir geht es gut." Ich setzte mein süßestes Lächeln auf und Nadines Grinsen verschwand in Handumdrehen.

„Das muss ein ziemlich trauriges Leben sein, wenn du nur glücklich bist, wenn es mir schlecht geht", setze ich noch eins drauf.

„Nicht so wie deins. Schließlich habe ich mich gestern nicht nachts rausgeschlichen und musste dann von meinen Freunden gesucht werden."

Panisch blieb ich stehen packte unsanft Nadines Handgelenk.

„Was hast du gesehen?", zischte ich um nicht die anderen auf uns aufmerksam zu machen.

„Ich kenne dein kleines Geheimnis du Freak und freue mich schon darauf es den anderen zu erzählen." Mir gefror das Blut in den Adern. Wieso wusste Nadine, dass ich eine Halbgöttin war?

Das durfte nicht wahr sein!

In einem kleinen Moment der Unachtsamkeit hatte Nadine sich aus meinem Griff gelöst und tippte etwas auf ihr Handy ein.

„Lass die Scheiße!" Ich lief ihr schnell hinterher während sie sich zwischen den anderen Schülern hindurchschlängelte.

„Zu spät du möchtegern Lesbe!", erklang von weiter vorne und mein Handy vibrierte wie an dem Tag unserer Ankunft, als sie unser Gespräch aufgenommen hatte.

Zitternd griff ich, wie auch die Hälfte der Klasse nach dem Handy und machte mich auf das schlimmste gefasst.

Ich sah zunächst zu den anderen und plante im Kopf schon meine Flucht.

Doch stattdessen blickten hier und da einige einfach nur mit einem Stirnrunzeln auf den Bildschirm und andere steckten ihr Handy einfach wieder zurück in die Hosentasche.

„Ziemlich schlecht überarbeitet", warf Bruce ein und ich fand endlich den Mut auf mein Display zu schauen. Dort war ich und Zeynel zu sehen, wie wir nebeneinander liefen.

Bah, war das eklig anzusehen!

Und ich dachte ursprünglich sonst was.

Aber Nadine hatte nur ein Bild mit mir und Zenyel von heute Morgen zusammengeschnitten.

Vor Erleichterung begann ich zu lachen und blickte wieder auf mein Handy.

Scheiße was war ich froh darüber das Nadine nicht sonderlich schlau war.

„Du gehst uns reichlich auf den Sack damit. Mir ist es mittlerweile so egal ob Yasmin nun auf Frauen oder Männer steht. Immerhin hat sie im Gegensatz zu dir ein eigenes Leben", bekam sie nun auch noch von Sandy, ihrer besten Freundin eins reingewürgt.

Normalerweise hielt sich mein Mitleid für Nadine in Grenzen.

Sie übertrieb es in letzter Zeit einfach aber langsam machte ich mir ehr Gedanken um meine Klassenfeindin.

Nadine verbrachte wirklich Zuviel Zeit damit mir hinterher zu spionieren und zum Glück hatte sie dabei noch nicht mein richtiges Geheimnis erfahren.

Irgendwie begann sie mir einfach nur leid zu tun.

Schon alleine, weil sie anscheinend außer mir kein Hobby hatte und damit mittlerweile auf Granit stößt.

Nach dem kleinen Zwischenfall kehrte wieder Ruhe ein.

Etwas zu viel Ruhe für meinen Geschmack, denn meine Freunde waren mit meiner Freundin beschäftigt und schlossen mich irgendwie aus.

Ich dagegen verbrachte die Zeit, in der Herr Ricke irgendetwas vor sich hin brabbelte damit herauszufinden wie oft ich meine Kopfhörer zwischen meinen Fingern zwirbeln konnte bis ein neuer Kabelbruch entstand.

Pff, sollten sie mich ruhig ausschließen.

Ich wüsste nicht was ich ihnen getan hätte.

Oder waren sie sauer auf mich wegen der Sache am frühen Morgen?

Aber wir haben doch auch sonst über alles geredet.

Und Shay hatte nicht einmal den Eindruck gemacht als wäre sie sauer auf mich.

Was zum Henker war also los verdammt!?

Mies gelaunt beobachte ich wie Bruce seine Sonnenbrille abnahm und Herr Ricke in ein Gespräch verwickelte.

„Warum guckst du so grimmig?", Shay war neben mir aufgetaucht und blieb vor mir stehen.

„Keine Ahnung vielleicht, weil ihr mich die ganze Zeit ignoriert?", gab ich patzig von mir und dachte gar nicht daran aufzuhören vor mich hinzuschmollen.

„Wir sollten übrigens weiter laufen sonst verpassen wir den Anschluss zu den anderen", sprach ich weiter und wollte gerade einen weiteren Schritt nach vorne machen als zwei kräftige Hände sich auf meine Schulter legten und zum Stehen bleiben animierten.

Ein breites Lächeln lag auf dem Gesicht meiner Freundin und ich fragte mich ob sie mir überhaupt zugehört hatte.

„Also ich wäre gerade mehr für eine richtig gute Italienische Pizza", kam verschwörerisch über ihre Lippen.

„Hast du mir überhaupt zugehört?", sprach ich nun doch das aus, was ich vor einigen Sekunden gedacht hatte.

Aber das unbeschreiblich breite Lächeln verschwand einfach nicht aus ihrem Gesicht.

Auch wenn ich es an ihr liebte machte es mich in der jetzigen Situation irre.

Zumal ich unsere Klasse nicht mehr sah.

Na ganz toll ich hatte keine Lust dazu die anderen zu suchen.

„Beruhig dich Honey. Bruce hat mit seinen Kräften, den Ricke und die anderen aus unserer Klasse dazu gebracht uns für eine Weile nicht zu vermissen. Wir sollten nur heute Abend pünktlich zurück sein sonst sitzen wir hier fest."

Jetzt war ich sprachlos.

„Ich habe vorhin nur Elli und Francis in mein Vorhaben eingeweiht und Bruce versprochen auf dich aufzupassen. Darum haben wir nicht mit dir geredet, wir wollten dich überraschen."

Ich war immer noch sprachlos und wusste gar nicht wie ich jemals aus meiner Starre wieder herauskommen sollte.

Da war ich vorhin ja mal wieder richtig auf dem Holzweg.

Und ich Idiotin hatte geglaubt sie wären sauer auf mich.

Eine Hand legte sich auf meine und die Wärme die sie ausstrahlte brachte mich dazu diese Hand zu umschließen und meine Freundin anzulächeln.

„Das heißt wir haben die restliche Zeit für uns alleine?"

Shay nickte und wie konnte es auch anders sein in diesem Moment:

Die Welt verschwamm um uns herum und ich stöhnte genervt auf als eine rauchartige Gestalt auf uns zuraste.

Ein Seelendieb.

Das durfte doch jetzt nicht wahr sein.

„Du versaust mir jetzt nicht mein Date!", schrie ich dem Wesen wütend entgegen.

„Yas machst du das? Ich bin grad wirklich zu faul mich extra auszuziehen um mich in einen Wolf zu verwandeln.", auch Shay schien genervt.

Warum hatte ich meine Waffe nicht mitgenommen? Dann müsste ich jetzt nicht einmal meine Kräfte verwenden.

Der Seelendieb raste auf mich zu und ich konzentrierte mich darauf nur meine Hand einfrieren zu lassen aber gleichzeitig eine Wasserkugel zu formen.

Zwar war ein Kampf nicht gerade der perfekte Ort zum Experimentieren doch es klappte tatsächlich und ich zerschnitt ihn mit dem gefrorenen Wasser und die Welt nahm wieder ihre normale Form an während das Eis gerade rechtzeitig von meiner Hand splitterte.

„Das ging ja schnell", raunte Shay und gab mir einen flüchtigen Kuss auf die Wange.

„Ja nur das meine Hand kein Gefühl mehr hat", jammerte ich vor mich hinbekam aber nur ein Lachen ab.

„Bereit für ein Date mit mir?", kam Anstelle einer Mitleidsbekundung aus dem Mund meiner Freundin.

„Wenn wir nicht wieder angegriffen werden sehr gerne."

Wieder musste Shay lachen, nur das sie sich dieses Mal leicht nach vorn beugte und ein leichten Kuss auf meine

Lippen platzierte, der eindeutig zu kurz war aber mich dennoch dahinschmelzen ließ.

Stunden später hatten wir uns eine wirklich gute Pizza geteilt und waren in bestimmt jedes einzelne Geschäft das Venedig zu bieten hatte.

Von Marken die ich mir im Traum nicht leisten konnte bis hin zu Straßenverkaufsstellen die hochwertigen Plagiate anboten.

Vor einem dieser Straßenstände blieb Shay abrupt stehen und begutachtete verschiedene Cappys, bis sie mir eines einfach aufsetze und es wie Elli ein paar Jahre zuvor etwas auf meinem Kopf verschob.

„Ich habe fast vergessen wie süß du damit aussiehst", schwärmerisch blickte sie zu mir und ich nahm das Cap wieder von meinem Kopf.

„Das erste Cap habe ich mit Elli gekauft nachdem ich mich von meiner ersten Freundin getrennt hatte -", setzte ich an und Shay unterbrach mich schmunzelnd.

„Ich will dir auch kein neues andrehen aber du kannst es ruhig öfters tragen. Es liegt dir am Herzen das kann ich sehen."

„Sicher?", seitdem ich in einer Mitleidsphase meinen Kleidungstil gewechselt hatte, hatte ich auch mein Cap nicht mehr aufgesetzt.

„Sicher", gab Shay von sich und wir schlenderten weiter durch die Straßen.

Die Sonne neigte sich schon fast dem Untergang zu was mich aber nicht wunderte.

Die Zeit mit Shay verging für mich immer wie im Flug und doch kostete ich jede Sekunde aus, in der ich sie einfach nur für mich haben konnte.

Zumindest bis sie sich plötzlich von mir losriss und zum nächsten Anleger eilte.

„Yas komm schnell", sie winkte mich grinsend zu sich.

Shay aufgeregt und kindlich? War das nicht ehr mein Part?

„Ich habe eine Idee wie wir den Tag und den Anbruch des Abends ausklingen lassen können."

Ich verstand nicht ganz was sie von mir wollte.

Shay merkte das natürlich und stellte sich schwer ausatmend hinter mir.

„Honey, was siehst du, wenn du übers Wasser schaust?"

„Wellen, Wasser und der Beginn vom Sonnenuntergang?", zählte ich die ersten Sachen auf die mir einfielen.

Hinter uns erklang das Stimmenwirrwarr von Touristen und Einheimischen.

„Wie wäre es, wenn wir diesen superkitschigen Sonnenuntergang gemeinsam ansehen? Auf dem Wasser in einer Gondel, auf der du schon am Anfang des Tages einen Blick geworfen hast?"

So schnell wie ich mich umdrehte erschreckte sich meine Freundin ein wenig, denn sie machte einen Sicherheitsschritt zurück.

„Bist du wahnsinnig?", sprach ich so leise, als wäre es ein Geheimnis, dass meine Freundin offensichtlich übergeschnappt war.

Beleidigt verschränkte Shay die Arme und lief geradewegs zum nächst besten Gondoliere und ich folgte ihr einfach.

Kopfschüttelnd und trotzdem einfach nur unglaublich glücklich.

Nach einem kurzen Smalltalk auf Englisch und einem hunderter, der den Besitzer wechselte, folgten wir dem Italiener in seine Gondel.

Shay half mir hinein.

Das dünne schwarze Boot begann sofort zu schwanken doch beruhigte sich wieder, als wir uns setzten.

„Du bist wirklich vollkommen irre, weißt du das?", ich konnte nicht glauben was Shay gerade getan hatte.

Doch in dem Moment wo wir ablegten und die Wellen sanft an der Gondel zerschellten konnte ich nicht anders als meine Hand während der Fahrt über die Wasseroberfläche gleiten zu lassen, mich umzudrehen und Shay ein paar Tropfen ins Gesicht zu spritzen.

„Hey!", erklang gespielt sauer aber ich sah das leuchten in ihren Augen und wusste in diesem Moment das meine Augen mit ihren um die Wette leuchteten.

„Danke hierfür." Ich rückte näher an sie heran und blickte erst auf Shay und dann hinaus, auf das im Untergang der Sonne glitzernde Blau des Wassers.

Vor uns fuhren vereinzelt noch weitere Gondeln und unser Fahrer ließ uns übers Wasse gleiten wobei ich all das Schöne um mich herum mit meinen Augen und meinem Herzen auffing.

Dies hier war eine neue, wunderschöne Erinnnerung mit Shay und ich nahm mir vor sie festzuhalten und niemals zu vergessen.

Kapitel 43

Die Zeit mit Shay war wie im Flug vergangen aber auch der schönste Tag hatte irgendwann sein Ende.

Nur nicht nur der Tag mit ihr ging zu Ende, sondern auch unsere gemeinsame Klassenfahrt.

Ein letzes Mal konnte ich in ihren Armen einschlafen und ein letzes Mal neben ihr aufwachen.

Völlig in Gedanken versunken hatte ich nicht bemerkt wie Elli mich angesprochen hatte.

Diese wedelte nämlich mit ihrer Hand vor mein Gesicht herum während unsere Klasse auf der Rückfahrt zum Hotel war.

„Erde an Yasmin Copper."

„Hm?", nur träge wand ich meinen Blick ab und sah direkt in Ellis lebendigen, kristallblauen Augen.

„Du wolltest mir noch erzählen wie dein Date mit Shay war." Ein amüsiertes Lächeln zierte ihr Gesicht und ich dachte an vorhin zurück.

Automatisch musste ich grinsen.

Die Zeit mit meiner Freundin war einfach irre schön.

Jede Sekunde, Minute oder Stunde die ich mit ihr verbringen konnte füllten mich aus.

Allein in ihre Augen zu sehen war wie ein Rausch in den ich immer wieder verfiel.

Und oh Gott ich liebte diesen Rausch.

„Kommt da noch was?"

Unbedacht war mein Blick zu Shay gehuscht und ich prägte mir die Feinheiten ihres Körpers ein.

Schwungvoll warf sie ihre Haare über die Schulter und ich sah wieder zu meiner besten Freundin.

„Es war schön."

„Details. Yas ich brauche Details. Was habt ihr gemacht? Hattet ihr Sex?", sprudelte es aus Elli und ich schüttelte den Kopf.

Sie war überhaupt nicht neugierig.

Lockerlassen würde Elli nicht darum erzählte ich ihr was wir zusammen unternommen hatten.

Nachts lag ich wie selbstverständlich in Shays Armen und obwohl ich hundemüde war konnte ich meinen Blick einfach nicht von ihr abwenden.

Ich hatte mich so sehr an die Geborgenheit gewöhnt, die sie mir schenkte, dass es mich davor graute wieder in meinem eigenen Bett zu schlafen.

Alleine und ohne ihren sachten Atem der meinen Kopf streifte.

Ich kuschelte mich noch etwas näher an meine Freundin, die plötzlich begann beruhigend über meinen Rücken zu streicheln.

„Du solltest wenigstens eine Nacht durchschlafen", flüsterte sie leise und bevor ich protestieren konnte drückte sie mir einen Kuss auf den Haaransatz.

Dann legte sie sich auf den Rücken und zog mich sanft auf sich.

Der helle Schein des Mondes fiel auf ihr Gesicht und ich verlor mich erneut in ihren glänzenden Augen.

Zumindest so lange bis mich meine müden Muskeln mich nicht mehr auf dem Bett abstützen ließen und ich mich ganz auf Shay legte.

Ein zufriedenes Lächeln umspielte ihr Gesicht und ich rutschte etwas tiefer bis ich meinen Kopf schließlich auf ihren Brüsten bettete und ihren ruhigen aber kräftigen Herzschlag lauschte.

Ihre Finger streichelten die empfindliche Stelle an meinem Nacken bis ich doch ins Land der Träume gerissen wurde.

Der nächste Morgen kam schneller als gedacht und ich war froh, dass ich schon das meiste zusammengepackt hatte.

Nach dem Frühstück ging es auch schon los.

Die Heimreise stand an.

Vollbepackt und mit neuen Erinnerungen an einer schönen aber auch abenteuerlichen Reise stieg ich mit meiner Klasse in den Reisebus ein, der uns zurück nach Berlin brachte.

Es erschien mir alles noch so unwirklich, dass die Zeit schon wieder vorbei war.

Trotzdem hatte ich meinen Koffer, wie die anderen in den riesigen Kofferraum des Buses verstaut und nahm meinen Platz ein.

Dieses Mal allerdings nicht neben Nadine, sondern neben meiner Freundin, die denselben wehmütigen Blick hatte wie ich.

Erst als alle saßen meldeten sich Susano und Herr Ricke zu Wort und sprachen noch ein paar kurze letzte Worte über die vergangene Woche und nahmen schließlich auf den freien Plätzen Platz.

Dann rollte der Bus los und ich wollte mich gerade an Shay kuscheln, als Elli ihren Kopf von den Nebensitzen zu uns steckte.

Bruce neben ihr folgte den Blick seiner Freundin zu Shay und mir.

„Shay, das soll ich dir von diesem komischen Typen geben der Yas angegriffen hat." Ein Zettel wanderte aus ihrer Hosentasche zu meiner Freundin und sie klappte ihn auseinander.

„Hey, Sherian oder Shay, wie du jetzt heißt. Ich weiß nicht was in mich gefahren ist, als ich Yasmin zu dem Friedhof gelockt habe. Ich denke ich war einfach sauer, dass du nach allem was wir zusammen durchgemacht und durchgestanden haben sie mir vorziehst. Trotz all der Jahre hatte ich immer die Hoffnung, dass wir eines Tages wieder zusammenfinden. In dem Moment als ich dich wiedersah, dachte ich das, dass Schicksal sein musste aber so war es nicht. Wenn ich im Kampf verletzt war hast du dich zwar um mich gesorgt aber nie so sehr wie du es bei ihr getan hast. Wie auch immer sie es geschafft hat so tief in dein Herz zu gelangen bitte halt es fest. Ihr habt etwas, was wir niemals hatten oder haben werden. Und eines Tages werden es ihre Gefühle zu dir sein, die sie in ihrer göttlichen Gestalt davon abhalten wird jemanden zu töten. Wir haben uns lange mit Lenus unterhalten und wir mussten einsehen, dass Yasmin uns allen überlegen war. Wenn sie mehr trainiert, wird sie sicher auch stärker sein als Lenus. Darum pass gut auf sie auf. Ich bitte sie nicht darum auf dich aufzupassen, weil ich weiß, dass du stark bist. Egal was passiert du kommst immer wieder auf die Beine und das ist eines der Dinge, die ich immer an dir bewundert habe. Das war alles was ich dir noch sagen wollte. Nun ja mach´s gut und wenn was ist oder wir euch helfen sollen ruf mich an." Unter dem langen Text, den ich überflogen hatte stand eine Handynummer.

„Wann hast du den bekommen?" Shay fuhr so schnell zu Elli herum, dass diese zusammenzuckte.

„Nach dem Frühstück hat der Zettel plötzlich in meiner Jackentasche gesteckt", klärte Elli sie auf und Shay sah erneut auf dem Stück Papier in ihrer Hand.

Es sah so aus als versuchte sie sich jedes einzelne Wort, das mit einem schlichten Kugelschreiber dort verewigt wurde einzuprägen.

Solange bis ich meine Hand auf ihre legte und sie aufsah.

„Was geht gerade in dir vor?" Ich runzelte die Stirn, denn eigentlich war es doch ganz gut was er dort geschrieben hatte.

„Als ich das Papier in die Hand genommen habe konnte ich spüren was er gespürt hat, als er das hier geschrieben hat. So wie ich meinen Geist mit deinem Verknüpfen kann, kann er seinen mit meinem Verknüpfen und wenn es nur durch einen Gegenstand ist. Aber das war nicht alles. Irgendetwas scheint los zu sein. Etwas das auf uns zukommt."

Ich verstand nicht was Shay mir damit sagen wollte und fragte sie vorsichtig was sie gesehen hatte.

„Es war kein direktes Bild nur das Gefühl das etwas Schreckliches passieren wird." Beruhigend nahm ich sie in den Arm und zog Shay das Blatt Papier aus den Händen.

„Du hast doch selbst gelesen das ich stärker bin als die anderen. Also was auch kommt ich werde dich beschützen."

„Honey, du verstehst es nicht. Das war eine Warnung nur ich weiß nicht vor was."

„Shay was auch kommt wir halten alle zusammen", Bruce hatte unser Gespräch natürlich mitbekommen und versuchte sie mit Worten zu beruhigen.

„Genau, Bruce hat recht", Elli stimmte ihren Freund zu und ich brachte Shay mit einem Kuss dazu sich auf andere Dinge zu konzentrieren.

Abends hielt der Reisebus neben der Schule und ein Träger Haufen von Schülern, mich selbst eingeschlossen stiegen aus.

Ich war froh endlich wieder einen festen asphaltierten Boden unter meinen Füßen zu spüren und vor allem endlich wieder zu stehen.

Ich blickte mich um.

Viele Autos standen da, voller liebevoller Eltern die ihre Kinder abholen wollten.

„Ihr braucht nur noch eure Tasche nehmen und dann seid ihr entlassen", sprach ein gähnender Herr Ricke.

Susano half dem Busfahrer dabei die Koffer aus dem Reisebus zu befördern.

Als ich meinen Koffer erhielt stellte ich mich neben Shay, Bruce, Francis und Elli um die anderen dabei zu zusehen wie sie zu ihren Eltern ins Auto sprangen.

Susano gesellte sich zu uns, denn auch Herr Ricke war in seinen Wagen gestiegen und gefahren.

„Ellisa wir sind hier!", rief die Mutter meiner besten Freundin und auch sie trennte sich von unserer kleinen Runde.

„Na dann bis demnächst."

Bruce küsste sie zum Abschied während wir anderen sie umarmten.

„Mach´s gut", wisperte ich in die Umarmung und ließ Elli gehen.

Ich sah den Wagen ihrer Mom hinterher bis dieser um die Ecke bog.

„Also meine Eltern haben mich wahrscheinlich vergessen, was ist die Entschuldigung deiner Eltern?", fragte mich Shay und zog ihre Augenbraue hoch.

„Ich rufe am besten Mal bei meinen Eltern an." Schon hatte Shay ihr Handy am Ohr und keine Sekunde später ging auch schon wieder der übliche Streit los.

„Wie ihr habt im Stress vergessen das ihr mich abholen müsst!?...Nein jetzt braucht ihr auch nicht mehr kommen ich fahre so nach Hause." Ihre Augen funkelten sauer und enttäuscht bevor sie auflegte.

„Yas, Shay ihr fahrt wohl besser mit uns mit", Susanos Worte duldeten keinen Widerspruch.

„Aber was ist mit den Koffern?", sprach ich an.

Das schien eine berechtigte Frage zu sein, als wir vor Susanos Kombi angelangt waren.

„Seit wann hast du eigentlich ein Auto?"

„Eine Weile", zwinkernd quetschte er seinen, Francis und Bruce Koffer in den Kofferraum und öffnete die anderen Türen.

Wie auch immer wir es schafften die vollen Koffer und unsere Körper in das Auto zu verbannen.

„Ich steig mit aus", kündigte Shay nach zwanzig Minuten an und ich half ihr aus dem Wagen.

„Danke fürs mitnehmen." Zusammen winkten wir Susano und den anderen zum Abschied und machten uns auf den Weg.

Ein paar Schritte später hielt ich inne und sah zu Shay.

„Warum kommst du eigentlich mit anstatt nach Hause zu gehen?"

Nicht, dass ich sie nicht mehr um mich haben wollte aber sie sollte mit ihren Eltern reden.

Vielleicht tat es ihnen ja leid, dass sie Shay im übertragenen Sinne im Regen stehen gelassen hatten.

„Ich will erstmal eine glückliche Familie sehen bevor ich wieder in die Höhle der Löwen muss", rechtfertigte sich Shay lachend doch ihr Lachen war nicht echt.

„Wir schaffen das schon und ich werde alles daran setzten das du hier in Berlin bleiben kannst." Meine Finger schoben sich unter ihrem Kinn und strichen schließlich sanft über ihre Wange.

„Trotzdem komm ich noch kurz mit rein, wenn es okay für dich ist."

„Wenn es nicht okay für mich wäre, wäre ich eine echt beschissene Freundin", neckte ich Shay und spielte mit ihren Fingern.

Ein kleines Stück liefen wir Hand in Hand nebeneinander her bis ich meine wieder von ihr löste um meinen Schlüssel her auszukramen.

Vielleicht schliefen meine Eltern ja schon oder es war etwas mit Paul passiert.

Letzteres hoffte ich natürlich nicht.

Ich öffnete die Haustür der Wohnung und schleppte meinen Kofferbis zur Wohnungstür. Dort angekommen bemerkte ich wie Shay ihren mit Leichtigkeit trug.

Na toll und wieder musste sie sonst was von mir denken.

Aber ich dachte nicht länger darüber nach und schloss die letzte Tür auf.

„Hallo ich bin wieder da!", rief ich, weil in der Wohnung Licht brannte und ich einen flimmernden Fernseher hörte.

„Hallo? Mom? Dad?", ich stellte meinen Koffer im Flur ab und zog meine Schuhe aus.

Dann nahm ich die Küche in Angriff und blieb so abrupt stehen, dass Shay gegen mir prallte.

Mom und Dad sahen wütend und aufgebracht zu mir hinauf und ich blickte wie versteinert auf das, was da auf dem Tisch lag.

Meine Pistole.

„Woher...", setzte ich an.

„Das habe ich beim sauber machen in deiner Bettmatratze gefunden. Also Yasmin Copper warum in alles in der Welt versteckst du eine Waffe in unserer Wohnung!", schrie Mom aufgebracht während mein Vater mich einfach nur enttäuscht ansah und sich mit der Hand über seinen Bartansatz fuhr.

„In was für einen kriminellen Kreis hat sie dich gezogen?", wahrscheinlich sollte das Gespräch ruhiger verlaufen aber meine Mutter sprang auf und packte meinen Arm.

„Warum Yasmin tust du uns das an?", eine wütende Hand klatschte gegen meine Wange und mein Körper reagierte wie er nicht reagieren sollte und leuchtete in allen möglichen Farben des Wassers auf und Mom wich von mir um mich mit Dad entsetzt anzusehen.

Aber jetzt war die Katze aus dem Sack und ich konnte sie nicht wieder dorthin zurückschicken.

„Mama, Papa ich bin eine Halbgöttin.", begann ich und Shay zog mich an den Schultern zurück.

„Honey bist du dir sicher?"

Ich ließ mich nicht beirren und sprach weiter.

„Ich bin eine Halbgöttin und mit der Waffe vor euch töte ich in einer Parallelwelt Wesen, die sich an der Seele von Menschen bedienen."

„Götter gibt es nicht!", kam nun von meinem völlig verwirrten Vater während meine Mutter meinen leuchtenden Körper betrachtete und: „Was hast du sonst noch für Geheimnisse Kind?", zischte.

Da gerade so oder so alles über mich zusammenbrach ging ich aufs Ganze und zog Shay an der Hüfte zu mir heran.

„Ich bin mit Shay zusammen."

Kapitel 44

Die Augen meiner Mutter weiteten sich und mit einem Schlag wurde mir bewusst was ich gerade getan hatte.

Was war nur in mich gefahren!? Gleichzeitig fühlte ich mich allerdings unglaublich befreit.

Es gab keine Lüge mehr die ich lebte.

Keine der Geheimnisse die sich zwischen mir und meiner Familie ausgebreitet hatten waren mehr vorhanden.

„Mom", flüsterte ich ängstlich und als wenn Shay meine Angst spüren konnte hielt sie meine Hand.

Mein Blick ging flehend zu meinem Dad, doch auch er sah nicht so aus, als wenn er etwas sagen wollte.

Stattdessen starrte er ins Leere.

So stand ich eine gefühlte Ewigkeit einfach nur da.

Und würde meine Freundin nicht neben mir stehen und mich halten wäre ich höchstwahrscheinlich in Tränen ausgebrochen.

So vieles schoss mir gerade durch den Kopf, da ich wusste wie meine Mom zu dem Thema Homosexualität stand.

Ich traute mich kaum zu atmen, weil ich glaubte jedes Geräusch konnte der Funke sein, der das Ganze hier in die Luft gehen lassen konnte.

Meine Augen lagen wieder auf meiner Mutter, die sich auf den freien Stuhl neben meinem Vater fallen ließ.

„Meine Tochter ist lesbisch", murmelte sie zu sich selbst und starrte wie Dad auf den Esstisch.

Vorsichtig löste ich mich von Shay und sah sie bittend an.

„Ich lass euch besser alleine...Falls was ist schreib mir."

Ich spürte einen keuchen Abschiedskuss auf meinen Lippen und sah meiner Freundin hinterher bis sie den Raum verließ.

Ich hörte die Wohnungstür zufallen und wusste das ich nun alleine mit der Situation fertig werden musste.

Noch immer saßen Mom und Dad regungslos da und ich setzte mich zu ihnen an den Tisch.

Das einzige Geräusch in der Wohnung war der Fernsehr.

Von Paul hörte man allerdings keinen Laut.

Vielleicht war er eingeschlafen.

War wahrscheinlich auch besser so um diese Uhrzeit.

Nervös knobelte ich mit meinen Fingern und sah zu meiner Waffe, die noch immer den Tisch zierte.

„Hat sie dich lesbisch gemacht?", Moms Worte durchschnitten die Stille und auch Dad blickte auf.

Er sah zu mir und ich las in seinen Augen, dass ich die Situation nicht noch schlimmer machen sollte.

Nur heute Nacht war eben die Stunde der Wahrheit und bei der wollte ich auch bleiben.

„Nein", begann ich daher.

„Ich habe mich mit vierzehn zum ersten Mal in eine Frau verliebt. Alice", schob ich hinterher und warf meinen Kopf zurück als könnte ich so diesem Gespräch entfliehen.

„Wie lange seid ihr schon zusammen?", nach einer weiteren Weile des puren Schweigens wanderte mein Blick zurück zu ihr.

„Erst seit ein paar Wochen. Aber unsere Geschichte geht schon viel länger. Es hat etwas mit dem zu tun was ich euch vorhergesagt habe. Die Geschichte mit der Halbgöttin."

Mom schüttelte heftig mit dem Kopf.

Dann stütze sie ihn überfordert mit ihren Händen ab.

Ihr fahles Gesicht ließ sie jetzt in diesem Moment wahnsinnig alt aussehen.

„Yasmin deine Mutter und ich verstehen das nicht. Gerade die Geschichte mit der Halbgöttin. Bitte erklär sie uns", forderte mich mein Vater auf und ich begann ihnen restlos alles zu erzählen.

Von den Träumen aus anderen Leben, der ersten Begegnung mit einem Seelendieb zu Shays und meiner

Verbindung bis hin zu unserer Gruppe den Hateful and Loveable Creatures.

Stunden vergingen in denen ich jedes bisschen aus der Welt in der ich seit diesem Sommer lebte, mithilfe von Worten lebendig werden ließ.

Irgendwann am nächsten Morgen wachte ich gerädert auf und griff nach meinem Handy.

Es war schon nach zwölf!

Schnell schrieb ich Shay, dass es mir gut ging bevor ich mir das Gespräch mit meinen Eltern durch den Kopf gehen ließ.

Ich hatte ihr komplettes Weltbild zerstört, als ich ihnen sagte das es Götter gab.

Aber jetzt war alles raus.

Mom würde eine Weile daran zu knabbern haben, dass Shay und ich ein Paar waren, doch selbst sie hatte bemerkt, als ich von ihr und mir erzählte, dass ich sie vom ganzen Herzen liebte.

Mit dem Gedanken daran, dass sich alles zum Besseren wenden konnte schwang ich mich aus dem Bett und riss mein Fenster auf.

Schon roch mein Zimmer nach frischem Regen und ich zog den Geruch ein und fühlte mich dem Wasserwesen in mir näher denn je.

Meine Pistole befand sich wieder in meiner Umhängetasche nachdem ich meinen Eltern erklärt hatte, dass sie in unserer Welt keine Wirkung zeigte.

Halbwegs gut gelaunt schlenderte ich in meinen Schlafsachen zur Küche auf der Suche nach einem frischen Kaffee.

„Yasmin!", keine Sekunde später klammerte sich Paul an mich.

Da hatte mich wohl jemand vermisst. Grinsend betätigte ich den Knopf des Kaffeeautomaten wobei mich Paul einfach nicht los ließ.

„Du gehst nie wieder so lange weg", maulte er rum und ich tätschelte seinen Kopf.

„Was machst du nur, wenn ich mal ausziehe?", seufzte ich und Paul drückte sein Gesicht in meinen Bauch.

„Dann komme ich mit", hörte man ihn nuscheln bevor er sich von mir löste und Mom und Dad die Küche betraten.

„Hey auch endlich wach?", neckte mich mein Vater. Doch es war nicht wie sonst.

Zwar versuchte er locker zu wirken doch ich sah ihm an, dass unser Gespräch noch in seinem Kopf herumgeisterte.

Das Gespräch das alles veränderte.

„Paul gehst du bitte kurz in dein Zimmer? Yasmin kann dir nachher von ihrer Klassenfahrt erzählen aber jetzt müssen wir uns kurz alleine mit ihr unterhalten."

Etwas beleidigt verließ er die Küche und stampfte in sein Zimmer.

Nun lagen die Blicke meiner Eltern wieder auf mich.

Ich hasste diese Art der Aufmerksamkeit, also nahm ich meine volle Kaffetasse und holte eine Packung Milch aus dem Kühlschrank.

„Was gibt es?", fragte ich so beiläufig wie möglich und goss mir die Milch ein.

Gedankenverloren nahm ich einen Schluck.

„Scheiße der Zucker fehlt", bemerkte ich doch ließ mir nichts anmerken.

„Das was du uns gestern alles gesagt hast müssen wir erst verarbeiten", setzte Dad an.

„Und das du auf Frauen stehst. Yasmin du weißt, dass ich damit eine Weile kämpfen werde aber du bist meine Tochter, deshalb werde ich damit klarkommen müssen. Vielleicht akzeptiere ich es ja auch irgendwann aber das braucht seine Zeit", fügte Mom hinzu und ich umklammerte meine Tasse.

Zwar versuchte sie einen Schritt auf mich zu, zu gehen doch waren ihre Worte nicht wirklich aufbauend.

Was mich allerdings mehr wurmte war die Tatsache, dass sie mehr Probleme damit hatte, dass ich auf Frauen stand als, dass ich eine waschechte Halbgöttin war.

„Ach Yasmin und bitte erzähle Paul nichts von dir und deiner...Besonderheit", sprach Mom weiter und ich schluckte.

Meinte sie jetzt meine Fähigkeiten oder meine Sexualität?

Dad legte seine Hände auf die Schultern seiner Frau und sah zu mir.

„Was deine Mutter sagen möchte ist, dass wir hinter dir stehen. Egal was auch kommen mag aber Paul von deinen Fähigkeiten zu erzählen wäre einfach zu viel."

„Als ob ich den Kleinen davon erzählen würde", schnaubte ich.

Für wie verantwortungslos hielten mich meine Eltern?

Ein weiterer Schluck aus meiner Tasse fand seinen Weg in meinem Mund bevor ich wieder aufsah.

„Keine Sorge ich hatte nicht vor ihn oder euch in das Ganze mit hineinzuziehen." Nachdenklich massierte sich mein Vater seine Schläfe.

„So war das nicht gemeint. Yasmin du trägst ein Geheimnis mit dir rum. Hätte deine Mutter nicht die Waffe gefunden, die du in deiner Bettmatratze versteckt hast würden selbst wir noch im Dunkeln tappen", seufzte Franklin.

In seinen Augen lag Sorge.

„Ursprünglich wollte ich euch gar nichts davon erzählen. Ich hatte Angst, dass ihr mich für völlig bescheuert haltet." Ich verkrampfte meine Finger so sehr, dass ich Sorge bekam, die Kaffeetasse würde zerbrechen.

„Yasmin du hast gestern allein mit deinem Körper unsere Küche erleuchtet und du hast uns gezeigt, dass du Wasserkugeln mit deinen bloßen Händen erzeugen kannst. So sehr wir uns auch wünschten, dass du einfach nur eine ausgeprägte Fantasie hast sprechen diese Fakten für sich."

Moms Hände legten sich auf meine und mein Griff um die Tasse lockerte sich.

In dem nächsten Moment stellte ich meine Tasse ab und fiel ihr in die Arme.

„Ich dachte ihr würdet mich verjagen."

Einzelne Tränen lösten sich aus meinen Augenwinkel und meine Mutter hielt mich fest.

Auch mein Vater trat an mich heran und legte von hinten seine große, raue Hand auf meine Schulter, die nun von heftigen Schluchzern ergriffen zuckte.

„Wir werden dich niemals alleine lassen oder gar verjagen", vernahm ich von ihm.

Mit so viel Verständnis hätte ich beim besten Willen nicht gerechnet.

Aber meine Eltern waren für mich da und das obwohl sie mein Geheimnis kannten.

Das rechnete ich den Beiden hoch an und auch mein Körper beruhigte sich nach und nach bis ich mich aus der Umarmung löste und die letzten Tränen aus meinem Gesicht wischte.

„Also ich wäre jetzt bereit für was zu Essen."

Kapitel 45

Ein paar Stunden später stand ich vor Shays Freisprechanlage.

Zwar wollte ich den Tag eigentlich mit meiner Familie verbringen aber Francis hatte mich angerufen und zu ihrem Anwesen zitiert.

Unterwegs sollte ich Shay und Elli einsacken wobei ich froh war, dass mir meine Freundin per WhatsApp eine Wegbeschreibung schickte.

Seitdem ich hier zuletzt völlig verkatert losgestürmt war, hatte mein Weg mich noch nicht wieder hierhergeführt.

„Hey ich bins", sprach ich in die Anlage.

„Wer?", eine raue männliche Stimme erklang.

Das musste Shays Vater sein!

„Ähm ich bin Shays Freundin", fügte ich hinzu.

Ich wusste nicht ob sie ihren Eltern schon von mir erzählt hatte aber falls nicht würde ihr Vater bei den Worten Shays Freundin, wahrscheinlich nichts weiter hineininterpretieren.

Bevor ich weiter nachdenken konnte öffnete sich die untere Tür und ich lief die grauen Stufen hinauf bis zu ihrer Wohnung.

Ein großer braunhaariger Mann in den Fünfzigern öffnete mir die Tür und ich wusste nun von wem Shay diese dunklen Augen hatte.

„Ich bin Yasmin", freundlich streckte ich Shays Dad die Hand entgegen, die der Anzugträger leicht schüttelte.

„Shay hier ist Yasmin!", rief er durch die große, helle Wohnung und ließ mich rein.

Es dauerte nicht lange bis sich eine Tür öffnete und eine geschminkte und in ihrem schwarzen Blazer unglaublich attraktive Shay auf mich zu lief.

Ich konnte ihr ansehen, dass sie am liebsten auf mich zugestürmt wäre aber Shay hielt sich zurück.

„Hey", hauchte sie mir während der Umarmung entgegen und ich vermochte einen leicht verführerischen Unterton herauszuhören. Diese Frau machte mich noch wahnsinnig.

Am liebsten hätte ich sie sofort geküsst, doch ihr Vater sah argwöhnisch zu mir.

Kein Wunder mein Gesicht musste mal wieder rot wie eine Tomate sein und meine Sinne getrübt von einer weichen Parfümnote die meine Nase kitzelte.

„Rafail wer ist da?", hinter Shay baute sich eine Frau auf, die in einem schwarzen Cocktailkleid selbstbewusst auf mich zukam.

Schon allein die Art und Weise wie sich ihre Mutter auf mich zubewegte schüchterte mich ein.

Trotzdem hielt ich ihr, wie auch zuvor Shays Vater die Hand entgegen.

„Das ist Yasmin Shays Freundin", wiederholte ihr Dad das gleiche was ich ihm zuvor gesagt hatte.

Ein leichtes aber verhaltenes Lächeln schlich sich über die Lippen ihrer Mutter.

Mein Blick wanderte von Shays Vater zurück zu ihrer Mom.

Ich fand so vieles von den Beiden in Shay wieder.

Die Grübchen und die hohe Stirn ihrer Mutter und die Haare und Augenfarbe ihres Vaters.

„Schön, dass wir mal eine Freundin von dir kennenlernen dürfen", die Hände ihrer Mutter lösten sich von meinen.

Der Blick meiner Freundin verfinsterte sich und sie verschränkte feindselig ihre Hände vor der Brust.

„Sie wird auch die letzte sein die ihr kennenlernt, wenn ich so wie so wieder nach Göttingen ziehen muss obwohl ich hier endlich Fuß fassen konnte", kam trotzig aus Shay.

„Ihr könnt euch doch immer noch schreiben und vielleicht besucht ihr euch hin und wieder", versuchte ihre Mutter auf sie einzureden doch Shay schüttelte mit dem Kopf.

„Ihr versteht einfach gar nichts. Stattdessen reißt ihr mich immer wieder aus dem Ort, an dem ich mich gerade erst eingelebt habe und das nur, weil ihr einfach nicht mehr miteinander klarkommt. Wie ich mich dabei fühle ist euch scheiß egal."

Sofort wurde der Gesichtsausdruck von ihrer Mutter wütend.

„Fang nicht wieder damit an. Erst recht nicht, wenn du einen Gast hast", wurde sie getadelt.

„Gibt es nicht irgendeinen Weg damit sie hierbleiben kann?", mischte ich mich ein.

Kaum als sich mein Blick mit dem meiner Freundin traf lockerte sich ihre Körperhaltung.

Selbst ihren Eltern schien das nicht entgangen zu sein, doch sagten sie nichts dazu.

„Ich bin spätestens morgen früh wieder da. Wahrscheinlich schlafe ich bei ihr", brummte Shay während sie sich ihre Jacke schnappte und sich ihre Schuhe anzog.

Die Augen ihrer Eltern wanderten erst zu mir und dann wieder zu ihrer Tochter.

„Ist das für deine Eltern in Ordnung?", lenkte Shays Vater ein.

„Meine Eltern werden mich umbringen", dachte ich doch nickte.

„Ja das geht schon klar."

Einen kurzen Abschied später standen wir unten auf der Straße.

„Jetzt kann ich dich endlich richtig begrüßen", die Lippen meiner Freundin legten sich auf meine und ich versank kurz in dem Kuss bevor ich mich vorsichtig losriss.

„Ich kann mir nicht vorstellen dich wieder zu verlieren", meine Finger strichen bei meinen Worten über ihre Hand und Shay zog scharf die Luft ein.

„Ich auch nicht."Ihre Stirn drückte sich leicht gegen meine und für einen kleinen Moment blieben wir einfach so stehen.

Die Menschen um uns herum verschwammen zu einer einzigen Masse.

Es gab nur noch sie und mich.

Und der Nieselregen der kleinen Wasserperlen auf ihren Haaren hinterließ.

„Du trägst also wieder dein Cap", neckte mich Shay und sah mich mit einem amüsierten Glanz in den Augen an.

„Du hast mich doch dazu ermutigt", grinste ich und legte meine Hand in die meiner Freundin während wir uns auf dem Weg zu Elli machten.

Nachdem wir auch sie eingesackt hatten machten wir uns nun zu dritt auf dem Weg zum Anwesen unserer Klassenkameraden.

„Da seid ihr ja endlich", Francis öffnete gut gelaunt die Tür und umarmte uns alle herzlichst. Was war hier nur los?

Hinter ihr erkannte ich George und Lizzy. Endlich waren wir wieder alle vereint.

„Ich hätte kein Tag länger gegen irgendwelche Wesen gekämpft mit diesem stinkenden Werwolf an meiner Seite." In ihrer Vampirgeschwindigkeit hatte sich Lizzy auf uns zubewegt und stand nun zu meiner Linken.

„Musst du blutsaugendes Biest grad sagen", stichelte George zurück.

Ich sah schon es war gut das wir wieder da waren.

„Tut mir leid, dass ich euch so spontan herbestellt habe aber wir wollten unser aller wiedersehen ja feiern, da dachte ich wir machen gleich eine unserer legendären Hauspartys daraus. Schließlich haben wir seit dem Sommer keine mehr geschmissen. Susano und Bruce kaufen gerade den Alkohol, es wäre schön, wenn ihr mir helfen könntet das Anwesen partytauglich zu machen."

Das wir gleich nach der Klassenfahrt in eine Party gezogen wurden, hätte ich nicht gedacht und sah Francis perplex an.

Aber ihr euphorisches Grinsen sagte mir, dass das ihr purer Ernst war.

„Sicher, dass du nochmal mit mir feiern möchtest?", warf Elli ein.

Nachdem was beim letzten Mal alles geschah, war diese Frage mehr als berechtigt.

„Solange du mich nicht wieder unter Drogen setzt sehe ich nichts was dagegenspricht."

Nach Stunden in denen wir das Anwesen dekorierten und mit Susano riesige Bowlen mit Punsch und Alkohol füllten trudelten auch schon die ersten Gäste ein.

Ein paar Gesichter die ich schon einmal auf unserer Schule gesehen hatte aber zunächst niemand aus unserem Jahrgang.

Die Musik dröhnte durch die Flure und ich konnte noch nicht so ganz fassen, dass ich völlig unvorbereitet auf einer Party gelandet war.

Während die Schüler aufgestylt waren, als würden sie gerade frisch vom Catwalk kommen, fühlte ich mich so klein mit meinem Cap, meinem einfachen rot-schwarz kariertem Hemd und der Alltagsjeans die ich trug.

Während ich eine Kelle von der Bowle in einem Plastikbecher füllte rührte Elli wie auf der Klassenfahrt versprochen, keinen Alkohol an und begnügte sich stattdessen mit einem alkoholfreien Cocktail, den Bruce extra für sie angefertigt hatte.

Shay hatte ich seit einiger Zeit aus den Augen verloren nachdem sie mit Francis etwas abklären wollte.

Aber wenn ich schon auf einer Feier war wollte ich auch Spaß haben und so betrat ich den Raum aus der die Musik kam und mischte mich unter das einfache Volk.

„Yasmin?", erklang eine alte Bekannte Stimme während ich mich rhythmisch zum Beat bewegte und mein ganzer Körper zog sich zusammen.

Vor mir stand eine junge Frau mit langen blonden Haaren und grünblauen Augen.

Ein vorsichtiges Lächeln zierte ihr Gesicht und ich biss die Zähne zusammen.

„Alice", zischte ich und trat ein paar Schritte zurück.

Was zum Teufel trieb meine Ex hier her?

„Ist lange her", schrie sie mir entgegen um die laute Musik zu überdröhnen.

„Können wir reden?", schob sie schnell hinter her und ich nickte.

Das Anwesen war groß genug um sich kurz zurück zu ziehen und so stolperte ich in das Zimmer, in dem Shay und ich zum ersten Mal nebeneinander in ein und demselben Bett geschlafen hatten.

„Du wolltest reden?", während sich Alice umsah und mit ihren neugierigen Augen das Zimmer erkundete, blieb ich an der Tür stehen und brauchte einen kleinen Moment um zu realisieren, dass sich ihr Körper nicht großartig verändert hatte.

Alice war lediglich älter geworden und ihre Gesichtszüge waren nicht mehr so kindlich wie vor drei Jahren.

Ihre Augen wanderten zurück zu mir und blieben dort hängen.

Auch sie hielt einen Becher voll Bowle in der Hand und tippte mit ihrem Finger nervös an ihm.

„Ich weiß das kommt plötzlich, dass ich auf dich zu komme aber ich habe dich zufällig tanzen sehen", begann Alice und nahm ihren Blick keine Sekunde lang von meinen Augen.

„Du musst mich für ein Monster halten nachdem ich damals mit meinem besten Freund geschlafen habe, als ich mit dir zusammen war", setzte sie fort und wartete zunächst auf meine Reaktion.

Ich hielt noch immer einen kleinen Sicherheitsabstand von ihr und musterte sie skeptisch.

Was hatte sie vor verdammt?

„Du bist eines der Gründe weshalb ich keine Beziehungen mehr eingegangen bin um mir diese Schmerzen zu ersparen", zischte ich feindselig und trank einen kräftigen Schluck um meine aufkeimende Wut herunterzuschlucken.

„Ich habe mich damals entschuldigt und ich tu es auch heute aber weißt du eigentlich wie hart unsere Beziehung für mich war? Immer wenn wir nebeneinander lagen hast du im Schlaf den Namen einer anderen Frau gemurmelt. Du warst mit deinem Herzen nie ganz bei mir also habe ich bei meinem besten Freund Trost gesucht."

Hatte ich etwa schon damals von Shay geträumt?

„Ich habe dich geliebt", murmelte ich, doch klang meine Stimme nicht mal für mich überzeugend.

Wenn ich Alice ansah verspürte ich rein gar nichts.

Auch wenn ich an die Beziehung mit ihr zurückdachte, so waren meine Gefühle für sie nicht mal ansatzweise so stark wie für Shay.

„Macht sie dich glücklich?"

„Was?", ich war so tief in meinen Gedanken versunken, dass ich ihr gar nicht zugehört hatte.

„Ob dich die Frau an der du die ganze Zeit denkst glücklich macht?", fragte Alice mich erneut und ein leichtes Grinsen huschte über meine Lippen.

„Ohne sie würde nichts auf der Welt einen Sinn machen", antwortete ich und Alice und ich sahen uns gleichermaßen erschrocken an.

Hatte ich das gerade wirklich gesagt?

„Das klingt süß aber auch gefährlich", gab sie mir zu bedenken und kam einen Schritt auf mich zu.

„Ich wünsche dir nur das Beste für deine Zukunft und das du nicht verletzt wirst." Plötzlich lag ich in den Armen meiner Ex, die mich an sich drückte und zögernd umarmte.

Ich ließ es zu aber löste mich nach kurzer Zeit wieder.

„Danke für das Gespräch und ich glaube daran, dass du auch eines Tages die eine oder den richtigen triffst aber ich muss langsam meine Freundin suchen, bevor sie mir von jemand anderes ausspannt wird", scherzte ich.

Das würde mir Shay niemals antun.

„Viel Glück für deine Zukunft", vernahm ich noch hinter mir während ich die Tür öffnete und durch die Flure lief um zum Pool zu gelangen.

Meine Intuition lag goldrichtig aber ich verharrte einen kleinen Augenblick an der Schwelle vor dem mittlerweile überdachten Außenbereich und blickte zu der bildhübschen Frau vor mir.

Shay hatte mir den Rücken zugewandt und zündete ein paar Kerzen an während ich über den Steinboden schlich.

Sie hielt inne und drehte sich zu mir.

„Hast du auch schon hergefunden?", grinsend erhob sich Shay von dem Boden und ihre Augen glänzten wie der Mond, der draußen hoch über unseren Köpfen stand.

Ohne auf Shays Frage einzugehen fiel ich in ihre Arme und vergrub meinen Kopf in ihre Schulter, um ihren Duft einzuatmen der mich sofort zur Ruhe kommen ließ.

„Ich kann ohne dich nicht leben", flüsterte ich meine Erkenntnis von eben zu meiner Freundin und kurze Zeit hörte ich nur noch wie sie ein und aus atmete.

Dann nach einigen Minuten in denen ich einfach nur in ihren Armen lag und befürchtete das Falsche gesagt zu haben, spürte ich wie sie ihre Arme noch ein klein wenig enger um mich schlossen.

„Mir geht es genauso", sprach sie die Worte aus, die sie für diesen

Moment sehr zerbrechlich erscheinen ließen. Doch ich war glücklich.

Glücklicher als ich es jemals zu vor war.

Mein Blick wanderte zu den Kerzen, die Shay um den Pool herum aufgestellt hatte und zu den Handtüchern auf den Liegen.

„Lust eine Runde zu schwimmen?", Shay beobachtete grinsend meinen sprachlosen Blick bevor sie ihren Blazer aufknöpfte.

Wer sollte hier zu schon nein sagen können?

Trotzdem zögerte ich einen kleinen Augenblick.

„Keine Angst. Hier kommt heute keiner mehr her, dafür haben ich und Francis gesorgt", versicherte mir Shay und ich warf mein Bedenken über Bord.

Unsere Kleidung landete auf den Boden und fröstelnd sprangen wir gleichzeitig vom Becken in den beheizten Pool.

Shay hustete leicht während ich erneut abtauchte um die Welt aus einem anderen Blickwinkel zu betrachten.

Umgeben von Wasser kehrte in meinem Inneren plötzlich wieder Ruhe ein.

Als ich wiederauftauchte um nach Luft zu schnappen nahm sie mir meine Freundin gleich wieder in dem sie mich zärtlich küsste.

Erst meine Lippen, dann meinen Hals und schließlich meine Schulter.

Sie wusste ganz genau was sie da tat und ich schloss meine Augen während ihre Finger über meine empfindliche, nackte Haut streiften.

Vorsichtig und federleicht.

Ich fühlte mich wie betrunken aber nicht von dem Alkohol, sondern von dem Gefühl in ihrer Nähe.

Dieses Gefühl machte mich süchtig und ich ließ mich treiben bis ein paar Minuten später ein leises Stöhnen von uns Beiden die ruhige Atmosphäre erfüllte und sich mit dem dumpfen Tönen, die aus der Villa kamen vermischten.

Kapitel 46

Die Monate vergingen und der Winter hatte sich in Berlin eingenistet.

Die Hauspartys und nächtlichen Poolgeschichten zwischen mir und Shay wurden weniger aber unsere Beziehung hatte noch immer die gleiche Intensität wie zuvor.

Hin und wieder machte genau diese mir aber auch Angst.

Wie sehr konnten zwei Menschen ineinander verfallen sein, sodass man jeder Zeit das Leben für den jeweils anderen geben würde, wenn es darauf ankam?

Diese Frage stellte ich mir häufiger, wenn ich neben Shay auf ihren oder meinem Bett lag und wir uns einfach nur ansahen.

So wie gerade in diesem Moment.

Dicke Schneeflocken fielen gegen die Scheibe ihres Zimmerfensters und die Heizung sowie die dicke Decke über uns sorgten für eine flauschige Wärme.

„Woran denkst du?", riss mich Shay aus meinem Gedanken nachdem sie einen Kuss auf meine nackte Schulter platzierte.

Einige Stunden zuvor hatten wir den letzten Schultag vor den Weihnachtsferien hinter uns gebracht.

Morgen war Heiligabend aber die Feiertage würde jeder in seiner Familie verbringen.

Darum lag ich gerade auch nackt in Shays Bett. Nun ja nicht ganz.

Nackt war ich, weil ich die Finger einfach nicht von meiner Freundin lassen konnte.

Aber das wollte und musste ich gottseidank auch nicht, denn ihr ging es nicht anders.

„Ich denke an dich", verriet ich ihr und blickte in das selbe Augenpaar, dass mich immer wieder um den Verstand brachte.

„Du denkst an mich während du neben mir liegst?", ein freches Grinsen breitete sich auf Shays Lippen aus aber anstatt meinen Mund dazu zu benutzen eine kecke Antwort zu geben machte dieser sich eigenständig und begann Shays Hals entlang zu küssen.

Meine Lippen saugten leicht an ihre Haut und meine Zähne vergruben sich sanft und doch spielerisch in ihr Fleisch, während meine Hände ihre nahezu perfekten Brüste umspielten und den Weg über ihren Bauch fanden.

„Yas, wenn du so weitermachst ist eine zweite Runde fällig", brachte meine Freundin erregt hervor was ich nur mit einem Grinsen quittierte.

„Ich werde es wohl darauf ankommen lassen."

Es war schon gegen Abend, als ich mich langsam auf dem Weg nach Hause machte.

Shay begleitete mich.

Nicht, dass sie es musste aber sie bestand darauf.

Immer wieder aufs Neue.

Hand in Hand schlenderten wir durch den Kiez.

Der Geruch von Bratwurst und Mandeln lag in der Luft, welcher von dem nicht weit entfernten Weihnachtsmarkt zu uns hinüber wehte.

„Ich liebe dich", sagte ich völlig kontextlos zu Shay.

Ich sagte ihr oft das ich sie liebte obwohl wir auch ohne Worte ganz genau wussten was wir füreinander empfanden.

„Ich liebe dich a-", kurz bevor Shay das auch von sich geben konnte veränderte sich die Welt um uns.

Ganz toll.

Auf einen Kampf mit einem Seelendieb oder sonstigen Gestalten, die uns töten wollten hatte ich gar keine Lust.

„Du bist also Yasmin Cooper", raunte eine Stimme und Shay und ich blickten und stirnrunzelnd an.

„Und wenn es so wäre?", ich blickte mich nach allen Seiten um aber konnte niemanden erkennen.

„Du hast Potenzial zu viel größerem als deine Talente in dieser erbärmlichen Gruppe zu verschwenden", zischte die raue Stimme aus dem Nichts.

„Wer und wo zum Teufel sind Sie?", ich wurde ungeduldiger und spürte Unbehagen in mir aufsteigen.

„Sieh nach oben", forderte mich die Stimme auf und Shay und ich blickten hinauf in den Himmel der Parallelwelt.

Über unseren Köpfen tauchte ein schwarzhaariger Lockenkopf mit einem markanten bärtigen Gesicht auf.

Er wirkte nicht alt.

Vielleicht Anfang dreißig aber ich konnte mich auch irren.

Das besondere war aber, dass er über unseren Köpfen in der Luft schwebte.

Oder genauer gesagt flog, denn aus seinen Schultern ragten riesige, wahnsinnig schwer aussehende rötliche Flügel.

Ich betrachtete den Mann über uns genauer.

Bis auf sein Kopf schien sein kompletter Körper mit ebenfalls rötlichen Echsenschuppen übersät zu sein.

„Diego?", ich runzelte die Stirn und meine Freundin zuckte bei dem Klang seines Namens neben mir zusammen.

„Der einzig wahre." Seine Flügel schlugen vorsichtig auf und ab bis er vor uns auf dem Boden landete.

Während mein Blick von der Narbe, die gute 5 Zentimeter waagerecht über seine Nase verlief bis hin zu seinen giftgrünen Schlangenaugen und seinen echsenähnlichen Körper verlief rechnete mein Kopf aus wie unsere Chancen für einen Sieg standen, wenn wir gegen ihn Kämpfen würden.

„Du überlegst gerade wie du mich töten kannst nicht wahr?"

Ertappt blickte ich zu Boden, während Diego Shay und mich umkreiste.

 Hinter mir blieb er stehen und legte seine schuppigen Hände mitsamt seinen Klauen auf meine Schulter.

Fest und bestimmend.

„Du bist daran schuld, dass meine beste Freundin kein Mensch mehr ist", zischte ich.

Ich ließ mich nicht einschüchtern.

„Nein das bin ich nicht Yasmin. Zwar gehörte der Clancy Clan zu mir aber Denise so wie auch Klara haben eigenhändig gehandelt. Denise war eine derbe Fehlbesetzung bei dem Versuch dich auf unsere Seite zu bekommen. Es konnte ja keiner ahnen, dass ihr eine gemeinsame Vergangenheit hattet. Und Klara. Klara war einfach nur ein rachsüchtiges Mädchen, dass nicht den Plan hinter dem großen Ganzen sah", erklärte mir Diego ruhig aber mit einer festen eindringlichen Stimme.

„Hättest du die beiden nicht getötet hätte ich es getan ",
fuhr Diego fort und eine gespaltene Drachenzunge
zischte wie eine Schlange an mein Ohr.

„Und was ist mit Ruha, die ebenfalls auf dem
Clancyanwesen war? ", zählte ich eine weitere Person auf,
die mich und meine Crew fast umgebracht hätte.

„Da sie in dem Plan der Clancys involviert war habe ich
sie degradiert."

„Sie lebt noch?", ich zog meine Augenbraue hoch.

Das hieß, dass ich nur durch das Einfrieren anderer diese
nicht gleich töten konnte.

Ein wertvoller Hinweis, wenn ich diese Fähigkeit wieder
einsetzten musste.

Trotzdem.

Ich traute Diego nicht über den Weg.

Nicht nach dem was ich über ihn gehört hatte.

Darum drehte ich mich auch entschlossen zu dem Mann
herum.

Diego stand bedrohlich nahe vor mir und wirkte mit
seinem zwei Metern wie ein Riese.

„In der Nacht vom 31. Dezember und 1. Januar erwarte
ich eine Entscheidung von dir. Ob du in deiner Gruppe
bleiben willst oder ob du mit meiner eine neue Welt
erschaffen willst. Eine Welt in dem Menschen und Wesen

wie du und ich nebeneinander leben können. Solange werde ich dich im Auge behalten Yasmin Cooper.

Aber entscheidest du dich gegen mich werde ich alle Menschen töten die dir etwas bedeuten. Also mach dich nicht unglücklich ", ein letztes, leises Zischen erklang und Diego so wie die Parallelwelt verschwanden wieder und warfen uns zurück in die Wirklichkeit.

Es brauchte eine Weile bis ich bemerkte, dass wir wieder zurück waren, denn die Stimmen der hektischen Menschen die hier und da noch ihre letzten Weihnachtseinkäufe erledigten drangen nur gedämpft an meine Ohren.

Wie eine nicht enden wollende Schallplatte spielte mir mein Kopf immer wieder Diegos letzte Worte ab.

„Entscheidest du dich gegen mich werde ich alle Menschen töten die dir etwas bedeuten. Entscheidest du dich gegen mich werde ich alle Menschen töten die dir etwas bedeuten."

Erst als Shay beruhigend ihre Hand auf meine Schulter legte lockerte ich meine geballte Faust, die mir meine Fingernägel in das Fleisch meiner Handinnenflächen rammten.

„Dieser verdammte Hurensohn", aufgebracht löste ich mich von Shay und trat gegen die nächst beste Mülltonne.

„Er tut so als hätte ich eine Wahl nach dem was er gesagt hat aber stattdessen will er entweder euch alle auf einmal töten oder mich in seiner Gruppe sehen. Was wenn ich zustimme und er es trotzdem auf die Hateful und Loveable Creatures abgesehen hat? Ich werde nicht gegen euch kämpfen! Niemals."

Noch einmal trat ich gegen den Mülleimer und ließ ihn meine Wut spüren um nicht aufzuleuchten oder gar in der Öffentlichkeit zu vereisen.

„Schatz wir sollten das mit den anderen besprechen."

Erneut trat Shay auf mich zu und ich vergrub mein Gesicht in ihrer Schulter.

Warum wollte Diego unbedingt mich?

Ich war doch niemand besonderes.

Nur Yasmin Cooper.

Ein Mädchen, dass erst seit ein paar Monaten in dieser kranken, abgefahrenen Welt geraten war und noch von so vielen keine Ahnung hatte.

Kapitel 47

„Sekunde", ertönte Lizzys Stimme als ich kräftig gegen die Tür von Francis und Bruce Villa schlug.

Ich wollte aber keine Sekunde verschwenden und rief angepisst:

„Lizzy mach einfach die scheiß Tür auf es ist wichtig."

„Sie kann nichts dafür, dass Diego uns über den Weg gelaufen ist", erinnerte mich Shay und legte ihre Hand beruhigend auf meine.

Nur konnte sie mir dieses Mal nicht die Anspannung nehmen. Nein der Gedanke daran, dass Diego ihr etwas antun konnte machte es nur noch schlimmer.

Mein Körper begann zu zittern und ich erhob erneut meine Hand zum Klopfen.

Beinahe hätte ich Lizzy dabei die Faust ins Gesicht geschlagen als diese ruckartig die Tür aufzog.

„Was ist denn mit dir los?", verwundert hob Lizzy ihre Augenbraue an und ich lief geradewegs an sie vorbei.

„Wo sind Francis und Bruce!?", fragte ich hastig und wurde an den Schultern zurückgezogen.

„Sie sind noch ein paar Weihnachtssachen kaufen gegangen. Also sag: Was ist los mit euch?", ihr prüfender

Blick ging von mir zu Shay und die Anspannung meines Körpers nahm zu.

„Ich hatte ein aufeinandertreffen mit Diego", brachte ich zähneknirschend hervor.

„Du hattest was!?", schrie Lizzy und schob mich in den Speisesaal.

Wir schnappten uns ein paar Stühle und ich klärte Lizzy auf was mir widerfahren war.

„Er hat damit gedroht jeden zu töten der sich mir wichtig ist", beende ich meinen Bericht.

Stille.

Nur der Wind draußen war zu hören, wie er sich leise gegen die Fensterscheiben presste.

Ein winterlicher Duft lag mir in der Nase.

In der Ecke stand ein riesiger Weihnachtsbaum, den wir ein paar Tage zu vor alle gemeinsam geschmückt hatten.

Mein Blick ruhte auf ihn und in meinem Kopf zogen die Erinnerungen an dem Tag vorbei.

Shay hatte mich hochgehoben, damit ich die oberen Kugeln anhängen konnte und sich dann aufgeregt, dass ich wieder zu schwer war.

Dabei stopfte sie mich doch seit dem ersten Schnee mit frisch gebackenen Plätzchen voll.

„Wir werden gleich mit den anderen darüber reden und dann können wir uns einen Plan zurechtlegen. Francis und Bruce wissen bestimmt was zu tun ist. Vielleicht hat auch Susano eine Idee", sprach mit Lizzy Mut zu und legte ihre Hand auf meine.

Dabei entging mir nicht Shays irritierter Blick und ich schüttelte den Kopf um dann meine Freundin anzusehen.

„Dein ernst?", gespielt vorwurfsvoll rollte ich mit den Augen.

Ich versuchte locker zu wirken aber dieses Mal fühlte es sich nicht so an, als ob ich mir das erlauben konnte.

Nein ganz im Gegenteil ich hatte ein unwohles Gefühl das mich innerlich beinahe auffraß.

„Keine Angst du kannst Yasmin behalten sie wäre mir als Freundin zu anstrengend", neckte Lizzy Shay.

„Dankeschön sehr großzügig von dir", flötete Shay und Lizzy sprang auf.

In ihrer altbekannten Vampirgeschwindigkeit rannte sie plötzlich zur Haustür und machte sie auf.

„Dank dir", hörte ich Bruce fröhliche Stimme.

Er schien bestens gelaunt zu sein und so wurde mir bewusst, dass ich allen das Fest versaute, wenn ich darüber sprach, was vorhin passiert war.

„Yasmin und Shay sind auch hier", kündigte Lizzy uns an und auch wir traten aus dem Speisesaal und begrüßten unsere Freunde.

„Wo ist eigentlich George?", fragte Lizzy beiläufig.

„Seine Eltern wollten, dass er heimkommt also haben wir ihn bei sich zu Hause abgesetzt", antwortete Susano während er sich seinen langen schwarzen Mantel auszog.

„Ach so." Lizzy wirkte beim näheren betrachten etwas geknickt.

Ich wollte mich zwar nicht zu weit aus dem Fenster lehnen aber so reagierte sie in letzter Zeit häufiger, wenn George nicht da war und ich glaubte das sie sich in ihn verliebt hatte.

Auch wenn sie sonst immer ziemlich kühl wirkte und keine Sekunde ausließ ihn zu necken glaubte ich wirklich daran.

„Yas wollte euch übrigens was sagen. Und es sind keine guten Nachrichten", lenkte Lizzy die Aufmerksamkeit auf mich. Ich hasste es schlechte Nachrichten zu übermittle aber alle blickten zu mir.

Auch Elli war hier und sie sah unruhig von mir zu ihrem Freund.

Gerade sie hatte ruhe verdient vor schlechten Nachrichten.

Jetzt wo sie mit allem zurechtkam was sich in ihrem Leben verändert hatte.

„Was hast du?", Bruce blickte mich eindringlich aber auch aufbauend an.

Ich brauchte keine Angst haben und doch hatte ich sie.

Was wenn die anderen auch nicht wussten was zu tun war und wir uns nun alle in Gefahr befanden?

„Kommt erst einmal an dann erzähl ich euch alles."

Eine viertel Stunde später saßen wir alle an dem Speisetisch.

Besorgte Blicke lagen auf mir und ich schluckte.

„Ich bin vorhin Diego begegnet und er will, dass ich ein Teil seiner Gruppe werde oder er tötet alle die mir etwas bedeuten.

Ich habe bis Ende dieses Jahres die Zeit dazu mich zu entscheiden", erzählte ich den anderen genauso wie ich es Lizzy zuvor erzählt hatte.

Wie auch vorhin herrschte einen Moment lang Stille.

Francis war die erste die sich räusperte.

„Das war eine Kriegserklärung", knirschte sie und sah zu ihrem Bruder.

„Dieser verdammte Bastard", knirschte auch er und starrte auf die kleine Blumenvase auf dem Tisch vor ihm.

„Wir werden gegen ihn kämpfen müssen, wenn wir Yasmin helfen wollen", sprach Susano aus was die anderen zwar wussten aber noch nicht ausgesprochen hatten.

„Das ist glatter Selbstmord und das weißt du genau!", Bruce war so schnell aufgesprungen, dass sein Stuhl nach hinten kippte.

„Wir hatten kaum eine Chance gegen seine Gefolgsleute, also wie zum Teufel sollen wir ihn aufhalten!?", schrie Bruce außer sich.

„Er hat unsere Eltern getötet als wir ihn Yasmin damals nicht aushändigen wollten. Er wird uns alle töten", Bruce stürmte aus dem Raum und ich starrte ihn hinterher.

„Wie er hat eure Eltern getötet? Ich dachte es war ein Autounfall? Warum weiß ich nichts davon, dass Diego schon länger ein Auge auf mich geworfen hat? "

Ich war völlig fassungslos und schockiert.

Warum wusste ich nichts davon?

Warum hatte mir nie jemand davon erzählt.

„Bruce und ich waren die einzigen die davon wussten. Als du zum ersten Mal mit uns in dieser Parallelwelt waren und sich herausgestellt hat, dass du kein Mensch sein kannst kam Diego auf uns zu und hat uns ein Ultimatum gestellt. Wir sollten dich ihm aushändigen oder er würde jemanden aus unserem Umfeld töten. Wir ignorierten seine Worte aber bewachten unsere Freunde strenger denn je. Allerdings hat er es irgendwie geschafft sich in die Gedanken unserer Eltern einzunisten. Sie verloren dadurch ihre Kontrolle über den Wagen und hatten dieses Unfall", Francis schluckte schwer und unter meinem Fußen brach mir im übertragenen Sinne der Boden weg.

Ohne es zu wissen hatte ich so viele Menschen auf dem Gewissen.

Nicht nur Denise und Karamell, sondern auch unschuldige.

Francis und Bruce sterblichen Eltern die nichts aber auch gar nichts damit zu tun hatten, hatte ich auf dem Gewissen.

Paralysiert schob auch ich meinen Stuhl beiseite und stürzte wie zuvor Bruce zu Tür hinaus.

Mir blieb die Luft aus und ich hatte das Gefühl zu ersticken.

Ich lief bis ich schließlich draußen stand und mir die kalte Luft ins Gesicht peitschte.

Schritte ertönten hinter mir.

„Es ist meine Schuld", flüsterte ich und mir begannen die Tränen über die Wange zu fließen.

„Es ist alles meine Schuld", ich wehrte mich gegen den Arm der sich von hinten um mich schlang und zu sich heranzog.

„Es ist nicht deine Schuld, sondern Diegos. Einzig und allein er hat das alles zu verantworten und nicht du also bitte komm wieder rein und lass uns zusammen einen Plan machen wie wir diesen gestörten Typen ein für alle Mal fertigmachen können", Shays Stimme streifte mein Ohr und der Kloß in meinem Hals wurde größer.

Warum stand sie immer noch hinter mir und hielt mich fest als wenn ich diejenige wäre die man jetzt beschützen müsste.

Kapitel 48

Shays Worte halfen mir dabei mich langsam zu beruhigen.

Die ganze Zeit in der ich geweint hatte hielt sie mich fest.

Ich war ihr so dankbar dafür, denn ohne Shay hätte ich schon längst den Boden unter meinen Füßen verloren.

Die Tatsache das Bruce und Francis Eltern sterben mussten, weil sie mich nicht an Diego aushändigten lag tonnenschwer auf meinen Schultern.

Erst jetzt wurde mir so richtig bewusst wie viel Macht Diego über jeden von uns hatte.

Und auch welche Macht er über mich hatte.

Ich hingegen fühlte mich so dermaßen machtlos.

Machtlos, schwach und nutzlos. Und schuldig.

Tief in meinem Herzen wusste ich, dass Diego, wenn nicht Bruce und Francis Eltern, jemand anderes getötet hätte.

Alles nur wegen mir und ich dummes unwissendes Ding wusste nicht einmal warum.

Meine Freunde hatten die Menschen verloren, die sie in diesem Leben aufgezogen hatten.

Menschen die nichts von dem Doppelleben ihrer Kinder wussten.

Also was sollte das Ganze?

Was war so besonders an mir, dass er mich unbedingt in seiner Gruppe haben wollte?

Nur wegen meinen Fähigkeiten?

Das glaubte ich nicht.

Es gab doch so viele die Stärker als ich waren.

Also was zum Fick wollte dieser Hurensohn von mir?

Ohne es zu bemerken, war ich wieder einmal voll erleuchtet.

„Honey", Shay ließ von mir ab und betrachtete meine schimmernde Haut.

Es war als wenn das Wasser aus dem mein Körper bestand herausfließen wollte.

„Pass auf das du nicht wieder vereist", meine Freundin legte nach einem kurzen zögern ihre Hand auf meine Wange während sie besorgt diese Worte aussprach.

Ihre dunklen, braunen Augen sahen mich an und das Schimmern wurde matter bis es schließlich ganz verschwand.

Shay waren der Fels an dem ich mich immer klammern konnte, wenn ich gerade ertrank.

Mein Leuchtturm im dichten Nebel.

Das was mir auf dieser Welt am wichtigsten war.

„Ich bin genau so wütend wie du Schatz. Aber lass uns wieder reingehen", flüsterte sie und ergriff meine Hand.

„Heute ist der 23. Dezember. Es bleiben also noch acht Tage.

Und auch wenn uns die anderen nicht helfen werden, ich werde immer an deiner Seite sein. Solange ich atme", noch fester umschlossen ihre Hände meine.

„Ich liebe dich", war alles was ich dazu sagte.

Für weitere Worte fehlte mir die Kraft.

Stattdessen lehnte ich meinen Kopf gegen ihre Stirn und schloss für einen Moment meine Augen während ein paar dicke Schneeflocken auf uns niederfielen und auf unserer Haut zerschmolzen.

Wir kehrten zurück zu den anderen und setzen uns an den Tisch. Auch Bruce war wieder da.

Elli saß neben ihrem Freund und streichelte ihn beruhigend über den Unterarm.

Bruce Augen sahen verquollen aus.

Aber wahrscheinlich taten meine es auch.

Der Gott des Lichtes nahm keine Notiz von mir und Shay.

Wahrscheinlich nahm Bruce aber auch niemanden um sich herum war, denn er blickte einfach nur ins Leere.

„Francis, Bruce es tut mir leid, dass ihr meinetwegen eure Eltern verloren habt. Euch jetzt auch noch zu fragen ob ihr mir dabei helfen würdet gegen Diego zu kämpfen obwohl das Ganze nach einem Selbstmordkommando klingt, wäre zu viel verlangt. Darum werde ich auch alleine zu ihm gehen. Ich werde allein gegen ihn kämpfen auch wenn ich es nicht überlebe."

Alle Blicke wanderten zu mir.

„Yasmin bitte tu das nicht", Shays Stimme drang in meine Ohren.

So traurig und doch auch so als wenn sie genau wusste was in mir vorging.

Kein Wunder, denn beim letzten Mal war sie es doch, die sich dafür entschied zu sterben ohne, dass ich sie hätte aufhalten können.

„Dadurch das wir dich Diego nicht ausgehändigt haben sind unsere Eltern tot. Was auch immer du an dich hast, was für ihn so wertvoll ist, sodass er dir sogar einen persönlichen Besuch abstattet...Wir werden dich beschützen. Dann war der Tod unserer Eltern zumindest nicht vergebens", Francis stütze ihre Hände auf dem Tisch ab und beugte ihren Oberkörper in meine Richtung.

„Natürlich werden wir dir helfen", fügte sie hinzu und blickte zu den anderen.

Elli war noch blasser all sonst und Susano war so wortkarg wie nie zuvor.

Nur Lizzy hatte etwas zu sagen und erhob sich aufgebracht.

„Yasmin hat Recht das ist Selbstmord Francis. Diego ist doch nur hinter ihr her, also warum sollen wir jetzt alle unseren Kopf für sie hinhalten?"

Lizzy hatte Recht.

Ich konnte ihr es nicht verübeln, dass sie keinen Bock darauf hatte sich mir zuliebe in einen aussichtlosen Kampf zu stürzen.

„Dann müssen wir eben stärker sein als er", Bruce war aus seiner Starre erwacht und seine dunkle Stimme hallte an den Wänden zurück.

„Es steht dir frei mit uns zu kämpfen oder es sein zu lassen aber wir die Hateful and Loveable Creatures werden Yasmin helfen."

„Außerdem sind wir nicht allein", fügte er hinzu und einen Moment überlegte ich was er damit meinte.

Bis es mir langsam dämmerte.

Aber wollte Bruce das wirklich tun?

„Lenus und seine Leute schulden uns noch etwas."

Oh doch er hatte tatsächlich vor Lenus Versprechen einzulösen.

„Zusammen hätten wir immerhin eine kleine Chance gegen Diego und seinen Gefolgsleuten also lasst uns diese Bastarde ein für alle Mal ausräuchern. Sie haben es nach allem was passiert ist nicht verdient am Leben zu bleiben", meldete sich auch Susano wieder zu Wort.

Mir fiel vor lauter Dankbarkeit ein kleiner Stein von dem Klumpen aus meinem Herzen.

„Danke ihr wisst gar nicht wie viel mir das bedeutet", sprach ich mit dem Wissen, dass ich wenn irgendetwas schief ging die Schuld für einen weiteren Tod tragen würde.

Aber sollten Lenus, Liora, Esmee und Zeynel uns tatsächlich helfen so hatten wir immerhin den Hauch einer Chance.

„Yasmin du brichst uns noch irgendwann das Genick", scherzte Lizzy doch etwas in ihrem Unterton verriet, dass auch sie Angst vor dem hatte was auf uns zukommen würde. Kein Wunder die hatte ich schließlich auch.

Und zwar eine scheiß Angst.

„Wir sollten ab jetzt jeden Tag bis zum 31. ein paar Stunden trainieren. Jeder sollte, wenn es darauf ankommt, und das wird es, alles geben. Wir sind ein gutes Team aber was wir brauchen ist eine Struktur. Einen Plan und vor allem brauchen wir Yasmins ganze gebündelte Energie", meldete sich Susano zu Wort und alle Blicke lagen wieder einmal auf mir.

„Du bist zwar beim letzten Mal um das Training drum herumgekommen aber dieses Mal wirst du es brauchen. Dringender als sonst irgendwer in diesem Raum, denn auch wenn du es selbst nicht wahrnimmst bist du gerade die stärkste Person hier."

Wieder einmal lagen alle Blicke auf mir und ich sah in erwartungsvolle Augen.

Außer die von Shay und Elli.

Meine feste und meine beste Freundin sahen mich ehr besorgt an.

Und für einen kurzen Moment wurde ich gedanklich zurückversetzt.

Letztes Jahr um diese Uhrzeit hatten Klara, Elli und ich Weihnachtplätzchen gebacken.

Wie jedes Jahr.

Einen Tag vor Weihnachten. Dieses Bild erschien mir nun so unwirklich.

So surreal.

Heute vor einem Jahr war ich noch ein völlig anderer Mensch.

Ich hatte mich mit einer quirligen Elli und einen durchgeknallten Karamell über belanglose Dinge unterhalten können.

Wir gingen regelmäßig feiern und Francis und Bruce waren nichts weiter als Klassenkameraden mit denen wir nichts weiter zu tun hatten.

Lizzy und George hätte ich vielleicht irgendwann im Flur angerempelt und mich entschuldigt ohne sie wirklich und wahrhaftig zu bemerken.

„Ich ruf George an damit er Bescheid weiß", hörte ich Lizzy in der Ferne sprechen während ich wie Bruce zuvor ins Leere starrte und einzelne Bilder einer nie wiederkehrenden Realität an mir vorbeizogen.

Eine Zeit voller Weihnachtplätzchen, Lachen und Fröhlichkeit.

Einer Zeit wo das einzige düstere in meinem Leben war, dass mich Alice betrogen hatte.

Eine Zeit voller Unwissenheit.

„Yas was hast du?", einzig und allein Shays Stimme kam komplett zu mir hindurch und ich drehte meinen Kopf zu ihr.

Und der Moment indem meine Augen auf ihre trafen war ich froh nicht mehr völlig unwissend zu sein.

Das ich davon erfuhr eine Halbgöttin zu sein hat viele üble Sachen mit meinem Leben angestellt aber diese Frau vor mir hatte es viel schlimmer erwischt.

Sie wusste von Anfang an wer ich war und was wir für eine gemeinsame Vergangenheit hatten und beschütze mich trotzdem wann immer sie konnte.

Eigentlich sollte sie es sein, die sich über ihr Leben beklagte.

Aber Shay tat es nicht.

Tat es nie.

Stattdessen gab sie mir die Kraft dazu weiter zu machen.

Dazu reichte schon ein einfacher Blick.

Eine Hand auf meine und ein vorsichtiger Kuss auf meinen Lippen.

Kapitel 49

Der 24. 12 stand vor der Tür.

Weihnachten das Fest der Liebe und Familie.

Wir hatten Schulfrei und doch hingen meine Gedanken an dem vergangenen Tag und zogen sie runter.

Hinab in ein tiefes schwarzes Nichts.

Es war schwer meine Eltern davon zu überzeugen für ein paar Stunden zu Bruce's und Francis Anwesen zu fahren um dort wie am Vortag geplant zu trainieren.

Auch wenn sie nun wussten, dass ich eine Halbgöttin war und mein jetziger Freundeskreis aus einem Haufen voller Loveable Creatures bestand wollte ich ihnen nicht das Fest damit versauen, dass ich wahrscheinlich dieses Silvester draufging.

Am liebsten würde ich Diego schon allein dafür töten mich unter Druck zu setzen, denn mit Druck konnte ich nicht umgehen.

Und mit dem Wissen, das er jemanden töten würde den ich liebte erst recht nicht.

Ich hatte Angst.

Wirkliche unbeschreibliche Angst.

„Yasmin du musst dich schon konzentrieren sonst wird das nichts!", fuhr mich Susano an und holte mich zurück ins hier und jetzt.

„Tut mir leid", mein Körper versteifte sich automatisch als ich in seine wütenden Augen blickte.

„Verdammt Yas wir haben wirklich nicht viel Zeit deine Fähigkeiten so auszureifen, sodass wir etwas gegen Diego ausrichten können, also bitte vergiss was dir gerade im Kopf vorgeht und streng dich etwas mehr an!"

„Ich versuch es doch schon!", feuerte ich bissig zurück und leuchtete kurz auf.

Aber genau so schnell wie mein Körper von einem blauen Schimmer überzogen wurde verschwand dieser auch schon wieder.

Susano hatte mir aufgetragen eine Wasserkugel um mich herum zu formen, die sich wie damals als er mir von meinem Selbstmord erzählte, beschützend um mich legen sollte.

Aber ich wusste beim besten Willen nicht wie ich das hinbekommen hatte und sah wehmütig zu den anderen.

Wir befanden uns im Keller des Anwesens und nein ich war noch nie hier.

Aber anstatt alte Möbel und sonstiges Gerümpel erstreckte sich ein riesiger dunkler Raum, der an ein

Verlies erinnerte und so gar nicht zu dem fast schon prunkvollen Rest der Villa passte.

Bruce und Francis standen neben einander vor zwei Zielscheiben und battelten sich darum wer als erstes den roten Punkt verfehlte.

Beide waren in ihrer altbekannten goldenen Gestalt und feuerten erbarmungslos einen Pfeil nach dem anderen auf das Ziel in dem Mittlerweile so viele Pfeile steckten, dass die neuen die alten zerspalteten und Splitter auf dem Boden zurückließen.

Die Zwillinge standen sich in nichts nach.

Schuss um Schuss.

Es sah so leicht aus, dass ich glatt neidisch wurde.

Mein Blick wanderte weiter zu George in seiner Werwolfs Gestalt und zu Shay die sich ebenfalls in ihrer Wolfsgestalt befand.

Die Beiden versuchten es mit Lizzy und Elli aufzunehmen, die sich blitzschnell durch den Raum bewegten.

Man konnte allerdings nur noch erahnen das sie vor den Beiden wegliefen, denn ich vernahm nur blitzartige Silhouetten.

Ich vermochte ein Grinsen auf Shays Wolfsgesicht zu erkennen als sie Lizzy mit ihrer Pfote erwischte und diese durch ihrer zu schnellen Bewegung durch den halben Raum flog.

Ellis Lachen erklang an meinen Ohren, die sich doch tatsächlich etwas geschickter als Lizzy anstellte, als es darum ging vor George zu flüchten.

Erst dann sah ich zurück zu Susano.

Seine Augen lagen auf mich doch es wütete ein kleiner Sturm in ihnen.

„Wenn du dich nicht konzentrierst werden wir es nicht schaffen also reiß dich zusammen", fuhr Susano fort.

„Wie soll ich mich denn bitte gegen jemanden wehren können indem ich eine blöde Wasserkugel um mich herum forme?", gab ich bissiger als beabsichtigt zurück.

Susanos Geduldsfaden zeigte Risse und er atmete genervt aus.

Ich konnte es ihm nicht verübeln schließlich versuchte ich es seit geschlagenen zwei Stunden und kam zu keinem Ergebnis, was mich zutiefst frustrierte.

Jeder hier schien gut zu sein in seinem Element und dann gab es mich.

Ich fühlte mich so unfähig und ließ meine Schultern hängen.

Allmählich versagte meine Hoffnung darauf es irgendwie hinzukriegen und ich sah ein, dass ich einfach zu dumm hierfür war.

Meine Hände konnten dampfende Wasserkugeln erzeugen und mein verdammter Körper konnte vereisen aber ich konnte das Wasser in mir nicht erneut um meinen Körper legen.

„Ich kann es nicht", gab ich mit immer noch hängenden Schultern von mir.

Zwar war diese Erkenntnis mehr an mich selbst als Susano gerichtet doch natürlich hatte er sie gehört.

Gerade als ich einfach los stampfen wollte um allein zu sein fasste Susano nach meinem Arm, wirbelte mich herum und griff nach meinem Gesicht um es zu den anderen zu drehen.

„Sieh sie dir gut an Yasmin. Wenn du nicht mal schaffst den Grundkern deiner Energie zu spüren und zu nutzen wie willst du sie dann beschützen?"

Ich wollte mich aus seinen Griff lösen doch Susanos Hände hielten mich fest, als wäre ich in einem Schraubstock eingeklemmt.

„Du tust mir weh", brummte ich doch mein Lehrer dachte gar nicht daran mich wieder loszulassen. Stattdessen hielt er mich nur noch fester.

„Was denkst du wird mit ihnen passieren, wenn wir scheitern, weil du deine Fähigkeiten nicht unter Kontrolle hast? Sonst hat es immer irgendwie geklappt aber was wenn es dieses Mal nicht so ist Yasmin? Was wenn wegen dir George stirbt? Ob Lizzy dir das verzeihen würde?", zischte Susano bedrohlich in mein Ohr.

„Hör auf damit", gab ich von mir und zappelte unter seinem Griff.

„Nein Yasmin. Jeder einzelne wird abkratzen, wenn du das hier nicht packst. George, Lizzy, Elli, Bruce, Francis und vielleicht schlachtet jemand vor deinen Augen Shay ab. Ist es das was du willst!?", schrie mich Susano an und ich schüttelte heftig meinen Kopf.

Heiße Tränen hatten sich den Weg über meine Wangen gebahnt und tropften an meinem Kinn hinab.

Der bloße Gedanke daran, dass den anderen oder Shay was passieren könnte ließ mein Körper erzittern.

„Du wirst sie wieder verlieren", waren seine letzten Worte bevor ich wieder das Feuer auf meinem Körper spürte und erneut sah wie meine Freundin mit mir zusammen verbrannt wurde.

Die Schmerzen die ich ihr zugefügt hatte und die sie niemals durchlebt hätte, wenn es mich nicht geben würde rissen alles in mir wieder auf.

„Lass mich los!", schrie ich Susano panisch an, während mein Körper unruhig aufleuchtete.

Ich bekam kaum noch Luft wobei meine Wangen von nicht enden wollenden Tränen überrannt wurden.

Ganz toll ich befand mich auf dem Weg zu einer Panikattacke oder vielleicht steckte ich schon mitten drinnen.

„Yasmin?", nur gedämpft drang Francis Stimme zu mir hindurch.

Meine Augen hatte ich nur kurzgeschlossen, doch als ich sie nun öffnete erstreckte sich wie vor ein paar Wochen ein Wasserfluss vor meinen Augen, der mir augenblicklich die Luft nahm.

Um mich herum hatte sich eine schwebende Kugel gebildet die mich einhüllte und von der Außenwelt abschirmte.

Erst hier drinnen schaffte ich es mich zu beruhigen doch etwas war anders als zu vor.

Zunächst hatte ich Francis Stimme noch wahrnehmen können doch nun herrschte eine beängstigende Stille.

Die Mauern des Wassers waren zu dick um wieder zu den anderen gelangen zu können und genau das machte mir Angst.

Alles machte mir zurzeit Angst.

Die Situation, Diego, Susano, meine Liebe zu Shay.

Doch die größte Angst hatte ich vor mir selbst.

Vor meinen Fähigkeiten und davor den anderen zu Schaden.

Was war, wenn ich gar nicht so toll war wie die anderen dachten oder was, wenn Diego mich bei sich in der Gruppe haben wollte, weil meine Fähigkeiten für ihn eine Art Waffe sein konnten?

Natürlich waren sie für ihn eine Waffe.

Ich schüttelte erneut den Kopf und setzte mich um die ewig gleichen, fließenden, kreisenden Bewegungen zu betrachten, die diese Kugel aufrechterhielten.

Dieses strahlende Blau wirkte gerade wie Balsam für meine Seele und ich winkelte meine Beine an um direkt wieder zu weinen.

Susano hatte recht, wenn ich es nicht schaffen würde zu meinen eigenen Fähigkeiten zurück zu finden würde ich alle in den sicheren Tod führen.

Diese Last war zu schwer für meine kleinen Schultern und machte es mir schwer einen klaren Kopf zu behalten.

„Wie soll ich es nur schaffen?", fragte ich in die Leere hinein.

„Indem du endlich mit mir zusammenarbeitest", erklang eine Stimme die mir vertraut vorkam.

Kein Wunder es war ja auch meine eigene.

Ein paar Tropfen lösten sich aus der Kugel die mich umschloss und nahmen menschliche Züge an.

Was zur Hölle ging da gerade vor sich?

Zumindest wollte ich mich das gerade fragen doch mit meinem normalen Menschenverstand kam ich ohnehin nicht weit.

„Wer bist du?", ich streckte meine Hand aus und die Stelle des Wassers die ich berührt hatte verschwand und wurde erst wieder gefüllt, als ich meine Hand zurückzog.

„Wir sind uns schon einmal begegnet. Ich bin dein Unterbewusstsein. Deine Vergangenheit, deine Gegenwart, deine Seele-."

„Nicht schon wieder", unterbrach ich meine in Form gewordene Seele und sah zu ihr hinauf.

„Als du beim letzten Mal halb tot geprügelt wurdest konntest du durch deiner und meiner Zusammenarbeit deine Kräfte aktivieren aber du begreifst immer noch nicht, dass du und ich eins werden müssen um sie richtig zu benutzen. Ich bin kein sinnloser Ballast, den du mit dir rumschleppst, sondern die Verbindung zu deinem Unterbewusstsein. Deinen Wünschen, Sehnsüchten, Hoffnungen, Ängsten. Du kannst nicht mit roher Gewalt und inneren Hass von mir verlangen mich mit dir zu verbinden wann es dir gerade passt ohne wirklich und wahrhaftig an mich zu glauben und mich zu akzeptieren."

„Wie zum Teufel soll ich sonst mit dir in Kontakt treten? Ohne Wut kann ich nicht Mal Leuchten!", unterbrach ich meine Seele erneut.

Ich fühlte mich vor dem Kopf gestoßen.

Erst von Susano und nun auch noch von mir selbst, was mir allerdings schwerer auf dem Herzen lag.

„Ich will dir nichts Böses das weißt du oder?"

Der menschliche Haufen von Wasser setzte sich mir gegenüber auf den Boden der Tatsachen und betrachtete mich.

Zumindest wirkte es so aber ich konnte es nicht hundertprozentig sagen da mein Gegenüber keine Augen besaß.

Ich ließ es einfach geschehen doch fühlte ich mich nach wie vor nicht besonders gut.

Mit Druck konnte ich eben noch nie so recht umgehen und von jetzt auf gleich zu verstehen wie ich meine Fähigkeiten kontrollieren konnte erschien mir recht ausweglos.

„Du bist noch nicht bereit", merkte meine Seele an und ich starrte in ihr leeres Gesicht.

„Ach was", gab ich zurück und vergrub meinen Kopf in meine Hände während ich das Gefühl hatte, dass mein Leben gerade über mir zusammenfiel.

Ich war alles andere als bereit.

„Um dich mit mir zu verbinden musst du es aber sein. Du musst dir darüber klar werden wer und vor allem was du bist", erklärte sie mir in einer Seelenruhe, die mich in der jetzigen Situation irremachte.

„Aber wie verdammt?"

Meine Nerven waren am Ende.

Mein Körper war angespannt und abwehrend verschränkte ich die Arme vor meiner Brust.

„Du musst mit dir selbst ins Reine kommen Yasmin. Ich bin da um dich zu sortieren und kann dir die Richtungen vorgeben die du gehen kannst aber wohin dich dein Weg letztendlich führt wirst du selbst herausfinden müssen", wieder umhüllte mich ihre ruhige Stimme und ich sah meiner Seele dabei zu wie sie sich erhob.

„Beim nächsten Training treffen wir uns wieder hier und ich werde dir helfen, wenn du bereit bist mich anzunehmen." Zum ersten Mal während unseres Gespräches vernahm ich einen leicht betrübten Unterton.

Ging es etwa auch ihr Nahe?

Aber mein Training konnte doch nicht nur draus bestehen mit diesem Ding in meinem Inneren zurecht zu kommen?

Ein letztes Mal drehte sich meine Seele zu mir und blickte auf mich hinab.

„Mein Name ist übrigens Sachranaitu und ich bin kein Ding", ertappt rappelte ich mich auf und versuchte sie zu ergreifen doch sie verflüssigte sich und wurde eins mit dem Wasser das mich umgab.

Ihr Name hallte in meinem Kopf wie die Erkenntnis, dass ich keinen Schritt vorangekommen war.

Nein stattdessen hatte ich gerade das Gefühl durch meine Abwehrhaltung sogar meine Seele verschreckt zu haben und das obwohl sie das Geduldigste war mit dem ich seit langem gesprochen hatte.

Zerknirscht fiel mein Blick zurück zu den Wänden der Kugel.

„Wenn sie weg ist wer hält das hier eigentlich gerade zusammen?"

Ich hätte nicht so viel denken sollen, denn kaum als ich diesen Gedanken beendet hatte löste sich eine Stelle der Kugel und ich fiel auf den Boden des Kellerraumes während gefühlt eine Tonne voller Wassermassen auf mich hinabfielen.

Kapitel 50

„Schatz!", rief Shay aus während ich hustend auf dem Boden lag und Wasser ausspuckte.

Ich hatte mich mächtig verschluckt.

Meine restliche Energie war dafür draufgegangen die zerfallene Wasserkugel zurück in meinen Körper zu schicken.

Dorthin wo sie auch herkam.

Aus meinem tiefsten Inneren.

Ich ergriff Shays Hand, die sie mir entgegenstreckte und stand schon bald wieder auf den Beinen.

Etwas wacklig, denn mein Körper zitterte.

Meine Muskeln hatten ihre Hauptfunktion verfehlt und so fiel ich kraftlos in Shays Arme.

„Was ist bitteschön zwischen euch Beiden vorgefallen?", ihr Blick wanderte von Susano zurück zu mir.

Ihre Stimme klang besorgt und doch aufgebracht.

Die Hände meiner Freundin legten sich auf meine Wange.

Ich hatte Probleme damit sie überhaupt ansehen zu können, denn mein Bewusstsein driftete immer wieder weg.

„Sie sollte eine Wasserkugel formen, die sie umschließt und versuchen sie aufrecht zu erhalten um ihren Geist und Körper in Einklang zu bekommen. Eine leichte Übung. Man kann in dieser Kugel zu sich selbst finden und seine physischen Fähigkeiten erweitern. Yasmin hat es einfach nicht hinbekommen also habe ich sie in diesen Zustand gebracht indem ich ihr vor Augen geführt habe was passiert, wenn wir diesen Kampf verlieren", erklärte Susano und Shay brummte: „Und jetzt steht sie kurz vor einem Zusammenbruch! Ich werde mit ihr nach oben gehen und mich um sie kümmern. Ihr könnt ja weiter trainieren aber ich lasse nicht zu, dass sie sich noch mehr verausgabt."

Gerade als Susano etwas erwidern wollte kam ihm Francis zuvor.

„Ist gut bring Yasmin nach oben. Sie soll sich ein wenig ausruhen. In der Zeit kann uns Susano ja mal zeigen was er so zu bieten hat."

Ich vernahm ein Nicken von Shay bevor sie mich stützte und die Treppe hinaufhalf.

Nie war ich dankbarer eine Partnerin zu haben die sich so um mich kümmerte.

Wir erreichten eines der Gästezimmer und Shay stieß die Tür auf um mich behutsam zum Bett zu dirigieren.

„Es tut mir leid, dass ich euch allen immer so zur Last falle. Ich bin niemanden eine Hilfe, wenn es hart auf hart kommt", gab ich geknickt und unglaublich erschöpft von mir.

Doch anstatt mir einen Vortrag zu halten deutete meine Freundin mir an mich zu setzten und ich ließ mich auf die Kante des weichen Bettes nieder.

Sie selbst nahm kurzerhand den Platz neben mir ein und legte ihre Hand sanft auf meine, die noch immer zitterte.

Obwohl ich doch nur in dieser Kugel war und mit Sachranaitu, meiner Seele, gesprochen hatte war ich völlig fertig.

„Du musst dich ausruhen und wieder zu Kräften kommen. Du hast für etwas wofür du deine psychische Energie brauchst deine physische benutzt, weil du es nicht gewohnt bist sie voneinander zu unterscheiden. All die Kämpfe die du bis jetzt gewonnen hast sind darauf zurück zu führen, dass du früher oder später in einen Zustand aus blanker Wut warst. Diese Energie hat dich bisher immer gerettet aber sie ist nur begrenzt nutzbar. Du musst einen Weg finden deine Energie zu nutzen ohne, dass du abklappst."

Ich warf mich zurück aufs Bett und starrte zur weißen Zimmerdecke und ließ mir Shays Worte durch den Kopf gehen.

„Ich muss einen Weg finden mich mit Sachranaitu zu verbinden", warf ich in den Raum und Shay beugte sich mit einem fragenden Gesicht über mich.

„Meine Seele ist sauer auf mich, dass ich sie nicht wirklich wahrnehmen kann und will, dass ich es morgen noch einmal versuche mit ihr in Kontakt zu treten", beantwortete ich und kämpfte weiterhin dagegen an, dass mir die Augen zu fielen.

„Dann wusste sie wohl, dass du heute dafür nicht mehr in der Lage sein wirst", neckte sie mich bevor sich Shay zu mir legte und über meinen Kopf kraulte.

Ich nahm es einfach so hin und genoss ihre Berührungen auch wenn mein Körper nicht einmal in der Lage war einen Gefühlsschauer auszuschütten.

Meine Augen fielen zu und ich spürte ihre Lippen auf meiner Stirn.

„Ich liebe dich", wisperte ich bevor ich ins Land der Träume driftete.

Ich erschrak mich beinahe zu Tode als Stunden später neben mir mein Handy klingelte und mich unsanft aus den Schlaf riss.

Ich tastete zu dem nervigen Ding, dass Shay anscheinend neben dem Bett platziert hatte und schlug umgehend die Decke zurück, als ich sah, dass es sich um meinen Vater handelte und es schon auf sechzehn Uhr zuging.

„Yasmin wo bleibst du denn? Wir müssen langsam die Geschenke unter den Weihnachtsbaum legen solange Paul noch schläft", wurde ich begrüßt und musste mich erst einmal sammeln.

„Ich bin sofort da!", erschrocken legte ich einfach auf und blickte neben dem Bett auf dem Boden.

Anscheinend hatte mir Shay sogar noch die Schuhe ausgezogen und meine Tasche neben das Bett gestellt.

Lächelnd schlüpfte ich in meine Schuhe und schulterte meine Umhängetasche.

Trotz der Eile würde ich mich noch von den anderen verabschieden.

So trat ich aus dem Zimmer und folgte den Geräuschen aus dem Speisesaal, der irgendwie zu unserem Hauptraum geworden war.

Die anderen aßen gerade.

Nur Shay legte umgehend ihren Löffel beiseite als sie mich erblickte.

Ein Lächeln stahl sich auf ihrem Gesicht.

„Ich bin foh, dass du wieder auf den Beinen bist."

Ein Kuss der irgendwie nach Kürbissuppe schmeckte landete auf meinen Mund und ich hätte mich ihm fast hingegeben, doch ich musste wirklich gehen.

Wie ich sah waren George und Elli auch schon verschwunden.

„Ich muss los." Mein Blick galt meiner Freundin doch ich hatte laut genug gesprochen, sodass mich auch die anderen verstanden hatten.

„Ist gut aber denk daran, dass wir morgen weiter trainieren", merkte Bruce an und fixierte Susano.

„Und ich möchte sowas wie heute nicht noch einmal erleben.", fügte er hinzu und aß weiter.

„Ist gut", gab ich von mir und wendete mich wieder an Shay.

„Was ist eigentlich mit dir?"

„Meine Eltern feiern Weihnachten nicht großartig. Ich komme erst heute Abend dazu und dann mal schauen."

Plötzlich wirkte Shay wieder so verschlossen und undurchschaubar wie da wo ich sie kennengelernt hatte.

Nur, dass ich trotz der Mauer die sie versuchte aufzuziehen genau wusste, dass es sie verletzte, auch wenn sie es sich nicht anmerken ließ.

„Ich versuch dir zu schreiben, wenn ich zuhause nicht zu beschäftigt bin." Erneut trafen meine Lippen auf ihre bevor ich mich von meiner Freundin löste und mich wirklich auf dem Weg nach Hause machte.

Kapitel 51

„Da bist du ja endlich", begrüßte mich meine Mom und nahm mich in den Arm.

„Ich weiß ja, dass das was du mit deinen Freunden machst wichtig ist aber an Weihnachten?", fügte sie leise hinzu damit uns keiner weiter hören konnte.

Wahrscheinlich waren meine Tante und meine Großeltern schon da.

„Tut mir leid", kam matt von mir.

Ich hatte nicht die Kraft für eine Diskussion.

Außerdem konnte ich meiner Mutter schlecht sagen, dass uns der Kampf unseres Lebens bevorstand und ich ihn mit meinem jetzigen Stand mit Garantie verlieren würde.

All das was mich beschäftigte hatte jetzt an diesem Abend keinen Platz.

„Ich habe die Geschenke aus deinem Zimmer schon unter dem Baum gelegt", meinte Mom und ich lief ihr hinterher ins Wohnzimmer.

Dort saßen schon alle am festlich gedeckten Tisch und unterhielten sich.

Ich setze mich zu meiner Tante Madleen.

Sie war die Schwester meiner Mutter. Mein Vater hingegen war Einzelkind.

Mit meiner Tante verstand ich mich nicht besonders gut. Aber sie wohnte zum Glück nicht direkt um die Ecke was das Ganze erträglicher machte.

München war schließlich ein Stück von Berlin entfernt.

Paul saß zwischen Oma und Opa und erzählte ihnen von seiner Schule.

Er war schon ganz aufgeregt, weil er in den nächsten Ferien sein erstes Zeugnis bekommen würde.

„Jetzt wo wir alle da sind können wir die Weihnachtsgans ja aus dem Ofen holen", ergriff Dad das Wort und schob seinen Stuhl an den Tisch um mit Mama in der Küche zu verschwinden.

„Und Yasmin wie geht es dir so?", begann Madleen einen Smalltalk.

Ich war nie besonders gut in so was.

„Gut", antwortete ich daherschlicht und Madleen schüttelte den Kopf.

„Gesprächig wie eh und je", stichelte sie mich und warf ein „Und hast du endlich einen Freund?", in die Runde.

Innerlich schnaubte ich auf.

Sie fragte mich das wirklich immer. Zu jedem Familientreffen.

„Nein aber eine Freundin", gab ich zu und wunderte mich ein wenig über mich selbst, dass ich mich gerade eben einfach so geoutet hatte.

Madleen im Übrigen verschluckte sich direkt an ihrem Wein und sah mich schockiert an.

„Freundin?", hakte sie nach und ich nickte.

Und obwohl ich meine Freundin erst vor ein paar Minuten zuletzt gesehen hatte musste ich schon wieder an sie denken.

Ich war so glücklich wie noch nie zuvor in meinem Leben und das nur wegen einer einzigen Person, die jeden Tag zu etwas Besonderem machte.

„Wissen das deine Eltern schon?", fragte mich Madleen und ich verdrehte innerlich die Augen.

Würde ich mich vor meiner unbeliebten Tante ehr outen als vor meinen Eltern?

Wohl kaum.

„Ja sie wissen es", sagte ich ganz ruhig.

„Hauptsache du bist glücklich", kam von meinem Opa, der das Gespräch mit verfolgt hatte. Manchmal könnte ich ihn knuddeln.

Er war einer der tolerantesten Menschen die ich kannte.

Bevor Madleen noch etwas von sich geben konnte kam auch schon mein Vater mit dem Braten aus der Küche.

Nach dem Essen wurden Geschenke verteilt.

Ich bekam viele Gutscheine und von meinen Eltern eine Regenbogenflagge für mein Zimmer.

Oder für das nächste CSD.

Falls ich das noch erleben durfte.

Die Chancen standen ja bis jetzt mehr schlecht als recht.

Spät am Abend gingen und Oma und Opa wieder los wobei unsere Tante blieb.

Sie würde bei uns übernachten.

Ich half Mom und Dad beim Aufräumen als es unverhofft an der Tür klingelte.

Zunächst dachte ich, dass die Beiden etwas vergessen hätten doch als Dad rief: „Yasmin du hast noch Besuch", eilte ich zur Tür und stand plötzlich vor einer gutgekleideten Shay.

„Ich würde dich gern für ein paar Minuten zu mir entführen", raunte sie.

„So spät noch Yasmin? Du kannst nicht immer woanders schlafen", mischte sich mein Vater ein und verschränkte die Arme vor der Brust.

„Oder ich komme kurz rein", richtete Shay an ihn das Wort und Dad nickte nur knapp.

Kaum war sie drinnen nahm sie mich auch schon in den Arm und gab mir einen Kuss auf die Stirn.

Vor meinen Eltern küsste sie mich nie auf den Mund und ihre Eltern wussten wahrscheinlich nicht einmal, dass wir zusammen waren.

„Was willst du mir zeigen?", fragte ich neugierig und Shay zog in meinem Zimmer ein Taschentuch aus ihrer Hosentasche und faltete es auseinander.

Darin kam ein kleiner blauer Stein hervor.

„Das ist ein kleiner Kraftstein. Wenn du ihn in der Hand hältst kannst du damit mit deiner Seele in Verbindung treten. Es kann sein, dass es immer noch nicht auf Anhieb funktioniert aber es ist eine kleine Hilfe", erklärte mir meine Freundin und überreichte mir den Stein.

Ich fuhr mit meinen Fingern über die abgeschliffenen Rundungen und fiel Shay um den Hals.

„Danke", sagte ich und küsste sie.

„Ich habe aber auch was für dich. Es ist superkitschig aber ich wollte das andere sehen das du vergeben bist", kam es aus mir während ich Shay eine kleine Schachtel überreichte, die sofort von ihren Fingern geöffnet wurde.

„Zwei Puzzelt eile die rein zufällig ineinander passen ist wirklich superkitschig", murmelte sie konnte sich aber ein Grinsen nicht verkneifen.

Und auch nicht mir meine schwarzen Haare zur Seite zu streichen und eines der beiden Ketten anzulegen.

Das gleiche tat ich bei ihr und wir begannen zu lachen.

Jetzt waren wir wirklich das kitschigste Pärchen das ich kannte.

„Frohe Weihnachten. " Ich konnte nicht anders als Shay, die sich schon wieder auf den Weg machen wollte zurück zu schubsen, sodass sie auf meinem Bett.

„Du kannst hier nicht einfach auftauchen und dann wieder verschwinden."

„Kann ich nicht?", schmunzelnd zog Shay mich zu sich, sodass ich auf ihr lag und streichelte mir über den Nacken.

„Ich liebe dich Yasmin Copper." Keine Sekunde später lag ein Lippenpaar auf meinen und ich drückte Shay sanft ins Kissen während uns kein Blatt Papier hätte trennen können.

Kapitel 52

Als ich am nächsten Morgen die Augen öffnete erblickte ich den schlafenden Körper meiner Freundin und ein Lächeln stahl sich auf meine Lippen.

Sie hatte sich in der Nacht nicht wie früher davongeschlichen.

Verträumt lag mein Blick auf ihr und ich strich Shay behutsam eine Haarsträhne aus dem Gesicht.

Langsam müsste ich mich an diesen Anblick gewöhnt haben aber dem war nicht so.

Nach wie vor war es mir unverständlich, dass diese Schönheit zu mir gehörte.

Dass, sie mich liebte und beschützte.

„Schon wach?", ihre raue Stimme holte mich aus meinen Gedanken und ich setzte mich im Bett auf.

„Ja aber noch nicht lange", antwortete ich ihr und Shay beugte sich zu mir um mir den ersten Kuss an diesem Morgen zu entlocken.

Ihre weichen Lippen trafen auf meine und ich fühlte mich als würde ich noch immer träumen.

Als sie den kurzen Kuss beendete kuschelte sie sich an mich und wir sahen gemeinsam hoch zur Zimmerdecke.

Es fiel kein Wort.

Aber das war auch nicht nötig.

Einzig und allein die Tatsache, dass sie sich an meiner Seite befand erfüllte mein Herz mit Glück.

In der Küche hörte ich Geräusche und mir fiel ein, dass ich meinen Eltern gestern gar nicht mehr Bescheid gesagt hatte, das Shay hier schlief.

Um sich jetzt noch an den beiden vorbei zu schleichen war es allerdings zu spät.

So zogen wir uns unsere Sachen an und folgten den Duft nach frischen Croissants und Kaffee.

„Guten Morgen", kamen von Shay und mir und meine Eltern und meine Tante drehten sich zeitgleich um.

„Warum hast du denn nichts davon gesagt, dass deine Freundin über Nacht bleibt?", fragte mein Vater mit einem tadelten Unterton.

„Das war ziemlich spontan ", versuchte ich zu erklären.

„Ich geh am besten nach Hause", warf Shay hastig ein.

„Nein bleib ruhig zum Essen hier. Yasmin deckt den Tisch für dich mit", meldete sich meine Mom zu Wort und holte einen Stapel Teller hervor um sie mir in die Hand zu drücken.

Überrascht nahm ich die Teller an und verteilte sie auf den Tisch.

Shay war noch nie zum Frühstück geblieben und das selbst meine Mutter nichts dagegen hatte machte mich enorm glücklich.

So deckte ich weiter mit meinen Eltern den Tisch und grinste dabei hin und wieder meine Freundin an.

Ich könnte vor lauter Freude anfangen in den verschiedensten Wasserfarben zu leuchten aber das verkniff ich mir lieber vor den anderen. Zwar hatten mich meine Eltern schon leuchtend gesehen aber meiner Tante wollte ich nicht in mein außergewöhnliches Leben einweihen.

Dad war losgegangen um Paul zu wecken während Mom und meine Freundin sich schon einmal an den Esstisch setzten.

Eines der herrlich duftenden Croissants war bereits auf meinen Teller gelandet und ich goss Shay und Mom Kaffee ein.

„Und was habt ihr heute noch vor?", versuchte Mom einen Smalltalk zu beginnen und ich blickte betreten in meine Kaffeetasse.

Wir würden wieder zu Bruce und Francis Anwesen gehen um uns dort auf den Kampf gegen Diego vorzubereiten.

Aber das konnte ich nicht sagen.

Auch wenn meine Eltern über uns Bescheid wussten versuchte ich sie dennoch aus diesen Dingen rauszuhalten.

Sie sollten sich keine Sorgen um mich machen.

Aber diese würden sie sich machen, wenn ich ihnen erklären würde mit was für einen Gegner wir es aufzunehmen hatten.

Shay bemerkte mein Schweigen und stupste mich unter dem Tisch vorsichtig an um mich aus meinem Gedankenkreis heraus zu holen.

„Wir treffen uns mit Freunden ", antwortete ich schnell und Mom hinterfragte meinen plötzlichen Aussetzer zum Glück nicht.

„Guten Morgen Shay." Paul lief mit seinen kleinen Beinen in die Küche und rieb sich noch verschlafen die Augen.

„Morgen Kleiner."

Paul hatte Shay schon ins Herz geschlossen auch wenn er sie nur flüchtig kannte.

Wir hatten ihn sogar erklärt das wir beide ein Paar waren.

Darauf hatte er doch glatt mit: „Ich weiß das ihr euch liebt. Das sieht man doch", geantwortet.

Lange nach dem Essen war es wieder soweit und wir befanden uns im Keller von Bruce und Francis Anwesen.

Während alle in ihrem Element waren versuchte ich wieder mit Sachranaitu, meiner Seele in Kontakt zu treten, was mir nach wie vor wie unmöglich vorkam.

Dieses Mal kniete Shay vor mir auf dem Boden und Susano wurde von Bruce ordentlich eingeheizt.

„Yas du hast doch den Stein mitgenommen. Du musst ihn in die Hand nehmen und seine Kraft durch dich fließen lassen", wies sie mir an und ich holte den kleinen Gegenstand aus meiner Hosentasche.

Ich hoffte, dass es dieses Mal besser klappte und ich nicht wieder bewusstlos werden würde.

Ich setzte mich wie zum Meditieren in den Schneidersitz und hielt den kleinen Stein mit beiden Händen fest.

„Schließ die Augen und konzentriere dich einfach nur auf meine Stimme." Ich nickte stumm und schloss die Augen.

Aber schnell regte mich der Lärm auf.

Ich konnte keinen klaren Gedanken fassen und umschloss den Stein unbewusst fester.

„Stell dir vor wie das Wasser durch dich hindurchfließt", wies mir Shay an und ich versuchte es wirklich aber immer wieder schweiften meine Gedanken ab.

Ich durfte nicht aufgeben und versuchte alles um mich herum auszublenden und mich einzig und allein auf die vertraute Stimme meiner Freundin zu konzentrieren.

Tief in mir angekommen war es schwarz und dunkel.

Aber keine Wasserkugel entstand und kein Anzeichen meiner Seele tauchte auf.

Verdammt es klappte nicht.

Genervt atmete ich aus und versuchte es noch einmal von neuen.

Ich musste tiefer in mich hinein hören.

„Geh noch tiefer", sprach mir Shay zu und ich ließ mich fallen.

Nach und nach fühlte ich mich immer leichter, als wenn ich nicht mehr in meinem Körper wäre sondern frei.

Bald schon strömte Wasser aus meinem Körper.

„Es funktioniert", hauchte Shay von weit weg während ich komplett eingeschlossen wurde.

Erst in der Kugel wagte ich es meine Augen zu öffnen.

Das Spektakel war nach wie vor überwältigend.

So wunderschön.

Ich streckte meine Hand aus und berührte das innere der Kugel mit meinen Fingerspitzen.

Sofort wurden sie nass.

„Sachranaitu?", ertönte meine Stimme und wie auch schon beim letzten Mal lösten sich einzelne Tropfen und nahmen meine Gestalt an.

„Yasmin du hast es geschafft." Erfreut kam Sachranaitu auf mich hinzu und ich erhob mich.

Es war schwierig die Konzentration aufrecht zu erhalten um die Kugel kreisen zu lassen aber ich schaffte es irgendwie und trat zu der Wassergestalt.

„Ich bin bereit eins mit dir zu werden", erhob ich meine Stimme.

„Bist du auch bereit dafür alle Erinnerungen wieder in dich aufzunehmen? Du wirst dich an jedes Leben zurück erinnern. Du wirst all den Schmerz wieder empfinden aber als Ausgleich dafür wirst du stark sein. Du wirst dich wieder daran erinnern wie du deine Fähigkeiten richtig einsetzt", merkte Sachranaitu an und umkreiste mich.

Kurz zögerte ich und ließ mir ihre Worte durch den Kopf gehen. Ich würde mich an alles erinnern ob gute oder schlechte Momente.

Alles was ich jemals versiegeln lassen hatte würde wieder auf mich zurückkommen.

Doch dann schüttelte ich mich.

Ich hatte gar keine andere Wahl, wenn ich die Hateful and Loveable Creatures nicht weiter zur Last fallen wollte.

„Ich bin bereit." Fest entschlossen streckte ich meine Hand aus und das Wasser auf dem Sachranaitu bestand schlängelte sich meinen Arm entlang zu meinen Schultern bis sie mein kompletter Körper umschloss und in mich hineinfloss.

Bilder schossen mir durch den Kopf und ich schrie bei dem plötzlichen Schmerz der in mir hervortrat.

Ich durfte nicht abbrechen und musste es aushalten.

Solange bis jeder Tropfen meiner Seele von meinem Körper absolviert wurde und ich erschöpft zusammensackte.

Die Wasserkugel löste sich auf und das Wasser strömte zurück in meinem Körper.

Als ich die Augen wieder öffnete brach ich nicht zusammen. Ich war ruhig und gefasst und bemerkte erst später das alle um mich herumstanden.

In mir flackerten Bilder auf die ich sonst nur in Träumen wahrnahm.

Erinnerungsstücke fügten sich zusammen und zum ersten Mal in meinem Leben ergaben sie Sinn.

Ich fühlte eine Kraft in mir, die nichts im Vergleich zu dem war, was ich sonst an den Tag legte.

„Ich bin zurück", flüsterte ich mehr zu mir selbst als zu den anderen im Raum und leuchtete am ganzen Körper in einem wunderschönen kräftigen Meeresblau.

Kapitel 53

Noch immer saß ich auf dem Boden und leuchtete vor mich hin.

Zumindest solange bis Susano mich aus meinen Gedanken riss, indem er sich räusperte.

„Du hast es also geschafft, Glückwunsch." Ich sah zu ihm hinauf und grinste frech.

„Wie wäre es, wenn wir mal sehen wer von uns das bessere Wasserelement beherrscht." Angriffslustig erhob ich mich und trat an Susano heran, der sich sofort in Kampfstellung aufstellte.

„Zeig mir was du kannst Yasmin."

Ohne lange zu reden hatte er auch schon eine Wasserkugel auf mich geworfen, die meine ausgestreckte Hand absorbierte.

Gierig nahm mein Körper sie in sich auf und ich startete einen Gegenangriff indem ich aus meiner Hand kleine spitze Eiskristalle schleuderte.

Susano hatte Mühe diese auszuweichen und einer erwischte ihn im Gesicht und hinterließ einen kleinen Kratzer.

„Coole Technik aber mal gucken ob du das aushältst."

Aus seinen Händen schoss ein riesiger hochkonzentrierter Wasserstrahl direkt auf mich zu.

Mein Körper schaffte es nicht rechtzeitig ihn aufzunehmen und ich flog nach hinten.

„Nicht schlecht." Ich kam schnell wieder auf die Beine und peitschte Susano auch schon eine Ladung Wasser ins Gesicht.

Noch bevor er mir etwas entgegen bringen konnte ließ ich ein wässerndes Seil um seine Füße gefrieren und Susano fiel vor meine Füße nieder.

„Gewonnen", trällerte ich fröhlich.

„Unendschieden wohl ehr", grinste Susano und ich blickte auf meine gefrorenen Füße hinab.

„Ach mist", schnaubte ich und konzentrierte mich darauf warmes Wasser in meine Füße laufen zu lassen um das Eis zu schmelzen.

Dann half ich Susano auf.

„Das sollten wir jetzt öfter machen."

„Klar ich will eine Revanche", antwortete ich ihm und begann zu lachen.

Bis vor ein paar Minuten hätte ich es nicht für möglich gehalten, dass ich meine Fähigkeiten ohne Probleme anwenden konnte.

Ich fühlte mich so stark wie noch nie zuvor in meinem Leben.

Langsam hatte ich sogar einen kleinen Hoffnungsschimmer.

Wir konnten es schaffen. Wir konnten Diego besiegen.

Ein Zischen erklang hinter mir und meine Hände reagierten schnell.

Ehe ich mich versah hatte ich den Pfeil von Bruce, der auf mich zu gesaust kam mit bloßen Händen aufgefangen.

„Warn mich doch bitte vor, wenn du mich angreifst." Ich drehte mich zu ihm und sah Verblüffung in seinen Augen.

„Du hast ihn wirklich gefangen. Was zum Teufel sind das für Kräfte die du jetzt erlangt hast?" Er ging nicht auf, dass ein was ich gesagt hatte und sah nur zu mir und seinem Pfeil in meiner Hand.

„Das sind Jahrhundert alte Techniken, die ich mir angeeignet habe bevor ich mir meine Erinnerungen an alles nehmen ließ", beantwortete ich seine Frage und gab Bruce seinen Pfeil zurück.

Ich war selbst überrascht von meinen plötzlichen Reflexen und gleichzeitig genoss ich diese plötzliche Macht in mir.

Wir hatten eine Chance gegen Diego.

Endlich nach einer Zeit der puren Angst und Verzweiflung hatten wir eine wirkliche Chance gegen ihn.

Zur Feier des Tages spendieren uns Bruce und Francis allen eine große Pizza, die wir im Speisesaal aßen.

Naja fast alle nur Lizzy und Elli mussten sich mit ihren Blutkonserven rumschlagen.

„Das war heute im Großen und Ganzen ein erfolgreiches Training. Wenn wir so weiter machen können wir es tatsächlich schaffen", sprach Bruce plötzlich an und nahm einen kräftigen Schluck Rotwein aus dem vor ihm stehenden Glas.

Ich tat es ihm nach und grinste vor mich hin.

„Aber ich werde mich trotzdem bei Lenus melden damit er und seine Gruppe das Versprechen einhalten können und uns zu helfen. Alleine werden wir es nicht schaffen."

Er hatte recht.

Das wusste ich aber seit dem geglückten Training und der Tatsache, dass meine Seele und ich eins geworden waren hatte ich mehr als nur gute Laune und die ließ ich auch meine Freundin spüren.

„Wollen wir nicht nachher noch zu dir?", fragte ich daher.

Auch wenn wir schon letzte Nacht zusammen verbracht hatten wollte ich sie immer noch bei mir haben.

„Und was hast du vor?", Shay hatte sich zu mir gebeugt und raunte mir ihre Worte leise ins Ohr.

Ich musste schlucken so wie sie es betonte wusste sie ganz genau, dass wir sobald wir zu zweit waren unsere Finger nicht voneinander lassen würden.

Die rote Farbe kehrte in mein Gesicht und Shay grinste mich schelmisch an.

Manchmal war es schon fast unheimlich wie gut sie wusste was in mir vorging.

Ich lehnte meinen Rücken an die Stuhllehne und ließ mir die Erinnerungen an das frühere Leben mit ihr durch den Kopf gehen.

Zwar hatte ich schon öfters Träume davon und kannte unsere Geschichte in und auswendig aber wirkliche Erinnerungen zu haben war einfach nur unglaublich.

Am frühen Abend stolperten Shay und ich bei ihr zu Hause in die Wohnung nachdem wir Elli nach Hause gebracht hatten.

„Hey!", rief meine Freundin durch die Wohnung und grinste mich an als keine Antwort kam.

„Sieht so aus als hätten wir die Wohnung für uns."

Ich musste automatisch zurück grinsen.

„Und was heisst das jetzt für uns?", fragte ich mit einem neugierigen Blick.

Keine Sekunde später war Shay dicht bei mir und hauchte mir ein: „Finds raus", ins Ohr.

Mein Inneres murrte mich an.

Diese Frau trieb mich früher oder später noch in den Wahnsinn.

Doch ich dachte nicht weiter nach, sondern nahm Shays Gesicht in den Händen und gab ihr kleine einzelne Küsse.

Wollten wir doch mal sehen wer hier wen wahnsinnig macht.

Quälend langsam bewegte ich meine Lippen auf ihre.

Wann immer sie versuchte mich leidenschaftlich zurück zu küssen wurde ich wieder langsamer.

„Du weißt ganz genau, dass ich dich will", knurrte Shay leise und ich antwortete mit einem Grinsen.

Natürlich wusste ich das.

Aber etwas leiden durfte sie dennoch.

„Ich zeig dir was du mit mir anstellst." Schon war mein Oberkörper an der Wand gedrückt und Shay schob mir die Haare von meinen Nacken.

Ich schloss die Augen, als ihre Lippen meinen Hals trafen und eine feuchte Spur an ihm hinterließen.

So quälend langsam wie ich sie geküsst hatte machte sie sich daran meinen Nacken zu liebkosen obwohl sie genau wusste, dass ich schwach werde wann immer sie mich dort küsste.

„Du bist gemein", flüsterte ich mit dem Kopf gegen die Wand.

„Bin ich das? „Ohne Reue biss sie sanft in meinen Hals und mein Unterleib zog sich langsam zusammen.

Wenn sie so weitermachen würde, würde ich früher oder später über sie herfallen.

Aber das war das was sie erreichen wollte.

Sie machte weiter und jede Berührung brachte mich dazu lustvoll aufzustöhnen.

„Na warte." Kaum hatte ich diesen Gedanken beendet drehte ich den Spieß um und drückte Shay mit dem Rücken gegen die Wand.

„Du hast es nicht anders gewollt", grinsend trafen meine Lippen auf ihre für einen unglaublich leidenschaftlichen Kuss.

„Ich will dich", hauchte Shay in den Küssen hinein und wir begannen uns gegenseitig auszuziehen.

Kein Kleidungsstück sollte uns mehr stören.

Shay dirigierte mich in ihr Zimmer und wir ließen uns auf das Bett fallen in dem ich zuletzt meinen Kater ausgeschlafen hatte.

Ich legte mich hin und zog die nackte Shay über mich.

Oh und wie ich sie jetzt wollte.

Kapitel 54

Heute war es soweit.

Wir schrieben den 31.12. und Berlin hatte sich in das reinste Schlachtfeld verwandelt.

Hier und da flogen Böller und die ersten Raketen wurden gezündet obwohl der Neujahrswechsel noch gar nicht stattgefunden hatte.

Es war eine viertel Stunde vor Mitternacht.

Eine viertel Stunde in der ich mir vieles durch den Kopf gehen ließ.

Hätte ich vielleicht doch schon mein Testament schreiben sollen? Was wenn es schiefging?

Meine Eltern dachten ich würde mit meinen Freunden gemeinsam Silvester feiern, wie ganz normale Jugendliche.

Aber das hier war keine Feier.

Oh nein.

Wir standen unseren Alptraum gegenüber.

Ängstlich blickte ich immer wieder auf mein Handy.

Ich wollte das die Zeit verging und gleichzeitig, dass sie einfach stehen bleiben würde.

Ich wollte weg von hier.

Mein Körper war zum Zerreißen angespannt. Jeder von uns war angespannt.

Ob die Hateful and Loveable Creatures oder Lenus Gruppe die uns tatsächlich zur Hilfe kamen.

Hatte unser langes intensives Training ausgereicht?

Was wenn wir versagten?

Was wenn wir nicht stark genug waren?

Mein Herz pochte wild in meiner Brust.

Laut und so ängstlich wie noch nie zuvor in meinem Leben.

Ich hatte nicht einmal bemerkt, dass Shay an mich herangetreten war.

„Wir schaffen das", sprach sie mir Mut zu.

Ihre netten Worte konnten mich aber nicht beruhigen.

Allerdings konnte ich nichts Anderes tun als die Zeit verstreichen zu lassen.

Punkt 12.

Im Himmel explodierten gefühlt Millionen an Feuerwerkskörper in wunderschönen Farben.

Normalerweise wäre ich begeistert gewesen und in einem anderen Leben hätte ich jetzt mit Shay im Arm dieses

Spektakel beobachtet aber jetzt war ich einfach nur in Sorge.

Mein Blick fuhr herum zu den anderen.

Ein stilles Nicken ging zu ihnen.

Alle schienen unruhig zu sein und ihre Gesichter sprachen Bände.

Plötzlich wurde es still um uns herum.

Die Menschen um uns herum verschwanden und ein schuppiger Mann, mit schwarzen Locken flog direkt auf uns hinzu.

Kurz vor uns hielt er inne und seine rötlichen Flügel wippten ruhig auf und ab.

Sein markantes Gesicht ließ keine Emotionen nach draußen sickern.

„Diego", flüsterte ich leise wobei sich meine Nackenhaare aufstellten.

„Yasmin Cooper!", rief er aus mit seiner gespaltenen Echsenzunge.

Er landete direkt vor mir und ich sah zwangsläufig zu ihm hinauf.

„Du hast dich also entschieden?", sprach er.

„Ja ich werde mich dir nicht anschließen."

Diego stockte.

Wut glänzte in seinen Augen auf.

„Auch, wenn ich jeden aus deiner Crew töten werde?"

„Wir werden dich besiegen!", rief Bruce feindlich.

„Das glaub ich kaum. Aber schön Yasmin. Wenn du lieber sterben willst als ein Teil von meiner Gruppe voller Macht zu werden."

Mit einem Fingerschnips entstand ein schwarzes Loch in der Parallelwelt.

„Wärmt euch erstmal auf."

Aus dem Loch kamen ein gutes Dutzend Seelendiebe zum Vorschein.

Verdammt.

Da kam einiges an Arbeit auf uns zu.

„Viel Spaß", warf uns Diego zu bevor er sich zurückzog.

Elli und Lizzy waren schon bald von drei dieser Wesen umzingelt und Bruce und Francis spannten ihre Bögen um sich die Biester vom Leib zu halten.

Shay war in ihrer Wolfsgestalt und schnappte mit ihren Zähnen nach einen weiteren Seelendieb.

Susano schickte direkt einen von ihnen ins Jenseits wo sie hingehörten.

Auch ich blieb nicht untätig und schoss ein Loch in den Kopf meines Gegenübers.

Es kamen allerdings immer mehr durch das Portal, dass Diego offensichtlich geöffnet hatte.

Lenus, Zenyel, Liora und Esmee hatten ihre Fähigkeiten gut im Griff und vernichteten schnell ihre Gegner.

Seelendiebe waren für mich nicht mehr besonders schwer zu besiegen aber sie waren anstrengend.

Zeitaufwendig.

Ich brauchte meine Konzentration für später, wenn Diego und ich aufeinandertrafen.

Feuer gegen Wasser.

Eine drachenähnliche Gestalt gegen mir der Halbgöttin Yasmin, die, die Seele des Wassers in sich trug.

Shay knurrte auf.

Eines der Seelendiebe hatte sie gepackt.

Fuck.

Schnell schoss ich mir den Weg zu ihr frei um ihr zu helfen.

„Friss das du Bastard." Schon löste sich eine weitere blaue Lichtkugel aus meiner Pistole und zerteilte den Seelendieb, der meiner Freundin zu nahegekommen war.

Nach einer Weile hatten wir es geschafft.

Elli hatte das letzte nervige Wesen vernichtet.

„Diego!", rief ich ins Schwarze hinein und wie aus dem Nichts tauchte er wieder vor uns auf.

„Dann wollen wir jetzt also ernst machen." Er schnipste erneut mit den Fingern und hinter ihm tauchten seine Untergebenen auf.

Seine ganz private Armee aus gut fünfzig Mann.

Ausgestattet mit Fähigkeiten, die uns noch nicht bewusst waren.

Ehe wir uns versahen kamen sie auch schon auf uns zu.

Mein Körper war höchst angespannt.

Ich durfte mir keinen Fehler erlauben.

„Haltet mir den Rücken frei", rief ich zu den anderen während ich mir einen Weg zu Diego bahnte.

Mein Körper bestand wieder komplett aus Eis und ich brauchte meine Feinde nur anzuhauchen um sie gefrieren zulassen.

Der Rest war nicht so zimperlich.

Lenus hatte einen Mann neben mir direkt mit seiner Lanze durchbohrt.

Hinter mir hatte sich das reinste Schlachtfeld gebildet und ich stand nun unseren Hauptfeind gegenüber.

„Diego", flüsterte ich den Namen jenes Mannes dem ich das Ganze hier zu verdanken hatte.

„Yasmin du hast es nicht anders gewollt. Alles wäre so einfach verlaufen, wenn du dich mir einfach angeschlossen hättest", Diegos Worte waren schneidend und finster.

„Niemals werde ich mich dir anschließen. Meine Gruppe sind die Hateful and Loveable Creatures. Ich werde mich keinen machtgierigen Tyrannen unterwerfen, der mordet um sein Ziel zu erreichen", sprach ich das aus was mir schon die ganze Zeit auf der Seele lag.

„Schön dann stirb mit deiner Crew." Keine Sekunde später war Diego näher an mir herangetreten und ließ eine Feuerkugel in seiner Hand aufglühen sowie ich eine Wasserkugel.

Gleichzeitig trafen sie aufeinander.

„So kommen wir nicht weiter Yasmin." Feuer breitete sich auf Diegos Körper aus wodurch er wie eine Fackel brannte.

Er schien das Feuer in sich zu sammeln und plötzlich schoss ein konzentrierter Feuerstrahl auf mich hinzu, den ich mit einen ebenfalls konzentrierten Wasserstrahl abwehrte.

Zumindest versuchte ich das so gut ich konnte.

Sein Feuer war immens stark.

Ich vermochte es nicht das Feuer mit meinem Wasser zu löschen. Stattdessen standen wir immer noch da.

Sein Feuerstrahl der mein Wasserstrahl immer weiter zurück drückte.

„Lass gut sein. Wir wissen beide das du keine Chance gegen mich hast." Er hatte meinen Wasserstrahl vernichtet und um Haaresbreite konnte ich mich rechtzeitig ducken um sein Feuermeer zu entkommen, welches geradewegs auf mich hinzukam.

„Ich werde nicht aufgeben!", schrie ich ihm entgegen.

Blitzschnell war Diego hinter mir aufgetaucht und packte mich.

„Du kannst ja noch nicht mal meinen Bewegungen folgen." Er trat gegen meine Beine und ich landete unsanft auf dem Boden.

Aber ich muss gewinnen. Für meine Freunde.

Ich rollte mich zur Seite und stand wieder auf.

Mein Blick lag kurzzeitig auf besagte Freunde.

Es sah wahrlich nicht gut aus für uns.

Viele waren verwundet und trotzdem kämpften sie weiter gegen Diegos Armee.

Auch in Lenus Gruppe gab es verletzte aber zum Glück war noch keiner kampfunfähig.

Als mein Blick zurück zu Diego ging sah ich in zwei vor Wut glänzenden Augen.

„Meine spezielle Technik wird das letzte sein was du siehst."

Aus seinem Körper lösten sich die rötlichen Schuppen und fügten sich vor meinen Augen erneut zusammen.

Was zur Hölle war das?

Meine Augen blickten auf ein aus Feuer bestehenden Drachen, der geradewegs auf mich zuschoss.

Ich wich schnell aus, doch spürte ich wie mein Rücken verbrannte. Mein Körper fiel nach vorn.

Der Schmerz war kaum zu ertragen und trieb mir den Schweiß auf die Stirn.

Er hatte mich erwischt aber ich musste weitermachen also erhob ich mich entgegen meinen zitternden Körper.

Und entgegen der Gefahr erneut von dem Drachen erwischt zu werden.

Ich lief geradewegs auf Diego zu und packte ihn am Kragen.

Er warf mir allerdings nur einen spöttischen Blick zu.

„Pass lieber auf", sprach er zu mir.

Um Haaresbreite hatte mich sein Drache verfehlt, der wieder auf mich zu gesaust war.

Dafür spürte ich einen neuen tiefdringenden Schmerz. Ein Dolch steckte zwischen meinen Rippen.

„Jetzt stirb endlich", hauchte Diego mir ins Ohr und ich schnappte nach Luft.

Aus meinem Mund lief Blut und meine Sicht versschwamm immer mehr.

Verdammt.

Wer hätte gedacht das Diego zu solchen Mitteln griff.

Bis eben war das Ganze noch ein fairer Kampf.

Kurz driftete mein Bewusstsein weg.

„Yasmin was machst du denn?", fragte mich meine Seele entsetzt.

„Ich bin zu schwach", antwortete ich ihr in meinem Kopf.

„Dann sieh zu und lerne." Ich riss meine Augen auf.

Meine Hände zogen den Dolch aus meinen Rippen.

Jedes meiner Bewegungen glich Höllenqualen.

„Ich bin Sachranaitu, die Seele des Wassers und ich werde nicht verlieren."

Sachranaitu hatte meinen Körper übernommen und mir wurde eins klar: Wir mussten zusammenarbeiten, wenn ich das hier gewinnen wollte.

Mein ganzer Körper polarisierte vor Kraft und ich leuchtete stärker als zuvor auf.

Erneut sauste der Drache auf mich zu doch ich wich aus.

Schnell schoss er zurück und landete in einer Welle aus eiskalten Wasser und ging zu Boden.

„Wie hast du...?", Diego war außer sich und lief wütend auf mich zu bevor er gegen einen Eisblock lief den ich mit meinen Händen aus dem Boden emporschießen ließ.

Ich kniete mich vor dem Drachen auf den Boden und vereiste ihn mit meinen Kräften.

„Hör auf!", gekonnt wich ich einen Feuerball aus und machte weiter.

Sachranaitu ließ ihre Wasserkräfte in den Drachen fließen bis dieser die Augen öffnete.

Das Wesen vor meinen Augen war nicht mehr rot schimmernd, sondern bestand nun komplett aus Eis.

Auch sah er mich nicht mehr feindlich an, sondern als wartete er auf einen Befehl.

„Ich habe dich besiegt also gehorche mir", sprach Sachranaitu und der Drache erhob sich neben mir.

Ich steuerte ihn auf Diego zu, der auf den Boden sank.

„Mein Drache...", murmelte er doch im nächsten Moment traf das vereiste Wesen auf ihn.

Und ich erkannte in seinen Augen das er wusste, dass er verloren hatte.

Ich hatte gewonnen.

Freude durchströmte meinen Körper als ich den mitgenommen Diego am Boden sitzend sah.

Gleichzeitig spürte ich aber die Wunden die er mir zugefügt hatte und sank auf die Knie.

Der Drache neben mir löste sich auf und seine Schuppen legten sich wie eine Panzerung um mich.

„Es ist noch nicht vorbei Yasmin. Er kann jede Sekunde auftauchen", kam von Diego.

„Sei endlich still. Du bist ein schlechter Verlierer."

Ich erhob mich und blickte auf Diego hinab.

„Nein du verstehst das nicht. Das war noch nicht das Ende." Ich ignorierte ihn und wand mich den anderen zu.

Nur noch ein paar von Diegos Leuten kämpften verbissen weiter und ich eilte den anderen zur Hilfe.

„Rückzug!", brüllte Diego und seine Gefolgsleute sahen geschockt zu ihrem geschlagenen Anführer.

Murrten aber gehorchten und ließen von uns ab.

Wir hatten es geschafft!

Glücklich sah ich zu den anderen und Bruce und Lenus machten sich daran die gröbsten Verletzungen der anderen zu heilen.

Als Bruce auf mich zu kam klopfte er mir auf die Schulter.

„Du hast dich gut geschlagen."

Dann legte er seine heilenden Hände auf der Stelle wo mich der Dolch erwischt hat und auf meinen Rücken.

„Es ist vorbei-", ein Donnergrollen durchbrach meine Worte und ein Druck breitete sich auf meinen Körper aus. Was war das?

Ich befand mich wie damals bei Ruha auf den Boden und konnte mich keinen Millimeter bewegen.

Nur meinen Kopf vermochte ich anzuheben und sah, dass sich ein schwarzes Loch gebildet hatte aus dem eine Person mit einer schwarzen Kutte hervorkam.

„Diego du hast es vermasselt!", sprach genau diese und lief auf den jungen Mann hinzu und schnitt ihm ohne zu zögern die Kehle durch.

Blut sickerte über seine Hände bevor er sich zu mir drehte.

„Yasmin du warst niemals der Grund für all das hier. Aber du hast etwas das ich erschaffen habe und zurückwill", sprach eine dunkle Stimme zu mir der ich nicht ganz folgen konnte.

„Wer sind Sie?", fragte ich.

Mir kam sein ganzes Auftreten bekannt vor.

Ja er hatte zu gute Ähnlichkeit mit dem Schwarzmagier aus Shays Erinnerungen, welche sie mit mir geteilt hatte.

„Ihr Beide gehört zu mir!", kurz vor den Beiden schneeweißen Wölfen kniete er nieder und holte etwas aus seiner Jackentasche.

„Ihr wart lang genug auf der Flucht."

Er sprach etwas auf einer Sprache die ich nicht verstand und Shays und Zeynels Seele wurde gerade Wegs aus ihren Körper gesaugt.

„Shay!", rief ich doch der Mann blickte mich nur strafend an.

„Ihr hättet ihr niemals begegnen dürfen. Die beiden waren nie etwas anderes als meine Werkzeuge", mit diesen Worten verschwand er durch das selbe schwarze Loch durch den er gekommen war.

Sobald ich mich wieder bewegen konnte rannte ich zu meiner Freundin, die wieder in ihrer eigentlichen Gestalt auf dem Boden lag und rüttelte an ihr.

„Shay wach auf! ", Tränen liefen mir über die Wangen als ich bemerkte, dass sie sich nicht rührte.

Sie war weg.

Shay und Zeynels Seele waren kein Teil mehr von unserer Erde.

Epilog

Ich lag noch immer auf dem staubigen Boden vor mir und vergrub mein Gesicht in Shays leblosen Körper.

Der Sieg über Diego hatte nun einen bitteren Beigeschmack. Meine Tränen hatten keinen Halt mehr und liefen unkontrolliert über meine Wangen.

Ich konnte und wollte nicht wahrhaben, dass sie fort war.

Entführt von einem Wahnsinnigen.

Irgendwo im Nirgendwo.

Dabei hatten wir uns doch erst wiedergefunden.

Der Schmerz welcher sich gerade in mir ausbreitete war mit Worten nicht mal ansatzweise zu beschreiben.

„Was ist gerade passiert?", wagte es Elli zu fragen und ich sah sie mit einem tränenverschleierten Blick an.

„Dieser Wahnsinnige hat Shays und Zeynels Seele genommen. Sie sind tot", bei letzteren Wort brach ich völlig zusammen.

Ich spürte nur noch die Arme, die mich von ihrem Körper wegzogen.

„Du kannst jetzt nichts mehr tun", sprach Bruce beruhigend auf mich ein, doch seine Worte prallten an mir ab.

Shay war alles für mich.

Mein Leben.

Und ich hatte dabei versagt sie zu beschützen.

Die Zeit mit ihr zog an mir vorbei und ich schrie den Schmerz aus mir heraus.

Meine große Liebe war fort.

Je mehr mir das in mein Bewusstsein drang desto mehr schrie ich.

Bruce hatte Probleme damit mich zu halten als ich zusammenbrach.

Meine Augen öffneten sich erst wieder in Bruce und Francis Villa.

Sofort wurde mir wieder bewusst was geschehen war und mir traten erneut die Tränen in die Augen.

Shay war fort.

Auch aus Lenus Gruppe machten alle ein betretenes Gesicht wegen Zeynels Verschwinden.

Mein Hals war staubtrocken doch mein Magen drehte sich zu sehr um irgendetwas zu mir zu nehmen.

„Wir haben ihre Körper im Keller aufbewahrt. Mit unseren Kräften werden wir ihre Körper am Leben erhalten bis wir einen Weg finden sie zurück zu holen", merkte Francis an und blickte besorgt zu mir.

„Wir werden alles daran setzen sie zurück zu holen aber wir brauchen Zeit. Zeit und einen guten Plan", sprach Bruce auf mich ein.

Ich nickte still.

Ich würde alles daran setzten die Frau meines Lebens zurück zu holen aber das würde eine neue Mission werden für die ich noch um einiges stärker werden musste.

Nachwort

Wenn du das hier liest Danke ich dir vom ganzem Herzen, dass du dieses Buch gekauft hast und dich mit in die Welt der Hateful and Loveable Creatures mitnehmen lassen hast.

Dieser Roman den du in den Händen hältst ist der erste den ich jemals geschrieben habe und ich hoffe er hat dir gefallen.

Ich möchte mich bei meinen treuen Wattpadlesern bedanken, die mir erst den Mut dazu gegeben haben dieses Buch zu veröffentlichen und natürlich ein danke an Lisa die mich immer ertragen musste, wenn ich wieder einmal an mir selbst gezweifelt habe und das ganze Projekt gegen die Wand fahren wollte.

Dankeschön auch an meine Eltern, die mich immer wieder gefragt haben wann das Buch endlich rauskommt. Nun ja hier ist es und ich hoffe es war nicht zu seltsam.

Zu guter Letzt meine Musikplayliste auf der dieses Buch entstanden ist:

Subway to Sally - In der Stille

Die Toten Hosen- Auflösen

Skillet-Out of Hell

Skillet- Monster Kollegah- Zeit

Volbeat-I only wanna be with you

Die Toten Hosen - Angst The Veronica's-On Your Side